Cada um por si e
Deus contra todos

Werner Herzog

Cada um por si e Deus contra todos

Memórias

tradução
Sonali Bertuol

todavia

Enkidu suspirou amargamente e disse:
"Gilgamesh, o vigia da floresta nunca dorme".
Gilgamesh replicou: "Onde está o homem
que é capaz de ascender até o céu?".

Prefácio 9

1. Estrelas, o mar 11
2. El Alamein 13
3. Heróis míticos 30
4. Voar 43
5. Fábio Máximo e Siegel Hans 53
6. Na fronteira 59
7. Ella e Rudolf 69
8. Elisabeth e Dietrich 80
9. Munique 95
10. Encontro com Deus 115
11. Cavernas 121
12. O vale dos 10 mil moinhos de vento 127
13. Congo 134
14. Dr. Fu Manchu 139
15. John Okello 148
16. Peru 153
17. *Privilegium maius*, Pittsburgh 163
18. Nasa, México 175
19. *Pura vida* 183
20. Dançando na corda bamba 195

21. Menires e o paradoxo do quadrado perdido 212
22. Balada do pequeno soldado 222
23. A mochila de Chatwin 238
24. Arlscharte 253
25. Mulheres, filhos 260
26. À espera dos bárbaros 272
27. Por realizar 277
28. A verdade do oceano 296
29. Hipnose 301
30. Vilões 307
31. A transformação do mundo em música 323
32. A leitura de pensamentos 330
33. Leitura lenta, sono longo 336
34. Amigos 342
35. Minha velha mãe 347
36. O fim das imagens 348

Filmografia 351
Óperas encenadas 359
Agradecimentos 361

Prefácio

Originalmente, o meu filme *Aguirre, a cólera dos deuses** deveria terminar da seguinte maneira: a jangada dos conquistadores espanhóis leva somente mortos a bordo, e quando chega à foz do Amazonas, apenas um papagaio falante ainda está vivo. Tão logo a cheia do Atlântico lança a jangada de volta ao imponente rio, o papagaio grita sem parar: "Eldorado, Eldorado". Foi só durante as filmagens que encontrei uma solução muito melhor: a jangada é invadida por centenas de macaquinhos, e Aguirre lhes conta sobre a fantasia de seu novo império mundial. Não faz muito tempo, dei com uma versão historicamente não avalizada sobre o fim dessa figura histórica. Abandonado por todos depois de assassinar a própria filha para que ela não precisasse assistir à sua desgraça, Aguirre ordena ao seu último fiel seguidor que o mate com um tiro. Este aponta o seu mosquete e o atinge com um tiro no meio do peito. "Isso não foi nada", diz Aguirre. Ele ordena que o outro atire novamente. O homem o acerta no coração. "Isso deve bastar", diz Aguirre e cai morto.

Tenho certeza de que, com os macacos, o filme termina com a melhor de todas as alternativas, mas me pergunto quantas não foram as possibilidades, as alternativas não vividas que

---

* Os títulos dos filmes aparecem como em sua exibição no Brasil. Na "Filmografia", ao final deste volume, estão indicados também os títulos originais. [Esta e as demais notas são da tradutora.]

eu mesmo sempre tive, não só ao inventar histórias, mas também na minha própria vida, e que não se tornaram realidade ou demoraram muitos anos para isso.

Já usei uma vez o título deste livro para o meu filme sobre Kaspar Hauser, mas quase ninguém foi capaz de reproduzi-lo corretamente. Faço aqui uma segunda tentativa. Pode ser que ele sugira demasiadamente uma visão de mim mesmo como um guerreiro solitário. Fato é que quase sempre estive cercado de colaboradores, família, mulheres. Sobre todas essas pessoas, exceto algumas poucas, nada se saberá por este livro. Todas elas, sem exceção, foram independentes, fortes, belas e inteligentes. Sem elas, eu seria apenas uma sombra de mim mesmo.

Para onde o destino me levou! Como ele sempre trouxe à vida novas reviravoltas! Mas muita coisa também permaneceu constante — uma visão que nunca me abandonou e, como num bom soldado, qualidades como o senso de dever, lealdade, coragem. Sempre quis defender postos avançados que foram abandonados às pressas por todos os outros. Quanto disso era previsível? Pelo soldado japonês Hiroo Onoda, que só se rendeu 29 anos após o fim da Segunda Guerra Mundial, eu soube que à luz do crepúsculo é possível enxergar uma bala de fuzil disparada contra alguém como se fosse um projétil traçante. Pode-se então, por um momento, vislumbrar o futuro.

Eu me encontrava imerso na escrita do final deste livro. Ergui os olhos porque vi algo cintilar, algo que vinha chispando em minha direção com um brilho acobreado e verde-claro. Mas não era uma bala perdida, e sim um colibri. Nesse instante decidi não continuar a escrever. A última frase simplesmente termina onde eu havia acabado de chegar.

1.
Estrelas, o mar

Por volta do meio-dia, cessou o pranto das mulheres. Algumas haviam gritado e puxado os cabelos. Quando elas foram embora, eu fui até lá. Era uma pequena construção de pedra no cemitério, na pequena aldeia de Chora Sfakion, na costa sul de Creta, apenas umas poucas casas espalhadas pelo íngreme rochedo. Eu tinha dezesseis anos. Não havia porta no diminuto salão fúnebre. Na penumbra do interior, vi dois mortos lado a lado, tão próximos que se tocavam. Eram dois homens. Depois eu soube que eles tinham matado um ao outro durante a madrugada; ainda havia vingança de sangue naquela região distante, arcaica. Lembro-me apenas do rosto do morto que jazia à direita. Ele estava azulado como violetas e em parte também amarelo. Nas narinas, tinha dois grandes tufos de algodão, embebidos de sangue velho. Uma carga de chumbo o atingira no peito.

Ao cair da noite, embarquei para o mar. Eu estava trabalhando, por algumas noites, num barco de pesca; deve ter sido uma das poucas noites em torno da lua nova, quando não havia luar. Um barco rebocava seis botes, *lâmpades*, para o alto-mar, cada qual tripulado por uma única pessoa. Lá chegando, éramos desacoplados separadamente ao longo de um quilômetro e deixados a sós. O mar estava liso como um espelho, sem ondas, a água como óleo. Afora isso, um silêncio imenso. Cada bote tinha uma grande lanterna de carbureto, que iluminava o mar em profundidade. A luz atraía peixes e sobretudo lulas.

Estas eram pescadas com uma técnica singular. Na extremidade da linha de pesca, colava-se um pedaço de papel de cera de cor clara, com a forma e o tamanho aproximados de um cigarro. Isso atraía as lulas, que abraçavam a suposta presa com os seus tentáculos. Para que elas pudessem se sustentar melhor, no final da isca luminosa fixava-se uma coroa com cerdas de arame. Era preciso saber com exatidão o quão profundamente a isca estava mergulhada na água, pois no momento em que os calamares eram erguidos do mar, eles soltavam as presas e se deixavam cair de volta na água. A última braçada de linha tinha que ser acelerada de tal forma que, com o impulso, as lulas caíssem no bote.

As primeiras horas da noite se passavam numa espera imóvel, até que em algum momento a lua artificial da lanterna surtiu seu efeito. Acima de mim estava a cúpula do universo, estrelas como se ao alcance da mão, tudo me embalava suavemente num berço de infinitude. E abaixo de mim, claramente iluminadas pela lanterna de carbureto, estavam as profundezas do oceano, como se a abóbada do firmamento compusesse com elas uma esfera. Em vez de estrelas, havia ali espalhados inúmeros peixinhos prateados cintilantes. Envolvido por um cosmo magnífico, acima, abaixo, por toda a parte, no qual não havia palavras e todos os ruídos estavam suspensos, de repente num espanto inconcebível reencontrei a mim mesmo. Eu tive certeza de saber tudo aqui e agora. Meu destino me foi revelado. E eu sabia também que depois de uma noite como aquela dificilmente seria possível envelhecer. Eu tinha plena certeza de que não chegaria ao meu 18º ano de vida, pois, iluminado por tal graça, nunca mais poderia haver para mim um tempo ordinário.

2.
El Alamein

Faz um tempo encontrei junto com alguns documentos um cartão-postal de minha mãe, datado de 6 de setembro de 1942, escrito a lápis. O selo com o retrato de Adolf Hitler já vinha impresso no papel. O carimbo é claramente identificável: *Munique, capital do movimento*.* O cartão está endereçado ao *prof. dr. R. Herzog e família* em *Großhesselohe, subdistrito de Munique*. Portanto, a meu avô Rudolf Herzog, o patriarca da família. Meu pai, ao que tudo indica, não foi notificado pela minha mãe.

"Querido pai", ela escreve ao meu avô. "Comunico-lhe que ontem à noite dei à luz um filho. Ele se chamará Werner. Saudações carinhosas, Liesel." Meu nome, Werner, foi um ato de rebeldia contra o meu pai, que havia escolhido para mim o nome de Eberhard. Quando nasci, meu pai estava na França como soldado, não na linha de frente ou algo assim, pois ele soube se safar, mas na retaguarda, onde eram distribuídas provisões, sobretudo mantimentos. Ele havia gerado a mim durante a sua última licença da guerra, logo após o ano-novo. Mais tarde, minha mãe descobriu que ele havia passado a primeira metade da sua licença de dez dias com uma amante e só depois apareceu em casa.

---

* Em alemão, *München, Hauptstadt der Bewegung*: título honorífico dado à cidade durante o governo de Adolf Hitler (1933-45), numa referência às origens do movimento nazista.

Eu nasci logo antes da virada decisiva da Segunda Guerra Mundial. No leste, a Wehrmacht* tentava tomar Stalingrado, o que em poucos meses levaria à desastrosa derrota alemã no leste, e no Norte da África o general alemão Rommel tentava avançar até El Alamein, o que resultaria num desastre semelhante para o chamado Reino de Mil Anos.** Mais tarde na minha vida, quando eu tinha 23 anos e saí dos Estados Unidos às pressas porque tinha burlado o meu status de visto e seria deportado para a Alemanha, fugi para o México, onde tive que ganhar dinheiro de alguma forma para sobreviver. Encontrei trabalho nas *charriadas*, a versão mexicana do rodeio, como uma espécie de palhaço que atuava na arena montando em touros jovens, embora eu jamais tivesse sequer subido num cavalo. Eu me apresentava sob o nome artístico de El Alamein, porque ninguém conseguia pronunciar corretamente o meu nome e, para simplificar, me chamavam *El Alemán*, o alemão. Eu, porém, insistia em El Alamein, pois, para deleite do público, eu era severamente castigado a cada apresentação, numa tácita alusão à derrota alemã nos desertos do Norte da África. Todos os sábados, as pessoas podiam assistir mais uma vez a essa derrota, ou, melhor dizendo, aos ferimentos a que inevitavelmente me sujeitava.

Apenas duas semanas após o meu nascimento, a capital do movimento, Munique, foi atingida por um dos primeiros ataques aéreos. Minha mãe morava na cidade, numa pequena mansarda na Elisabethstraße, 3. Treze anos depois, nos mudaríamos para uma pensão no mesmo edifício, apenas um andar abaixo, onde então conheci o colérico Klaus Kinski e seus acessos de fúria. Mas em 1942, de quando não tenho lembranças, muitos edifícios ao redor foram completamente

---

* As Forças Armadas alemãs durante o nazismo.   ** O Estado nazista alemão, também chamado de Terceiro Reich.

destruídos, e aquele onde eu estava começando a minha vida também sofreu severos danos. Minha mãe me encontrou no berço coberto por uma camada espessa de cacos de vidro, telhas e entulho. Eu saíra totalmente ileso, mas minha mãe, em seu medo, pegou a mim e a meu irmão mais velho, Tilbert, e deixou a cidade fugindo para as montanhas até Sachrang, a mais remota de todas as aldeias na Baviera, localizada num vale estreito bem perto da fronteira com a Áustria. Foi onde eu cresci. Minha mãe conhecia algumas pessoas ali e através delas encontrou um lugar para ficar fora da aldeia, no Bergerhof, uma propriedade montanhesa — não na própria sede, mas na chamada *Austragshäuschen*, a casinha da aposentadoria, uma diminuta construção ao lado da principal, onde, de acordo com o costume bávaro, o velho casal de agricultores recebia o necessário para viver, depois de transferir a propriedade para o filho mais velho. Morávamos no térreo, em cima de nós estava alojada uma família refugiada de Hamelin, no norte da Alemanha.

Sobre meu pai e sua família falarei mais adiante. Antes, porém, vou me remeter à família de minha mãe, os Stipetić, que eram provenientes da Croácia, da cidade de Split, que originalmente pertencia à Dalmácia, e depois se mudaram para Zagreb, numa época em que a atual capital ainda se chamava Agram. Ali, no século XIX, meus antepassados foram altos funcionários da administração pública e das Forças Armadas, e meu avô, um major do estado-maior dos Habsburgo, que no entanto nunca conheci, pois ele morreu quando minha mãe tinha apenas dezoito anos. Segundo os relatos dela, esse meu avô tinha uma queda pelo humor surreal, pelo absurdo. Ele passou dois anos estacionado em Uscupe, atual Escópia, e durante todo esse tempo usava sempre uma luva só. Mais tarde, num café em Viena, ele tirou suas luvas de oficial diante do garçom e, para espanto geral, tinha uma das mãos profundamente bronzeada, enquanto a outra era branca como a neve. Como se em rebelde sublevação, ele jogava bolas de gude com meninos de rua em uniforme de gala e se destacava com feitos bizarros e nem um pouco militares. Essa parte croata da minha família era nacionalista e queria a independência da Croácia perante a monarquia dual austro-húngara. Tais pretensões mais tarde desembocaram no fascismo. Com o apoio de Hitler, um *poglavnik*, um *führer*,* assumiu o poder na Croácia por três anos, e o pesadelo só acabou com o fim da guerra.

Minha avó era uma burguesa de Viena, com quem minha mãe nunca teve um relacionamento próximo, porque durante toda a sua vida nunca conseguiu se interessar pela burguesia. Eu só conheci essa minha avó de poucas visitas, e a única memória vívida que tenho dela é de quando a visitei com minha mãe num lar de idosos, já perto da sua morte. Minha avó estava confusa e me pediu um copo d'água, que enchi para ela na pia. "Uma delícia", ela repetia a toda hora, tomava pequenos goles, e não parava de agradecer por tão extraordinária iguaria.

Lotte, a irmã mais nova da minha mãe, puxou a essa avó austríaca e, desse modo, as duas irmãs não tinham muita intimidade. Lotte era uma mulher absolutamente afetuosa, com dois filhos, um menino e uma menina. O menino, meu primo, alguns anos mais velho do que eu, com quem eu me dava bem, teve um papel importante num momento dramático da minha vida, quando, aos 23 anos, voltei dos Estados Unidos para a Alemanha pela primeira vez. O meu primeiro grande amor ficara em Munique, mas já então nosso relacionamento era problemático, porque naqueles anos eu estava tendo um desenvolvimento muito rápido, estranho para ela.

---

* "Líder", título usado com variações em todas as estruturas hierárquicas nazistas.

Eu a conhecera quando trabalhava como soldador no turno da noite na fábrica de seus pais, uma pequena metalúrgica. Eu já começara com esse trabalho durante o *Gymnasium*,* porque precisava de dinheiro para a produção dos meus primeiros filmes. Talvez por insegurança, porque eu não lhe propusera um noivado quando parti, ela se casou com o meu primo durante a minha estadia nos Estados Unidos, sem me contar a respeito. Quando voltei, ela tinha acabado de retornar da lua de mel e mesmo assim fugiu comigo por alguns dias, porém nem ela nem eu estávamos determinados a reverter os acontecimentos. Como ela não queria voltar direto para o marido, meu primo, levei-a para a casa dos pais dela, que estavam à minha espera com os seus quatro filhos. Talvez fossem apenas três, minha memória os eleva a uma superioridade absoluta. Eu não queria simplesmente despejar minha amada na porta da casa de seus pais e estava disposto a me apresentar. Seus irmãos, brutamontes bávaros musculosos, todos jogadores de hóquei, haviam proferido a ameaça de me matar na primeira vez que eu aparecesse. Os pais, com razão, fizeram ameaças semelhantes. Mas não tive medo e entrei na casa. Com o meu primo, eu tivera um estranho encontro no dia anterior, a minha amada entre nós dois sendo puxada para lá e para cá. Ainda hoje tenho certeza de que não partimos para as vias de fato, não encostamos um dedo um no outro, mas apesar disso fiquei depois com a maçã do rosto inchada, como se tivesse levado uma forte pancada. Só quatro décadas mais tarde tive um breve encontro com ele num aniversário de família, porém nunca voltamos a nos aproximar, embora ambos quiséssemos isso.

---

* Modalidade de ensino secundário na Alemanha, voltada para o ingresso numa universidade.

Minha namorada até essa minha primeira viagem aos Estados Unidos depois esteve como que sob uma maldição, sempre atraindo a má sorte. Ela teve dois filhos com o meu primo, mas o casamento se desmantelou. Relacionamentos posteriores com outros homens também terminaram de forma infeliz. Por fim, ela se jogou da ponte de Großhesselohe para a morte. Em fotos antigas de nós dois, parecemos completamente despreocupados, imbuídos de uma leveza atrás da qual não se podia supor a fatalidade que sobreviria. Ainda hoje me aflige que, na minha temporada nos Estados Unidos, eu a tenha abandonado de alguma forma, sem ter tido a coragem de ser franco com ela. Na minha vida, muitas vezes as mulheres estiveram associadas a dramas, o que provavelmente vem do fato de que sentimentos profundos sempre estiveram em jogo. Mas nunca entendi por completo o grandioso mistério e a agonia do amor. Eu simplesmente quase não tive relacionamentos superficiais. O demônio do amor sempre me impeliu, e sem mulheres minha vida teria sido um nada. Às vezes imagino um mundo onde não haja mulheres, apenas homens. Tal mundo seria insuportável, miserável, cambaleante entre um vazio e outro. Mas também tive muita sorte, talvez mais do que mereci.

Minha família pelo lado paterno era formada por acadêmicos. Suas raízes estão na Suábia, mas um ramo da família era de huguenotes com o nome de Neufville, provavelmente protestantes franceses que se refugiaram da perseguição em Frankfurt no fim do século XVII. Minha extensa árvore genealógica nunca me interessou em particular, mas me lembro de meu pai ter feito pesquisas, segundo as quais seríamos parentes do matemático Gauß, bem como de várias outras celebridades históricas e, por fim, até mesmo de Carlos Magno, mas de um ponto de vista estatístico é provável que isso seja válido para a maioria dos alemães e dos franceses. Na verdade, para o meu pai tratava-se mais de nos conferir uma importância que todavia não tínhamos. Um dos meus meios-irmãos, Ortwin, que quase não conheço e que viajou pelo mundo e trabalhou para uma lista telefônica classificada meio fraudulenta, foi inserido por meu pai na árvore genealógica como um *viajante pesquisador*, como se fosse o caso de um novo Alexander von Humboldt. O mais velho desses dois meios-irmãos, Markwart, que conheço um pouco melhor — embora ambos tenham ficado distantes e marcados para toda a vida, pois, ao contrário de mim, tiveram a infelicidade de crescer junto ao meu pai —, é o único de todos os irmãos que concluiu um curso universitário. Ele estudou teologia católica e escreveu a sua tese de doutorado sobre interpretações religiosas e filosóficas a respeito da suposta descida de Cristo ao inferno.

Ella, minha avó pelo lado paterno, uma mulher alta e imponente que, tão só por sua força de caráter, assumiu cada vez mais o papel de chefe de todo o clã familiar, me proporcionou uma visão profunda da história de minha família, ou melhor, uma espécie de visão em túnel, um buraco perfurado em profundidade na vida de duas pessoas apenas, minha própria avó e a avó dela, minha tataravó. Somente essa verdadeira sondagem das profundezas da minha árvore genealógica é que sempre me interessou. Ela própria, minha tataravó, escreveu suas memórias: "*Meus filhos e netos*", e mais abaixo: "*Pois é, parece que vocês estão curiosos e querem saber como o vovô conquistou a vovó*". Embaixo: "*Natal de 1891*".

As memórias da minha tataravó remontam ao ano de 1829. Ela cresceu na Prússia Oriental. "*Minha querida filhinha*", escreve a avó da minha avó, "*quando no verão lhe contei numa carta sobre minhas experiências e lembranças de minha antiga pátria, você me disse que ficaria feliz se eu escrevesse algumas histórias da minha infância que relatei a vocês. A primeira memória de que tenho consciência remonta ao meu terceiro ano de vida. Penso que deve ter sido em 1829. Em meu pensamento, vejo-me em nossa sala de estar no castelo de Gilgenburg. Minha mãe, cujas feições no entanto não me ficaram na memória, está sentada numa cadeira sobre o tablado de uma janela, pois as janelas eram bastante altas em relação ao chão, diante de sua mesa de costura, ocupada com um trabalho manual; eu subo com esforço no tablado e na cadeira; em pé, atrás de minha mãe, procuro com o meu jeito de criança arrumar e acariciar seus cabelos. Então vem um outro dia, que vejo diante de meus olhos como se fosse hoje e que nunca vou esquecer — é quando estou no quarto de minha mãe, é de manhã, ela se levantara da cama e está deitada no sofá, estou brincando ao lado dela; deve haver mais alguém no quarto porque ouço dizerem: 'Ela desmaiou', e ouço chamarem pessoas, que chegam e a erguem do sofá e a deitam na cama. Então ouço alguém gritar: 'Um braseiro para aquecer os pés'. Os pés foram esfregados e aquecidos, mas foi em vão, eles não ficaram mais quentes. — Era, como ouvi mais tarde, o primeiro dia em que ela se levantara da cama após o nascimento de um filhinho. Meu irmãozinho estava morto e me lembro de ter sido chamada para vê-lo."*

"*Nas propriedades de meu pai*", escreve — na ocasião ela devia ter uns seis, sete anos — "*com suas grandes florestas, havia também muitos animais selvagens naquela época. Javalis em grandes bosques de carvalhos e também lobos em profusão. Às vezes, ao passarmos pela floresta à noite, os cavalos se assustavam e, quando olhávamos em volta, um par de olhos esverdeados faiscava na mata. Todos os anos, era realizada uma grande caça ao lobo. O governo tinha oferecido uma recompensa para cada lobo que fosse abatido. Enquanto ainda houvesse lobos, naturalmente haveria também filhotes. Às vezes, em suas incursões pela floresta, os guardas florestais encontravam uma toca de lobo com filhotes. Quando os adultos saíam à noite em busca de comida, os guardas florestais iam buscar os filhotes, enfiavam-nos num saco, vinham até nós e os despejavam na nossa sala, onde nós, crianças, dávamos pulos de alegria e brincávamos com os lobos e os provocávamos tanto que eles começavam a uivar muito alto. Tudo terminava com a morte deles. Orelhas e garras eram afixadas num pedaço de papelão e, quando este era enviado ao governo com um certificado, a recompensa era paga. Os lobos eram tão ousados que às vezes penetravam até nas hortas e pomares e pegavam um ganso ou mesmo subtraíam ao pastor uma ovelha do rebanho. Minha cabra (com a qual eu tinha uma amizade íntima) teve o mesmo destino. Os pastores ainda conseguiram com gritos e com o cão afugentar o lobo, mas a garganta do pobre animal já havia sido dilacerada. Como no verão os cavalos e o gado passavam a noite no gramado do pomar, também era necessário tomar precauções contra lobos. Quando os animais voltavam do campo no fim do dia, eles eram untados com um óleo malcheiroso, acho que se chamava 'óleo francês', do qual se dizia ter a propriedade de repelir fortemente os lobos. No gado bovino, na cabeça e entre os chifres, pois quando atacadas as reses se juntavam com as partes traseiras e se defendiam com os chifres. Nos cavalos, eram besuntados o rabo e os quartos traseiros, porque eles se juntavam com a cabeça e se defendiam do ataque dos lobos com coices. Apesar disso, lembro que uma manhã trouxeram um cavalo com o traseiro todo rasgado e esfarrapado, de modo que ele teve de ser degolado..."*

Para mim, o Bergerhof, em Sachrang, era o mesmo idílio crivado de perigos, só que forjado pelas catástrofes, convulsões e fluxos de refugiados da Segunda Guerra Mundial. Lembro que, ainda antes de eu ir para a escola, meu irmão mais velho, Till, e eu pastoreávamos as vacas na propriedade dos Lang. Nós, crianças pequenas, éramos amigas do filho do proprietário, Eckart, que entre nós chamávamos apenas de Manteiga, porque o pai dele, que costumava espancá-lo brutalmente, fazia-o bater a nata até virar manteiga. O pastoreio de vacas nos rendeu o primeiro dinheiro ganho por conta própria; não era quase nada, mas fortaleceu em nós o senso de independência.

É possível que tenhamos ganhado dinheiro ainda mais cedo quando com a mesma idade levávamos cerveja e refrigerante num cavalo Haflinger até o alto do monte Geigelstein. À esquerda um engradado de cerveja, à direita um engradado de refrigerante, ambos bem amarrados no lombo do cavalo, e subíamos o longo caminho quase a galope até o Oberkaser, um pasto que ficava um pouco acima da cabana Priener, na qual funcionava uma hospedaria. A diferença de altitude a partir de Sachrang deve ser de cerca de oitocentos metros, e andávamos descalços porque no verão não tínhamos sapatos. Sapatos só havia no outono e no inverno até o fim de abril, e nos meses sem "r" — maio, junho, julho, agosto — também não tínhamos nenhuma roupa sob as nossas calças de couro. Hoje há uma estrada que sobe a montanha, mas naquela época subíamos por uma trilha pedregosa e mesmo assim conseguíamos fazer o percurso em uma hora e quinze minutos. Atualmente, os turistas levam quase quatro horas. No Oberkaser, vivia uma família de pastores, entre eles uma jovem mulher, a Mare. Ela era a única que passava o ano todo ali, e dizia-se que, desde que se apaixonara lá embaixo e fora abandonada, não queria ter mais nada com o vale e as pessoas que lá viviam. Quando tinha um ano, seu pai a enfiou numa mochila e subiu com ela a montanha. Desde então a Mare vivia lá em cima e, após a sua juventude, esteve no vale apenas uma vez em sessenta anos, porque tinha que assinar papéis para o recebimento de uma pensão, acho. Há alguns anos, pouco antes de ela morrer, eu a encontrei lá em cima com o meu filho mais novo, Simon. Ela já tinha mais de noventa anos e estava desgrenhada e desleixada, embora houvesse gente que cuidava dela. Jovens do serviço de resgate na montanha, que tinham uma cabana nas imediações, davam uma olhada nela quase todos os dias. Um deles a penteava de vez em quando, e lhe fazia bem que um homem jovem e forte arrumasse os seus cabelos. Ela sobreviveu a verões e invernos, chuvas e tempestades. Não muito tempo antes da minha visita, a sua cabana havia sido toda soterrada por uma enorme avalanche, e os homens do resgate cavaram um poço vertical de vários metros de profundidade para tirar a Mare com vida da cabana ainda praticamente intacta. Quando a encontrei, um homem que cuidava dela de forma comovente acabara de instalar na nova cabana um aquecedor que ligava e desligava automaticamente de acordo com a temperatura, pois uma vez a Mare fora encontrada quase congelada na sua cama, e outra vez ela pusera fogo em si mesma com gravetos em chamas. As autoridades responsáveis por ela em Aschau debateram longamente sobre levá-la para um lar de idosos, mas ela se recusou terminantemente e ficou decidido então que ela poderia morrer no lugar que sempre foi o seu lar. A Mare lembrava-se apenas de modo vago dos dois meninos que, setenta anos antes, costumavam ir até sua casa com o Haflinger. Às vezes, quando o tempo estava ruim, meu irmão e eu dormíamos no feno lá em cima e partíamos de manhã, bem cedinho, porque, antes de corrermos para a escola, devolvíamos o cavalo e recebíamos nossos cinquenta centavos.

Como no caminho para o pasto alto havia pedras pontiagudas que muitas vezes não dava para ver sob os tufos de grama, nossos pés estavam sempre esfolados e sangrando. No verão, com sede, invadimos o estábulo do pasto Schreck-Alm e meu irmão se aproximou de uma vaca que pretendia ordenhar rapidamente. Mas era uma vaca jovem, que o escoiceou com tanta força que ele saiu voando para fora do estábulo. Tal como aprendi naquela época em Sachrang, hoje ainda sei ordenhar uma vaca e reconheço outras pessoas que sabem, assim como às vezes se pode reconhecer um advogado ou um açougueiro. Meus conhecimentos de ordenha vieram em meu auxílio muito mais tarde, junto aos astronautas que formaram a tripulação de um ônibus espacial. A história prévia a isso remonta ao meu fascínio por uma missão exploratória de Júpiter que foi extremamente difícil e marcada por reveses. Após muitos adiamentos e mudanças de planos, a sonda espacial *Galileo* foi lançada de um ônibus espacial em 1989. Para atingir a velocidade necessária, a sonda teve que dar uma volta em torno de Vênus e duas em torno da Terra. A gravidade dos dois planetas produziu um efeito estilingue. A missão durou catorze anos e, ao final, em 2003, quando a sonda *Galileo* quase não dispunha mais de combustível próprio, a Nasa decidiu conduzi-la com a sua última energia restante para fora da órbita de uma das luas de Júpiter e abandoná-la à mercê da gravidade do planeta gigante. Não se queria contaminar a lua de Júpiter, Europa, que é coberta por uma espessa camada de gelo sob a qual se presume haver um oceano líquido e que possivelmente contém formas de vida microbianas, e por isso foi provocada a queda da sonda *Galileo* nos gases de Júpiter, onde ela se extinguiu como plasma ultraquente. Quase todos os cientistas e técnicos que trabalharam na missão reuniram-se para acompanhar essa morte da sonda no Centro de Controle de Missão em Pasadena, na Califórnia, e eu tinha ouvido falar disso. Eu queria de todo jeito estar lá, porque sabia que muitos dos envolvidos comemorariam com champanhe e muitos, eu previa, estariam de luto. Não obtive permissão para participar do evento, mesmo assim escalei a cerca de arame do terreno, porém não consegui passar pelos seguranças na entrada do Centro de Controle. Um físico, a quem sou grato até hoje, de alguma forma me reconheceu quando fui detido pelos seguranças e telefonou para a sede da Nasa em Washington. Ali, por mero acaso, os responsáveis estavam em reunião e o próprio chefe da agência foi chamado ao telefone, porque prometi não incomodá-lo por mais de sessenta segundos. Eu tive sorte. Ele tinha visto alguns dos meus filmes e simplesmente deu a ordem: "Deixem o maluco entrar com a sua câmera". O que me impressionou naquele dia foi como quase todos os envolvidos choraram e, de repente, quando os sinais da sonda ainda estavam sendo recebidos com nitidez, alguém anunciou que aquela era a morte da missão. Embora os sinais continuassem a chegar, havia sido feito um cálculo dessa antecipação, pois a sonda ainda transmitiria dados por mais 52 minutos. Durante esse tempo, os sinais da sonda já morta, extinta em fogo, continuariam viajando até a Terra.

Isso me levou a novas pesquisas. Num arquivo, encontrei filmagens maravilhosas em celuloide de 16 mm, que os astronautas haviam feito durante seus trabalhos na missão do ônibus espacial. Presumo que fossem as únicas filmagens nesse formato, os rolos de filme ainda estavam lacrados no plástico do laboratório, ninguém fizera nada com elas. Evidentemente, já houvera filmagens em vídeo na época do lançamento da sonda, em 1989, e antes disso é possível que tenha havido filmes em 8 mm do espaço sideral, mas naquela tripulação havia um astronauta que se interessava por cinema e tinha talento. É dele que provém a maior parte do material, apesar de outros membros da tripulação também terem filmado. Menciono esse piloto porque ele registrou cenas de beleza excepcional, que me impressionaram profundamente. Ele era piloto de teste em todos os tipos de aeronaves da Força Aérea dos Estados Unidos e servira como capitão de um submarino nuclear.

O material dessas filmagens, isso logo ficou claro para mim, junto com tomadas sob o gelo da Antártida, formaria a espinha dorsal do meu filme de ficção científica *Além do azul selvagem*. Ou melhor, as filmagens deveriam compor uma história, a partir da sua própria dinâmica, quase por si mesmas. Os astronautas da tripulação do ônibus espacial daquela época também deveriam aparecer — agora eles estavam dezesseis anos mais velhos, mas segundo a minha história teriam viajado a uma velocidade tão alta que, nesse meio-tempo, haveria se passado 820 anos na Terra. Uma distorção no tempo. Eles retornam a uma Terra despovoada.

Demorou vários meses até que eu conseguisse encontrá-los todos em Houston, no Johnson Space Center. Numa grande sala, as cadeiras estavam dispostas em semicírculo; nelas já estavam sentados os astronautas, agora mais velhos, quando fui conduzido para o local. Eu sabia que eram todos cientistas com altas qualificações, uma das duas astronautas era bioquímica, a outra, médica, um dos homens era um dos mais importantes físicos de plasma dos Estados Unidos — todos profissionais sérios e altamente competentes. Ao cumprimentá-los, senti o meu coração pesar. Como eu poderia convencer aquelas pessoas a atuarem num filme de ficção científica tão fantasioso? Eu lhes contei um pouco sobre minhas origens nas montanhas da Baviera enquanto observava os seus rostos. Um deles, o piloto, Michael McCulley, tinha traços definidos e fortes, como conhecemos dos filmes de caubói. Eu disse que na verdade não era uma criatura da indústria cinematográfica, mas alguém que no pós-guerra tinha aprendido a ordenhar vacas. Ainda hoje sinto um frio na espinha quando penso em como poderia ter posto tudo a perder com a minha fala, mas mesmo assim mencionei que, por causa do meu trabalho com atores e com rostos, muitas vezes era capaz de perceber nas pessoas coisas que elas guardam dentro de si. Por exemplo, que de um modo geral eu era capaz de reconhecer pessoas que sabiam ordenhar vacas. Virei-me para McCulley e disse: "*Sir*, estou bastante convencido de que sabe ordenhar vacas". Ele gritou, bateu nas coxas, fez os movimentos de ordenha com os punhos. Sim, tendo crescido numa fazenda no Tennessee, McCulley havia aprendido a ordenhar. Não quero nem imaginar em que abismo de constrangimento eu teria me lançado caso estivesse errado. Mas o gelo tinha sido quebrado, e todos os astronautas que apareciam no filme de 16 mm participaram como atores do meu filme, 820 anos mais velhos.

Nós, crianças em Sachrang, aprendemos a pescar trutas usando apenas as mãos. Quando as pessoas aparecem, as trutas se escondem debaixo das pedras ou dos juncos que pendem da margem e ali permanecem imóveis. Tateando com cuidado dentro da água com as duas mãos ao mesmo tempo e então agarrando com determinação, é realmente possível pescá-las. Com frequência, pois tínhamos fome, de manhã no caminho para a escola ao longo do riacho Prienbach, pegávamos uma ou duas trutas e as deixávamos presas numa poça rasa que escavávamos ao lado do rio, e depois na volta as levávamos para casa. Minha mãe então as fritava. Lembro-me de como, recém-mortas e sem cabeça, elas se contorciam no óleo. Algumas, ainda vejo diante de meus olhos, até mesmo pulavam na frigideira. Nossa vida se passava quase exclusivamente ao ar livre, e nossa mãe não hesitava em nos pôr para fora de casa todas as tardes, durante quatro horas, mesmo no mais frio dos invernos. Quando escurecia, ficávamos em frente à porta da casa, tiritando de frio, as roupas cobertas de neve. Às cinco horas em ponto, a porta se abria, e nossa mãe, sem nenhuma cerimônia, varria a neve das nossas roupas com uma vassoura de gravetos antes de nos deixar entrar. Ela considerava saudável a vida ao ar livre, e nós tivemos uma infância magnífica, sobretudo porque, como em quase nenhuma casa havia um pai, o que era também o nosso caso, tudo se encontrava em estado de anarquia, no melhor sentido. Eu, mais do que todos, ficava muito feliz por não termos um sargento em casa para nos dizer como devíamos nos comportar.

Aprendíamos tudo sem instruções.
Lembro-me de um bezerro morto, que era do Sturmhof, a propriedade vizinha, e jazia na neve à beira da floresta. Pelo menos seis raposas dilaceravam o cadáver e, quando cheguei perto, elas fugiram. Enquanto meu irmão andava ao redor do bezerro morto, de repente uma raposa escapuliu de dentro da cavidade abdominal, agachou-se e fugiu mantendo a posição agachada. As raposas têm esse agachamento em seu andar ao serem surpreendidas. Quando muito tempo depois, em 1982, numa viagem a pé seguindo de perto a fronteira da Alemanha, eu ia por uma trilha na floresta, de súbito senti à minha frente, trazido pelo vento que soprava na minha direção, o cheiro de uma raposa e, quando o caminho fez uma curva fechada, eu a vi diante de mim, distraída, andando devagar em linha reta, no passo típico da sua espécie. Avançando de mansinho, eu quase a alcancei, mas ela se virou e por um momento se agachou muito baixo nas patas traseiras, como se quisesse escutar se o seu coração, que havia parado, tinha voltado a bater, e só então saiu dali correndo, ainda agachada.

No outono, porém, na temporada de cio dos cervos, era preciso ter um pouco de cuidado. Houve um ciclista que foi atacado por um cervo furioso e fugiu para baixo de uma pontezinha, até a qual o macho ensandecido o seguiu. Somente os estrépitos de latas de conservas vazias espalhadas por ali o espantaram. Também aconteciam encontros misteriosos. Certa vez, em plena luz do dia, meu irmão é testemunha, de repente a encosta atrás da nossa casa ficou inteira cheia de doninhas, todas elas correndo em direção ao riacho. Não acho que tenha sido um sonho, embora isso sempre possa ser uma explicação. De resto, tínhamos visto na vida no máximo uma doninha, ou talvez duas, mas daquela vez devem ter sido muitas dezenas. Essas fugas em massa são conhecidas em lemingues, mas nunca ouvi falar de tal comportamento em doninhas. Algumas delas fugiram por entre os troncos de uma pilha de madeira, e eu quis procurar ali, mas não encontrei mais nenhuma. O mundo ao redor era cheio de mistérios. No caminho para a aldeia, do outro lado do riacho, havia uma floresta alta de abetos, a Feenwald, floresta das Fadas, na qual quase nunca ousávamos entrar. Na parte estreita do desfiladeiro atrás da casa, havia uma cachoeira que batia num degrau de pedra antes de desaguar num poço, que estava sempre cheio de água gelada, cristalina. Às vezes, árvores gigantes caíam nesse poço e conferiam ao lugar algo de primordial. Ali eu vi o Sturm Sepp pelado tomando banho e esfregando o corpo com uma escova de piaçava. Ele não parecia uma criatura humana, mas antes uma velha árvore gigante, com líquens que tremulavam ao vento.

3.
Heróis míticos

O Sturm Sepp é uma das figuras míticas da nossa infância. Ele era um empregado da propriedade vizinha, Sturmhof. Na velhice, o seu tronco ficara dobrado quase horizontalmente para a frente a partir do quadril. O Sturm Sepp devia ter, pelo menos para nós, o tamanho de um gigante, como um ser vindo de um passado nebuloso e indefinível. Ele tinha uma longa e farta barba grisalha e quase sempre um cachimbo também longo pendurado na boca. O quão alto ele seria caso se endireitasse era algo que podíamos saber pela sua bicicleta. O selim estava regulado tão alto acima do quadro que apenas um gigante conseguiria alcançar os pedais de lá de cima. O Sturm Sepp não falava. Jamais alguém o ouvira dizer uma palavra. No domingo, na taverna, a sua cerveja era posta na sua frente sem que precisasse pedir. Nós, crianças, zombávamos dele e, no caminho para a escola, quando ceifava a relva do outro lado da cerca, encurvado como uma criatura primitiva, nós gritávamos "Olá, Sepp", e repetíamos isso várias vezes, tentando arrancar uma palavra dele. Uma vez, embora parecesse estar tranquilo cortando a relva, ele de repente desferiu um golpe furioso com a foice contra Brigitte, a menina do Bergerhof, que estava mais perto da cerca, e a atingiu no meio do corpo. "Ah, você", ele exclamou, a sua única articulação linguística em décadas. Por sorte, a ponta da foice perfurou apenas os utensílios de metal que ela levava na merenda da escola. A partir de então mantivemos distância. Adotamos a explicação de que Sturm Sepp era tão forte e tão terrivelmente dobrado ao meio porque no inverno arrastava toras de madeira da montanha. Certa vez, quando o cavalo não aguentou, ele próprio teria carregado um gigantesco tronco nos ombros e, a partir de então, ficara encurvado para a frente.

Como ele, havia muitos outros mistérios. Não sei se é uma lembrança, mas vejo um homem em pé na beira do riacho atrás da casa ao anoitecer. Contra o frio, ele acendeu uma grande fogueira. Seu rosto está tingido de vermelho. Ele olha fixamente para as chamas. Alguém diz que ele é um desertor, que fugirá para as montanhas pela manhã. É possível que me lembre disso? Nessa época eu não era novo demais para ter hoje uma lembrança? Havia também uma bruxa que me pegou e saiu correndo comigo, mas minha mãe a alcançou e me arrancou de suas garras, e a partir daí com certeza eu não faria mais xixi nas calças, em tempo alcançaria o penico. Na minha mão direita havia uma sarda, mas eu sabia que aquele era o ponto em que a bruxa tinha me mordido. Depois houve outra noite, que com certeza aconteceu de verdade, em que nossa mãe arrancou a mim e a meu irmão Till da cama e depressa nos embrulhou em cobertores, porque lá fora o inverno ainda era muito frio. Ela subiu conosco um trecho da encosta, de onde tínhamos uma boa visão. "Vocês precisam ver isso, meninos", disse ela, "a cidade de Rosenheim está em chamas." Rosenheim, perto do fim da guerra, foi incendiada, dizia-se, por bombas dos Aliados, que sobrevoavam os Alpes ao voltar para as suas bases e, por causa do mau tempo, não conseguiam distinguir os alvos. Dizia-se também que eles teriam lançado suas bombas sobre a cidade alemã inimiga para se livrar de carga. O que vimos quando crianças tenho ainda hoje diante dos meus olhos. No final do vale, na direção norte, todo o céu ardia, vermelho e laranja e amarelo, mas não era uma cintilação como de labaredas, e sim um lento pulsar de todo o firmamento noturno, pois a cidade de Rosenheim ardia em chamas a quarenta quilômetros de distância. Era um grande incêndio que desenhava no céu noturno a terrível pulsação do fim do mundo. Na época, Rosenheim não significava nada para mim, mas a partir daquele momento eu soube que lá fora, além do nosso mundo, além do nosso estreito vale, havia outro mundo, perigoso, fantasmagórico. Não que eu sentisse medo desse mundo, ele me deixava curioso.

Um mistério que até hoje me faz pensar foi um avião que ficou um bom tempo sobrevoando a montanha atrás de casa, como se procurasse alguma coisa. Então, vimos nitidamente, ele lançou algo que parecia mecânico, brilhante, como se fosse feito de alumínio. Não tenho mais certeza se estava pendurado num paraquedas ou em algum tipo de balão. Havia uma bandeira como marcação, mas ela parecia se deslocar de uma copa de árvore para outra. As pessoas no vale também viram e, como já estava anoitecendo, só na manhã seguinte uma equipe de homens partiu para uma busca. Eles ficaram fora o dia todo e só voltaram tarde da montanha, quando já estava escuro. Estávamos curiosos, mas ninguém quis dizer nada. Eles haviam encontrado algo misterioso, sobre o qual não nos era permitido saber. Era militar? Era algo realmente deste mundo, ou de outro, distante, estranho?

Mas também a paisagem idílica de Sachrang escondia seus perigos. Anos após o fim da guerra, ainda encontrávamos armas que soldados em fuga tinham jogado fora ou escondido. Com a Alemanha cercada por todos os lados, retraindo-se cada vez mais com o avanço das tropas aliadas, restavam no final apenas alguns pequenos enclaves não ocupados, acho que um na Turíngia, um no norte, em Flensburg e, por último, Sachrang junto com Kufstein além da fronteira, na Áustria, e com os montes do Kaiser ali perto. Os últimos soldados dispersos, mas também grupos de *Werwolf*,* que pretendiam realizar operações de guerrilha após o fim da guerra, passavam por ali, jogavam fora os seus uniformes e os trocavam por roupas civis. As armas eles escondiam no feno ou sob as pilhas de lenha. Sei por minha mãe que uma vez houve um grande tumulto no Bergerhof quando os soldados americanos da ocupação encontraram armas no celeiro da propriedade. O proprietário foi ameaçado de execução, e minha mãe, que falava inglês, interveio em seu socorro. Ele realmente nada sabia sobre o esconderijo. Eu mesmo uma vez encontrei uma submetralhadora debaixo de uma pilha de lenha e não tenho certeza se cheguei a disparar a arma, mas pensei em ir caçar com ela, pois já havia observado antes um trabalhador da estrada atirar com uma submetralhadora num bando de corvos, matando um deles. Ele o depenou e fez com a ave uma espécie de sopa numa grande panela. Como estava com fome, eu me juntei aos trabalhadores e pela primeira vez na vida vi algumas gotas de gordura flutuando na sopa — uma sensação. Mesmo assim, não me deram nada da comida. Mais tarde, nós, crianças, também aprendemos a mexer com carbureto e fabricávamos nossos próprios explosivos. O melhor de tudo era provocar a detonação num tubo de concreto que passava por baixo da estrada. Ficávamos na estrada sobre o tubo e era uma sensação especial quando a explosão nos erguia um pouquinho. Também me lembro vagamente que nossa mãe nos chamou, junto com os nossos amigos, e diante de nós atirou com sua pistola numa grande acha de faia. Do outro lado, a madeira lançou estilhaços, retalhada pelo projétil. Foi tão impressionante que nem precisou de proibição. Tínhamos entendido. A partir daquele momento, ficou claro que nunca em nossas vidas

---

* Operação nazista organizada no final da Segunda Guerra com o objetivo de exercer resistência atrás das linhas dos Aliados. O nome significa "lobisomem".

apontaríamos uma arma, carregada ou descarregada, para uma pessoa. Nem mesmo uma arma de brinquedo não apontaríamos para ninguém.

Pertenço a uma geração que, de certa maneira, é singular na história. Pessoas antes de mim viveram grandes transformações, como a do mundo europeu no mundo da descoberta da América, ou a do mundo do trabalho artesanal na era industrial, mas cada uma dessas foi a experiência de uma grande e única transformação. Só que eu vi e vivi, embora não pertencesse propriamente a uma cultura agrária, os campos serem ceifados à mão com foices, o capim ser virado, as carroças puxadas por cavalos serem carregadas de feno com grandes forquilhas e conduzidas para o celeiro. Havia camponeses que trabalhavam como os servos nos remotos tempos feudais da Idade Média. Depois eu vi pela primeira vez uma máquina de virar feno, que, ainda puxada por um cavalo, jogava o feno para cima com garfos montados paralelamente, vi um primeiro trator, vi com espanto a primeira ordenhadeira. Era a transição para a agricultura industrializada. Mas muito mais tarde também vi a agricultura em gigantescos campos no Meio-Oeste americano, onde enormes colheitadeiras dispostas em formação faziam a colheita de campos com quilômetros de extensão. Nenhum ser humano perturbava os monstros, embora cada uma das colheitadeiras ainda fosse tripulada por um homem. Mas elas estavam conectadas digitalmente em rede, em cada cabine havia vários monitores, e o controle se dava automaticamente via GPS, o que possibilitava linhas matematicamente perfeitas. Se fossem pessoas a dirigir as máquinas, seria inevitável se formarem pequenas linhas onduladas, forçando todo o comboio a fazer curvas cada vez mais acentuadas. As sementes eram manipuladas geneticamente. E então, há alguns anos, eu vi a primeira agricultura robótica, onde não há mais trabalho humano. Os robôs fazem a semeadura nas estufas, regam, regulam a iluminação e a temperatura, colhem e embalam o produto acabado, pronto para ser vendido no supermercado.

De forma semelhante, também vivi grandes transformações na comunicação, desde tempos arcaicos. Lembro-me do funcionário da prefeitura em Wüstenrot, na Suábia, a algumas horas de distância de Munique e Sachrang, onde mais tarde meu irmão e eu moramos por um ano com nosso pai. Ali havia o chamado *Ausrufer* ou *Herold*, o arauto ou pregoeiro. Acho que em alemão não existe mais uma palavra que ainda seja de uso corrente, como *town crier* em inglês. Eu presenciei como ele chegava à aldeia pela estrada de Raitelberg e, tocando um sino, pedia atenção. A cada quatro casas, ele parava e gritava "Comunicado! Comunicado!", anunciando decretos e audiências da administração pública. Desde a mais tenra infância, eu sabia o que era um jornal e um rádio, embora nem sempre tivéssemos eletricidade, mas nunca assistia a filmes, não tinha a menor noção do que era o cinema. Eu não sabia que ele existia até que um dia apareceu um homem com um projetor portátil na única sala de aula da escola de Sachrang, e ali então foram exibidos dois filmes, mas não fiquei nem um pouco impressionado. Também não havia telefone na nossa aldeia, dei o meu primeiro telefonema com dezessete anos de idade. Aparelhos de televisão surgiram somente na década de 1960, assistimos pela primeira vez a um noticiário ou à transmissão de um jogo de futebol em Munique, no andar de cima do nosso, no apartamento do zelador e sua família. Vivi o início da era digital, a internet, conteúdos me foram apresentados não por pessoas, mas por algoritmos. Recebi e-mails escritos por robôs. As redes sociais mudaram profundamente toda a comunicação, ainda que eu próprio não faça uso delas. Video games, vigilância, inteligência artificial, nunca na história houve tamanha densidade de transformações radicais, e também não consigo imaginar que gerações futuras venham a experimentar tantas reviravoltas fundamentais numa única vida.

Nossa infância foi arcaica. Não tínhamos água corrente, precisávamos buscá-la com um balde no poço lá fora e, no inverno, quando fazia frio, muitas vezes a água estava congelada. Havia apenas uma latrina numa casinha anexa à casa, uma tábua com uma abertura. Como esse anexo não era bem calafetado, no inverno a neve acabava se acumulando dentro da casinha, e por isso nossa mãe pôs um balde no corredor. Usávamos o balde como banheiro, mas nos dias de maior frio, tudo que havia dentro do balde congelava e se solidificava. Apenas a cozinha, que contava com um pequeno fogão a lenha, podia ser aquecida. O minúsculo quartinho contíguo, com cerca de dois metros de largura, onde meu irmão e eu dormíamos em um beliche, e o quarto de nossa mãe não tinham nenhum tipo de aquecimento. Também não tínhamos colchões de verdade. Minha mãe não podia comprá-los e confeccionou ela mesma alguns substitutos, enchendo sacos rústicos de pano com feno obtido de samambaias que ela havia secado. As samambaias, contudo, talhadas com uma foice, tinham pontas afiadas onde os talos haviam sido cortados obliquamente. Depois de secas, essas extremidades ficavam duras como lápis apontados, e sempre acordávamos quando trocávamos de posição durante o sono. A samambaia seca se aglomera rapidamente formando bolas, e mesmo fortes sacudidas no colchão não são mais capazes de impedir que surjam cavidades rijas, duras como concreto. Por causa dessas cavidades, durante toda a minha infância nunca dormi numa superfície reta. No inverno, às vezes fazia tanto frio à noite que os cobertores, estendidos até sobre nossas cabeças, congelavam no ponto onde deixávamos um buraco para respirar. O quarto era tão estreito que entre o beliche e a parede cabia apenas uma cadeira. No alto, logo abaixo do teto, havia uma prateleira onde eram armazenadas maçãs. Lá dentro cheirava permanentemente a essas maçãs. Elas murchavam e congelavam no inverno, mas ainda eram comestíveis quando descongeladas.

Quase não havia assistência médica, e minha mãe, embora sempre tentasse explicar, era tomada por uma médica, porque tinha um título de doutora. Mas ela o adquirira como bióloga. Seu orientador foi o posterior ganhador do Prêmio Nobel Karl von Frisch, e sua tese havia sido sobre a audição dos peixes. Para o estudo, realizado no aquário do laboratório, ela tocava, na flauta doce, melodias às quais os peixes aprendiam a reagir, fosse para fugirem, fosse para emergirem curiosos à superfície, pois com determinada melodia havia comida como recompensa. Apesar disso, na aldeia ela sempre era chamada em casos de emergência. Um vizinho, menino de menos de quatro anos, se esticara para pegar uma panela que estava em cima do fogão, mas a panela tombou e a água fervente derramou-se em cima dele, desde a ponta do queixo, descendo pelo pescoço e pelo peito até as coxas. As queimaduras eram terríveis, e minha mãe foi chamada quando o coração do menino já não batia direito. Ela não se deixou impressionar e aplicou nele uma injeção de adrenalina através das costelas direto no miocárdio. O menino sobreviveu. Uma vez, anos depois na escola, no meio da aula, ele tirou a camisa e me mostrou o corpo cheio de cicatrizes. A mortalidade infantil era alta. No Bergerhof, Beni, o jovem lavrador, e sua esposa, Rosel, perdiam um filho atrás do outro logo após o nascimento. Eles sofriam de uma incompatibilidade sanguínea, o que hoje se pode facilmente resolver com uma grande transfusão imediata. Por fim, os dois adotaram uma menina, uma criança da ocupação,* que se chamava Brigitte. Ela pertencia ao estreito círculo de crianças que

---

* *Besatzungskinder*: filhos de mães alemãs gerados por soldados das Forças Aliadas após a Segunda Guerra.

vivia nas cercanias do Bergerhof. Lembro-me de que Rosel ficou grávida novamente e deu à luz outra criança em Aschau, e então foi trazida de volta num automóvel, e de como fiquei atônito tentando ver onde estava a criança. De repente, a menina Brigitte saiu correndo da fazenda aos prantos, precipitou-se no tanque do poço e lavou o rosto com água fria. Então eu soube que também aquela criança havia morrido, era a oitava seguida. Depois houve um filho que sobreviveu, Benno, com quem ainda hoje mantenho contato. Brigitte tornou-se garçonete num café em Aschau, mas morreu ainda muito jovem de câncer de mama.

Meu irmão Till e eu crescemos em grande pobreza, mas não notávamos em absoluto que éramos pobres, exceto talvez nos primeiros dois ou três anos após a guerra. Estávamos sempre com fome e minha mãe não conseguia trazer comida suficiente para casa. Comíamos saladas de folhas de dente-de-leão, minha mãe fazia xarope de tanchagem e de brotos frescos dos galhos de abeto. O primeiro era usado mais como remédio para tosse e resfriados, o segundo substituía o açúcar. Somente uma vez por semana recebíamos um filão da padaria da aldeia em troca de nossos cupons de alimentação. Nossa mãe riscava com uma faca uma marca para cada dia, de segunda a domingo, o que mal dava uma fatia de pão por dia para cada um de nós. Quando a fome apertava muito, recebíamos um pedacinho do pão do dia seguinte, pois minha mãe tinha esperanças de arranjar mais alguma coisa para comermos, mas na maioria das vezes o pão já fora todo consumido na sexta-feira, e então os sábados e domingos eram particularmente ruins. Minha lembrança mais intensa da minha mãe, que ficou para sempre gravada na minha memória, é um momento em que meu irmão e eu estamos agarrados à sua saia nos queixando da fome. Com um empurrão terrível, ela se soltou e girou o corpo abruptamente, e seu rosto estava tomado de raiva e desespero de um jeito que nunca vi antes nem depois. Ela disse com muita calma, perfeitamente controlada: "Meninos, se eu pudesse cortar um pedaço das minhas costelas para vocês, eu cortaria um pedaço das minhas costelas, mas eu não posso". Aprendemos naquele momento a nunca mais nos queixarmos. A cultura da lamentação me repugna.

A pobreza estava em toda parte e não a percebíamos como uma condição incomum, no máximo em raros momentos. Na escola da aldeia, naquela sala única para as quatro primeiras séries na qual todos tinham aula ao mesmo tempo, havia crianças que viviam em propriedades isoladas mais acima no vale e que passavam grande necessidade. Uma delas, o Hautzen Louis, chegava atrasado todos os dias, acho que ele tinha de trabalhar no estábulo de casa antes ainda de o dia amanhecer, o que o atrasava. No inverno, ele descia a montanha num trenó, por um íngreme desfiladeiro, e todos os dias chegava com neve da cabeça aos pés. A aula já tinha começado. Sem cumprimentar, arrastando atrás de si o trenó coberto de gelo pela sala de aula, ele passava diante da srta. Hupfauer, a nossa professora, e todos os dias tinha a mesma explicação: "Professora, eu caí". Não me lembro mais do seu rosto, mas um dia, no início do verão, quando o Louis, já dentro da sala, não tirou o casaco, que cheirava a estábulo, e a professora lhe disse que com aquele calor ele deveria tirá-lo, Louis fingiu não ouvir o pedido. Ele não reagiu às ordens cada vez mais zangadas da professora e acabou sendo castigado na palma da mão com o bastão. Sobre isso devo dizer que a srta. Hupfauer era uma pessoa maravilhosa que, apesar das quatro aulas simultâneas, conseguiu nos transmitir conhecimento e entusiasmo, curiosidade e autoconfiança. Naquela época, um bastão para castigar fazia parte do arsenal comum da educação e ninguém se incomodava. Não achávamos nada extraordinário termos de nos ajoelhar no degrau diante do púlpito como punição quando nos comportávamos mal, e numa acha de lenha quando nos comportávamos muito mal. O Louis continuou sem querer tirar o casaco, e todos nós na sala, devíamos ser umas 26 crianças, meninos e meninas com idades entre seis e dez anos, ficamos atentos. Isso fez aumentar ainda mais a sua agonia, e ele começou a chorar em silêncio. O silêncio do seu choro até hoje me corta o coração. Por fim, o Louis tirou o casaco e por baixo estava vestindo a única camisa que possuía. Ela estava tão desbotada e puída que a manga, a partir do ombro, era só farrapos. A professora também começou a chorar e vestiu o casaco nele outra vez.

Reencontrei a srta. Hupfauer apenas recentemente, setenta anos depois, num encontro de antigos alunos em Sachrang. Ela tinha então outro sobrenome, porque havia se casado. Na ocasião, já viúva e com mais de noventa anos de idade, ela continuava absolutamente cordial e inspiradora. Naquela época, na minha infância, ela acreditava que um dia eu teria uma vida especial, minha mãe me confirmou isso várias vezes quando eu já era adulto. Na época, quando criança, porém, nada apontava para algo incomum, no máximo em sentido negativo. Eu era uma criança quieta, mais para retraída, propensa à irascibilidade, de certa forma perigosa para o meu meio. Podia passar muito tempo ruminando em pensamentos, para descobrir, por exemplo, por que 6 multiplicado por 5 dava o mesmo resultado que 5 vezes 6. Isso se aplicava até mesmo no geral, 11 vezes 14 dava o mesmo resultado que 14 vezes 11. Por quê? Nos números, encerrava-se uma lei que eu não compreendia até que a visualizasse interiormente, como se, estendendo um retângulo com 6 linhas, cada qual formada por 5 pedrinhas enfileiradas e a seguir girando a figura um quarto de volta, de repente o princípio se tornasse evidente. Até hoje, fico entusiasmado com questões da teoria pura dos números, como a hipótese de Riemann sobre a distribuição dos números primos. Não entendo nada, absolutamente nada disso, pois não tenho o instrumental matemático, mas acredito que seja a mais importante de todas as questões sem resposta na matemática. Há alguns anos, tive um encontro com aquele que talvez seja o maior matemático vivo, Roger Penrose, e perguntei-lhe como ele aborda problemas matemáticos, se por meio de álgebra abstrata ou na forma de visualização. Para ele, é exclusivamente visualização.

Mas voltando à minha infância. Havia em mim algo sombrio. Embora eu não me lembre, devo ter brigado realmente, mais de uma vez, com uma pedra na mão, e minha mãe ficou preocupada. Eu vivia retraído, quieto, porém havia algo furioso dentro de mim, algo que justificava preocupação. Vim a controlar minha fúria apenas após uma catástrofe em nossa família. Eu já devia ter treze ou catorze anos de idade e morávamos em Munique quando tive uma briga com o meu irmão mais velho, Till. Sempre fomos, e ainda somos até hoje, irmãos incondicionais, mas também havia brigas ferozes entre nós, pancadarias furiosas. Isso era natural e aceitável. Mas numa briga acalorada, que, como vagamente me lembro, girava em torno dos cuidados com o nosso hamster, fiquei fora de mim de tanta raiva e feri o meu irmão com uma faca. Um golpe o atingiu no pulso, ele tinha feito um movimento de defesa, e um segundo golpe o acertou na coxa. O quarto banhado em sangue. O horror diante de mim me abalou a fundo. De repente, ficou claro para mim que eu tinha que mudar, sem demora e sem adiamentos, e isso significava disciplina rigorosa. O episódio havia sido simplesmente monstruoso demais. Eu causara o maior abalo que se podia imaginar, que podia ter destruído a família. Reunimos um abreviado conselho familiar e, como, examinando mais de perto, os ferimentos não eram de fato perigosos, decidimos não levar meu irmão ao hospital para atendimento médico, o que sem dúvida teria acarretado uma investigação policial. Fizemos curativos nos cortes e limpamos o sangue do chão, estávamos consternados. Assim eu me sinto até hoje, até a medula. Como os cortes nunca foram suturados, até hoje as cicatrizes de Till são claramente visíveis. A partir desse dia, eu me controlei, com absoluta autodisciplina. Uma boa parte do meu ser até hoje não passa de pura disciplina. Mas, ao mesmo tempo, entre Till e mim existe de forma inquebrantável uma rudeza crua, muitas vezes brincalhona, que em algumas situações torna o nosso relacionamento íntimo incompreensível para quem está de fora. Há alguns anos, houve uma reunião de família na costa espanhola, onde meu irmão morava na época. A seu convite, tivemos uma noite magnífica num restaurante de peixes, no qual Till, sentado ao meu lado, pôs o braço em volta de mim enquanto eu estudava o cardápio. Algo começou a fumegar, algo causava um leve prurido nas minhas costas, até que de repente percebi que ele havia ateado fogo à minha camisa com um isqueiro. Eu a arranquei do corpo e todos os que estavam presentes ficaram horrorizados, mas nós dois rimos às gargalhadas da brincadeira, que ninguém conseguiu entender. Alguém me emprestou uma camiseta para o resto da noite, e a vermelhidão da pele nas minhas costas foi esfriada com prosecco.

4.
Voar

Eu queria voar, desde muito cedo. Não voar de avião, mas simplesmente voar, com o corpo, sem aparelhos. Todos começamos a esquiar já pequenos, mas no vale de Sachrang não há descidas dignas de nota. Por isso, passamos a saltar de esqui construindo nossas próprias rampas, e tivemos aterrissagens acidentadas e memoráveis. Numa delas, meu irmão aterrissou na neve com as pontas dos esquis, que ficaram cravadas tão fundo no chão, que ele foi arrancado das duas botas. Ele desceu rolando o resto da encosta, sem os esquis e sem as botas. Um menino que era nosso vizinho, Rainer, aventurou-se comigo na pista de saltos um pouco afastada da aldeia. Naquela época, a pista parecia grande, mas quando a vejo hoje, ela me parece acanhada, minúscula. Sonhávamos em um dia nos tornar campeões mundiais e pegávamos emprestado esquis próprios para salto. Estes porém tinham 2,20 metros de comprimento e eram muito maiores do que nós; eles eram largos, com cinco ranhuras na parte inferior para manter o esqui alinhado na pista de impulso. A pista tinha uma rampa natural, uma encosta íngreme natural, e não contava com uma torre construída artificialmente. No alto, havia um grande abeto, no qual nos apoiávamos em posição transversal à pista, e dali então, com os esquis de salto grandes demais para nós, tínhamos que pular na rampa coberta de gelo. Um dia isso deu terrivelmente errado para o meu amigo. Eu estava na parte baixa da rampa, na encosta, e o vi saltar na pista. Mas ele não conseguiu entrar direito com os esquis, e na descida íngreme da rampa não havia como parar. Ainda o vejo como se fosse hoje, lutando para se manter na pista durante toda a descida. Mas ele disparou lateralmente em direção à floresta, de cabeça. Ali também havia algumas rochas. O barulho de seu choque ainda hoje me abala até o âmago. Eu o encontrei com ferimentos graves na cabeça, tão terríveis que não consigo descrevê-los. Eu tinha certeza de que ele estava morto ou logo iria morrer. Ele quis dizer alguma coisa, mas todos os seus molares tinham rebentado dentro da boca. Demorou alguns minutos, horrivelmente longos em minha memória, até que, por uma Providência misericordiosa, ele perdesse a consciência. Eu me vi no dilema de correr para a aldeia em busca de ajuda e deixá-lo sozinho ou ficar com ele sem poder lhe prestar auxílio. Por fim decidi carregá-lo, mesmo ele sendo mais pesado do que eu. A descida até o patamar de aterrisagem era muito íngreme. Eu tive sorte, ou melhor, ele teve, porque passou um fazendeiro com um cavalo e um trenó atrelado. Meu amigo foi para o hospital, ficou três semanas em coma, pode ser que tenha sido menos, mas finalmente acordou e se recuperou. Ele também quase não teve sequelas, exceto a de que a maioria de seus dentes posteriores foram substituídos por dentes de prata. Além disso, sofreu dores de cabeça por toda a vida, mas que só apareciam quando havia mudanças bruscas de temperatura. Décadas depois, durante as quais nos perdemos completamente de vista, houve um bizarro sinal de vida da parte dele. Num programa esportivo na televisão, da emissora ZDF,* que transmitia os destaques do futebol alemão, sempre acontecia um sorteio para o "gol do mês". Deve ter sido no início da década de 1980; de qualquer forma, o gol que havia recebido o maior número de votos dos telespectadores na forma de cartões-postais enviados à

---

* Zweiten Deutschen Fernsehen [Segunda televisão alemã].

emissora era definido e retransmitido no programa. Um convidado escolhia às cegas um único dos cerca de 200 mil cartões-postais espalhados no estúdio, e o remetente recebia como prêmio uma viagem e dois ingressos para o próximo jogo da seleção. Os cartões estavam então em grandes sacolas postais dispostas em semicírculo no chão do estúdio e o convidado remexeu fundo dentro de uma delas e tirou um cartão. O nome do felizardo foi lido: Rainer Steckowski, Sachrang. A anomalia estatística é tão incrível que ninguém vai acreditar em mim, porém eu vivi o que eu vivi. De todo modo, o meu sonho com pistas de salto e voos de esqui acabara repentinamente com o acidente de Rainer. Demorou muitos anos até que eu conseguisse chegar perto de uma pista de salto de novo.

Mais tarde, porém, em 1974, eu fiz um filme sobre o voo de esqui, *O grande êxtase do entalhador Steiner*. Sempre assisti a saltos e voos de esqui na televisão. Em Kulm, na Áustria, uma das mais imponentes instalações para voos de esqui do mundo, eu até mesmo fiz fotos em preto e branco de grande formato com uma câmera de aparência primitiva feita de mogno, com tripé, fole e placa úmida. Para ajustar o foco, eu tinha que ficar debaixo de um pano preto, como os fotógrafos do século XIX. Causei espanto entre as centenas de fotógrafos profissionais com suas câmeras modernas e teleobjetivas gigantes, mas eu não queria, como os outros, captar os atletas em voo e sim imediatamente antes do momento em que se lançam na pista, quando não há mais volta. Em todos eles existe um medo secreto, mas ninguém toca no assunto, fala-se no máximo em "respeito pela instalação". Nunca são os caras musculosos e atléticos os que voam mais longe, na maioria das vezes são garotos de dezessete anos com rosto pálido e cheio de espinhas e um olhar irrequieto. Um deles me chamou a atenção já por volta de 1970, Walter Steiner, da Suíça, um entalhador por profissão, um artista que trabalhava e vivia em Wildhaus, no cantão Appenzell. Às vezes ele subia sozinho nas montanhas e esculpia rostos estranhos em árvores gigantes caídas, quase sempre com expressões de pavor, mas mantinha os locais em segredo, apenas de vez em quando os montanhistas encontravam suas esculturas. Na época de suas primeiras competições internacionais, ele sempre pousava muito atrás dos concorrentes, porém eu enxerguei algo nele que me impressionou a fundo. Aquele jovem tranquilo tinha algo de extático em seus voos, apenas tecnicamente ele ainda não estava pronto. Eu dizia aos meus amigos: vocês estão vendo o futuro campeão mundial. Sua estatura era incomum, muito alto, esguio, com pernas longas demais, no chão ele parecia desajeitado, como um grou com seu andar estranho sobre pernas finas com joelhos nodosos, mas no ar ele também planava como um grou. O ar, e não a terra, parecia ser o seu elemento.

Nessa época, assisti na televisão a alguns episódios de uma série de documentários sobre situações humanas extremas intitulada *Grenzstationen* [Estações de fronteira]. Os filmes se destacavam da mixórdia costumeira da televisão, e reparei que todos vinham da mesma emissora, a Süddeutscher Rundfunk, de Stuttgart, e que um único editor era responsável por esses filmes. Ele se chamava Gerhard Konzelmann e atuara por muitos anos como correspondente no Oriente Médio para o Erste Programm.* Ali eu o via com frequência, um homem gorducho com leve sotaque suábio, que apresentava reportagens extraordinariamente boas de todo o Oriente Médio. Ele sempre parecia desconfortável no calor das regiões desérticas, suando, mas ao mesmo tempo lúcido como ninguém. Lembro-me de como, em 1981, a emissora inseriu inesperadamente na programação uma transmissão especial do Cairo, Konzelmann diante da câmera, atrás dele uma tribuna em meio a

---

* Primeiro Canal, emissora de televisão na Alemanha.

um caos de cadeiras derrubadas, soldados, tumulto. Apenas alguns minutos antes, soldados haviam saltado de um comboio de caminhões durante um desfile militar, corrido para a tribuna de honra e atirado no presidente Sadat. Sete outros convidados na tribuna haviam sido mortos com ele e também havia muitos feridos. Konzelmann relatou o ocorrido de improviso, não estava claro se haveria mais tiros e se Sadat ainda estava vivo, ele fora tirado de lá pelos seguranças. Konzelmann, calmo, concentrado e suando, fez a melhor análise que já ouvi sobre as contradições internas do Egito, sobre o surgimento e o papel da Irmandade Muçulmana, considerada a provável autora do atentado. Para esse homem, portanto, eu havia telefonado anos antes por causa dos documentários pelos quais ele era responsável e depois me encontrara com ele na cantina da emissora em Stuttgart. Na época, eu estava certo que tinha na cabeça um filme que se encaixaria à perfeição em sua série, e Konzelmann embarcou sem delongas no projeto, ainda durante a refeição morna na cantina. A parte ruim para mim era que a sua série de documentários não era comentada anonimamente, em off, os respectivos cineastas, como cronistas, por assim dizer, tinham que estar visíveis diante da câmera. Eu teria que aparecer. Relutei muito contra essa diretriz, mas ela me levou a não confiar mais meus comentários a locutores, e sim eu mesmo gravá-los. Esse foi um passo cujo alcance não pude reconhecer totalmente na época, mas que teve grandes consequências. Eu havia encontrado a minha voz, a minha voz de palco, por assim dizer.

Hoje não existem mais figuras como Konzelmann na paisagem midiática. As decisões são tomadas em comitês e os índices de audiência são o santo graal. Em 1977, quando eu estava editando um longa-metragem com minha montadora Beate Mainka-Jellinghaus, pela manhã ela sempre preparava a mesa de edição e punha em ordem nas prateleiras os diversos pequenos rolos de filme para o trabalho do dia; nessas ocasiões, eu costumava ler para ela as notícias curtas da seção de miscelâneas do jornal, entre as quais estavam, havia vários dias seguidos, notas sobre a ilha caribenha de Guadalupe, onde um vulcão, La Soufrière, vinha dando sinais cada vez mais ameaçadores de erupção, mais precisamente de uma explosão. De acordo com a estrutura geológica de lá, o topo do vulcão teria que explodir antes que a lava pudesse jorrar. Todo o sul da ilha foi evacuado às pressas, 70 mil habitantes, mas ao que parecia um homem, um pobre agricultor negro que vivia na encosta do vulcão, recusava-se a ser removido. Ele devia ter uma relação diferente com a morte, que me era desconhecida e que me interessava. Eu disse en passant que alguém deveria fazer um filme com aquele homem lá no vulcão. Por volta do meio-dia, Beate desligou a mesa de edição, virou-se para mim e disse, completamente sem contexto: "E por que não?".

"Por que não o quê?", perguntei.

"Por que você não vai até lá e faz o filme?"

Liguei para a Süddeutscher Rundfunk e pedi para falar com Konzelmann, mas ele estava numa reunião de todas as emissoras da ARD.* Pedi permissão para lhe fazer uma única pergunta. Um bilhete foi entregue a Konzelmann e ele atendeu o telefone. "Seja breve", ele disse. Contei a ele em trinta segundos o que estava acontecendo em Guadalupe e perguntei se ele queria apoiar o filme. Ele apenas disse concisamente: "Sim, vá, mas volte vivo. A burocracia é lenta demais, faremos o contrato depois". Duas horas mais tarde, eu estava a caminho. Konzelmann deixou a emissora antes de se aposentar, acho que porque estava compondo uma ópera. Antes ele também já escrevera a música para os seus próprios filmes.

* Agrupamento das emissoras regionais da televisão pública alemã.

Com Walter Steiner, senti de imediato uma intensa proximidade. No tradicional Torneio das Quatro Pistas, no final do ano de 1973 e no início do novo ano, ele ficou muito atrás da concorrência, porque ainda estava se recuperando de uma lesão, uma costela quebrada. Quando surgiram dúvidas se eu não teria apostado num cavalo manco, fiquei incondicionalmente do seu lado. Eu lhe disse que no voo de esqui em Planica, na Eslovênia, ele voaria mais do que todos. Isso pode ter lhe infundido um pouco mais de confiança, mas por vezes em meu trabalho com atores ou com as figuras centrais de documentários acontecia mais do que isso, havia momentos de contato físico. Com Bruno S., o protagonista de dois de meus filmes, *Kaspar Hauser* e *Stroszek*, havia momentos táteis; quando, por exemplo, ele ficava fora de si com o horror do mundo que vivera em sua infância e juventude, eu simplesmente segurava com firmeza o seu pulso, isso o acalmava. Steiner, na véspera de seu voo, estava abatido e preocupado com sua forma. Eu tinha quatro cinegrafistas no local, e do lado de fora, a caminho do alojamento, a um sinal nós o pegamos e o erguemos sobre nossos ombros e o carregamos pela rua deserta coberta de neve. Alguém tirou uma foto não muito nítida dessa situação, que redescobri apenas há pouco tempo. Mas me lembro com absoluta nitidez desse momento, porque foi um gesto corporal simples a partir do qual passamos a confiar um no outro. No dia seguinte, já durante os primeiros treinos de voo, Steiner foi extraordinário. Até então jamais alguém voara como ele. Eu havia descoberto em seu álbum de fotos uma bastante discreta de um corvo, sobre a qual ele não quis falar nada, pondo-a de lado com um comentário superficial. Mas depois que esteve em meu ombro, ele se abriu. Quando tinha uns dez anos de idade, ele encontrou um filhote de corvo que havia caído do ninho e o criou com muito cuidado. O corvo sobreviveu e tornou-se o seu melhor amigo, porque Steiner sempre havia sido um menino solitário. O corvo adorava pousar em seu ombro. Na saída da escola, ele já o esperava do lado de fora no galho de uma árvore, e Steiner assobiava e o corvo voava até ele e pousava em seu ombro, e permanecia ali enquanto Steiner pedalava de volta para casa. Mas o corvo perdeu as penas e foi bicado e atormentado por outros da sua espécie, e foi horrível assistir a isso. Finalmente, Steiner não conseguiu mais aguentar e atirou no corvo com a espingarda do pai. Mas agora que o corvo não voava mais, ele, Steiner, voava em seu lugar.

Em Planica, Steiner foi tão extraordinário, que por diversas vezes quase voou para a própria morte, pois o perfil das rampas na época não era construído para alguém que voava como ele. Para entender: quando após um voo alguém pousa num declive, a energia cinética vai se dissipando de forma gradual até que se atinja o trecho plano ao final. Mesmo as quedas aparentemente feias costumam terminar sem grandes danos. Mas se, depois de um voo demasiado longo que ninguém havia calculado, o esquiador aterrissasse no plano, a diminuição de velocidade até zero aconteceria de forma abrupta e seria fatal, como num salto do vigésimo andar de um arranha-céu para o asfalto da rua. A gigantesca instalação em Planica e quase todas as pistas de salto de esqui do mundo tinham como transição do declive para o plano um raio que passava rapidamente para a horizontal. Onde o raio começa encontra-se o ponto crítico da instalação, que é sempre marcado com uma linha vermelha na neve. Quando um saltador ultrapassava esse ponto, a direção técnica tinha que interromper na mesma hora a competição e continuar com um trecho de impulso mais curto, para que os saltadores não pudessem mais alcançar a zona vermelha de perigo. Steiner porém foi tão além do ponto crítico, que ultrapassou o recorde mundial em dez metros, pousando num ponto em que nem mesmo havia mais marcas de distâncias.

Quando aterrissou, a compressão já era tão forte, que a força do impacto o derrubou.

Ele sofreu uma concussão cerebral, teve sangramentos no rosto e durante uma hora não sabia mais onde estava e o que havia acontecido. Mas nos dois dias seguintes da competição, os juízes iugoslavos ainda permitiram que Steiner partisse de um ponto demasiado alto e voasse para a zona mortal mais quatro vezes. Eles queriam, custasse o que custasse, ver um novo recorde mundial. O voo de esqui atraiu 50 mil espectadores. "Eles querem me ver sangrar, querem que eu quebre", disse Steiner. Ele venceu o voo de esqui por uma vantagem sem precedentes na história desse esporte. Steiner então exigiu, e agora ele tinha autoridade para fazê-lo, que as rampas fossem reformadas, sobretudo insistiu numa curva matemática calculada de outra maneira para a transição da encosta íngreme para o plano. Pelo que eu sei, mais nenhuma das grandes pistas de salto tem um raio pequeno, mas sim uma curva que é calculada de acordo com a sequência de Fibonacci, isto é, um trecho de uma curva de espirais, como as que conhecemos das amonites fossilizadas. A curvatura desse raio é muito mais alongada, impedindo que se voe até o plano.

Hoje as competições de salto de esqui são eventos sintéticos e normatizados, em comparação com os dias do êxtase de Steiner. Os perfis das encostas são adaptados às curvas balísticas dos saltadores, que nunca voam na altura das copas das árvores, mas sempre rente à encosta. Na época de Steiner, ninguém usava capacete de proteção e não havia macacões apropriados como hoje. Tudo é milimetricamente regulado: a distância que o macacão pode ter dos ombros até a virilha em relação à altura do atleta, pois uma entreperna muito baixa seria uma pequena vela adicional. A permeabilidade do ar entre a frente e as costas é medida com aparelhos pelos comitês, porque na época das Olimpíadas de Inverno em Innsbruck a equipe austríaca introduziu trajes cuja parte de trás quase não era permeável ao ar, o que tinha como consequência a formação de uma corcova artificial, que tinha o mesmo efeito das asas num avião. Naquela época, eu acho que, assim, todas as medalhas de ouro foram para a Áustria. A modificação mais visível é a postura de voo dos saltadores. Hoje todos saltam com os esquis em V, o que resulta num sistema aerodinâmico melhor e mais estável. Steiner ainda voava com o esqui embaixo dele, penosamente preocupado com a postura paralela, que os juízes recompensavam com notas altas. Mas já se sabia, a partir de testes no túnel de vento, que a postura em V era melhor e, de repente, um atleta solitário da Suécia começou a saltar nessa postura. Seu nome é Jan Boklöv, um visionário obstinado. Ele foi punido por isso em todas as competições, mas continuou a fazê-lo impassível e, por essa razão, figura no topo da lista dos meus heróis secretos. No inverno seguinte, outros saltadores o imitaram e, de repente, todos o fizeram, e o sistema de pontuação teve que ser necessariamente alterado. Os esquis que tomávamos emprestado quando meninos não eram nem de longe tão largos como os de hoje, nem tão flexíveis no ar quanto penas de águia, tampouco havia presilhas que permitissem levantar o calcanhar do esqui. Com isso, os atletas se lançam no ar em voos horizontais, cavalgando sobre um colchão de ar, e os mais ousados ficam literalmente com as orelhas entre as pontas dos esquis.

5.
Fábio Máximo e Siegel Hans

Meus heróis são todos do mesmo tipo. Fábio Máximo, que até hoje é escarnecido como "o protelador", mas que salvou Roma do exército cartaginês de Aníbal; Hercules Seghers, que, praticamente ignorado no início da era de Rembrandt, foi o pai do modernismo e criou imagens como somente se veriam algumas centenas de anos depois. Ou Carlo Gesualdo, o príncipe de Venosa, que compôs música quatrocentos anos à frente de seu tempo — aqui me refiro especialmente ao seu sexto livro de madrigais —, e só a partir de Stravinsky, que fez peregrinações ao castelo de Gesualdo, voltamos a ouvir tais tons. Também incluo entre eles o faraó Aquenáton, que instituiu uma forma primitiva de monoteísmo meio milênio antes de Moisés. Após a sua morte, foram feitas tentativas de remover o seu nome de todos os templos, edifícios e estelas. Ele foi riscado de todas as listas e suas estátuas foram destruídas. Sobre Hercules Seghers, montei uma instalação para a Bienal do Whitney Museum, que mais tarde foi exibida no Getty Museum; sobre Gesualdo fiz um documentário, *Morte para cinco vozes*, e sobre Aquenáton também houve planos efêmeros de um filme.

No Festival de Cinema de Cannes, deve ter sido em meados da década de 1970, o produtor Jean-Pierre Rassam, um libanês que, num empreendimento arriscado, acabara de terminar *A comilança*, sugeriu que fizéssemos um filme juntos. "Sobre o quê?", ele me perguntou. Eu respondi: "Aquenáton". Ele então esvaziou a garrafa recém-aberta de champanhe nos ladrilhos do terraço do Carlton Hotel, declarou-a choca e mandou trazer uma nova. Naquele bar, uma garrafa de champanhe daquelas era proibitivamente cara. Brindamos ao projeto, que, eu sabia, nunca seria viável financeiramente. "De quanto você precisa", ele me perguntou, "para começar com os preparativos?" Eu disse: "Um milhão de dólares", ao que ele sacou seu talão e assinou um cheque de um milhão. Naquela época, ele já havia falido várias vezes e usava drogas; alguns anos depois, morreu de uma overdose. Mas era um homem radical e criativo na indústria cinematográfica, e eu, de alguma maneira, o amava. Nunca apresentei o cheque ao meu banco. Durante anos, admirei-o no meu mural, pregado com um alfinete; o cheque sem fundos sobreviveu por mais tempo do que Rassam.

Mas o mais importante de todos os meus heróis foi o da minha infância, o Siegel Hans. No dialeto bávaro, o artigo definido é sempre colocado antes do nome das pessoas, e o sobrenome vem antes do nome. Em húngaro também é assim. O Siegel Hans era chamado pelo nome da propriedade onde vivia; não conheço até hoje seu verdadeiro sobrenome. Ele era um jovem lenhador, incrivelmente forte, que entusiasmava a todos nós com a sua ousadia. Numa briga memorável na taverna da aldeia, ele derrotou o Beni, um jovem empregado do Bergerhof. O Beni tinha um tórax que mais parecia um tronco de carvalho, e durante anos ninguém ousou desafiá-lo. Na taverna, porém, um dia o Siegel Hans o provocou, e o taverneiro empurrou os dois brigões para o banheiro masculino, pois temia por sua mobília. Alguns queriam separar os dois galos de briga, mas a maioria queria deixar as coisas seguirem o seu curso natural. "Deixem os dois", eles argumentaram, "para vermos quem é o mais forte." Ali, no banheiro, até onde todos os fregueses do sexo masculino os haviam seguido, foi travada então a luta, da qual ao final o Hans foi o vencedor. Ele segurou o Beni numa chave de braço e bateu a cabeça dele contra um mictório novo de porcelana que acabara de ser instalado. Pode ter sido também um vaso sanitário, essa parte da história é apócrifa, pois também me lembro de que para urinar havia apenas uma chapa metálica na parede com uma calha instalada embaixo para o escoamento. Seja como for, o Hans bateu tão violentamente com o Beni na peça sanitária, que a sua sobrancelha sofreu um grande corte e caiu inteira sobre o olho. "Agora você vai parar? Agora você vai parar?", o Hans repetia para o Beni batendo com ele de novo na peça até que o Beni, sangrando profusamente, entregou os pontos. Nós, meninos, recebemos com assombro a notícia do grande acontecimento. De qualquer forma, para nós, o Hans já havia vivido a sua apoteose, quando um dia o caminhão de leite fizera a ponte atrás do Bergerhof quebrar. Era uma pequena ponte de madeira, e apenas a frente do caminhão havia alcançado a outra margem com as rodas dianteiras, como se o veículo tentasse se agarrar a ela com as mãos. Todo o resto caíra obliquamente no riacho junto com os destroços da ponte. Foram trazidos cavalos para puxar o caminhão com seu pesado tanque de leite, mas, diante da constatação de que o veículo pesava cerca de dez toneladas, nem mesmo se tentou fazer isso. Alguém sugeriu ir buscar o Siegel Hans, porque ele tinha uma *Kettenkrad*. A *Kettenkrad* era uma espécie de motocicleta com a função de um pequeno trator, mas que não se deslocava sobre rodas, e sim tinha lagartas como os tanques de guerra. Ela era usada para arrastar troncos pesados. Mas quando o Hans chegou ao local do acidente, ele apenas deu uma olhada rápida no estrago e fez um breve comentário: a *Kettenkrad* era muito fraca para algo assim. Nós, meninos, imaginávamos e torcíamos pelo que viria a seguir. O Hans desceu até o riacho e, antes de mais nada, tirou a camisa, agora presumo para que todos pudessem admirar sua portentosa musculatura. Ele parecia um desses fisiculturistas que hoje em dia concorrem ao título de Mister Universo. Hans se agachou e segurou a extremidade traseira do caminhão, e com todas as forças que possuía tentou fazer o impossível. Nós, os meninos, nos entusiasmamos com a tentativa. Seus músculos incharam, a sua artéria carótida saltou, o seu rosto ficou roxo. Então ele interrompeu a bela proeza. No dia seguinte, trouxeram um guindaste para içar o caminhão de leite do riacho.

O Siegel Hans estava envolvido em todas as ações de contrabando de Sachrang. Todo mundo contrabandeava. A fronteira com o Tirol ficava a apenas um quilômetro da aldeia. Minha mãe levava a meu irmão e a mim para o outro lado da fronteira, comprava uns poucos tecidos baratos e os enrolava em nossos corpos por baixo da roupa. No caminho de volta, eu era bem gordo para um menino de uns quatro anos de idade, no máximo, porém os guardas da fronteira faziam de conta que não viam, porque tinham compaixão pela nossa pobreza. Eu sabia de várias outras façanhas do Siegel Hans pelas histórias que minha mãe contava. Uma vez ele contrabandeou da Áustria um barril de manteiga clarificada, que carregou amarrado com tiras às costas, e à noite nas montanhas quase deu com uma patrulha de guardas de fronteira. Para desviar deles, desceu por um penhasco, mas ficou entalado nas rochas. Somente no final da manhã ele conseguiu se safar, porém, como o sol já estava alto, o conteúdo sólido de seu barril derreteu e foi pingando ao longo da descida. Dias depois ainda se podia ver um largo rastro de gordura nas rochas por onde ele passara. Mas nós próprios testemunhamos a sua maior proeza. Deve ter sido quando ele contrabandeou 98 quintais de café, quase cinco toneladas, como viemos a saber muito mais tarde; de qualquer forma, a ação foi descoberta e os gendarmes vieram à noite para prender o Siegel Hans. No entanto, ele conseguiu escapar por uma janela. Consigo levou apenas a sua trombeta e, pela manhã, quando clareou o dia, soprou nela do alto do

Spitzstein. Os gendarmes foram atrás dele, mas quando chegaram ao topo, ele trombeteou dos penhascos do Mühlhörndl, ou do cume do Geigelstein, no lado oposto do vale. A polícia, humilhada, punha cada vez mais homens em ação para capturá-lo, mas o Hans trombeteava de cume em cume. Nós o ouvíamos. Víamos tropas de gendarmes correndo no vale e subindo as montanhas, mas nem eles nem os homens estacionados na garganta do vale chegaram a vê-lo alguma vez. Ele era como um fantasma. Nós, crianças que éramos, também sabíamos explicar por que ele não podia ser pego. Para nós, ele corria a partir do Spitzstein na direção do pôr do sol ao longo de toda a fronteira do país, até alcançar, depois de dar a volta por toda a Alemanha, pelo outro lado do círculo completo, o Geigelstein em seu lado voltado para o nascer do sol. Dessa forma, ele nunca tinha que descer ao vale de Sachrang, entre as montanhas. Ele só se entregou à polícia doze dias depois, mas a essa altura já se convertera num mito para nós. Há alguns anos, a estação de rádio Bayerischer Rundfunk fez um filme sobre o Siegel Hans, e só então eu soube que ele quase tinha morrido na prisão, na fortaleza de Kufstein, encarcerado sob as mais miseráveis condições.

    Muitos anos depois, quando a reunificação alemã foi abandonada por grande parte da política, tive a ideia de caminhar dando a volta completa ao redor do meu próprio país, sempre seguindo de perto a linha da fronteira. Lembro-me de como Willy Brandt, num comunicado do governo, declarou encerrado o "Livro da Reunificação Alemã". Naquela época, ele seguia a "política dos pequenos passos", buscando aproximar a socialista RDA* da Alemanha Ocidental com pequenas medidas pragmáticas, sobretudo econômicas. Do ponto de vista daquela época, também havia uma certa lógica em melhorar a

---

* República Democrática da Alemanha, a Alemanha Oriental.

vida dos cidadãos da RDA, e dessa forma foi comprada a liberdade, entre outros, de um dos meus excepcionais cinegrafistas, Jörg Schmidt-Reitwein. Ele havia sido pego apenas alguns dias após o início da construção do Muro de Berlim, em 1961, ao entrar na RDA com um segundo passaporte válido para sua noiva, a fim de tirá-la de lá. Num pseudoprocesso, ele foi acusado de ter colaborado com a CIA, porque ficara provado que ele trabalhara uma vez, por duas semanas, como assistente de câmera para a emissora Freies Berlin, que era em parte financiada pelo serviço secreto americano. A acusação foi tentativa de contrabando de pessoas para o inimigo de classe. Jörg recusou-se a revelar o nome da sua noiva. Ele passou meio ano numa "câmara de calor" em Bautzen, uma masmorra atravessada pelos canos da calefação, para ser amansado. Ele tinha sido condenado a cinco anos de prisão, mas depois de três anos e meio, foi trocado por um vagão de manteiga numa negociação diplomática. Naqueles anos era para mim angustiante ver muitos intelectuais, entre eles o escritor Günter Grass, rechaçarem veementemente a ideia da reunificação alemã. Eu o desprezava de todo o coração por isso. Não me surpreendeu que Grass tenha admitido tarde em sua vida que serviu na SS,* mas ao mesmo tempo respeito a sua coragem de lidar com o passado. Eu pensava que somente os poetas poderiam manter a Alemanha unida. Eu pensava que tinha que circundar meu país, mantê-lo unido como se por um cinto. Parti da capela de Ölberg, além de Sachrang, junto à fronteira com a Áustria, e escalei o Spitzstein, como o Siegel Hans fizera aquela vez, e de lá eu queria, como ele, seguir para oeste acompanhando a fronteira até chegar, no final dessa volta ao redor de toda a Alemanha, ao Geigelstein pelo seu lado leste.

* *Schutzstafel*: tropa de elite paramilitar, ligada ao Partido Nazista, responsável por atos violentos, massacres e perseguições.

6.
Na fronteira

Das anotações originais, tenho apenas fragmentos que certa vez transcrevi. O original, em sua totalidade, de alguma forma se perdeu. Comecei a longa jornada em 15 de junho de 1982, a partir daí a cópia, incompleta, não registra mais datas.

Da capela de Ölberg, bem ao lado do posto alfandegário, parte um caminho por uma floresta alta, bela e úmida em direção a Sachrang, que rapidamente perdi de vista ao subir via Mitterleiten. Uma máquina de construção moía cascalho pesado. Ao lado, havia uma construção bruta de tijolos que nunca ficará pronta. Na altura de Mitterleiten, um lavrador passou por mim de motocicleta, eu sabia quem era, mas ele não me reconheceu quando o cumprimentei. Subi rapidamente, mas por dentro superei os primeiros passos apenas com o coração hesitante. No ponto em que o entulho da construção foi jogado na floresta, onde os caminhões passam por entre as árvores sobre telhas trituradas, onde o vento úmido quer arrastar morro acima grandes lonas plásticas, que todavia, tal cadáveres pilhados, ficam presas ao chão por pedras postas em cima delas, onde patos assustadiços, que de alguma maneira devem ter tido más experiências, fugiram de mim para o pequeno e feio charco de cascalho da escavação que nunca foi acabada, ali, depois de vagar um bom tempo pelo meu passado, deixei minha amada Sachrang, onde passei a minha infância, e comecei a subir mais depressa na chuva fria, por entre gotejantes talos de grama e milefólios. Os campos cheiravam a ceifa, e eu lancei um olhar pelo vale até o Geigelstein, pelo qual eu voltaria depois de uma longa caminhada. Então fui tomado por uma coragem e uma certeza que se estendia de fronteira a fronteira e de horizonte a horizonte. O Siegel Hans tocava alto sua trombeta e me tornava leve. Sua trombeta era finíssima, valiosa como nenhuma outra — havia sido recortada, num trabalho de décadas, por um grande mestre da fabricação de instrumentos, de um penhasco que não era de rocha, mas sim de uma imensa esmeralda.

Enquanto eu subia para a cabana do Spitzstein, uma solidão se estendia mais e mais na paisagem abaixo, aos poucos, tão suavemente quanto um animal grande e muito forte também é capaz de se deitar. O guardião da cabana me observou fixamente com seu grande binóculo por quase uma hora inteira enquanto eu subia as encostas em sua direção — como um ser estranho, um habitante de outro mundo, de outra galáxia.

*

Deixei Mittenwald quase correndo. Ainda não vi em parte alguma uma tal mercantilização da paisagem. Caminhos de areia espalhados como em estâncias termais, trilhas temáticas, placas de sinalização de perigos com o adendo de que o município não pode assumir qualquer responsabilidade. O Watzmann erguia-se à luz pálida do crepúsculo e sua rocha parecia esfriar cada vez mais. O Watzmann é uma montanha obstinada. As florestas ficaram silenciosas sem dar um pio. Num lago pantanoso, dois patos selvagens nadavam como se fossem sonhos primitivos. Contornando uma cerca alta, dei numa área de alimentação para animais silvestres num estilo quase industrial, com grandes forquilhas para o feno, cochos de sal, postos de observação e ainda para completar uma cabana sem imaginação. Num campo que ia dar numa floresta, pastavam dois jovens veados e uma fêmea, que, quando apareci, primeiro me examinaram e me farejaram por um tempo, intrigados com quem poderia haver chegado, mas, por mais estranho que eu fosse para mim mesmo, eles não me perceberam assim. Herzog, eu disse em um tom calmo e confidente, e então eles partiram num trote majestosamente elástico e desapareceram na floresta.

*

Vi campos de gelo ártico enquanto avançava a passos constantes. Eles se estendiam diante de mim até as geleiras e picos congelados do Spitzberg. Estes se aproximaram e se tornaram realidade real. Eu escorreguei, deslizei por baixo do peitoril da sacada coberta de gelo de um castelo barroco e caí nas profundezas escancaradas das línguas da geleira, que terminavam abruptamente no Elba à minha frente. Era o Elba, ou era o Jenissei na Sibéria, isso não quis se revelar a mim. Cheio de súbito terror, percebi essa queda como o meu fim, mas, ainda cambaleando no ar, tive a presença de espírito de, com os braços abertos como um paraquedista que veleja na diagonal em direção a seus camaradas em formação abaixo dele, conduzir minha rota de queda, de forma que caí, uns cem metros abaixo, justamente por sobre a borda afiada das rupturas no gelo, nas águas geladas do Elba, que porém naqueles dias em vez de água...

*

Sinos badalam ao longe no vale. As encostas das montanhas estão cheias de muda solenidade. Sentado num banco do caminho, um aposentado dormia ao sol da tarde. "Bom... bom", ele disse em seu sono e, um pouco depois: "Sim, sim, bom". A Alemanha é maior que a República Federal,* estava escrito com caneta

---

* *Bundesrepublik*, a Alemanha Ocidental.

hidrográfica, quase apagada pelo tempo, numa placa, ao lado do banco do dorminhoco, que sinalizava a fronteira do país.

Na cabana Krinner-Kofler, conversei longamente com um professor aposentado de Münster e, respondendo às minhas perguntas, ele contou como havia sido o fim da guerra para ele. Eu lhe pedira uma descrição do último momento. Na Holanda, ele contou, quando os canadenses avançavam com tanques e estavam somente a um pouco mais de cem metros de distância, ele havia, seguindo instruções, reunido prisioneiros numa propriedade rural do outro lado da coluna de tanques inimiga que avançava — portanto, eles já o haviam ultrapassado —, e, apontando sua arma para o próprio superior, impedira que este mandasse fuzilar os prisioneiros na sede da propriedade holandesa. Então ele avançou com seus prisioneiros holandeses, bem como com o próprio superior, também feito prisioneiro, pelo terreno mais baixo do que a estrada, apenas com a cobertura de alguns arbustos, em direção aos tanques canadenses, por assim dizer, seguindo o fluxo do inimigo e tentando ultrapassá-lo em direção a suas próprias posições. Desse modo, ele havia sido capturado junto com seus prisioneiros.

O filho deficiente intelectual do guarda-florestal veio da sede florestal vizinha e, com sons peculiares que saíam do seu interior estranho, começou a dar puxões primeiro em mim e depois num cão de caça que parecia inteligente. Ambos o deixamos fazer isso pacientemente. Mais tarde, o menino me seguiu até o abrigo de alpinistas, onde eu estava reunindo meus poucos pertences, e pegou meu último pedaço de chocolate. Eu não o impedi, pois ele estava fazendo menção de pegar também meu caderno e o binóculo, mas, como eu renunciara sem resistência a um pequeno bastião entre meus pertences, ele também pareceu se dar por satisfeito com seu butim, e acrescentou apenas as coisas que realmente gostaria de ter.

*

Descida íngreme até Bayeralpe, um punhado de casas feias em estilo alpino numa baixada irrelevante. Aqui começa a estrada florestal para Wildbad Kreuth. De repente, depois de já ter chovido por um tempo durante a descida, ficou escuro em questão de minutos, como se algo bíblico estivesse para acontecer. Por segurança, refugiei-me num banco sob o telhado avançado de uma cabana desabitada e esperei apenas um momento, até que irrompeu uma tempestade furiosa que correu ao longo do estreito vale e varreu farrapos de névoa brancos e cinzentos para as árvores plangentes. Quando foi ficando cada vez pior e eu supus que a tempestade atingira o ponto mais forte, aconteceu uma coisa que fez tudo o que se passara antes parecer apenas um pequeno prelúdio. No penhasco em frente, por toda parte escorriam cachoeiras brancas espumantes, e então tudo foi envolvido por nuvens brancas furiosas que se rasgavam liberando por segundos a visão das copas das árvores, para depois seguirem varrendo as encostas em fuga apavorada. Como uma cortina que se abre vertiginosamente, abriu-se a visão para quedas e cursos d'água, que instantes antes não existiam e agora espumavam num branco frenesi. A tempestade se abatia, como um castigo de Deus se abate sobre os sacrílegos. Esperei bastante, até que o pior tivesse passado, olhei para aquela fúria incompreensível, sabendo que, além de mim, mais ninguém estava vendo aquilo. No estado estranhamente aflito em que me encontrava, era para mim insuportável a ideia de descer para o vale, me afastando da fronteira e indo para um lugar habitado, então escolhi o caminho para o oeste, que subia escarpado até o topo do maciço, embora a chuva ainda não tivesse cessado. Iniciei a árdua subida ladeando uma furiosa cachoeira. O caminho na pedra havia se transformado numa enxurrada que mais no alto se tornava ainda mais torrencial. Logo nuvens me cercaram de todos os lados. Chegando no alto, na selada do Wildermann, de repente à minha frente todo o horizonte se abriu refulgindo à luz amarelo-alaranjada de sol e chuva. Cumes e vales e florestas surgiram em grande e extravagante fugacidade até no mais profundo das montanhas, como uma grande promessa para todo um povo sedento, enquanto atrás de mim uma cortina branca e ondulante de névoa disparava do fundo abismo para o alto. Num gesto teatral, o palco se fechou atrás de mim novamente.

Passei a noite no abrigo conversando com o campeão múltiplo de canoagem em águas bravas da Alemanha nos anos 1950, que contou sobre sua vida como atleta no pós-guerra. Nos treinos, quando estava sozinho, muitas vezes ele chorava de fome.

Balderschwang. Deixei para trás os veranistas em seus balanços hollywoodianos e subi cada vez mais alto montanhas adentro, já era tarde, caía uma chuva leve. Onde passar a noite? Eu estava viajando quase sem bagagem, sem barraca ou saco de dormir. Duas vacas me seguiram por um longo tempo subindo pelos prados, como se esperassem de mim a última mensagem. "Vocês não são vacas", eu disse a elas, "vocês são princesas", mas isso também não as deteve e pareceu encorajá-las a permanecer no meu encalço. Somente quando atravessei um campo de neve cheio de manchas provocadas pela chuva, elas ficaram para trás. No alto, na estação do teleférico, a vista da Alemanha era vasta e profunda. Abaixo, até o nebuloso horizonte alaranjado, estendiam-se vales e elevações cada vez mais suaves, com propriedades rurais e lugarejos, até ainda mais longe na terra plana. A oeste, em prata suave, que lentamente se transformava em ouro vermelho, estendia-se o lago de Constança. Acima de tudo, nuvens pálidas de trovoadas, e longe a oeste, como em pinturas antigas, os raios oblíquos laranja-avermelhados do sol poente atravessavam as faixas de chuva. Então uma luz fraca estendeu-se indiferente e sem sombras sobre florestas de prata escura e campos de prata clara. Nesse brilho sem sombras, a Alemanha parecia submersa em água. Era um país dócil. Eu me sentei. Andorinhas dispararam num voo caótico e rasante sobre o cume em direção à luz do entardecer. A Alemanha estava ali indecisa, como que paralisada, como quando, depois de um concerto de uma música ainda desconhecida, o público não se atreve a aplaudir no final, porque ninguém sabe se aquele é realmente o final. Eu senti esse momento, mas como se ele tivesse se estendido por décadas nas quais a Alemanha estava inescapavelmente enredada. Lá estava ela, esta desterra, assim como há desventura e desfloração. Será que meu país ficou sem pátria em seu próprio território, que porém ainda se apega ao seu nome de Alemanha?

Lago de Constança. Saciadas, as pessoas foram para a cama. No lago de Constança, um cisne nadava para cá e para acolá. Em duas guerras mundiais, a Alemanha revelou todos os seus segredos. Eu gostaria de me juntar a um grupo de monges em suas orações vesperais, como um convidado ateu.

Stein am Rhein. Atrás da cidade, contemplei a forte correnteza do Reno, os cisnes, as barcas de madeira, contemplei um outro século. Mergulhei os braços fundo na água, debrucei-me e bebi. O Reno pode ser bebido. Comi pão para acompanhar.

Estrasburgo. Em Estrasburgo, eu estava sentado num banco e após um tempo um argelino sentou-se ao meu lado educadamente. Logo depois, chegou um outro argelino carregando uma sacola plástica branca, aproximou-se de nós e apertou a mão do amigo ao meu lado e, como não houvesse nada mais óbvio, apertou também a minha mão. Isso me comoveu fortemente. Eu havia atravessado a fronteira com a França. Além do Reno, estava a Alemanha, como um fruto da imaginação. Na catedral de Estrasburgo, motociclistas caminhavam calados pelo silêncio da igreja, apenas o couro apertado rangia. Eles carregavam os capacetes debaixo do braço, como cavaleiros medievais. À noite, no campo aberto onde dormi, as vacas gemiam em sonhos.

De manhã, bem cedo, acordei sobressaltado como nunca antes: eu estava totalmente sem sentimentos, a Alemanha havia desaparecido, tudo havia desaparecido, era como se de repente eu tivesse perdido algo que me fora confiado à noite com recomendações especiais — ou talvez como alguém que à noite deve assumir a guarda de um exército inteiro e de repente, da maneira mais misteriosa, percebe que está cego, e os exércitos estão indefesos. Tudo desaparecera e eu me encontrava completamente vazio, sem dor nem alegria, sem saudades. Nada, não havia mais nada. Eu era como uma armadura sem cavaleiro. O choque foi redentor. Criações purpúreas estenderam-se sobre mim.

*

Não tenho lembrança de ter passado por Wrede, embora saiba que passei por lá. Encontrei uma lata de Coca-Cola achatada que devia ter hibernado ali esmagada por pelo menos dois anos, pois estava amarela meio esbranquiçada em vez de vermelha. Por toda parte, pesadas cortinas fechadas, ninguém tinha esperanças de mudança ou libertação. A última ação foi esta: um círculo de senhoras decidira aprender o ofício de açougueiro já em idade avançada e, para mostrar que estavam levando o propósito a sério, elas atearam fogo a um ciclomotor em frente à hospedaria. Da linha de fronteira em que me encontrava, eu via à direita por sobre as colinas a Alemanha, que parecia suportar o silêncio em convulsões e tremores dolorosos, mas quase imperceptíveis. À noite a lua deveria aparecer, mas ela não voltou. A terra noturna cresceu, gigantesca, comparada a si mesma. Fiz luz com o isqueiro e na minha angústia escrevi meu nome na parte de dentro da pulseira do meu relógio. Dormi numa encosta ao relento. Horas depois, no meio da noite, eu me levantei angustiado entre as luzes do vale e as estrelas acima de mim, e vomitei. Perto do amanhecer, consegui dormir um pouco, mas então já estava clareando e logo o sol nasceria. Acima de mim, num galho, ouvi um pássaro se sacudir e pôr a sua plumagem em ordem. Só então ele começou a cantar. Eu me sentei. A Alemanha está deitada antes do nascer do sol, irredimida, e olha com campos arregalados para o céu indiferente.

Nunca concluí minha jornada ao redor do meu próprio país. Depois de mais de mil quilômetros, fiquei doente e tive de ser hospitalizado por alguns dias. Hoje, em retrospecto, sei que não me permitiriam caminhar pela RDA, porque viajar a pé ao longo do mar Báltico era proibido pela polícia. Demasiados "fugitivos da República"* haviam tentado, a partir do mar Báltico em barcos a remo ou em câmaras de pneus infladas, se refugiar na Suécia ou na Dinamarca. A queda do Muro de Berlim, que para mim foi o sinal para a reunificação, me marcou de forma indelével. Eu estava na Patagônia filmando meu longa-metragem *No coração da montanha*. Longe de toda e qualquer civilização, vários dias depois, um alpinista ouvira sobre o acontecimento num rádio de ondas curtas e me deu a notícia enquanto eu estava no meio do trabalho. Sinto até hoje o profundo sentimento de alegria daquele dia. Encerrei mais cedo as filmagens e bebi vinho chileno com a equipe. A Alemanha e a Baviera são apenas uma aparente contradição em mim. Por um lado, a Alemanha nunca foi realmente formada nas profundezas da história, por outro, a Baviera também não faz parte de uma profunda conexão geracional com meus antepassados. Embora minha família tenha raízes bem distintas na Europa, eu sou culturalmente bávaro. O bávaro é minha primeira língua, a paisagem é a minha paisagem, e eu é que sei onde fica a minha pátria.

---

* *Republikflüchtig*: na linguagem coloquial da Alemanha Oriental, os que fugiam para países do bloco ocidental.

A pé, e com frequência descalço, quando criança eu caminhava muito em Sachrang e pelas montanhas ao redor. Mais tarde, isso adquiriu uma qualidade nova e diferente, e teve a ver com a minha conversão ao catolicismo e com um grupo de colegas religiosos, em companhia dos quais viajei, em parte a pé, ao longo do que era então a fronteira iugoslava-albanesa. Voltarei a isso. Mas essa dimensão tornou-se mais importante, mais consciente, na relação com meu avô Rudolf, portanto, o pai do meu pai, e com as caminhadas pelas paisagens da sua região. Eu tinha uma ligação mais profunda com ele do que com o meu próprio pai. Acho que tudo isso tem a ver com o fato de que a geração da virada do século XIX para o século XX era mais forte e mais ancorada na história do que a geração dos meus pais. Com a ideologia dos nacional-socialistas, a geração dos meus pais abandonou a continuidade da cultura europeia e desceu à representação histórica de um vago passado mítico germânico, com a qual naufragou. Mas talvez isso esteja projetado de forma demasiadamente subjetiva na minha própria família. Famílias são criaturas estranhas e a minha não é exceção. Acrescenta-se a isso que só me relacionei conscientemente a meu avô quando ele já estava louco.

7.
Ella e Rudolf

Minha avó descreve seu encontro com ele em suas memórias para os netos curiosos. Delas deduzo que ela teve uma infância tranquila em Frankfurt, idílica, burguesa. Já na primeira frase de suas anotações, ela fala de sua *"infância linda, despreocupada, feliz"*. A casa onde morava tinha uma *"enorme sacada voltada para o jardim com vista para o verde e para a Promenade, o antigo fosso da cidade"*. Uma olhada no mapa de Frankfurt mostra que essa localização junto ao parque do antigo fosso hoje deve ser completamente inacessível. No jardim, em plena cidade, havia árvores e arbustos frutíferos.

"Um orgulho especial", lembra-se minha avó dessa época por volta de 1890, *"era uma grande e bela pereira ao lado do caramanchão. Ao longo do muro, cresciam as videiras, cujos cachos eram sempre empacotados individualmente em saquinhos de linho arejados para protegê-los dos vorazes melros. Em frente ao terraço, no qual se entrava pelo salão do jardim, havia uma fonte redonda, no meio da qual um querubim segurava no alto a cabeça de um ganso, de cujo bico jorrava um jato de água. Muitos peixes-dourados eram introduzidos ali a cada primavera. O vovô se admirava de como eles escasseavam ao longo do verão e suspeitava de gatos, até que uma manhã, bem cedinho, ele era um madrugador, avistou uma cegonha tomando seu café da manhã."*

Tamanha prosperidade é incompreensível para mim, e é quase inimaginável que no jardim da minha avó, em plena metrópole que hoje é Frankfurt, uma cegonha tenha pegado peixes na fonte. Mas minha avó Ella deixou tudo isso para trás quando se casou com meu avô, para viver e trabalhar com ele na empobrecida ilha — então turca, agora grega — de Cós. Seu encontro com meu avô havia sido combinado de longa data. O pai dela cuidara devotadamente de seu sogro nos últimos dois anos de vida deste, que havia sofrido vários derrames. Em agradecimento, ele ganhou uma viagem de navio para descansar, e foi aí que o destino interveio por minha avó. Seu pai a levou consigo na viagem, que começou com a descida do Reno até Antuérpia, onde embarcaram rumo à França e à Espanha e depois a Gênova e a Nápoles. Ella tinha então dezessete anos, era bonita, alta e elegante. Perto do final da viagem, num passeio até Capri, um companheiro de viagem, um químico da Universidade de Tübingen, o professor Bülow, falou com ela.

"Em Capri, os Bülow confessaram ao papai que eles (Bülow e sua esposa) haviam se perguntado como aquele velho tipo podia estar junto com uma jovem tão simpática, antes de perceberem que aquele casal desigual eram pai e filha. Então, já em Capri, o sr. Bülow disse ao papai: 'Doutor, mande sua filha para nos visitar em Tübingen, conheço um bom marido para ela', ao que papai respondeu: 'Ainda não estou preocupado com isso!'. Quando voltou para casa, Bülow disse a Rudolf: 'Herzog, encontrei uma esposa para você'. No verão seguinte, 1902, realmente fiquei hospedada por quatro semanas na casa da família Bülow. No primeiro dia, houve uma cerimônia no auditório da universidade, e o primeiro cavalheiro a quem fui apresentada foi o dr. Herzog, com quem ainda me encontrei muitas outras vezes em situações sociais."

Em diversas ocasiões, quando convidados para jantar, ela e Rudolf eram deliberadamente acomodados um ao lado do outro, o que Ella só soube mais tarde pela correspondência entre os Bülow e seus pais. Mais tarde, ela recebeu essas cartas como presente e as cita extensivamente em suas memórias. A seriedade e cautela dos passos, sempre respeitando a constituição emocional e a visão de mundo de Ella, são impressionantes do ponto de vista de hoje. O professor de química de Tübingen, Von Bülow, estava profundamente convencido de que seu amigo Rudolf Herzog, que muito jovem se tornara docente de letras clássicas e era um homem de intelecto e sentimento igualmente profundos, merecia uma esposa tão esplêndida e forte e bonita como Ella. Contudo, meu avô era um homem tímido e retraído, embora cheio de força imaginativa e extraordinárias qualidades de liderança. Isso se evidenciou logo após seu casamento com Ella, que o acompanhou nas suas escavações arqueológicas na ilha de Cós, onde ele soube chefiar centenas de trabalhadores turcos e gregos. Ele era como um general da Antiguidade que, nos momentos de perigo, dormia com seus soldados, enrolado numa manta, ao ar livre junto à fogueira da sentinela noturna.

Ella achava Rudolf muito velho, havia doze ou treze anos de diferença entre eles, mas os dois rapidamente se aproximaram por meio da literatura. Rudolf ficou impressionado com os conhecimentos literários de Ella, e um dia houve uma aposta, na qual ambos tinham absoluta certeza de terem razão, sobre se um poema que ambos amavam era de Eichendorff ou de Hoffmann von Fallersleben. Ella procurou na prateleira o seu volume com os poemas de Hoffmann von Fallersleben e ganhou a aposta, e mais tarde, quando Rudolf já ardia de amor por ela, ele trouxe para ela de Tübingen um volume com poemas de Eichendorff, que continha uma dedicatória em verso na qual mal se podia perceber sua velada proposta de casamento. Nas semanas anteriores, ela escrevera sobre si mesma que estava *"de cabeça virada"*.

"*De repente fui tomada por uma inquietação, levantei-me de meu trabalho, dei uma volta pelo jardim, me pus a costurar novamente, levantei de novo, subi para ver se tinha alguma coisa na caixa de correio — nada —, de novo máquina de costura, de novo jardim, de novo caixa de correio. Quando voltei a pegar meu trabalho nas mãos, estava tão agitada que rasguei um pedaço de tecido bem comprido da gola para baixo... Corri para o jardim e não prestava mais para nada.*"

Nesse dia, Rudolf escrevera um cartão, que ainda estava no correio, anunciando sua visita. Num passeio pelo campo, onde o irmão mais novo de Ella quase não se deixava despistar pelo casal, Ella e Rudolf declararam o seu amor um pelo outro num breve e íntimo momento, e na mesma tarde o noivado foi festejado. O casamento estava previsto para dali a pouco mais de um ano, mas apenas quinze dias depois Rudolf escreveu dizendo que tinha de realizar uma expedição arqueológica a Cós, e perguntando se eles não podiam se casar antes disso, ele queria levar Ella consigo. Assim, o casamento ocorreu após um período muito curto de noivado, e Ella então escreveu cartas maravilhosas sobre a sua lua de mel. E, mais de meio século depois, em julho de 1966, a seus netos, inclusive a mim:

"*Rudolf e eu vivemos felizes juntos por quase cinquenta anos, sem nunca ter tido realmente uma briga, e apesar disso nosso casamento nunca foi entediante! Sigam o nosso exemplo!!! Aos 82 anos de vida, Rudolf me deixou para sempre. Suas últimas palavras no leito de morte, depois de me agradecer, foram: 'A vida com você foi uma época linda'. Então ele colocou a mão em minha cabeça, me abençoou e adormeceu tranquilamente.*"

Nos últimos oito anos de sua vida, porém, ele caiu numa loucura cada vez mais profunda. Não era demência, mas uma forma de calcificação dos vasos sanguíneos do cérebro. Apenas raramente ele reconhecia as pessoas ao seu redor. Minha irmã mais nova, Sigrid, filha do segundo casamento de meu pai, quando criança pequena costumava ir a Großhesselohe, onde Rudolf havia construído uma casa, e quando sua mãe, Doris, ia buscá-la de volta, meu avô sempre ficava fora de si. Ele parava os transeuntes no portão do jardim e pedia ajuda, dizendo que haviam raptado, roubado sua filha, e descrevia a criança de três anos como um anjo de doçura e beleza, o que de fato descrevia minha irmã com propriedade, pois todos nós sentíamos o mesmo. Várias vezes a polícia veio e a minha avó teve que esclarecer a situação, várias vezes o meu avô escapou do jardim trancado e vagou pela floresta adjacente, bem onde, a algumas centenas de metros, em Pullach, ficava a sede do Serviço Federal de Inteligência da Alemanha Ocidental. Alarmados, os guardas que vigiavam a área do Serviço Secreto juntavam-se à busca, e em geral eram eles que o encontravam. Meu irmão e eu, sobretudo eu, amávamos o nosso avô, mas como crianças éramos também cruéis. Em frente à varanda que dava para o jardim havia uma sebe, e nos escondíamos atrás dela e, quando supúnhamos que ele estava dentro da casa ao alcance de nossa voz, gritávamos: *"Herr Professor, Menschenfresser!"* [Sr. professor, canibal!]. Só Deus Todo-Poderoso sabe o que nos levava a fazer isso, espero que tenha sido a rima primitiva, com a qual nos entusiasmávamos. Meu avô vinha para o jardim com sua bengala e nós fugíamos para uma bétula alta no canto, pois sabíamos que ele não seria capaz de subir atrás de nós. Um dia, minha avó foi testemunha ocular e auditiva da nossa infâmia. Ela me pôs sobre os joelhos e me bateu na bunda com uma colher de pau até quebrá-la. Imediatamente pegou uma segunda, tamanha a sua indignação, e também esta se partiu. Eu sabia que tinha merecido.

Mas o meu avô estava sempre lúcido quando falava das suas escavações e descrevia as antigas inscrições em mármore que havia encontrado sobretudo na fortaleza veneziana na entrada do porto da ilha de Cós ou que estavam inseridas na própria alvenaria como pedras de enchimento. Mais tarde, em 1967, quando eu tinha 25 anos e rodava meu primeiro longa-metragem, *Sinais de vida*, na ilha de Cós, nessa mesma fortaleza, eu trouxe algumas das inscrições para a cena, e um dos protagonistas traduzia o texto de um paralelepípedo de mármore, que fica no chão do pátio interno da construção. Meu avô Rudolf trouxe da filologia clássica para a arqueologia a apreciação analítica precisa de um texto antigo. Na cena, eram os mimiambos de Herondas, um dramaturgo menos importante do século III a.C. O texto, do qual apenas se conheciam algumas linhas esparsas, foi encontrado quase na íntegra apenas em 1890, em papiro bem preservado, numa tumba egípcia no oásis de Fayoum. Os mimiambos são uma série de farsas curtas, extraídas diretamente da vida popular, em sua maioria textos um tanto grosseiros para várias personagens em cena, mas interpretados, como se supõe, por um único ator mascarado nas ruas e mercados, que então recitava todas as personagens com vozes distintas. Os textos tratam de coisas profanas, um deles, por exemplo, de uma criada que não consegue acordar de manhã, embora já passe da hora de alimentar os porcos; um outro, do dono de um bordel que de repente, no alto páthos da tragédia ática, começa a falar numa linguagem arcaica que se ouvia nos palcos séculos antes; e um terceiro, de duas jovens que querem arrancar de um sapateiro o nome de quem comprou os dildos que ele confeccionou. É impressionante como os pudicos acadêmicos no final do século XIX se expressavam de maneira afetada e apenas se enredavam em insinuações sobre o tema que abordavam. Apenas o quinto mimiambo sai um pouco desse quadro, e de certa forma decidiu a vida do meu avô. Nele, duas mulheres se dirigem ao santuário de Esculápio, o deus da medicina. Em seu medo de que este pudesse tornar as pessoas imortais, Zeus, o pai dos deuses, matou-o com um raio. No texto, as mulheres descrevem com riqueza de detalhes as obras de arte e o templo, bem como os templos de cura na ilha de Cós. Herondas, que presumivelmente viveu e escreveu na cidade egípcia de Alexandria, era com alguma certeza proveniente da ilha. Da mesma forma que, gerações antes dele, Heinrich Schliemann, entusiasmado com a *Ilíada*, escavou Troia na Ásia Menor, o meu avô, inspirado pelos mimiambos, pôs a pá nas costas, por assim dizer, e foi para a ilha de Cós. Ele tinha um senso para paisagens aliado à força da sua imaginação para ver diante de si a ilha dois milênios antes, quando ainda era coberta de florestas. Por exemplo, numa vasta planície de campos e olivais dispersos, ele escavou um lugar que não se destacava em nada e encontrou ali uma casa de banhos da Antiguidade romana tardia. Ele fez testes de escavação na montanha da ilha e encontrou os primeiros vestígios de um grande complexo de templos. Quase cinquenta anos depois da sua descoberta, um guia turístico grego que havia trabalhado como faz-tudo para o meu avô quando jovem afirmou que tinha informações confidenciais do local da descoberta e que pusera meu avô na pista certa. Esse mito, embora refutado por minuciosos relatórios de pesquisa de colegas de Rudolf, continua revivendo, porque é da natureza dos mitos ter uma vida longa além do factual. O meu avô tinha uma qualidade que eu aprecio muito, ele sabia ler paisagens.

Em sua aflição, transtornado pela loucura, décadas depois desses eventos, ele estava obcecado em um cenário terrível: seria expulso de casa, da casa que havia construído para Ella e para si nos arredores de Munique, viriam buscá-lo ao amanhecer, chegariam com um caminhão e levariam tudo, seus livros, suas roupas, seus móveis. Noite após noite, ele se levantava profundamente consternado e triste, e punha seus ternos em malas, preparava os móveis para o transporte. Dia após dia, minha avó desfazia as malas, pendurava as roupas de volta nos armários e recolocava os móveis no lugar. Alguém fez insinuações cautelosas se não seria melhor colocar Rudolf num asilo, mas minha avó descartou rispidamente essa ideia. "Com este homem eu vivi feliz toda a minha vida. Quem quiser levá-lo primeiro terá que passar por cima do meu cadáver." Só mais tarde, ela me descreveu o momento que considero o mais comovente. Durante os últimos anos, seu marido, Rudolf, não a reconhecia mais e a chamava de "cara senhora". Num jantar, ele apareceu vestido de modo estranhamente formal, com terno e gravata. Após a entrada, dobrou com cuidado o guardanapo de volta nos vincos do tecido, alinhou com apuro os talheres ao lado do prato e se levantou. "Minha cara senhora", ele lhe disse com uma mesura, "se eu já não fosse casado, agora eu ia querer pedir a sua mão."

A casa em Großhesselohe decaiu totalmente depois da morte da minha avó. A geração seguinte à dela foi um fracasso total. A começar pelo meu pai, Dietrich, foi uma geração perdida. Além dele, Rudolf e Ella tiveram uma filha, minha tia. Tenho o máximo respeito por ela, que era gentil e camarada e muitas vezes deu em segredo algum dinheiro à minha mãe, que com frequência se via em extrema necessidade financeira. Meu próprio pai nunca cumpriu as suas obrigações e se casou outras duas vezes. Para ele, era das mulheres a tarefa de criar os filhos — dizíamos, no nosso jargão familiar, a segunda e a terceira ninhadas — e garantir o sustento das famílias. Sua irmã havia se casado alguns anos antes do meu nascimento com um homem que destoava do padrão, comentava-se à boca pequena que ele era um proletário que nunca tinha lido um livro, o que eu achava refrescante, mas esse homem tombou cedo na frente oriental, ou pode ser também que tenha morrido de alguma doença na linha de combate. Minha tia, que tinha uma filha com ele, tomou corajosamente o seu destino nas mãos e se tornou professora. Eu era bastante próximo dessa prima. Crescemos sempre nos encontrando em festas de aniversário da família. Na casa dos meus avós, para a qual minha tia se mudou e da qual depois assumiu o controle, havia um morador no primeiro andar, um paquistanês, ele alugava um quarto. Presumo que tenha ido para a Alemanha durante os tumultos da separação da Índia e do Paquistão. Ele era uma espécie de engenheiro elétrico, com ou sem diploma eu nunca soube ao certo, mas o seu quartinho vivia cheio de rádios estripados que ele consertava para uma clientela da vizinhança. Muitas vezes eu ficava surpreso com a habilidade com que ele sabia soldar resistores e conexões de cabos finíssimos. O seu nome era Raza, nós o chamávamos de tio Raza, ou tio Cuco, porque quando nos via brincando no jardim, muitas vezes chamava a nossa atenção imitando o canto de um cuco. Quando minha prima tinha cerca de catorze anos, sua mãe a pegou em flagrante com tio Raza. O relacionamento sexual secreto provavelmente já durava bastante tempo, e Raza foi condenado a vários anos de prisão por um tribunal. Eu só soube de tudo isso muito mais tarde.

 Já antes desses acontecimentos, minha tia perdera o controle da própria vida. Ela dirigia um automóvel, mas não reparava em cruzamentos ou sinais vermelhos, como ela podia sobreviver assim por uma semana que fosse já era para mim um mistério. No trabalho, ela tinha cada vez mais problemas, não dava mais conta de corrigir as lições de casa, entrava em conflitos bizarros com colegas. Depois que minha avó morreu, a casa foi ficando cada vez mais degradada. Minha tia acumulava todo tipo de coisas. Jornais eram empilhados junto às paredes até o teto, em várias fileiras, uma pilha que caiu uma vez quase a matou. Ela era obcecada por armazenar papéis, barbantes, vidros de conserva e potes plásticos de iogurte, a casa virou um depósito de lixo. Os cordões dos saquinhos de chá eram separados e guardados para algo como poder trançar uma corda em alguma emergência imaginária. Os minúsculos grampos de metal dos saquinhos também eram colecionados à parte, e as folhas já utilizadas eram retiradas para fazer compostagem. Mas minha tia nunca era capaz de encontrar as coisas que havia juntado. Em algum momento, ela não conseguia mais chegar até a máquina de lavar roupa no porão, porque também o último estreito acesso até lá estava obstruído pelo lixo acumulado. Meu irmão mais novo da terceira ninhada, que havia se mudado para a casa quando era estudante de teologia, observava como ela à noite no jardim, nua, estendia para secar a roupa de baixo que lavara à mão. Aquele jogo de roupa de baixo era o único, todo o resto não estava mais ao alcance, soterrado por montanhas de lixo, então ela fazia esse trabalho à noite, quando ninguém podia ver que estava nua, até que, ao amanhecer, vestia novamente a roupa íntima ainda úmida. Tenho fotos do interior da casa. Apenas a cama, meio coberta de papéis e lixo, ainda era acessível por um caminho sinuoso entre pilhas de caixas. Mais tarde, quando a casa foi desobstruída, foi encontrado numa prateleira no porão um vidro de conserva de mirtilos com a data de 1942, que guardei por muito tempo. Nos últimos anos da minha tia, o caos na casa dos meus avós se espalhou para fora, até a varanda foi tomada pelo lixo.

Depois da minha juventude, perdi minha prima completamente de vista. Ela se casou com um matemático americano, mas ele teve vários colapsos nervosos e acabou voltando para os Estados Unidos. Minha tia se juntou ao casal. Eles administravam juntos uma fazenda ecológica, com cabras cujo queijo e leite vendiam em feiras de produtores. Minha prima teve dois filhos, um menino e uma menina, mas as circunstâncias devem ter sido terríveis, com todos contra todos em pé de guerra, até que os filhos finalmente deram a entender que matariam toda a família, e isso em algum momento antes de completarem onze anos de idade e, portanto, quando ainda eram considerados inimputáveis pela lei. Mas pelo menos essa parte da tragédia eu conheço apenas de segunda mão.

8.
Elisabeth e Dietrich

Sei muito menos sobre como os meus próprios pais se conheceram do que sobre o encontro dos meus avós paternos. Em princípio, não é difícil imaginar que eles tenham se conhecido na faculdade em Munique, afinal ambos estudavam biologia, e a minha mãe ainda fazia um estudo complementar em esporte. Já relativamente cedo, ambos eram nacional-socialistas convictos. No caso de minha mãe, havia a tradição de um nacionalismo croata não redimido e vagos indícios de que parentes da família Stipetić estiveram envolvidos no assassinato do rei sérvio Alexandre I. Uma vez, num momento confidencial, minha mãe me mostrou fotos de guerrilheiros mortos pendurados em estacas, com militares do Império Austro-Húngaro posando ao lado, mas não estava claro a que nacionalidade pertenciam os assassinados. Minha mãe também tinha uma pistola bem carregada e era boa atiradora, mas acho que ela só tinha a pistola por causa da época do divórcio, quando o meu pai tentou obter pela força a guarda do meu irmão e a minha. Quando estudante em Viena, nos primórdios dos nazistas, minha mãe havia atuado politicamente a favor deles, e por segurança se mudou para Munique antes da anexação da Áustria pela Alemanha. Eu soube que ela havia sido presa antes, mas ela nunca quis falar sobre o assunto. Tudo isso sempre foi um constrangimento e um equívoco grotesco, e minha mãe logo deu as costas à vida política e ao nacional-socialismo na Alemanha, pois reconheceu que ele levaria inevitavelmente a uma catástrofe. Isso ficou de todo claro para ela na época em que nasci, pouco antes de começar a grande virada que levaria à derrota na Rússia e no Norte da África. Ela não era racista, e eu me lembro de como me incentivou quando fiz amizade com um soldado da ocupação americana, um homem negro, o primeiro que vi na vida. Antes disso, eles só existiam nos contos de fadas, os mouros do Oriente. Mas aquele era um homem maravilhoso, muito alto, com a estatura do colosso Shaquille O'Neal, o astro do basquete. Lembro-me da sua voz terna, ele era todo ternura, nada além de ternura num corpo imponente. Em mim ainda há um eco desse soldado quando encontro africanos ou afro-americanos. Nós dois conversávamos intensamente, sempre na pequena encosta atrás de casa, e minha mãe me perguntou em que língua eu falava com ele, e eu não tinha dúvidas: em americano. Ele me deu um chiclete que masquei por semanas e sempre tinha que esconder do meu irmão. Eu costumava deixá-lo grudado numa fenda na madeira do nosso beliche, e um dia meu irmão apareceu mascando um chiclete. Quando verifiquei no esconderijo, o meu havia sumido. Mas logo ganhamos novos chicletes em escambos: procurávamos minhocas para os soldados da ocupação, que precisavam delas para pescar trutas. Recebíamos *chewinggums* (gomas de mascar) em troca de *wurmbs*,* que tomávamos por uma palavra americana.

No caso do meu pai, as raízes do nazismo estão na sua participação entusiástica em confrarias estudantis, que desde o início do século XIX impulsionaram a criação de um império nacional alemão. Como havia estudado em diversas universidades, ele pertencia a um total de quatro confrarias, todas elas associações do tipo em que eram obrigatórios duelos ritualizados, nos quais os estudantes feriam uns aos outros no

---

* A palavra alemã para "minhocas" seria *Wurm*, e o plural, *Würmer*.

rosto com espadas e sabres afiados, deixando cicatrizes, pelas quais podiam ser reconhecidos de longe. Meu pai tinha orgulho das grandes cicatrizes em seu rosto e era seu desejo fervoroso que um dia eu também estudasse e ingressasse numa dessas associações — para o seu primogênito, Tilbert, meu irmão, com sua baixa performance escolar, desde cedo uma carreira acadêmica pareceu fora de questão. As cicatrizes davam um certo ar temerário a meu pai, além disso ele estava sempre bronzeado, parecendo assim mais um pirata do que um acadêmico. Ele também possuía uma formação abrangente, dispunha de uma memória fenomenal e era abençoado no dom de convencer as pessoas. Tudo isso fazia dele um galanteador irresistível, um *donjuán*. Sua adesão ao nacional-socialismo deve ter sido tanto autêntica quanto oportunista, pois através dela a sua carreira acadêmica avançou mais depressa. O fato de ter rapidamente se tornado assistente científico na universidade deveu-se, suponho, à sua filiação ao partido. Ele sempre buscava o caminho mais fácil. Depois da guerra, meus pais foram ambos "desnazificados",* mas por muitos anos ainda meu pai ficou amargurado com a derrota da Alemanha e com a difusão de um estilo de vida americano na Alemanha Ocidental. A "descultura" dos americanos, como ele a chamava, era uma pedra no seu sapato.

    Sobre o início do relacionamento entre os meus pais sei apenas de uma viagem pelo Danúbio com um barco desmontável e uma barraca. Quando depois meu pai foi convocado para o serviço militar, os dois se casaram rapidamente e sem grandes preparativos. Nunca vimos uma foto do casamento. Após o fim da guerra, meu pai ficou cerca de um ano como prisioneiro

---

* A "desnazificação" consistia na emissão, após verificações, de um documento atestando que a pessoa em questão não havia cometido crimes sob a égide do nazismo.

na França. Um belo dia havia um estranho em nossa cozinha, a minha memória o mostra em pé, num terno branco, o que posso ter apenas imaginado, e minha mãe nos perguntando diversas vezes: "Quem é esse homem, quem é esse homem?". Eu, talvez com quatro anos, finalmente exclamei: "Nosso papai!", e ele me ergueu no colo e ficou muito emocionado. Mas em alguma medida o meu pai permanecia um estranho para mim. Embora eu não fosse um filho manhoso, um queridinho da mamãe, em meio às confusões e ao divórcio dos meus pais, sempre me senti muito mais próximo da minha mãe. Na época do divórcio, também veio ao mundo o meu irmão mais novo. Ele tem como sobrenome Stipetić, o nome de solteira de minha mãe, e mais tarde eu oscilei por um tempo entre os dois nomes, adotando ora um ora outro. Aos vinte e poucos anos, enviei para um concurso o meu primeiro roteiro para *Sinais de vida* ainda sob o nome de Stipetić, mas como diretor de cinema achei que deveria escolher Herzog. Até hoje tenho uma sensação de alívio ao ver minhas origens envoltas em suave névoa. Qual sobrenome é pseudônimo e qual não é, só a pergunta me faz sentir que nem todo mundo precisa saber tudo. O que fiz em filmes, o que publiquei em livros são portas suficientes, brechas na minha fortaleza, que já com isso se abre escancarada e indefesa.

Meu irmão mais novo recebeu um nome horrivelmente teutômano, que minha mãe logo não quis mais pronunciar, se é que alguma vez o fizera. Em vez disso, ela o chamava de Xaverl, mas nós dois, os irmãos mais velhos, também não achávamos condizente e o chamávamos de Lucki. O nome pegou, e até hoje meu irmão usa *Lucki* da maneira mais corriqueira, como se lhe coubesse um direito natural a esse nome. Seu pai era um artista que vivia a meio caminho entre Sachrang e Aschau, chamado Thomas. Este era o seu sobrenome, só agora eu soube qual era o seu primeiro nome, para nós ele era simplesmente Thomas. Ele não era muito diferente do meu pai, presunçoso e avesso ao trabalho, um enganador, mas que dispunha de menos substância intelectual do que o meu próprio pai. A ideia do primeiro nome de Lucki, que aqui não será mencionado, foi dele. Como minha mãe o conheceu é um mistério para mim. Há pelo menos algumas aquarelas pintadas por ele que não são ruins. Durante a campanha da Rússia, Thomas perdera dois dedos no frio congelante e vivia de uma pequena pensão de guerra, mas também nunca viu razão para trabalhar ou continuar a pintar quadros. A dona da diminuta propriedade agrícola onde ele se instalara cuidava dele, que vivia como um parasita, deixando-se sustentar. Nós, os irmãos, estávamos contentes com a chegada de Lucki, mas minha mãe, sem nenhuma renda, quase não tinha condições de nos alimentar, pois meu pai nunca cumpria as suas obrigações. Uma vez, quando estava com Lucki no hospital em Wels, na Áustria, minha mãe fez amizade com uma família que percebeu sua necessidade e se ofereceu para levar o menino para casa. Naquela época, Lucki era um pequeno querubim que conquistava à primeira vista todos os corações. Assim, ele passou alguns anos com a família do "tio" Heribert em Wels. Lucki só voltou para nós em Sachrang quando já devia ter uns quatro anos de idade, e Till e eu estávamos entusiasmados por tê-lo conosco enfim. Mais tarde, Lucki teve uma participação decisiva na minha vida profissional. Ele tem estado ao meu lado desde *Aguirre, a cólera dos deuses*, no ano de 1972. Meu irmão tem brilhantes habilidades organizativas, e devo-lhe a margem de ação que tenho para tantas coisas. Ele próprio é musicalmente muito talentoso, mas percebeu desde cedo que talvez não subisse à primeira divisão como pianista concertista. Ao longo dos anos, aconselhou-me a criar uma fundação sem fins lucrativos, para a qual finalmente todos os meus filmes já foram transferidos. Lucki tem três meios-irmãos de um casamento de Thomas, que se chamam Gundula, Giselher e Gernot, tal figuras sombrias da névoa distante da germânica Canção dos Nibelungos, e quando Thomas morreu, esses irmãos não deram deliberadamente a notícia do falecimento a Lucki.

Dietrich, meu pai, vivia na fantasia de escrever um grande estudo que transcendesse muitos campos científicos, mas nunca escreveu uma linha. No entanto, o estudo era o seu pretexto para não ganhar dinheiro simplesmente trabalhando. De certa maneira, ele era um objetor total.* Também as suas esposas seguintes sempre tiveram que ganhar o próprio sustento e criar os filhos. Ele sempre rejeitou a vida urbana, morava em pequenas aldeias na Suábia e, quando fazia calor o suficiente, recusava-se a usar qualquer roupa. Na verdade, só o conheço nu e bronzeado, deitado na varanda, com um livro na mão e um lápis bem apontado entre os dentes. Ele marcava continuamente passagens importantes. Seu pai Rudolf, meu avô arqueólogo, também sempre fazia isso. Na biblioteca de Rudolf, quase todos os livros estavam cheios de trechos sublinhados e de anotações nas margens, porém, na loucura dos seus últimos anos, ele sublinhou todas as letras de seus livros, do começo ao fim, cada palavra, cada linha. Meu pai nunca exerceu a profissão de biólogo, mas percorreu de forma autodidata uma série de campos do conhecimento, história, línguas, psicologia. Ele falava japonês razoavelmente, porque se interessava por judô. Sua formação em perícia caligráfica levou-o a atuar apenas algumas poucas vezes como perito em processos judiciais. Ele era um dos poucos que naquela época eram versados em sistemas de escrita não europeus e uma vez, por exemplo, identificou corretamente um sequestrador que havia enviado uma carta de chantagem escrita em árabe. Mas eram sempre

---

* Alguém que se recusa a prestar não apenas o serviço militar, mas também qualquer outro serviço civil em substituição.

fugazes os momentos em que trabalhava. Na presença de estranhos, era capaz de falar com entusiasmo sobre o seu grande estudo ainda incógnito, como se já o tivesse concluído e apenas precisasse fazer pequenas correções antes de enviá-lo para a impressão. Mas na verdade não existia nem uma frase dele, nem uma só palavra. O seu grande estudo era uma fantasia, da qual ele tanto fez por persuadir a si mesmo, que acabou acreditando. Nesse sentido, meu pai foi um sonhador inveterado, que viveu em ilusão. Houve um momento em que alguém que nos visitava o ouvia fascinado contar sobre a suposta audácia do seu projeto e eu sussurrei para ele na cozinha: "Mas você não escreveu nada!". Ele levou um susto, como um sonâmbulo arrancado do sonho, mas um minuto depois continuou a conversar com a visita sobre o seu estudo. Às vezes, levo um susto semelhante quando alguém menciona o título de um dos meus filmes. Eu fiz mesmo isso? Não estaria eu apenas tentando me convencer disso há tanto tempo que comecei a acreditar em mim mesmo, ou será que o filme realmente existe, mas outra pessoa, que não conheço, foi quem o fez?

Na época do nascimento de Lucki, Till e eu moramos com meu pai em Wüstenrot por um tempo, porque minha mãe não podia mais nos alimentar. Ela preparava nossa mudança para Munique, mas ainda não tinha casa, nem trabalho. Wüstenrot se autodenomina estância climática, e não fica muito longe de Heilbronn e Schwäbisch Hall. Mais tarde, quando Till e eu íamos para o Gymnasium, voltamos a morar com meu pai. Fizemos lá os últimos meses da Volksschule* e foi um choque sermos provocados por causa do nosso dialeto bávaro. Foi somente ali que aprendi o alemão padrão, como minha segunda língua, por assim dizer. Meu bávaro era tão forte, que às vezes meu pai precisava de um intérprete. Uma vez, ele estava

---

* O ensino básico.

tirando fotos e trocando o filme, fiquei fascinado com o carretel vazio e perguntei a ele: *"Kriag i d'Roin, d'laare?"*. Minha mãe teve que traduzir: *"Kriege ich die leere Rolle?"* [Posso ficar com o carretel vazio?]. Para prestar o exame de admissão no Gymnasium, tínhamos que tomar o ônibus de Wüstenrot para Heilbronn, e tanto meu irmão, que queria mudar depois da quinta série da Volkschule, quanto eu, que mudaria depois da quarta, quase não notamos que houve um exame, de tão fácil que ele foi para nós. Mas passar no exame era muito importante para a vida futura das crianças daquela idade, e eu me lembro das lágrimas de outros pais e crianças que não haviam passado. Fomos admitidos no humanista Theodor-Heuss--Gymnasium em Heilbronn, e hoje sou grato a meu pai por ele ter, fiel à tradição familiar, insistido para que aprendêssemos latim e grego. De volta a Wüstenrot, ele nos convidou orgulhoso para a taverna da aldeia, onde cada um de nós ganhou dois ovos fritos, que foram, acho, os primeiros ovos fritos que comi. Em Sachrang, havia até algumas galinhas no Bergerhof, mas o velho dono ranzinza nunca nos deu nada. Até mesmo à minha mãe, que o salvou do pelotão de fuzilamento quando os soldados americanos encontraram armas em seu celeiro, ele expulsava de lá com os insultos mais indecentes, chamava-a de *porca ordinária* e a xingava com outros nomes impublicáveis.

Em Wüstenrot, começamos a jogar futebol com os meninos da vizinhança e nossas roupas estavam sempre sujas. Meu pai achava o esporte muito grosseiro e sugeriu que fizéssemos algo mais sofisticado, esgrima ou hóquei sobre grama. Entramos num clube de hóquei em Heilbronn para experimentar e, já num dos primeiros treinos, uma bolada me acertou em cheio na canela. Na verdade, as bolas não são bolas, mas pedras do tamanho de um punho. Senti uma dor atroz e um gânglio se desenvolveu no osso. Para mim, foi o limite. Para que ninguém percebesse que continuávamos a jogar nosso futebol, vestíamos escondido nossos calções sob as roupas normais, que tirávamos assim que terminavam as aulas para jogar em campos ociosos, cobertos de ervas daninhas.

Logo Till e eu nos afeiçoamos à nossa irmãzinha Sigrid; e sua mãe, Doris, a segunda esposa do meu pai, já desiludida a respeito dele, conspirava em segredo conosco, enteados do primeiro casamento dele. Ela foi incrivelmente camarada e eu lhe sou eternamente grato. Ela se tornou lá em Wüstenrot, e na verdade para sempre, minha segunda mãe. Ainda assim, ela não pôde me ajudar, em meus dez anos, a superar a amargura com que eu desejava ir embora. Aqui também, todos nós, as crianças, dormíamos num único quarto. Till tinha uma espécie de cama, eu dormia numa cama de campanha dobrável, com um estrado de lona e um colchão de ar horrível, de uma borracha vermelha desbotada, como as câmaras de ar dos pneus de bicicletas. Todas as noites, o colchão perdia tanto ar que pela manhã estava completamente achatado e no inverno eu acordava com frio, porque o quarto não era aquecido. Não consigo me lembrar de uma única noite em Wüstenrot em que não tenha chorado em silêncio até pegar no sono. Eu não queria que o meu irmão percebesse. Mas depois as manhãs eram sempre divertidas, porque nossa irmãzinha estava justamente começando a falar, estava sempre em pé em seu berço e fazia longos discursos para nós, que ainda dormíamos. Mais tarde, ela formou três gerações de atores na escola de teatro Otto Falckenberg, em Munique, e devo a ela a descoberta de Sepp Bierbichler, que fez o papel principal em *Coração de cristal*. Este foi o meu filme, rodado em 1976, no qual todos os atores atuam sob hipnose. Sigrid sempre teve afinidade com o teatro e encenou peças na Alemanha e nos Estados Unidos. Hoje em dia ela tem encenado cada vez mais óperas.

Quando precisávamos nos deslocar todos os dias para o Gymnasium em Heilbronn, logo a viagem de ônibus de uma hora de ida e uma hora de volta ficou demais para nós. Por ser mais barato, íamos sempre num reboque primitivo que era acoplado à parte de trás do ônibus e no qual eram transportados os operários pobres para as fábricas do vale. Dentro havia um pequeno fogão cilíndrico a carvão, e os trabalhadores jogavam cartas ou dormiam. Sempre pairava fumaça de cigarro no interior do reboque, que tinha uma única janelinha. Meu pai logo nos alojou na casa de uma família em Heilbronn, mas de lá só tenho lembranças claras dos irmãos com os quais morávamos. O mais velho dos meninos se chamava Klett, mas não sei ao certo se esse era seu nome ou sobrenome. Ele dispunha de uma forte energia criminal e nós começamos a roubar junto com ele em lojas de departamentos. Não eram furtos, como costuma ocorrer com crianças, mas algo realmente metódico. Klett, que era um ano mais velho do que nós, também planejava arrombar carros, mas até que isso acontecesse já não estávamos mais em Heilbronn. Lembro-me de como, seguindo suas instruções, arrancamos a tampa redonda de um bueiro e cobrimos cuidadosamente o buraco com papel grosseiro de sacos de cimento. Em cima do papel, espalhamos areia e algumas folhas secas, para que a armadilha só pudesse ser percebida caso se olhasse com atenção. Acho que me lembro vagamente de que com isso queríamos fazer algum transeunte desavisado cair no buraco, para que pudéssemos roubá-lo com mais facilidade quando o ajudássemos a sair. Em vez disso, um de nós, da gangue de garotos, esqueceu o que tínhamos preparado, caiu na armadilha e esfolou de tal forma as canelas e os joelhos nas bordas afiadas do anel de ferro do bueiro, que ficou vários dias sem conseguir andar direito.

    Eu ansiava por voltar para Sachrang, ou pelo menos para Wüstenrot, onde tínhamos nossos amigos do futebol, que todavia me ficaram apenas vagamente na memória. Em Sachrang, onde passei muito mais tempo, eram nossos parceiros o Richter Adi, o Kainzen Ruepp e o Hautzen Louis. O Kainzen

Ruepp depois se tornou ordenhador na propriedade agrícola da Fraueninsel [ilha das Mulheres] no lago Chiem e morreu de queimaduras. Ele devia estar bêbado, e sua cama deve ter pegado fogo por causa de um cigarro aceso. O Louis caiu fora da estrada com sua bicicleta num trecho especialmente íngreme antes de Aschau e chocou-se contra uma árvore. Ele morreu sem completar vinte anos. Em Wüstenrot, Zef e Schinkel eram os amigos com os quais todos os dias, chovesse ou fizesse sol, corríamos atrás da bola. Schinkel mais tarde tornou-se laqueador numa fábrica de automóveis, e Zef, pintor. O bizarro era que Zef era daltônico, mas o seu mestre misturava as tintas para ele e Zef apenas precisava cobrir as paredes com elas. Quando por fim nos despedimos antes de mudar para Munique, esse foi o pretexto para nos embebedarmos feito loucos. Para isso, compramos algumas garrafas do vinho mais barato que havia, um vinho tinto com vermute. Cambaleando, ainda consegui chegar até o apartamento do meu pai, que na mesma hora me pôs na cama e me deu um balde para vomitar. Vomitei a noite toda e meu pai ficou imensamente orgulhoso por seu filho ter agido como um verdadeiro membro de confraria. O fato de eu não ter ainda nem doze anos era para ele uma espécie de distinção especial. Uma consequência dessa bebedeira foi que, ainda décadas depois, todo o meu corpo tremia apenas à visão de vinho tinto, e essa aversão só diminuiu muito lentamente.

Durante esse tempo, minha mãe tentava se estabelecer em Munique. Não tínhamos futuro em Sachrang, a perspectiva para nós, filhos, era nos tornarmos pastores de vacas ou lenhadores. Também nunca fomos de todo aceitos na comunidade da aldeia e, embora não fôssemos considerados totalmente estranhos, éramos tratados como "recém-chegados". O que acontecia mais era as outras crianças refugiadas e as crianças das propriedades vizinhas serem atraídas para o nosso círculo.

Já logo depois da guerra, chegaram os primeiros pacotes do Plano Marshall com donativos que nos ajudaram a sair da penúria maior. Sou eternamente grato à América por isso. Os pacotes continham, entre outras coisas, farinha de milho, que para nós, mais do que desconhecida, era bastante suspeita. Minha mãe a tornava palatável para nós, mentindo que a farinha era amarelada daquele jeito porque continha gema de ovo, e portanto era excelente para a nutrição. A partir de então passamos a comê-la com entusiasmo. E um dos primeiros pacotes que chegaram também continha um livro, impresso como um grande caderno escolar: *Winnie the Pooh, O ursinho Pooh*. Tiro o chapéu para a inteligência e a sensibilidade de incluir algo assim no pacote. Hoje ninguém mais deve saber quem fez isso, quem teve essa ideia, mas vão aqui meus cumprimentos ao homem ou à mulher que foi responsável por isso. Na pequena cozinha da nossa casa, juntava-se toda a criançada das propriedades vizinhas; éramos sempre catorze meninos, um grupo unido, para ser mais preciso: treze meninos e uma menina do Bergerhof, a "Weibi", "Mulherzinha", que era mais ousada e imaginativa do que a maioria dos meninos. Nós nos apinhávamos no sofá, em algumas cadeiras, no chão, no parapeito da janela e ouvíamos em grande suspense minha mãe ler para nós alternando as vozes de Cristóvão, Ursinho Pooh, Leitão e Bisonho. Sentíamos um entusiasmo de suspender a respiração. Depois, houve livros como *O colar de âmbar*,* a história de uma menina órfã que cresce pobre e desprezada, mas usa um pingente de âmbar em volta do pescoço, pelo qual, após muitas reviravoltas e peripécias, seus pais, creio que pertencentes a uma linhagem de condes, a reconhecem. Só conseguimos assimilar essa história pouco a pouco, dosada em pequenas passagens, porque chorávamos muito. Lembro-me de quando o

---

* *Die Bernsteinperle*, de Toni Rothmund (1877-1956), escritora alemã.

irmão da Weibi, que se chamava Ernst e era o único que não participava das leituras, abriu bruscamente a porta da cozinha e gritou: "Weibi, vai dar comida aos porcos!". Meia hora depois, ela voltou ainda chorando e minha mãe então mudou a leitura para algo mais divertido.

    Adorávamos a nossa casinha. Hoje ela foi reformada num estilo moderno sem imaginação, e toda a metade de trás, que antes era um celeiro bem arejado, foi simplesmente transformada num conjunto de unidades habitacionais. Havia mistérios ali naquela época, havia estranhos chiados e rangidos, havia fantasmas. Ali também uma vez eu encontrei Deus. Eu devia ter uns quatro anos, e meu irmão Till e eu alardeávamos que no Dia de São Nicolau* esticaríamos um arame fino de metal para fazer o Krampus tropeçar no corredor escuro. O Krampus era uma espécie de demônio vestido com peles e chifres, que arrastava uma corrente pesada para assustar as crianças malcomportadas. Estávamos entusiasmados com a ideia, não sentíamos medo, travávamos disputas verbais sobre qual dos dois era o mais valente. Também aventamos a ideia de talvez fazer o próprio São Nicolau tropeçar e vir cambaleando até nós na cozinha, ele tombaria de bruços deixando cair todos os presentes do saco e não teríamos que ouvir os seus sermões. Porém quanto mais se aproximava o Dia de São Nicolau, mais a nossa coragem arrefecia. Nunca fizemos a armadilha com o arame. Eu ouvi o Krampus batendo com os cascos no chão e arrastando a corrente pelo corredor, e fugi para baixo do sofá. Em seguida, senti a garra do Krampus me agarrar pelo fundilho das calças e me puxar para fora. Fiquei ali imóvel, e acho que me lembro de ter feito xixi nas calças. Mas então eu vi Deus, que sorria para mim. Ele estava encostado no batente da porta e vestia um macacão marrom desbotado, com

---

* O sexto dia do Advento, quando são distribuídos presentes às crianças.

manchas escuras de óleo. Eu soube que estava a salvo. Deus estava ali em pessoa. Muito mais tarde, me contaram que o homem, vindo da pequena casinhola da eletricidade que havia no desfiladeiro junto à cachoeira, passara por acaso na frente da nossa casa e, cedendo à sua curiosidade, entrara atrás do Nicolau. De fato, havia um pequeno gerador de eletricidade na floresta, que era movido à água desviada do riacho e no qual aquele homem de vez em quando vinha passar graxa. Dessa instalação existem ainda hoje as fundações de concreto. Mas nos primeiros anos após a guerra, a energia elétrica nunca estava garantida, e era frequente haver apenas uma vela na cozinha à noite.

Mudarmos para a cidade grande tornou-se inevitável. Quase nada sabíamos sobre o mundo fora do vale. Aschau, a doze quilômetros de distância, era o limite extremo do mundo da nossa experiência. Rosenheim existia apenas como uma luminosidade no céu, muito longe. Eram raros os automóveis vindos de lá em nossa direção e, quando víamos um deles, corríamos para admirá-lo. Certa vez, numa curva fechada, um motorista perdeu o controle e derrapou caindo dentro do riacho, logo abaixo do Sturm Ötz. A partir desse dia, sentávamos ali com frequência, na esperança de que viesse outro automóvel e também errasse a curva. Uma vez vimos o Siegel Hans na sua motocicleta fazer a curva em grande velocidade numa perigosa posição inclinada e a seguir pisar fundo no acelerador outa vez. Desde então carros em movimento sempre me fascinaram — pelo menos visualmente. Em *Vício frenético*, de 2009, mudei deliberadamente uma locação, a sala de interrogatório da Divisão de Homicídios, de modo que diante da janela passasse o tráfego pesado de uma rodovia sobre uma ponte. Para bloquear o ruído dos caminhões, tivemos que instalar especialmente uma grossa folha dupla de acrílico. Aschau, a pequena cidade no início do vale, onde havia só uns poucos carros, eu conhecia apenas do hospital. Quando eu tinha cerca de seis anos, tive ataques de asfixia no meio da noite e saí correndo do quarto para o corredor gelado. Eu lutava desesperadamente para respirar. Minha mãe deve ter passado um sufoco. Frau Schrader, a mulher refugiada do andar de cima, e ela me envolveram numa pele de carneiro e me amarraram em cima de um trenó. Eram duas horas da manhã, não havia telefone nem ligação rodoviária, pois nevara pesado e a estrada para Aschau estava intransitável devido à neve acumulada. As duas mulheres me arrastaram através da nevasca por mais de quatro horas, até que chegaram ao pequeno hospital em Aschau. Pelo que me lembro, foi um ataque severo de pseudocrupe. Do hospital ainda me lembro de duas coisas: pela primeira vez na vida ganhei uma laranja, eu nunca tinha visto nada igual, uma enfermeira teve que me mostrar como descascá-la. Então ela se foi. Eu não sabia como continuar e desmembrei cuidadosamente a laranja em seus gomos individuais, sobre os quais quebrei a cabeça por um bom tempo. Por fim, tirei com cuidado a pele de cada fatia. E então esmaguei as pequenas vasilhas alongadas, agora livres, dentro da minha boca. O sabor era magnífico. Em segundo lugar, lembro-me de passar dias brincando com um fio solto que puxei da barra do cobertor. Descobri as incríveis possibilidades daquele fio. Foi uma grande revelação. Mais tarde minha mãe me contou que por toda uma semana eu não tive nada além desse fio, mas o tempo que passei com ele foi muito emocionante.

9.
Munique

Tínhamos estado em Munique apenas uma vez antes de nos mudarmos para lá. Naquela época, todo o entorno da estação central ainda era de montes de escombros e entulho, e meu irmão e eu cumprimentamos todos os transeuntes na rua, centenas deles, tal qual fazíamos na rua principal em Sachrang. Também desabotoamos a braguilha das nossas calças de couro e na beira da calçada fizemos xixi na rua. Minha mãe nos renegou provavelmente pela única vez na vida e agiu como se não nos conhecesse. Quando alguns anos depois estávamos com nosso pai em Wüstenrot, minha mãe procurava um lugar para morarmos em Munique, mantendo a cabeça fora da água com trabalhos ocasionais. Ela trabalhava como faxineira e, junto com uma amiga, como uma espécie de vendedora ambulante. As duas vendiam meias de náilon para as figurantes nos estúdios de cinema que haviam voltado a funcionar fora da cidade, em Geiselgasteig. Minha mãe fazia tudo isso sem reclamar, movida por uma força de vontade pragmática. Ela trabalhou por um longo período como empregada doméstica na casa de um oficial americano da ocupação, mais tarde ela quase nunca falava dessa época. Ela limpava a casa, lavava a roupa, cozinhava, e a esposa do oficial implicava com ela o tempo todo. Minha mãe também passeava com o cachorro e às vezes, quando havia uma refeição maior, a dona da casa juntava as sobras numa tigela e dava para ela. *"Elizabeth, this is for the dog and for you"* [Elizabeth, isto é para o cachorro e para você]. Minha mãe era uma mulher corajosa como nunca vi igual, e isso junto com um caráter forte, tão extraordinário quanto a sua bravura. Quando, por exemplo, alguns anos depois, Till e eu, já com dezenove e vinte anos, compramos uma motocicleta, praticamente toda semana sofríamos algum pequeno acidente. Till derrapou nos trilhos do bonde e foi parar debaixo de um ônibus, mas apenas sofreu escoriações no cotovelo, e eu, numa curva de uma estrada rural em que havia cascalho na pista, caí por um barranco e aterrissei numa plantação. Naquela época, ainda não era obrigatório usar capacete. Sempre havia alguma coisa, e por isso nossa mãe tinha sérias objeções contra a motocicleta. Ela não queria ter a experiência de um dia sepultar um de seus filhos. Mas nós estávamos muito felizes com a moto. Para nós ela era "D'Maschin", D maiúsculo, apóstrofo, Maschin (como variação de "die Maschine", a máquina). Não montávamos, trepávamos na D'Maschin. Cerveja também não bebíamos, mas sim, depois de contrabandeá-la da cozinha, nós a desposávamos. Não comíamos um bife, que era um pedaço de carne que estraçalhávamos. E não dormíamos, puxávamos um ronco. Uma noite, depois do jantar, nossa mãe acendeu um cigarro. Ela foi uma fumante inveterada durante toda a vida adulta. Mas nessa vez deu apenas algumas tragadas no cigarro e apagou-o no cinzeiro. Depois então nos disse para vendermos a motocicleta, queria que desistíssemos dela e que nunca mais comprássemos outra. Aliás, aquele tinha sido o seu último cigarro. Ela nunca mais fumou e no prazo de uma semana nos desfizemos da D'Maschin.

 Em sua busca por um lugar para morarmos, nossa mãe deu com uma pequena pensão, que ficava apenas um andar abaixo do sótão onde passei os primeiros dias após o meu nascimento. O telhado havia sido consertado nesse meio-tempo, mas quase todos os edifícios vizinhos ao longo da Elisabethstraße ainda estavam em ruínas ou em construção. Caminhão após caminhão ainda removiam os escombros e os transportavam para montes de entulho cada vez mais altos. O maior desses montes mais tarde passou a fazer parte do Parque Olímpico de Munique; coberto de grama e de árvores e com um pequeno lago artificial, era quase da altura da cobertura transparente do grande estádio. Todos os meus amigos que cresceram em Munique se lembram com entusiasmo dos primeiros anos após a guerra. Eles não podiam ter tido melhores parques infantis para as suas aventuras. Bandos de crianças eram reis, os senhores de todos aqueles quarteirões bombardeados. Eles catavam metais e vendiam para o sucateiro. Entre outras coisas, encontravam armas, pistolas e granadas. Uma vez, encontraram um homem enforcado nas vigas de uma ruína. Eles também eram responsáveis por si mesmos desde muito cedo, e todos estavam felizes com isso. Sempre volto a ouvir vozes que demonstram sentir pena dessas crianças, mas isso não condiz com a realidade das suas experiências. Como eu nas montanhas, as crianças da cidade no período imediatamente após a guerra tiveram a mais magnífica infância que se pode imaginar. Até mesmo Dieter Dengler, sobre quem fiz um filme mais tarde — na verdade, dois filmes, um documentário e um longa-metragem, *O pequeno Dieter precisa voar*, de 1997, e *O sobrevivente*, de 2006 — e que cresceu isolado em Wildberg, na Floresta Negra, disse exatamente isso, embora a sua penúria tenha sido muito maior que a nossa. Ele se lembrava de como sua mãe levava a ele e a seu irmão mais novo para casas bombardeadas, onde eles arrancavam o papel das paredes em ruínas. A mãe deles então fervia o papel, porque a cola nele grudada continha nutrientes. Estou longe de idealizar essa época, que foi gerada por uma guerra terrível e crimes terríveis por parte dos alemães. Nós nos lembramos apenas de nossa experiência sensível, mas a guerra em si é um horror e se torna cada vez mais assustadora à medida que o instrumental da guerra se desenvolve. Duas coisas ainda ressoam em mim, como um eco dessa época. Quando havia alguma coisa para comer, era preciso ser rápido, porque do contrário os irmãos comiam tudo. Até hoje, ainda como rápido demais, mesmo quando me disponho a mastigar bem e a comer conscientemente. E, segunda coisa, para mim é difícil jogar fora comida, especialmente pão. Minha geladeira é sempre supervisionada, bem administrada. Para mim é algo inconcebível que, no mundo industrializado, de acordo com estatísticas, 40% de toda a comida seja jogada fora, nos Estados Unidos até mesmo 45%. Eu observo em silêncio, pois quase ninguém compartilha as minhas experiências de infância, nos restaurantes serem servidas porções enormes, das quais a metade acaba no lixo. O consumismo que se espalhou por todo o mundo industrializado está causando danos imensos à saúde do nosso planeta. A obesidade que afeta tantas pessoas é apenas o lado mais aparente do consumo. Não que eu nunca encontre uma alface murcha na minha geladeira, mas raramente jogo alguma coisa fora.

A pensão na Elisabethstraße em Munique era um apartamento espaçoso num edifício antigo, no qual cinco ou seis dos quartos eram alugados. A proprietária, Clara Rieth, fizera parte da famosa boêmia criativa dos anos 1920 em Schwabing, o bairro de artistas da cidade. Mas àquela altura já não havia mais artistas por lá, assim como a colônia de artistas de Montmartre em Paris em algum momento se cristalizou num mito que imortaliza o final do século XIX para os turistas. No entanto, nas décadas de 1960 e 1970, quando surgiu o Novo Cinema Alemão, quase todos os cineastas moravam em Schwabing. Naquela época, Munique era a capital cultural da Alemanha, e somente quando Berlim substituiu a provinciana Bonn como capital é que quase todos emigraram para lá. Clara era muito interessada em arte e teatro, vestia-se de maneira inusitada, com o cabelo tingido de laranja berrante, como os punks fariam décadas depois. No amplo corredor do seu apartamento, havia um compartimento separado por uma cortina pesada, atrás da qual morava a amiga da minha mãe que vendia meias de seda com ela. Num quarto, morava um engenheiro turco, e ao lado, nós quatro: minha mãe, Till, Lucki e eu, num único cômodo, que era contíguo ao banheiro comum a todos os inquilinos. Era preciso combinar entre os moradores quando se podia usá--lo. Clara cozinhava para todos os seus hóspedes, isso estava incluído no preço. "Eu cozinho com amor e com manteiga", ela costumava dizer de si mesma, mas a parte da manteiga acabou se revelando um exagero, era só margarina. Ali, naquele apartamento, aprendi para sempre a me arranjar com o mínimo de espaço e também aprendi a me concentrar completamente em mim, mesmo quando no quarto ao meu redor muitas vezes estava tudo de pernas para o ar. Ainda sou capaz de ler ou escrever no meio de uma multidão barulhenta sem me dar conta de que não estou sozinho. Sob a alta pressão e as muitas demandas de inúmeras pessoas num set de filmagem, consigo reescrever em minutos um trecho inteiro de um roteiro quando a força das circunstâncias externas obriga a uma mudança de rumo.

Um dia, quando eu voltava da escola, ouvi um tumulto já da escada. Abri a porta do apartamento e a primeira coisa que notei foi a ajudante de cozinha, Hermine, de cerca de dezoito anos, do interior da Baixa Baviera. Ela estava perseguindo um homem jovem que eu nunca tinha visto antes, e batendo nele com uma bandeja de madeira. O homem em fuga dava gritos estridentes. Ele a agarrara por baixo da saia. Era Klaus Kinski. Muito do que descrevi quase meio século depois no filme *Meu melhor inimigo*, de 1999, pode já ser conhecido, mas recapitulo minhas lembranças aqui mais uma vez. Kinski, que na época se estilizava como um artista faminto, fora recolhido da rua por Clara Rieth, bondosa como ela era. Já então Kinski havia adquirido, através de pequenos papéis em diversos teatros, a reputação de ator incomum. Ele não ganhava muito, mas adorava fazer tipo de gênio desprezado e faminto. Não muito longe na vizinhança, ele havia ocupado um sótão vazio de uma velha casa e o declarara, se podemos dizer assim, sua residência e intimidava o proprietário, que tentava expulsá-lo, com acessos de raiva. Nesse sótão, em vez de móveis, ele espalhara folhas secas, que no final já batiam na altura dos seus joelhos. Ele dormia sobre as folhas. À semelhança de meu pai, ele também nunca usava roupas lá em cima nessa sua moradia, ele as rechaçava como coerção civilizatória criada para nos afastar da experiência da natureza pura. Quando o carteiro chegava e batia na porta, Kinski ia atender nu em pelo através das folhas crepitantes. No palco, por sua vez, ele provocava escândalos constantemente, era algo que todo mundo já conhecia. Se percebesse a menor desatenção, ou mesmo uma tossezinha nervosa, ele gritava com o público e o insultava com as palavras mais obscenas. Ele chegou a jogar um candelabro com velas acesas no público e era comum ficar enraivecido porque não memorizara o texto e travava. Uma vez, numa peça em que tinha um monólogo do qual só dominava as primeiras linhas, ele simplesmente se enrolou num tapete no chão e assim ficou, como rolo de tapete, até que o público começou a protestar e o teatro teve que fechar a cortina. Mais tarde, nos meus filmes com ele, por repetidas vezes presenciei ataques exatamente desse tipo, mas nessa época em Munique eu ainda não havia pensado em filmes nem por um segundo. Eu recém fizera treze anos, ele devia ter uns 26. Como contestador de toda a civilização, ele também se recusava a usar talheres para comer. À mesa com os hóspedes da pensão, comia com as mãos debruçado sobre o prato, enfiando a comida para dentro. "Comer é um ato bestial", ele gritava para a assustada Clara, e um dia, quando percebeu que ela realmente cozinhava com margarina em vez de manteiga, quebrou peças de louça na cozinha e jogou uma panela de ferro pela janela fechada. Ainda me lembro perfeitamente de quando Clara convidou um crítico de teatro para jantar, com a intenção de impulsionar a carreira de Kinski. O crítico se chamava François e era tão gordo que não conseguia abotoar completamente o cós da calça. Ele apoiava Kinski com veemência e o elogiou por sua atuação da noite anterior: "Você foi magnífico, foi esplêndido!". Então aconteceu algo com uma velocidade, uma vibração de movimentos, como só se conhece nos desenhos animados do Pica-Pau — Kinski jogou nele por cima da mesa numa sequência furiosa várias batatas quentes ainda fumegantes de seu prato e, no mesmo movimento, deu um salto, o rosto branco. Seguiram-se facas e garfos, que ele juntou dos vizinhos de mesa, disparados como se de uma metralhadora e, em toda essa simultaneidade, Kinski rugiu: "Eu não fui magnífico, eu não fui esplêndido. EU FUI MONUMENTAL, EU FUI EPOCAL".

Assim continuou por alguns meses, com ele na casa. Clara havia destinado para ele um quartinho minúsculo, com uma janela estreita que dava para o pátio dos fundos, o único cômodo que estava vago na pensão. Ele se hospedava lá de graça, e ela lhe dava as refeições, sem querer receber nenhum pagamento, e também lavava e passava a roupa dele. Ainda me lembro de como ele fazia exercícios de voz atrás de sua porta fechada, durante horas, interminavelmente. Mas soavam antes como exercícios para cantores, modulações para a clareza de articulação, tom e volume. Isso contradiz a sua afirmação posterior de que tudo lhe vinha naturalmente, como para um gênio original, como se ele fosse uma verdadeira criatura do período Tempestade e Ímpeto [Sturm und Drang] da literatura alemã. Kinski era capaz de gritar mais alto do que qualquer outra pessoa que eu conhecia. Ele até mesmo conseguia "quebrar cristais"; quando gritava num tom agudo as taças de vinho trincavam.

Uma vez, durante o jantar, o lugar de Kinski estava vazio. Mas de repente ele surgiu, como se algo pesado e violento, algo lançado de um esquadrão de bombardeiros não anunciado caísse sobre nós. Ele deve ter usado todo o longo corredor para tomar impulso, pois, com um estrondo terrível, a porta arrancada inteira de suas dobradiças caiu deitada no chão da sala de jantar. Kinski, que podia ser percebido como que em espasmos estroboscópicos, abanava com os braços, não, ele jogava roupas para o alto e soltava gritos inarticulados, daquele tipo com que destruía os copos de Clara. Depois que as roupas, esvoaçando como folhas, caíram em cima da mesa de jantar e no chão, os gritos de Kinski pouco a pouco se tornaram compreensíveis. Ele gritava: "CLARA, SUA CADELA!!!!". E só quando a cena acabou é que se soube que ele estava revoltado porque Clara não passara suficientemente bem os colarinhos das suas camisas.

Não me lembro mais de como os meus irmãos reagiam na época. Mas sei que eu era aquele que, além de minha mãe, não sentia medo dele. Era mais como assistir espantado à passagem de um tornado que deixa um rastro de destruição. Cerca de três meses depois, Kinski trancou-se no banheiro, que era casa de banho e WC de uso comum aos hóspedes. Ouvimos um rugido vir de lá de dentro. Então houve um estrondo, seguido de um estranho silêncio. Clara bateu suavemente na porta do lado de fora, e tentou acalmá-lo. Qual havia sido o motivo para o seu novo ataque de fúria, que irromperia logo a seguir, não está claro para mim até hoje, mas as intervenções de Clara apenas aumentaram o ímpeto da sua cólera destrutiva. Do lado de fora, sabíamos que ele continuava a destruir tudo no banheiro. Felizmente, havia outro banheiro no corredor, um pequeno lavabo que podíamos usar. A fúria de Kinski contra as peças de porcelana durou muitas horas. Depois, quando tudo já estava quebrado em pedacinhos, pia, vaso sanitário, espelho, partes da banheira, Kinski apareceu com um semblante extasiado e, como Clara estava chocada, minha mãe encarregou-se de expulsá-lo. Ela o fez sem mais delongas. O pesadelo havia terminado. Eu sabia no que estava me metendo quando, quinze anos depois, comecei a trabalhar com ele.

Em Munique, Till e eu fomos para o humanista Maximiliansgymnasium. A escola era altamente renomada. Além de oito anos de latim e seis de grego antigo, ela também tinha um alto padrão em matemática e física, literatura e arte. Dela saíram dois dos grandes físicos teóricos do século XX, Max Planck e Werner Heisenberg. Hoje é difícil explicar por que as línguas antigas têm importância — no máximo, o latim, e presumivelmente apenas para juristas, teólogos e historiadores. Do ponto de vista prático, essas línguas são de todo inúteis. Mas a formação nelas nos deu uma compreensão mais ampla da origem da nossa cultura ocidental, da literatura, da filosofia, das correntes mais profundas da nossa compreensão do mundo. Eu, no entanto, sempre fui de alguma maneira um estranho, mas apenas em relação aos outros colegas, que vinham todos de famílias abastadas da burguesia esclarecida de Munique. Muito raramente, porém, tive a sensação de pobreza, essa contradição de uma sociedade de classes não se apresentava para mim de uma forma com a qual eu não pudesse lidar. Já durante os anos de escola, todos ao meu redor pareciam estar trabalhando nas suas carreiras, isso era bastante evidente. Eu tinha poucos amigos e odiava a escola, num determinado momento de tal forma, que fantasiava pôr fogo nela à noite, quando o prédio estivesse vazio. Existe algo que pode se chamar de inteligência escolar, que eu claramente não tinha. A inteligência é sempre um feixe de toda uma série de qualidades: pensamento abstrato e lógico, habilidades linguísticas, análise combinatória, memória, musicalidade, empatia, capacidade de associação, talento para o planejamento e assim por diante, mas o meu feixe era atado de alguma outra maneira. Mas isso foi ainda muito pior para o meu irmão mais velho, que se encaixava ainda menos no esquema. Logo ficou claro que ele era um caso perdido, embora fosse um garoto de inteligência excepcional, mas de "um outro tipo" de inteligência, que se manifestava em suas qualidades de liderança. Na escola, tudo o que fazíamos contra as regras era ele quem encabeçava. Nunca houve disputas hierárquicas, nunca ninguém questionou quem era o líder. Ainda hoje, quando Till vem se aproximando de longe, todos sentem no ar: lá vem o chefe. Não que Till tenha que demonstrar isso com qualquer tipo de pose, tal como precisam se exibir os indivíduos alfa entre os primatas, ele possui essa qualidade da maneira mais natural possível. Do meu ponto de vista, é a única pessoa de fato bem-sucedida na minha família. Digo isso apenas em parte de brincadeira. Mas já na segunda série do Maximiliansgymnasium ficou claro que ele não tinha a menor vontade nem o menor talento para o latim. No fim do ano letivo, foi reprovado e teve que repetir o ano. Eu passei a ter um irmão mais velho do que eu classificado numa série inferior à minha. Ele foi aprovado no final, o que eufemisticamente chamamos de "volta de honra", mas na série seguinte ele seria reprovado de novo, e ficaria dois anos atrás de mim. Numa decisão espontânea, aos catorze anos, Till deixou a escola que detestava e que era inadequada para ele e começou uma formação prática numa empresa de comercialização de madeiras. Lá ele teve uma ascensão meteórica. Aos 21 anos, era gerente de compras, dirigia um Mercedes de serviço e, poucos anos depois, foi cofundador de uma empresa comercial leste-oeste, em parceria com uma corporação iugoslava semiestatal, que tinha ligações sobretudo com a China. A empresa cresceu rápido e montou fábricas de móveis na Manchúria e em Sichuan, com a exportação de todas as máquinas diretamente para lá através da empresa de Till. Naquela época, Till passou várias semanas na

China com uma delegação iugoslava. Mais tarde, uma empresa iugoslava do ramo de couro e calçados com estrutura semelhante adquiriu uma participação na empresa de Till, o que resultou no fornecimento de mais de 5 milhões de pares de sapatos de alta qualidade, fabricados na Iugoslávia, vendidos para a Rússia, desenvolvidos por um designer de calçados da Itália. O couro também vinha da Itália, e todo o projeto foi pré-financiado pela empresa de meu irmão e compensado com as entregas de calçados. Nisso os partidos comunistas da Áustria e da Grécia também foram favorecidos financeiramente, o que a União Soviética defendia por razões de prestígio. Para tanto, os custos adicionais foram acrescentados ao preço de entrega, com o conhecimento dos soviéticos. Outro grupo empresarial do setor automobilístico iugoslavo, apenas para exemplificar a amplitude dos empreendimentos de Till, comprou 2 mil automóveis no Japão e pagou o preço imediatamente, mas com um prazo de entrega de seis meses. A venda foi feita com base no marco alemão, e a compra em ienes. Naquela época, não havia possibilidades de cobertura cambial na Iugoslávia, e dessa forma a empresa de Till atuou como compradora, recebendo dessa maneira 20 milhões de marcos alemães em sua conta de uma só vez. Till não ganhou nada com os automóveis, mas os juros na época eram de 8% e, em seis meses, 800 mil marcos alemães foram para a sua conta.

Nos seus melhores anos, a empresa teve faturamentos de mais de 100 milhões de marcos alemães, sempre com negócios altamente lucrativos, mantendo o foco na Iugoslávia. Aos 51 anos, após 36 anos de uma intensa vida profissional, Till estava esgotado. Mais tarde, ele me disse sem rodeios que, se as coisas tivessem continuado daquela maneira, provavelmente dentro de um ano estaria morto, teria sucumbido a alguma doença relacionada ao estresse. Ele vendeu a sua participação na empresa, e o seu alto salário como diretor e as distribuições anuais de lucro lhe permitiram nunca mais ter que trabalhar. Ele passou muito tempo no Mediterrâneo e no Caribe em seu grande iate à vela. Depois construiu para si um magnífico solar na Costa Blanca, na Espanha. Hoje ele vive entre Munique e a Espanha. Está há 47 anos num casamento feliz e tem dois filhos maravilhosos.

Enquanto Till iniciava a sua vida profissional, minha mãe havia arranjado um trabalho fixo num antigo sebo de arte e raridades literárias, mas os ricos proprietários lhe pagavam apenas um salário escandalosamente baixo. No entanto, eles estavam sempre empenhados em apresentá-la aos clientes como uma acadêmica com doutorado. O que ela recebia não teria dado para quatro pessoas. Meu irmão logo se tornou o principal provedor da família, e sem ele eu dificilmente poderia ter continuado no Gymnasium, embora eu próprio ganhasse algum dinheiro. Nas horas vagas, eu trabalhava como ajudante, empilhando tábuas de madeira. Era de fato um trabalho árduo. As tábuas, em sua maioria de madeira tropical, eram longas e cruelmente pesadas, e tinham que ser empilhadas com precisão, em pares ou em grupos de quatro, sobre vigas colocadas entre elas, para que não caíssem e formassem pilhas bem ventiladas.

A propósito, hoje em dia só raramente chamo meu irmão mais velho de Tilbert e quase nunca de Till, mas sim de Filberer. Quando ele me visitou no Peru na fase de pré-produção de *Aguirre*, em 1971, uma companhia aérea doméstica emitiu por engano a sua passagem em nome de Filberer Herzog, em vez de Tilbert Herzog, e nós o chamamos assim de brincadeira, e o nome pegou de uma maneira curiosa. Mais tarde, numa situação extrema, ele salvou o filme com um empréstimo, mesmo presumindo que nunca mais veria o dinheiro. Mas na verdade eu paguei o dinheiro de volta, como todas as dívidas que já tive. Naquela época, fiz com Till uma viagem de

Lima direto para os Andes. Originalmente, *Aguirre* começaria em grande altitude, numa geleira, um cordão de homens e animais passando ao longe, conquistadores espanhóis e escravizados indígenas acorrentados, alpacas e uma vara de porcos pretos, mosquetes, canhões e liteiras. Os porcos, atacados pelo mal da montanha, deveriam cambalear ao longo da trilha em zigue-zague, para isso eu pretendia fazer testes com um veterinário, que acabaram não acontecendo. Eu estava procurando uma geleira que fosse bastante perto de uma estrada transitável para facilitar o trabalho, e Till e eu subimos de carro em três horas, sem paradas, do nível do mar em Lima até o Passo del Ticlio, a quase 5 mil metros de altitude. Lá em cima, havia começado a nevar, e estávamos terrivelmente indispostos com o mal da montanha. Decidimos continuar a busca pela geleira, descendo de volta por um atalho ruim, porém quanto mais avançávamos, mais chegávamos a trechos que eram quase intransponíveis, com deslizamentos de lama que haviam inundado ou desbarrancado parte da estrada. A neve caía cada vez mais cerrada, mas por fim avistamos um vilarejo encolhido entre as montanhas e ali pretendíamos nos refugiar. Mas assim que chegamos à praça do lugar, fomos cercados por uma multidão furiosa. Homens batiam no carro com os punhos. Atrás de nós, notei que o acesso ao local ia sendo bloqueado com pedras pesadas; à nossa frente, na saída, também grandes pedras eram roladas sobre o caminho. Descemos porque, pensamos, era mais perigoso ficar no automóvel. Fomos puxados para lá e para cá, mas permanecemos totalmente calmos. Alguns dos homens, falantes de quíchua, entendiam espanhol e, tanto quanto era possível no meio naquele tumulto furioso, tentei compreender o que estava acontecendo. Até hoje não está de fato claro para mim o que levou àquela situação, mas, pelo que pude filtrar dos fragmentos dos gritos, parecia ter a ver com um acidente numa mina localizada ali perto, no qual haviam morrido trabalhadores indígenas. Ao que tudo indicava, estávamos sendo tomados pelos engenheiros responsáveis pela operação da mina. De alguma forma, porém, os enfurecidos habitantes da aldeia enfim perceberam que nada tínhamos a ver com o assunto e nos escoltaram até a venda, onde queriam beber pisco conosco pela reconciliação. Mas não tínhamos vontade de beber, estávamos nos sentindo miseravelmente mal, com náuseas, e, ainda por cima, eu estava com uma dor de cabeça terrível. Como compensação, nos puseram num catre de palha e trouxeram duas jovens mulheres. "Nesses cavalinhos vocês podem montar a noite toda", comunicaram-nos. Era uma imagem estranha, que ficou gravada para sempre na minha memória. À nossa frente, estavam em pé as duas mulheres, vestidas com saias grossas de várias camadas, descalças. O frio não parecia incomodá-las. Elas tinham nas bochechas o rubor intenso das pessoas que vivem em altitudes muito elevadas. Ambas usavam o chapéu-coco característico das mulheres quíchuas. Elas tinham tirado esses chapéus e os seguravam no alto, com os braços estendidos. Assim ficaram por um bom tempo, estatuescas, como se esculpidas numa outra realidade. Eu não entendia nem um pouco essa manifestação de algo que era diferente, estava excluído da realidade ao meu redor, mas assim mesmo me vi profundamente imerso em seu enigma.

Nas últimas séries do Gymnasium, fui arrastado para lá e para cá entre duas classes paralelas, uma católica e a outra protestante. Isso tinha a ver com a minha conversão ao catolicismo, mas também com o fato de eu não seguir à risca o calendário letivo. Num ano no qual meu irmão estava já começando sua vida profissional, viajei de carona com ele para o norte da Alemanha. Lá nos separamos e eu voltei às aulas em Munique só algum tempo depois, mais de uma semana após o início das aulas. Nesse meio-tempo, morei em galpões de jardim que eu invadia e, uma vez, em Essen, numa mansão vazia que abri com meus "instrumentos cirúrgicos". Uma outra vez, estiquei as minhas férias de verão em mais de um mês, na época eu tinha dezessete anos. Tinha ido me encontrar com a minha então namorada na Inglaterra, onde, em Manchester, junto com quatro nigerianos, três adultos e uma criança, e três indianos de Bengala, adquiri por relativamente pouco dinheiro uma cota de um sobrado de tijolos no bairro operário em torno da Elizabeth Street. Por um curto período de tempo, fui proprietário de um quarto. A casa inglesa estava bastante abandonada, tinha lixo volumoso no quintal, e eu cacei muitos ratos na chaminé. Em ambos os casos, minha mãe me apoiou e escreveu justificativas à direção da escola, dizendo que eu estava com pneumonia. Mas, como na segunda vez minha classe havia aceitado outro aluno em meu lugar e com isso ficado lotada, fui piedosamente incluído na classe paralela dos protestantes. Hoje sou grato por isso, pois nessa classe eu ganhei dois amigos que foram importantes para mim. Um deles era Rolf Pohle, que era muito musical e tocava violino. Ele sofreu por anos, não na pele, mas nas profundezas de sua alma, de uma acne severa. No futebol, ele era um defensor obstinado e perigoso, um terrier que o adversário driblava e então, nem dois passos adiante, já tinha de novo à sua frente. Mais tarde, Rolf estudou direito e foi se deslocando cada vez mais para a esquerda. Em 1967, tornou-se presidente da AstA* na Universidade Ludwig Maximilian em Munique e, em 1968, organizou manifestações na cidade durante os chamados tumultos da Páscoa,** contrariando a proibição policial. Isso lhe rendeu um processo judicial e a expulsão da faculdade de direito pouco antes do exame final. O que o radicalizou definitivamente. Ele aderiu

* *Allgemeiner Studentenausschuss* [Comitê Central dos Estudantes]: associação estudantil universitária com forte atuação política nos anos 1960.
** Protestos e manifestações com repressão e confrontos policiais na esteira do atentado contra o líder estudantil Rudi Dutschke.

ao grupo Baader-Meinhof, à RAF,* e foi para a clandestinidade. Era Rolf, pois tinha uma licença válida de armas de fogo, quem arranjava as pistolas para ações violentas. Para mim, ele desapareceu completamente por um tempo, até que causou, num inverno, um acidente na estrada perto de Augsburg. Ele fugiu por um campo de neve e voltou a desaparecer, mas acabou sendo preso no final de 1971. Estive em seu julgamento em Munique, que durou meses e foi realizado sob estritas medidas de segurança. Os meus dados pessoais sem dúvida foram parar nas listas de simpatizantes suspeitos da RAF, com a qual eu não tinha absolutamente nada a ver. Depois o visitei também na penitenciária de Straubing, onde ele cumpria a pena de seis anos a que fora condenado. Eu conhecia a prisão de muito tempo antes, porque quando tinha quinze ou dezesseis anos pretendia fazer lá meu primeiro filme, o que felizmente acabou não acontecendo. O roteiro, do qual me deparei há pouco tempo com alguns fragmentos, é de uma estupidez difícil de compreender. Eu era mesmo aquilo? Para visitas a Straubing, havia altas barreiras estabelecidas pelo aparato de segurança, Rolf Pohle ficou completamente isolado num desumano confinamento solitário por mais de um ano.

Foi no final desse isolamento que me foi permitido vê-lo. Levei para ele uma pequena bola de borracha dura, dessas que quicam absurdamente. Costumávamos jogar uma bola assim contra uma parede no pátio de nosso Gymnasium e, antes de podermos pegá-la, ela tinha que quicar no pavimento de pedras irregulares à nossa frente. As bolas quicavam feito loucas, imprevisivelmente em qualquer direção e, para pegá-las, era necessário desenvolver, como um goleiro de hóquei, uma capacidade de reação fenomenal. Prevendo contrariedades,

* *Rote Armee Fraktion* [Fração do Exército Vermelho]: organização terrorista de extrema esquerda na Alemanha Ocidental.

solicitei na comporta de segurança da penitenciária que a bola fosse radiografada para que vissem que ela não continha nada em seu interior além da sua própria e curiosa massa. Dois agentes da polícia criminal, que nos acompanharam de perto durante todo o encontro e fizeram anotações sobre nossa conversa, sabiam exatamente o que eu tinha levado, que era apenas uma bola. Eles também sabiam que a bola de fato poderia ser útil para Rolf em seus passeios solitários no "pátio", um estreito quadrado de concreto coberto por uma tela de arame. Apesar disso, ela foi confiscada sem maiores explicações. Também não pude realmente falar com Rolf. Quando se sentou à mesinha na minha frente, ele estava com algemas e correntes nos tornozelos e teve dificuldades vocais, pois não conversava com ninguém havia um ano. Ele falava muito alto para a curta distância, eu logo disse isso a ele, mas só no último minuto do nosso encontro ele chegou ao volume certo. Além disso, em vez de conversar, ele quase exclusivamente me lançou slogans políticos. Não sabia mais o que era manter contato visual.

Depois seus anos de detenção ainda viriam a aumentar. Ele estava na lista dos seis prisioneiros que foram libertados em troca do político berlinense Peter Lorenz, em 1975. Lorenz havia sido sequestrado pelo Movimento Dois de Junho, apoiado pela RAF, e a troca aconteceu de fato, e Rolf foi levado com os outros prisioneiros libertados para Aden, no socialista Iêmen do Sul. Contudo, no avião, antes da partida, quando os libertos receberam dinheiro, ele teria exigido um valor maior do que o combinado, pelo menos foi o que se disse mais tarde. Isso logo lhe rendeu mais alguns anos de prisão, pois foi interpretado como chantagem quando o recapturaram na Grécia e a Alemanha forçou sua extradição. Nunca voltei a vê-lo. Quando ele saiu da prisão em 1982, eu estava viajando em algum lugar do mundo. Ele foi embora da Alemanha e obteve autorização de residência na Grécia casando-se com sua advogada grega.

Ouvi dizer que ele estava muito doente. Ele morreu em 2004, em Atenas, oficialmente de câncer, extraoficialmente de aids.

Meu outro amigo na classe dos protestantes teve importância fundamental para o meu desenvolvimento interior. Seu nome é Wolfgang von Ungern-Sternberg von Pürkel. Eu nunca o havia notado realmente durante os primeiros anos, porque ele estava na classe paralela e faltara durante muitos meses por motivo de doença. Ele era alto, muito magro, com uma marcante cabeça asceta, que sempre se projetava para a frente como numa ave de rapina. Era uma dessas pessoas antenadas que são capazes de compreender espontaneamente processos complexos e engendrar pensamentos ousados a partir daí. Wolfgang pode ser visto como ator em vários de meus primeiros filmes. Ele e seu irmão Jochen, que também era da nossa classe, provinham de uma casa pastoral protestante nas imediações do Gymnasium. Todos os quatro filhos dessa família eram muito talentosos. Jochen, um pouco mais novo, destacava-se em todas as disciplinas, mas ao contrário do irmão, era tranquilo e reservado, um garoto discreto e profundo. Ele se tornou um jurista, fez uma carreira brilhante e tornou-se na época o mais jovem juiz do Tribunal Federal de Justiça. Wolfgang, por sua vez, era genial e não se importava em não ser igualmente excelente em todas as disciplinas. Nunca encontrei em ninguém algo comparável à sua profunda compreensão da literatura. Aos dezesseis anos, era ele quem conduzia as aulas de alemão, por assim dizer. No começo da aula, Wolfgang costumava pedir a palavra com uma reverência educada: "Desculpe-me, não vejo dessa forma, sou de outra opinião". Exortado a dar a sua opinião, ele desculpava-se com novas reverências e fazia digressões brilhantes de improviso, tirando inteiramente suas conclusões das próprias observações, que nada tinham a ver com as interpretações padronizadas dos livros didáticos, aos quais em geral não dava muito valor. Sua fala consistia num encadeamento de frases complexas, que estariam absolutamente prontas para a impressão. Quase sempre ele ignorava o sinal do intervalo e continuava a falar enquanto a classe se esvaziava, o que, mesmo quando não havia mais ninguém, ele apenas não notava.

Para mim, ele foi uma sorte. Finalmente alguém em quem ardia a chama da qual eu sentia tanta falta. A Universidade de Munique reconheceu o seu talento excepcional e permitiu que ele cursasse a faculdade paralelamente ao Gymnasium. Na época de prestar o Abitur, o exame conclusivo do Gymnasium, necessário para ingressar na universidade, ele já havia feito seis semestres do curso de letras. Mas ele e eu éramos muito diferentes em nossa forma de atuação, ele argumentava com minúcias e expunha a complexidade de um pensamento com todas as suas nuances cambiantes e iridescentes, razão pela qual mais tarde trabalhou em sua tese de doutorado e depois em sua habilitação como docente durante um tempo infinitamente longo, enquanto eu tendia a me concentrar nas linhas gerais e a atacar de frente os problemas. Mas ele era um entusiasta cuja chama me despertou. Foi em sua casa que também descobri a primeiríssima referência a Lope de Aguirre para o meu filme *Aguirre, a cólera dos deuses*. Foi uma vez que o visitei, mas ele mal me cumprimentou e correu de volta para o telefone, pois estava sofrendo de amor. Percebi que dificilmente teria tempo para mim e comecei a caminhar ao longo de suas intermináveis fileiras de livros. Escolhi um deles quase ao acaso, pois se destacava como um corpo estranho. Era um livro para crianças de doze anos talvez, sobre descobertas. Aparecia Vasco da Gama, Cristóvão Colombo, mas um parágrafo, um único e curto parágrafo, com menos de uma dúzia de linhas, atiçou minha curiosidade. A passagem falava de um conquistador espanhol chamado Aguirre, que havia descido todo o rio Amazonas em busca do mítico Eldorado. Chegando à foz do rio, ele rumou para o Caribe e quis usurpar toda a América do Sul da coroa espanhola. Ele se autodenominava "o grande traidor", "o peregrino" e também: "a ira de Deus".*

Na verdade, nessa época, eu não gostava especialmente de literatura ou história, mas isso vinha da minha aversão geral pela escola. Na verdade, sempre fui autodidata, mas assim que terminei o Gymnasium, matriculei-me em história e literatura na universidade. Mas os meus estudos eram apenas de fachada, isso estava claro para mim desde o início, porque já então eu estava fazendo os meus primeiros filmes e precisava ganhar dinheiro para poder produzi-los. Do ponto de vista puramente físico, eu quase não entrava no prédio da universidade, havia semestres em que eu não dava as caras por lá mais do que duas vezes.

---

* Esta última autodenominação de Aguirre dá o título ao filme de Herzog: *Aguirre, der Zorn Gottes*. A tradução "Aguirre, a ira de Deus", como em textos bíblicos, manteria a referência ao contexto da colonização espanhola sob a influência da Igreja católica, que se perdeu com o plural (*Aguirre, a cólera dos deuses*) adotado no título com o qual o filme se consagrou no Brasil.

10.
Encontro com Deus

Apesar de eu ter feito amigos na nova classe, a classe católica também deixou marcas duradouras em minha vida, para muito além da escola. Meus irmãos e eu crescemos sem religião, como pagãos, por assim dizer. Nunca me dei conta disso até que, em Sachrang, o padre local nos xingou de hereges na rua e deu uma bofetada no meu irmão mais velho. Tínhamos então uns seis ou sete anos. Ambos os meus pais eram ateus, o meu pai um do tipo militante. Em Munique, com treze anos de idade, senti uma espécie de vazio dentro de mim. Era como um anseio por algo transcendente, elevado, um anseio que me deixava inquieto. Pessoas próximas, como o meu irmão Till, nunca entenderam direito o que se passava dentro de mim. Ele achou que eu caíra ingenuamente na conversa de meu professor de religião na época, que era um padre católico. Todos o chamavam de "Läben" [pronúncia divergente de "Leben", vida], porque ele vivia falando da *"äwigen Läben"*, a vida eterna, mas isso seria uma interpretação muito simplista. Alguns amigos meus também acreditavam que o meu passo para o catolicismo era um ato de resistência contra o meu pai, mas essa é uma interpretação muito superficial e um tanto estúpida, já que minha mãe também era ateia. Meu pai foi uma figura muito marginal em minha vida, eu me importava muito pouco com ele para precisar de um gesto de rebeldia que marcasse a minha autodeterminação. Também nunca foi uma questão de querer substituir um pai ausente por algo mais elevado, como se eu tivesse sentido falta do seu amor. É conhecido o fenômeno de que os meninos — e, claro, meninas também — têm problemas quando sentem falta de proximidade e amor. Contudo, no meu caso, e de forma mais ampla no caso da nossa família, tínhamos, ao contrário, um pai *que não era amado*. Nenhum dos meus irmãos da primeira, segunda ou terceira ninhada jamais sentiu afeto por ele, e também as suas três esposas lhe viraram as costas. No caso de sua terceira esposa, não posso deixar de supor isso também, porque ela, junto com minha mãe e Doris, se comportou de maneira um tanto conspiratória em relação a ele. Também sua irmã o odiava de todo o coração, e até sua própria mãe, minha avó, nunca falava do filho Dieter, mas sim do imbecil. Com a idade de catorze anos, recebi o batismo e, no mesmo dia, fui crismado. Eu era, portanto, um católico autorresponsável.

Essa etapa custou a superação de grandes obstáculos. Eles estavam em três âmbitos: na história da Igreja, na estrutura hierárquica da Igreja e no dogmatismo. A questão da história da Igreja é bastante fácil de descrever. Eu tinha problemas, por exemplo, com a Inquisição ou com o fato de a Igreja, na conquista de outros países e povos, como os do novo continente, sempre ter ficado do lado dos opressores. Quanto à hierarquia, bem de acordo com o meu caráter, eu também tinha objeções. Nesse aspecto, eu teria preferido uma religião como o islã, na qual uma casta de sacerdotes quase não desempenha um papel, porque nela o homem — sem nenhum vínculo intermediário — está sozinho diante de Deus.

Com algumas questões dogmáticas, tive problemas ainda mais profundos. A questão da trindade me causava dificuldades, porque nela um deus criador é ladeado por um filho e pelo Espírito Santo. A Virgem Maria também está inserida, uma quase deusa-mãe, e há todo um panteão de deuses menores na figura de santos. No final das contas, se eu tivesse vivido no século IV, teria ficado do lado dos arianos. De forma resumida, a questão da natureza, da substância de Deus, foi formulada por Ário, um sacerdote de Alexandria, da seguinte maneira: Deus é único em sua natureza, existindo por si mesmo, portanto não depende de mais nada. Ele está fora do tempo. Seu filho foi criado por ele, e com isso está inserido no tempo. O Filho, portanto, pertence a uma outra ordem de existência e desse modo não possui a mesma substância imutável. No Concílio de Niceia, no ano de 325, o arianismo foi declarado heresia, mas eu teria me sentido melhor do lado dos hereges. E também teria me sentido melhor ao lado de outro pensador que foi declarado herege pelo Concílio de Éfeso, no ano de 431: Pelágio. Ele é o precursor do livre arbítrio na teologia cristã do final do século IV e início do século V e argumentou que o homem é dotado de capacidade moral para não pecar e, portanto, possui livre arbítrio. Santo Agostinho prevaleceu com a visão de que o pecado original é uma característica existencial do homem e que sem a graça de Cristo não poderia haver uma vida sem pecado. *Non possum non peccare* — não posso não pecar — ele formulou em sua famosa máxima. Por isso, eu classificaria o pai da igreja Santo Agostinho, mais do que Pelágio, como herege. A esse respeito, também tenho uma observação sobre o papa bávaro Bento XVI, que foi o chefe da Igreja Católica Romana de 2005 a 2013. Eu gostava dele por sua profundidade intelectual. Como papa, ele não foi um bom administrador da Igreja e, em relações públicas, foi um desastre. Suspeito que tenha renunciado também porque começou a duvidar de Deus. Em seu discurso em Auschwitz, que é bastante curto, ele perguntou não apenas uma, mas três vezes: "Onde estava Deus? Onde estava Deus quando isso aconteceu?". Ou ele seria antes alguém dividido, em conflito interior, entre Santo Agostinho, que declarou que tudo o que Deus havia criado era bom, e aquele Pelágio? Como Deus pode criar o homem como um ser caído? Acho que uma parte da minha decisão de me converter ao catolicismo quando tinha catorze anos teve a ver com o fato de ser essa a religião da minha terra natal, a Baviera. Ao mesmo tempo, estava claro para mim que, como membro da Igreja e como leigo dessa Igreja eu tinha o dever de atuar em prol de correções, de defender mudanças. Minha fase intensa de religiosidade não durou muito, dissipou-se, dissolveu-se quase sem que eu percebesse. Depois de alguns anos, deixei a Igreja de forma totalmente oficial, embora o dogma católico considere o batismo uma marca indelével na alma humana. Em teoria, pode-se sair da comunidade ou até mesmo ser excomungado, mas se permanece católico para sempre. Também perante esse dogma eu sentia uma desconfiança profunda.

No começo, porém, houve uma breve fase de verdadeira devoção. Até hoje tenho dificuldade de entender isso, ainda me espanto. Por um curto período, também fui coroinha, mas meu irmão Till só fazia zombar disso, e por fim me dei conta de que daquela maneira eu acabaria degenerando num mero beato de igreja. Na verdade, o que eu queria era uma forma mais radical de cristianismo, e assim acabei me juntando a um pequeno grupo da minha faixa etária, que minha família chamava de "o Círculo dos Santos". Sonhávamos com um cristianismo primitivo idealizado, que naquela forma sem dúvida era apenas uma ficção. Como modelo contemporâneo, estávamos muito impressionados com um jesuíta, o padre Leppich, que entusiasmou um grande número de seguidores em eventos de rua por toda a Alemanha. Com seu radicalismo, Leppich foi sobretudo um ponto de partida ideal para pré-adolescentes.

Num exame mais acurado, a sua demagogia me incomodou. Logo ela me pareceu francamente suspeita, e com isso a fase da minha própria radicalidade também terminou. O Círculo dos Santos foi inspirado no movimento alemão Wandervogel* do início do século XX e fizemos várias jornadas em seu espírito, a primeira das quais para Ocrida, na fronteira entre Iugoslávia, Grécia e Albânia. Também começamos nessa viagem a caminhar ao longo da fronteira albanesa. A Albânia me fascinava. Após a guerra, ela foi convertida por Enver Hodscha num bastião do comunismo radical de cunho chinês e, portanto, estava em conflito com a União Soviética. Naquela época, no final dos anos 1950, o país era hermeticamente fechado e não concedia visto a ninguém. Era uma misteriosa *terra incognita*. Mais tarde estive lá sozinho na fronteira, mas até hoje nunca pus os pés na Albânia. O país está na minha lista de desejos, e é provável que continue assim.

Um eco distante de Deus, de algo transcendente, está presente em muitos dos meus filmes. Até mesmo alguns de seus títulos, noto, dão insinuações fugazes disso: *Cada um por si e Deus contra todos*; *Aguirre, a cólera dos deuses*; *Demônios e cristãos no Novo Mundo*; *O sermão de Huie*; *Fé e moeda* e *Sinos do abismo*, um filme sobre crenças e superstições na Rússia. Apenas há poucos anos, em 2017, tive uma conversa pública com o curador Paul Holdengräber, cuja profunda compreensão dos contextos culturais aprecio muito, e que foi significativamente intitulada *Êxtase e terror na mente de Deus*. Entre outros temas, conversamos muito sobre a selva amazônica, essa paisagem ainda inacabada, criada em ira por Deus. Ele ou eu, não me

---

* Wandervogel [Pássaro migratório] foi um movimento de jovens estudantes no final do século XIX que buscava romper com a rigidez do ambiente escolar e desenvolver um modo próprio de vida ao ar livre e na natureza, vinculando-se também, nas primeiras décadas do século XX, aos ideais de movimentos como a reforma da educação, o naturismo e a reforma da vida.

lembro mais para ser exato, um de nós acabou citando o trecho final do meu livro *Conquista do inútil*, sobre o meu retorno aos cenários em que filmei *Fitzcarraldo*, onde a ira de Deus era tão imediatamente tangível, que poderia ser a minha descrição de Deus: "*Olhei em volta e, no mesmo ódio fervente, ali estava a selva furiosa e fumegante, enquanto o rio, em majestosa indiferença e sarcástica condescendência, a tudo desdenhava: a labuta dos homens, o fardo dos sonhos e os tormentos do tempo*".

II.
Cavernas

Mas houve um precursor para tais experiências de transcendência. Foi o momento do despertar da minha alma, digo isso sem receio de desgastar o termo. Pelo menos, foi o primeiro momento em que comecei a pensar e sentir de forma independente, para além da educação e da escola. Na época, eu tinha doze ou treze anos, e já havíamos mudado para Munique. Passei na frente de uma livraria sem olhar atentamente para os livros expostos, mas vi algo que, depois de já ter passado, me fez parar. Voltei. Eu vira de relance um livro na vitrine, cuja capa exibia a imagem de um cavalo, que era diferente de qualquer outra imagem que eu já tinha visto. Era um livro sobre pintura rupestre e a imagem mostrava uma das famosas pinturas murais de um cavalo da caverna de Lascaux. Eu me inclinei para ver mais perto e ali, no subtítulo do livro, estava escrito que ele continha pinturas do Paleolítico, feitas cerca de 17 mil anos antes. Foi uma grande comoção para todo o meu ser. Eu tinha que ter o livro, mas seu preço não era acessível para mim. Imediatamente comecei a ganhar dinheiro como gandula numa quadra de tênis. Toda semana eu passava sem me fazer notar na frente da livraria, para ver em segredo se o livro ainda estava disponível. Tive o terrível pensamento de que outra pessoa poderia tê-lo visto e comprado antes de mim. Fui tomado por uma profunda inquietação. Devo ter pensado que o livro era único. Depois de dois meses, eu havia juntado o dinheiro e o livro ainda estava lá. A emoção que senti ao abrir o livro e folhear as páginas com imagens nunca me deixou. Muitas décadas depois, tive a sorte de poder fazer o filme sobre a caverna de Chauvet. Essa caverna só foi descoberta em 1994 e foi preservada numa perfeita cápsula do tempo, como se as pinturas não tivessem sido feitas há 32 mil anos, mas apenas na véspera. Houve grande concorrência pelo projeto do filme, sobretudo da parte de diretores franceses, todos bons candidatos, a serem levados a sério, e achei que não tinha muita chance, pois os franceses, quando se trata de seu *patrimoine*, pensam muito territorialmente. Todos os cientistas que exploravam a caverna eram franceses, sem exceção, e o primeiro obstáculo foi obter a sua aprovação, e depois então a do governo local da região de Ardèche. O terceiro obstáculo foi o ministro da Educação francês, que me recebeu com muita gentileza e no começo da conversa me explicou de forma totalmente inesperada o quanto meus filmes o haviam inspirado e impressionado quando ele era jovem. Antes de sua carreira política, ele havia sido ator, escritor e diretor, e assistira a meus filmes como crítico. Estava começando com o seu bem preparado "mas, é uma pena que aqui tenhamos uma situação…", quando quebrei o protocolo e o interrompi. Simplesmente lhe disse que sabia que eu era competente e que vários outros diretores também o eram, mas que tinha algo ardendo dentro de mim desde os meus doze anos, algo que não podia ser apagado. Contei a ele sobre o meu despertar. Depois disso, o ministro se inclinou para a frente sobre a mesa e apertou minha mão. "Nem mais uma palavra. É o senhor quem vai fazer, o senhor vai fazer o filme." Seu nome é Frédéric Mitterrand, sobrinho do ex-presidente. Por uma questão formal, e presumo que também para proteger os interesses da República Francesa, tive de estabelecer uma relação de emprego com o Estado. Quais eram minhas pretensões quanto à remuneração, perguntou Mitterrand. Eu respondi: "Um euro e, quando receber, doarei esse euro à República". O filme é o único que fiz em 3D, *A caverna dos sonhos esquecidos*, de 2010. Para mim, um ciclo se completara.

As restrições à filmagem eram quase sufocantes. Como em Lascaux os visitantes, em número de até 100 mil por ano, haviam contaminado a caverna com sua respiração e suas exalações, agora em Chauvet todos queriam fazer a coisa certa. Em Lascaux, um fungo havia se alastrado sobre os pigmentos e estava corroendo sistematicamente os murais. Por essa razão, Lascaux foi categoricamente fechada, assim como uma série de outras cavernas, como a de Altamira, na Espanha. A caverna de Chauvet fora soterrada e, por assim dizer, "lacrada" com a queda de uma rocha há cerca de 28 mil anos e, desde então, a atmosfera do interior permanecera inalterada. A porta de aço pesada e altamente segura na entrada devia ser aberta e fechada o mínimo possível. Para as filmagens, apenas podíamos abri-la e fechá-la com brevidade, uma vez para entrar e outra para sair de vez. Só podíamos levar conosco o que fôssemos capazes de carregar junto ao corpo. Incluindo a mim, podíamos ser no máximo quatro pessoas e trabalhar dentro da caverna por quatro horas apenas uma vez por dia, e isso durante menos de uma semana. Só podíamos nos mover sobre uma passarela de metal com cerca de sessenta centímetros de largura, e nosso equipamento de iluminação não podia irradiar calor — todas essas, medidas completamente lógicas. Não podíamos contar com apoio que viesse do lado de fora, porque para isso a porta de aço teria de voltar a ser aberta. Nós mesmos montamos uma câmera 3D bem pequena, na verdade eram duas câmeras, do tamanho de caixas de fósforos, conectadas em paralelo. Naquela época, ainda não existiam equipamentos em miniatura, e o armazenamento digital de dados era muito complexo. Digo isso porque as circunstâncias exigiam uma equipe de qualidades excepcionais, em que, por via das dúvidas, cada um tinha que estar em condições de assumir o trabalho do outro. Essa equipe era formada pelo cinegrafista Peter Zeitlinger e seu assistente Erik Söllner, ambos austríacos, profissionais determinados, fortes e competentes, e o guru digital Kaspar Kallas, da Estônia. Kaspar já dirigira os seus próprios filmes, desenvolvera partes cruciais do software para *Avatar*, de James Cameron, e também era um excelente cinegrafista. Eu mesmo fazia a luz, quase sempre com um painel plano portátil, e também o som, quando gravávamos conversas com os pesquisadores. Toda vez, minutos antes de entrar na caverna, conferíamos metodicamente nosso material, como os pilotos num avião de passageiros verificam suas checklists, mas num dos dias de filmagem, na íngreme descida para o nível mais profundo da caverna, uma bateria para os dados pifou. Ela estava com uma tensão fora do normal, à qual não era possível conectar nada. O que fazer? Subir de volta à superfície significaria abrir a porta. Isso seria o fim do precioso dia de filmagem após somente alguns minutos. Os três membros da equipe desenvolveram um plano: ajoelhados na estreita passarela, eles desmontaram um cinto de bateria. As únicas ferramentas que tínhamos eram uma fina chave de fenda e um canivete suíço, e eu, como figurante, segurei uma lanterna para os três durante a operação. Em menos de uma hora, eles haviam montado sua própria bateria e pudemos dar início às filmagens. Menciono isso porque sempre tive equipes técnicas de excepcional qualidade, dispostas a enfrentar sem hesitações qualquer obstáculo que aparecesse em seu caminho. Dentro da caverna as condições eram realmente delicadas. Na verdade, se fosse possível, não se deveria nem respirar, o sopro de um espirro teria removido finos depósitos de pó de carvão das imagens, que eram em parte pretas. Em certo ponto, havia uma pegada de criança no solo arenoso; na verdade, eram duas pegadas, pois em paralelo corria o rastro de um lobo. De fato, em tempos pré-históricos, transitavam pela grande entrada da caverna tanto humanos quanto animais de grande porte, sobretudo uma espécie de urso das cavernas, hoje extinta, que ali hibernava. Não podíamos nos aproximar dos rastros, mas a ideia me faz pensar ainda hoje: um lobo seguiu uma criança, ou eles andaram lado a lado, como amigos, ou, ainda, teria o lobo deixado seu rastro somente centenas ou mesmo milhares de anos depois? O incrível, no caso de algumas das pinturas rupestres, é que foi encontrada, por exemplo, uma imagem de um mamute ou um rinoceronte lanudo, que só foi terminada num momento muito posterior. Com base na sedimentação do radiocarbono dos isótopos de imagens feitas a carvão, foi possível determinar com bastante precisão que um quadro foi iniciado por um pintor e então, mais de 5 mil anos depois, terminado por um outro, tal como se o quadro tivesse sido iniciado numa época ainda anterior aos primeiros faraós e concluído por uma pessoa do nosso tempo.

Sempre me fascinou a forma como às vezes das profundezas do tempo vem à tona uma memória coletiva. Por que desejamos "saúde" ou "que Deus o proteja" quando alguém espirra, mas nunca dizemos isso quando alguém tosse? É provável que esse seja um eco das epidemias de peste, nas quais as pessoas que se haviam infectado apresentavam espirros inespecíficos como primeiro sintoma. Por que, em muitas culturas, os cemitérios são cercados? Presumivelmente, isso vem de tempos arcaicos, quando se queria manter apartados os espíritos malignos dos mortos. De onde vem o costume que existe entre os recém-casados em muitas culturas de o noivo passar pela soleira da porta da casa carregando a noiva? Suponho que seja um resquício dos tempos primitivos em que era costume os homens raptarem mulheres, como ainda nos primórdios da Roma antiga com o rapto das mulheres sabinas. O grande épico *Kalevala*, da Finlândia, que remonta a antigas tradições orais, também descreve um desses raptos. Na caverna de Chauvet, vi documentadas duas dessas estranhas reminiscências, que considero muito impressionantes. Há ali a imagem de um bisão galopando na qual o pintor paleolítico quis representar o dinamismo do movimento. O bisão tem oito patas. Trinta mil anos depois, na poesia medieval do *Edda* islandês, encontramos uma descrição do cavalo do deus mais importante, Odin. Esse cavalo, chamado Sleipnir, é o mais rápido de todos porque galopa sobre oito patas.

E mais: nas profundezas da caverna de Chauvet, há uma rocha suspensa, mais ou menos na forma de uma pinha gigante. Ali se encontra a única representação humana na caverna: a parte inferior de uma mulher nua sendo abraçada pelos cascos de um bisão macho. Trinta mil anos depois, Picasso fez uma série de litografias, *Minotaure et femme*, como se tivesse se inspirado na caverna de Chauvet. Mas Picasso — de quem pessoalmente não sei muito — já estava morto bem antes de a caverna ser descoberta. De qualquer maneira, eu me pergunto se não há nas famílias uma memória que permanece oculta. Ou, dito de outra forma: há imagens que estão adormecidas em nós e só se libertam de seu sono por algum tipo de estímulo? Acho que sim e, de alguma maneira, em todo o meu trabalho, estive em busca dessas imagens, sejam os 10 mil moinhos de vento na ilha de Creta, que constituem a imagem central do meu primeiro longa-metragem, *Sinais de vida*, ou o navio a vapor sendo arrastado morro acima, a metáfora central do meu filme *Fitzcarraldo*. Sei que é uma grande metáfora, mas do quê não sei dizer.

12.
O vale dos 10 mil moinhos de vento

Eu literalmente esbarrei nos moinhos de vento de Creta. Isso aconteceu em uma das minhas primeiras viagens, mas não tenho mais certeza da sequência temporal. Com certeza, eu estive na ilha uma vez já no final do período escolar, com os meus amigos do Círculo dos Santos, mas nessa ocasião ficamos mais na parte central e ocidental de Creta, em Retimno, Chania, e no lado sul, em Chora Sfakion. E eu estive lá novamente em minha busca por pistas do meu avô Rudolf, acho que logo depois do meu exame de conclusão do Gymnasium. Eu tinha amigos gregos de Creta em Munique, com quem começara a falar em grego moderno. No verão, depois do final das aulas, juntei-me a um comboio de caminhões usados que tinham sido comprados em Munique, cada um dos quais carregava um ou dois automóveis na carroceria. O objetivo era levá-los via Atenas numa balsa para Creta e lá vendê-los. Eu contribuíra com algum dinheiro e sabia que com o negócio ganharia o suficiente para chegar até a África. Ainda me lembro de sair de Munique e tomar a estrada em direção a Salzburgo dirigindo o último veículo do comboio, à minha frente ia um agricultor cretense mais velho, que nunca havia dirigido num trecho tão reto. Ele serpenteava pela estrada, como se viajasse pelas estreitas vias sinuosas da sua ilha natal.

Quando finalmente chegamos a Creta, ele me convidou para me hospedar em sua aldeia, Ano Archanes. Fui acomodado no quase sempre desabitado "salão nobre", usado apenas para ocasiões oficiais, casamentos e velórios. Eu dormi lá no chão. Quando as persianas das janelas foram abertas, notei algo borbulhando no chão de madeira, como num espumante... À contraluz ficou claro que se tratava de pulgas, em enorme quantidade, que suportei sem reclamar para não constranger meus anfitriões. Ano Archanes fica numa das primeiras subidas em direção à montanha mais alta da ilha, o Psiloritis, antigo monte Ida, a sede de Zeus, o pai dos deuses, e em cujas encostas andei com alguns jovens da ilha caçando perdizes e cabras selvagens. Não faz muito tempo, dei com uma foto antiga na qual estou segurando uma espingarda. Uma perdiz está presa ao meu cinto e tenho um lenço enrolado na cabeça para me proteger do sol. Estou de perfil, provavelmente para mostrar a perdiz virada para a câmera. Naquela época eu me tornara um jovem atlético, mas pouco depois, na África, fiquei doente e emagreci de maneira assustadora. Há uma outra foto minha em Creta na qual estou montado num jumento que eu havia alugado por algumas semanas. Chamei-o de Gaston — não consigo me lembrar por que esse nome, nem mesmo com muito esforço, embora me recorde de que na época lhe atribuí grande importância. Atravessei quase toda a ilha alongada a pé, mas não pela costa, e sim pelas montanhas de seu interior. Eu ia acompanhando o trote do jumento, que carregava água e alguns mantimentos. Eu estava totalmente sozinho e percebi que havia me tornado um adulto independente. Quando Gaston descansava, eu também descansava; quando, depois de algum incentivo, ele decidia andar, eu também andava. Chegando a um ponto avançado no leste da ilha, atingi uma borda no terreno montanhoso a partir da qual a rocha descia em despenhadeiro. Inesperadamente, do nada, vi de um instante para o outro um amplo vale abaixo de mim, que estava preenchido por muitos milhares de moinhos de vento, todos eles em movimento, com suas velas brancas de lona estendidas, como se diante de mim se estendesse um grande relvado todo coberto de flores a girar enlouquecidas, um campo de margaridas alvoroçadas. Nenhuma aldeia, nenhuma casa, apenas os moinhos de vento. Como se atingido por um raio, eu me sentei. Eu sabia que não podia ser, aquilo não podia existir. Fiquei chocado por ter enlouquecido, pois a aparição simplesmente não se deixava espantar como a uma miragem. Lembro-me de ter pensado que era muito cedo. Quando eu for velho como o meu avô, é provável que vá chegar a hora em que vou ficar louco. Mas isso aqui está cedo demais. De alguma forma eu me recompus, quando de repente ouvi chiados e rangidos suaves vindos da planície. Seria possível que fosse realidade? Seria possível que eu ainda fosse senhor dos meus sentidos? Por fim desci e, vistos de perto, eram de fato moinhos de vento, todos eles bombeando água subterrânea para irrigar a planície. A planície era chamada de "vale dos 10 mil moinhos de vento". Havia apenas um ano, o prefeito da aldeia vizinha de Lassithi me escreveu perguntando se eu apoiaria os esforços para restaurar os moinhos de vento em sua forma original. Todos haviam sido desmontados e substituídos por motores elétricos, que agora bombeavam a água.

Apenas três anos depois, escrevi o roteiro de *Sinais de vida*. O protagonista, um soldado alemão ferido na cabeça na Segunda Guerra Mundial, é destacado com dois camaradas para guardar um forte, no qual, para espantar o tédio, eles produzem fogos de artifício com a pólvora de granadas. Numa saída de reconhecimento nas montanhas da ilha, a patrulha chega bem ao local de onde avistei os moinhos de vento pela primeira vez. O soldado enlouquece ao ver os moinhos de vento e abre fogo. Do forte, ele ataca horizontalmente o porto e a cidade com fogos de artifício, declara guerra a Deus e o mundo e, por fim, ao próprio sol nascente. No final, ele precisa ser contido por seus próprios companheiros. O núcleo dessa história foi inspirado numa novela de Achim von Arnim, *O inválido louco*, mas o meu roteiro foi em outra direção. Lembro-me de que a novela começa com um velho major que perdeu uma perna e conta a história junto à lareira. Ele fala com tamanha excitação, que não percebe que sua perna de pau está pegando fogo.

Há uma série de motivos recorrentes em meus filmes que quase sempre remontam a experiências diretas da vida real. Em regra, filmes não são adequados para fantasias abstratas. Houve muita especulação sobre o carro vazio e sem motorista no meu filme *Também os anões começaram pequenos* (1970), que rodava em círculos sem razão. Existem vários desses motivos circulares em outros de meus filmes, e a origem disso remonta à época em que eu tinha dezessete ou dezoito anos. Eu trabalhava no turno da noite como soldador, o que não era mal pago, pois havia adicionais para os turnos noturnos, e durante o dia eu tinha que estar na escola, que em minha sonolência cansada eu apenas percebia de forma vaga. Também havia adicionais de periculosidade, porque o soldador estava o tempo todo exposto a partículas de metal incandescente que flutuavam pelo ar ao redor. Eu trabalhava com um avental de couro, mas na madrugada a minha atenção diminuía e pedaços de metal em brasa rolavam do avental, e não era raro que pequenas partículas, numa temperatura acima de mil graus, entrassem nos meus sapatos pelas laterais. A dor era de subir nas paredes, mas todas as vezes, até conseguir tirar o sapato do pé, eu já tinha sofrido queimaduras. Durante esse período, sempre havia bolhas nos meus pés.

Interrompi esse trabalho como soldador na época da Oktoberfest de Munique para trabalhar como guarda do estacionamento. Ali era possível ganhar muito bem. Durante os dezesseis dias da festa, o local é tomado por muitas centenas de milhares de visitantes, mas naquela época, deve ter sido 1959 ou 1960, uma parte menor da área destinada à festa não estava coberta por montanhas-russas, carrosséis, estandes de tiro e barracas de cerveja, mas nela havia um gramado que ficava aberto para o estacionamento dos automóveis. O trabalho ali era lucrativo, porque alguns amigos meus haviam desenvolvido um método para vender duas vezes os bilhetes de estacionamento. Tínhamos que destacar cada um dos bilhetes dos blocos que vinham com uma centena deles, mas inventamos um truque para juntá-los de volta. Uma parte do bilhete era destacada e posta sob o limpador do para-brisas, a outra parte ficava com os donos dos carros. Nós simplesmente dizíamos aos motoristas que eles tinham que nos devolver a sua parte do bilhete, à noite passávamos a ferro as duas partes, que quase sempre estavam amassadas, e as juntávamos numa única peça. Assim vendíamos os bilhetes uma segunda vez, nós os chamávamos de dúplices, às vezes vendíamos até mesmo tríplices. Por volta das 22 horas, as barracas paravam de servir cerveja e por volta de meia-noite, a área da festa costumava estar completamente vazia. Durante essas duas horas, todas as noites, o trabalho como guarda de estacionamento ficava mesmo difícil. Na época, dirigir embriagado era considerado apenas um pecadilho, ainda não havia cinto de segurança e os semáforos não eram lá muito disseminados. Mas a partir das 22 horas, o trabalho consistia apenas em lidar com bêbados, às centenas, por vezes em carros apinhados deles, todos completamente grogues. Esses grupos, que lotavam os carros e rachavam a gasolina, eram quase sempre agressivos, falavam aos berros e podiam ser perigosos. Às vezes, eu era simplesmente empurrado pelos carros quando tentava pará-los e convencer seus ocupantes a tomarem um táxi. Na verdade, era uma responsabilidade grande demais para mim, um ginasial. A polícia nunca aparecia, pois já estava muito ocupada com as brigas e com os bêbados inconscientes. Em alguns casos, em que os motoristas estavam tão bêbados que cada metro a mais significava risco de vida para eles e para outras pessoas, eu pedia a chave da ignição, mas era quase sempre uma causa perdida. Por isso, eu tinha que alcançar as chaves pela janela aberta com algum pretexto e pegá-las rapidamente. Alguns tentavam me bater quando eu me enfiava pela janela. Uma vez um deles mordeu o meu braço. Um outro arrancou um tufo do meu cabelo. Tirávamos os motoristas imprudentes dos veículos e os deitávamos um ao lado do outro na grama. Então em geral eles adormeciam. Só muito depois da meia-noite apareciam os policiais, aos quais eu entregava as chaves dos carros. Os bêbados eram então levados para celas de curar bebedeira. Antes de isso acontecer, quando estava entediado, eu costumava experimentar alguns dos carros. Acho que ainda não tinha carteira de motorista, por isso apenas andava em círculos no terreno vazio da feira, sem ousar dar um passeio pelas ruas. Uma noite, descobri um cabo de borracha com ganchos num dos carros. Girei o volante o máximo possível e o prendi com o cabo nessa posição e então me deixei conduzir em círculos, sem ter que dirigir. Depois tive a ideia de fazer peso sobre o acelerador com uma pedra e apenas saí do carro. A partir de então, muitas vezes à noite eu tinha um carro vazio rodando em círculos sem parar, às vezes dois. A imagem me marcou profundamente.

De tais profundezas insondáveis, sempre emergiram elementos da minha história. Certa vez, numa entrevista, minha mãe me descreveu da seguinte maneira: *"Quando estava na escola, Werner nunca aprendia nada. Nunca lia os livros que tinha que ler; nunca estudava. Parecia que nunca sabia o que precisava saber. Mas, na realidade, Werner sempre sabia de tudo. Seus sentidos eram notáveis. Ele era capaz de ouvir o som mais discreto e, dez anos depois, lembrava-se dele com exatidão. Então ele falava a respeito e usava isso de alguma forma. Mas Werner é totalmente incapaz de explicar qualquer coisa. Ele sabe, ele vê, ele entende, mas não sabe explicar nada. Não é a sua natureza. Tudo entra nele. Quando algo volta à tona, aparece de uma forma diferente".* Não é fácil citar a própria mãe, e receio ter que concordar com ela em tudo. Agora acho que já sei explicar algumas coisas. Mas tenho uma profunda aversão à introspecção em excesso, à contemplação do próprio umbigo.

Eu também preferiria estar morto a ir a um psicanalista, porque sou da opinião de que ali ocorre algo fundamentalmente errado. Se uma casa tem uma iluminação muito clara até o último canto, ela se torna inabitável. É o mesmo com a alma, iluminá-la até sua sombra mais escura torna as pessoas "inabitáveis". Estou convencido de que a psicanálise — junto com muitos outros erros terríveis da época — tornou o século XX terrível. Considero o século XX um erro em sua totalidade.

13.
Congo

O período logo após a escola também foi importante num outro aspecto. De Creta, peguei um navio para Alexandria. Escolhi a classe mais barata no convés aberto para que o meu dinheiro pudesse me levar o mais longe possível. Ao entrar no continente africano, em Alexandria, fui enganado logo de cara. Um oficial de uniforme me cobrou cerca de dez dólares por taxas de ingresso no país e me deu um recibo. Somente depois de pagar é que percebi que ninguém mais precisou acertar essa taxa. Os egípcios nem teriam por quê, mas alguns gregos também só riram do vigarista. A partir daí fui mais cuidadoso. O Egito está envolto como se por um véu em minha memória. Cairo, em seguida de trem ao longo do Nilo até Luxor e o vale dos Reis. Depois, adiante via Assuã em direção ao Sudão. Ao sul de Assuã, o Nilo não era navegável por causa das corredeiras, entre Schellal e Uádi Halfa tive que contorná-las num caminhão empoeirado. Depois Cartum e Omdurmã. O que me movia era a curiosidade sobre o Congo. Apenas um ano antes, em 1960, o país havia declarado sua independência e estava mergulhado em caos e guerras tribais. Nenhuma das suas instituições estavam funcionando, não existia mais um ordenamento jurídico. A isso somavam-se combates entre as forças de orientação direitista, sob Tshombe e Mobutu, e socialistas, como Lumumba, que foi assassinado. Na origem do meu interesse, embora não de forma diretamente transferível, estava a questão de como a Alemanha após a Primeira Guerra Mundial pôde ter decaído tão depressa de país cultivado para a barbárie nazista. As razões no Congo estavam em outro lugar, elas tinham a ver com as devastações do colonialismo, mas a decadência concreta dos pilares institucionalizados do ordenamento era algo que eu queria entender. Como era possível que o canibalismo se restabelecesse? Também no leste do Congo haviam surgido figuras políticas como, por exemplo, Gizenga, Mulele e Gbenye, que não tinham sido educadas pelas elites ocidentais, mas sim representavam tradições africanas próprias e originais e forças que se afastavam do espírito europeu, que afinal havia sido imposto à África.

Mais adiante Nilo acima, não há mais propriamente uma ligação terrestre atravessando o Sudão do Sul; as inundações e os pântanos do Nilo tornam a passagem impossível. Voei para Juba num pequeno avião do correio. De lá, a fronteira congolesa não fica longe. Ainda me lembro da terra vermelha por toda parte, das casas, algumas bastante grandes, cobertas de juncos escuros. Em Juba adoeci imediatamente, era um tipo de disenteria amebiana, e dei meia-volta depois de um dia apenas e cheguei a Assuã, no Egito, onde me escondi num galpão de ferramentas de jardim. Eu não tinha seguro de saúde. Meu estado piorou muito depressa. Lembro-me de que apesar do calor escaldante, eu usava um pulôver e tremia de febre. Minha bagagem era mínima, apenas um saco de viagem não muito cheio. Tive alucinações, eu nadava no mar aberto, algo me mordeu na dobra do braço. Peixes, talvez um tubarão? Acordei assustado, e havia um rato correndo do meu cotovelo direto para o meu rosto. Havia outros ratos ali. Ao esticar o braço, descobri um grande buraco roído no pulôver, na dobra do meu cotovelo. Suponho que o rato queria arranjar lã para um ninho. Descobri também uma pequena ferida de mordida na bochecha. Ela inchou e o local da mordida ainda supurava semanas depois e nunca sarava por completo. Minhas fezes eram uma espuma sangrenta, mas de alguma forma tentei colocar alguma ordem, alguma estrutura no meu abrigo, deitando-me em folhas de jornal cuidadosamente abertas. Muitas vezes estive no fundo do poço na minha vida, às vezes até muito fundo, mas tão fundo assim nunca voltei a estar. Eu percebi que tinha que sair do galpão.

    Apenas me lembro do sol ofuscante do lado de fora e algum tempo depois alguns homens ao meu redor. Achei que só os via em minha febre, mas eles falavam alemão. Eram técnicos da Siemens que na época estavam instalando as turbinas da represa de Assuã. A barragem em si fora construída por engenheiros da União Soviética, mas os sistemas elétricos estavam sendo montados por alemães. Um médico me deu remédios terrivelmente fortes e cheguei ao Cairo de avião. De lá, comecei o meu caminho de volta para casa. A minha maior sorte, porém, não foi ter superado a doença aos dezoito anos, mas sim nunca ter atravessado a fronteira para o Congo. Em 1992, quando por um curto período dirigi o festival Viennale, em Viena, levei o escritor e filósofo polonês Ryszard Kapuściński como convidado. Para mim, ele era quem havia entendido mais profundamente a África, e era ele também que, quando jovem, menos de um ano antes de mim, vindo também por Juba, chegara ao leste do Congo. Lá, no período de um ano e meio, Kapuściński foi preso quarenta vezes e condenado à morte quatro vezes. Perguntei-lhe sobre o pior de todos aqueles dias. O pior dia fora uma semana inteira em que ele passou numa masmorra, condenado à morte, e soldados bêbados jogavam cobras venenosas em cima dele. "Em uma semana", disse Kapuściński, passando a mão na cabeça, "meus cabelos ficaram brancos." Seus cabelos não eram só brancos, eram brancos como a neve. "Ajoelhe-se agora mesmo diante de mim," ele me ordenou, "e agradeça a Deus por nunca ter estado lá." Além dele, de todos os repórteres, apenas um voltou vivo.

Na verdade, eu queria fazer um filme de ficção científica com ele, mas de um tipo diferente. A ficção científica projeta os avanços técnicos num mundo futuro, ou então são os alienígenas que vêm até nós para nos destruir com tecnologia superior e armas futuristas, mas eu — e ele também — estava fascinado com a ideia de que o futuro possivelmente seria um futuro em que todas as conquistas técnicas teriam se perdido, assim como depois da queda do Império Romano se perderam quase todas as inovações da técnica, da medicina, das ciências, da matemática, da literatura. Passou-se quase um milênio durante o qual se conservaram apenas resquícios do conhecimento antigo, escondidos em mosteiros ou preservados em traduções árabes. A pior de todas as perdas foi o incêndio da Biblioteca de Alexandria, na qual estava armazenado todo o tesouro do conhecimento, da literatura e da filosofia da Antiguidade. Kapuściński e eu imaginávamos um mundo futuro, que ele concebera integralmente e eu em parte, no qual os elevadores dos hotéis nunca mais funcionariam e o esgoto se acumularia em seus poços, no qual os hoteleiros acompanhariam os hóspedes escadas acima carregando no bolso do casaco uma lâmpada, que instalariam lá em cima no quarto e teria que ser devolvida na saída; um mundo no qual haveria engarrafamentos que durariam dias e somente se chegaria ao aeroporto a pé, onde delicadas trepadeiras brotariam dos computadores que supostamente armazenariam os horários dos voos, onde não haveria gasolina nos postos, onde todo dinheiro em espécie estaria tão corroído pela inflação que para comprar uma galinha seria preciso chegar com um carrinho de mão cheio de maços de dinheiro compactados; um mundo onde, num golpe militar, os soldados bêbados não conseguiriam fuzilar oficiais do governo amarrados em estacas, porque errariam a pontaria; mas no final eles acertariam, primeiro alguns seriam atingidos nos joelhos ou em outro ponto qualquer, então, depois de mais de uma hora, todos os ministros estariam por fim mortos; um mundo onde, quando de repente houvesse água nas torneiras, seria preciso encher rapidamente todos os potes, vasilhas e até a banheira, porque os militares bloqueariam o abastecimento de água e depois venderiam caro a água potável em caminhões-pipa para a população. Um mundo no qual ninguém mais gostaria de ler e ninguém desejaria ser informado, a não ser quando se tratasse de teorias da conspiração das mais grosseiras. Um mundo, portanto, que não era preciso inventar, que já podia ser observado, que já existia havia muito tempo. Kapuściński pensava no leste do Congo, ou no Sudão na fronteira com a Etiópia e o Quênia, ou numa republiqueta das bananas na América Latina, mas descartamos tudo isso porque essas regiões, pelo menos na África, estavam devastadas por guerras civis. Não fazia muito tempo, enquanto ia num caminhão por uma área coberta de capim-elefante, Kapuściński caíra numa emboscada e fora baleado. Além disso, onde quer que filmássemos, sempre estaríamos sob suspeita de pretender denunciar um determinado país, um determinado grupo de pessoas. O filme nunca foi feito.

14.
Dr. Fu Manchu

Em meu íntimo, eu estava firmemente convencido de que não chegaria aos dezoito anos. Depois, quando cheguei a essa idade e ainda vivia, me pareceu impossível que eu pudesse passar dos 25. Em consequência disso, comecei a fazer filmes, partindo da suposição de que além deles nada mais haveria de mim. Portanto, por que não ter a coragem de encontrar formas que nunca existiram antes? *Últimas palavras*, de 1967, com suas infindáveis repetições compulsivas na narrativa, um curta-metragem em grego moderno; *Fata Morgana*, de 1969, para o qual eu filmara miragens no Saara; temas como em *Também os anões começaram pequenos*, igualmente de 1969, talvez meu filme mais radical, em que todos os atores tinham nanismo. Eu também tinha consciência de que — por conta do meu quase total desconhecimento do cinema — eu teria que inventá-lo à minha maneira. Afinal, o mundo nas montanhas ao redor de Sachrang havia sido em parte um mundo criado por nós. Inventávamos nossas próprias brincadeiras, e nossos brinquedos também. Por exemplo, criamos um projétil que chamamos de "flechador". Para isso, cortamos de uma grande acha de faia um pedaço plano, com o qual esculpimos uma flecha de cerca de um palmo. Embaixo a flecha era plana, mas na parte de cima era ligeiramente curva, o que lhe dava sustentação no ar quando arremessada, como acontece com uma asa de avião. Mas nada sabíamos sobre aerodinâmica. A flecha tinha um gancho em seu centro de gravidade, e para disparála não usávamos um arco, para isso ela seria curta demais, mas a lançávamos com um chicote; para isso, havia um ilhós na extremidade da tira do chicote, que era engatado no gancho da flecha. Era impossível fazer pontaria, a flecha simplesmente voava para algum lugar, mas planava por bastante tempo, quase como um *frisbee*. Nosso flechador ia mais longe do que qualquer flecha disparada de um arco.

Os dois primeiros filmes na escola em Sachrang, projetados num lençol, não me impressionaram. O primeiro era sobre esquimós construindo um iglu, mas logo percebi que eles não tinham muita ideia de como lidar com o gelo e a neve endurecida. Acho que era um filme com figurantes que apenas representavam ser esquimós. O segundo era muito mais interessante, ele mostrava pigmeus, acho que em Camarões, construindo uma ponte pênsil com cipós sobre um rio na floresta. A estrutura ia sendo tramada de forma muito inteligível, uma obra-prima na categoria. Mesmo mais tarde, quando comecei a ir ao cinema em Munique, os filmes não me impressionavam em particular, ao contrário do que acontecia com os meus irmãos e amigos. Quando me foi revelado o meu destino, no breve período, em torno dos meus catorze anos, em que me converti ao catolicismo e também comecei a viajar a pé, eu simplesmente soube que teria que fazer filmes. Mas demorou um tempo até que eu assumisse de fato a tarefa, pois já imaginava que seria uma vida difícil. O meu conhecimento sobre filmagens também era muito limitado. Às vezes íamos a sessões de filmes como *Zorro* ou *Dr. Fu Manchu*, dos quais havia várias continuações. Também pode ser que com doze anos eu já tivesse assistido a um faroeste com meus amigos Zef e Schinkel em Heilbronn. Zef, o daltônico, então reencenou o confronto final do filme, porque eu tinha duvidado que o mocinho, um caubói honesto que só queria proteger as vacas dos ladrões de gado, pudesse ter dado conta de uma só vez de oito vilões que o cercavam com suas armas. Em tal situação, tinha que haver pelo menos um capaz de acertar um tiro e acabar com ele. Zef nos pôs em círculo ao seu redor e se jogou na horizontal para não se oferecer como alvo, ao mesmo tempo em que, rodopiando no ar os seus dois colts imaginários, ele disparava contra nós, os bandidos. A reconstituição de Zef foi impressionante em sua impetuosidade, mas a coisa nunca me pareceu de todo plausível. Apesar disso, acreditávamos que o que víamos na tela era realidade. Também falávamos com a tela. Quando, no cinema em Munique, penas se espalhavam no alto de uma colina, advertíamos os colonos em suas carroças gritando: "Os apaches estão chegando!". Mas um dia, num filme do Dr. Fu Manchu, notei algo que os outros não tinham visto. Num tiroteio entre mocinhos e bandidos, um vilão particularmente desagradável que estava ao lado do Dr. Fu Manchu foi baleado e caiu de um rochedo. Debatendo-se no ar, ele tombou nas profundezas. E então, cerca de vinte minutos adiante no filme, algo estranho aconteceu: em outra batalha, vimos todos os tipos de personagens — mocinhos e bandidos — sendo baleados. Alguns haviam se entrincheirado entre os rochedos de um desfiladeiro, e ali eu vi o mesmo vilão despencar do alto de novo. Agora a ação fora abreviada, ele aparecia apenas por dois segundos talvez, mas o homem se debatia com o pé no ar exatamente da mesma maneira. Ninguém mais vira, mas eu tinha certeza de que era a mesma cena. Esse foi para mim o momento em que percebi que existiam tomadas e cortes. Passei a olhar para as coisas de forma diferente a partir de então. Como uma história era contada, como era criado o suspense, como tudo aquilo era construído? A propósito, até hoje só consigo aprender com outros filmes quando eles são ruins. Os bons eu ainda assisto da maneira como eu via lá no começo. Os grandes filmes, mesmo se os vejo várias vezes, são sempre um mistério para mim.

Minha mãe tinha amplas dúvidas se eu deveria fazer filmes. Na sua opinião, eu era muito retraído e muito tímido. Mas havia em mim algo que no catolicismo se chama certeza da salvação. Ela me escreveu quando eu estava viajando, e me aconselhou a pôr os meus planos loucos em uma base sólida e começar um aprendizado com um fotógrafo, só assim eu poderia conseguir um emprego num laboratório, e a partir daí teria uma chance de me tornar assistente de direção. Ainda não havia escolas de cinema, senão, presumo, ela teria me aconselhado a cursar uma. De seus tempos em Geiselgasteig, nos Bavaria-Filmstudios, ela conhecia um aderecista, que me convidou para passar um dia no estúdio a seu pedido, a fim de que eu pudesse ter uma ideia de como era a profissão. No dia da minha visita, estava sendo produzido um programa de televisão para o ano-novo, que ainda seria dali a meses, com um animador de fraque branco e cartola branca. Além de apresentar o programa, ele também cantava e dançava. Assisti a como esse animador, acompanhado por elfos do balé, estes também todos vestidos de branco e salpicados com purpurina, gravava o final do programa. Na música de encerramento, todos os artistas se afastavam da câmera e se punham a saltitar no fundo do palco, onde o número do novo ano começava a piscar. O animador, porém, tinha que se virar para o público no meio do caminho e, sem parar de dançar, mandar um beijo para a câmera. Ao fazer isso, ele errou o passo. Por isso, a cena foi repetida umas dez vezes e, a seguir, houve pelo menos mais dez tomadas, o motivo não estava claro. A afetação de todos os envolvidos — na frente e atrás da câmera — era insuportável. Percebi: não era nisso que eu tinha pensado.

Alguns anos depois, quando eu pretendia fazer curtas-metragens, veio à baila a questão se eu deveria abrir minha própria produtora. Para mim, não havia dúvidas. Eu não encontraria produtores, pelo menos não para o meu tipo de projetos, portanto tinha que arranjar tudo por mim mesmo. Era por isso que ganhava dinheiro paralelamente à escola. Houve um momento que ainda tenho com riqueza de detalhes na memória: uma produtora de cinema fora receptiva à minha sinopse de um filme, mas eu não podia de jeito nenhum aparecer por lá em pessoa. Eu tinha pouco mais de quinze anos, mas fisicamente ainda era uma criança, a minha puberdade e o meu crescimento só começaram um pouco mais tarde. As negociações consistiram numa troca de cartas, depois houve um telefonema. Acho que foi o primeiro telefonema da minha vida, eu não queria ser visto. Hoje isso é inimaginável. Mas por fim chegou o momento em que não era mais possível um adiamento. Aceitei o convite da produtora e fui ao seu escritório de Munique. Na antessala havia uma pesada câmera pseudoantiga da década de 1930 num imponente tripé. A secretária olhou para mim com espanto. Fui convidado para ir até um grande e suntuoso escritório. Poltronas de couro, uma larga e pesada escrivaninha de nogueira e, atrás delas, dois homens, os produtores. Ambos olharam além de mim até o fundo da antessala e esticaram o pescoço como se houvesse ali alguém que tivesse trazido o seu filho e ainda não tivesse entrado, mas não havia ninguém atrás de mim. Demorou alguns segundos até eles se darem conta disso. Eu quis me apresentar, mas não cheguei a fazer isso, porque um dos produtores riu alto enquanto batia nas coxas. O outro se levantou e veio rindo na minha direção: "Ah, o jardim de infância agora também quer fazer cinema!". Sem dizer uma palavra, dei meia-volta e saí. Não desperdicei um só segundo me sentindo magoado. Apenas pensei: são cretinos que não têm noção de nada. Minha determinação só se fortaleceu ainda mais dentro de mim. Olhando para trás, sou profundamente grato ao destino por essa conversa preliminar não ter dado em nada. Não posso imaginar onde eu teria ido parar a partir dali; além disso, o meu projeto estava de todo cru. Eu era como um equilibrista na corda bamba, abismos à direita e à esquerda, mas segui em frente como se estivesse numa larga estrada e não num fino cabo.

Fundar a minha própria empresa me parecia cada vez mais inevitável. Minha mãe via isso com preocupação. Por fim ela sugeriu que eu procurasse o marido de uma de suas amigas em Aschau para obter conselho. O homem era um dos grandes empresários do início da República Federal. O seu nome era Wagner, professor Wagner; ele ocupara cargos governamentais e era então, pelo que me lembro, presidente da Mountanunion, organização que depois evoluiu para a União Europeia. Era um homem de grande autoridade e uma figura de destaque na vida econômica, sem dúvida. Wagner me ouviu brevemente e então, com voz retumbante, me deu uma palestra particular sobre a complexidade da indústria cinematográfica. Eu não devia estar em sã consciência, ele disse, por favor, que primeiro eu estudasse ciências econômicas e, se possível, também direito, para depois aprender numa grande empresa como funcionava o mundo das finanças. Ainda me lembro das peles de urso nas paredes da sua sala de recepção, troféus que ele havia conquistado em caçadas nos Cárpatos com o presidente da Romênia. Quando saí, meus ouvidos ficaram zumbindo por um longo tempo. Fundei a minha empresa apesar disso. Meu pai também tinha ouvido falar dos meus planos. Ele me escreveu uma carta bem fundamentada na qual manifestava a sua opinião sobre a situação do cinema internacional, quase só havia porcarias para ver, e questionava se valia a pena se envolver com isso. Ele também me disse abertamente que eu sem dúvida não tinha a assertividade que era necessária nessa profissão.

No ambiente do Instituto de Cinema e Televisão, encontrei pessoas da minha idade e forma de pensar. Estávamos determinados a ajudar uns aos outros nos projetos de cada um. O instituto foi um precursor da Academia de Cinema de Munique e fui atraído por ele porque lá havia câmeras, equipamentos de som e mesas de edição. Obtinha-se o equipamento sem custo mediante solicitação, mas todos os meus pedidos eram recusados, enquanto eu via como pessoas claramente sem talento sempre conseguiam câmeras. Nenhum dos companheiros da época se tornou cineasta de verdade, exceto Uwe Brandner, que em sua origem era músico, depois fez alguns filmes e por fim se dedicou inteiramente à escrita. Aprendi o básico sobre o cinema em pouco mais de uma semana nas cerca de trinta ou quarenta páginas de um dicionário de rádio, televisão e cinema. Ainda hoje sou da opinião de que não é necessário mais conhecimento do que isso. É algo como aprender a datilografar, mas não se aprende a ser poeta com um curso de literatura. Eu me familiarizei com o funcionamento do princípio de uma câmera, com o transporte da fita gravada, o que era uma trilha sonora ótica. Também deduzi, por mim mesmo, como se produzia a câmera lenta ou a câmera rápida. Mas eu precisava de uma câmera. Aqueles ainda eram os tempos das fitas de celuloide e das câmeras mecânicas. Roubei a minha primeira câmera. Muito se falou e especulou a respeito, e há uma série de versões diferentes da história. Aqui eu não fui inocente. Mas a bela ação foi relativamente simples. Eu estava no depósito de equipamentos técnicos do Instituto de Cinema e Televisão, onde sempre havia uma pessoa que fazia a manutenção. Um dia, porém, me deixaram lá sozinho. No começo de fato não percebi. Então, depois de um tempo, notei o silêncio e olhei em volta. Não havia ninguém lá além de mim. Numa prateleira havia cerca de quatro ou cinco câmeras e peguei na mão uma da qual eu gostei. Em seguida, outra, examinei as objetivas. Como ainda não havia ninguém, fui para fora com a câmera e foquei alguns objetos distantes. E como eu estava do lado de fora, de repente tive a ideia de apenas ir embora. Era uma sexta-feira. Eu pretendia filmar por dois dias no fim de semana e levar a câmera de volta na segunda-feira. Mas ainda estava filmando na segunda, e na terça, e simplesmente fiquei com a câmera. Acho que o instituto nunca deu pela falta dela. Eu tinha mais o sentimento de expropriação do que de roubo, ou, dito de outra forma, eu entendia como um direito natural conferir a uma câmera a sua destinação adequada. Fiz os meus primeiros curtas com ela, *Hércules*; *Jogo na areia*; *A defesa sem precedente da fortaleza Deutschkreutz* e *Precauções contra fanáticos*. Apenas o meu filme *Jogo na areia* é uma exceção a essa série. É sobre alguns meninos de aldeia que arrastam atrás de si um galo dentro de uma caixa de papelão puxada por um barbante. O filme não foi suficientemente revisado por mim e é o único que nunca lancei. Aprendi muito com isso. Fiquei de posse da câmera ainda por um bom tempo, mas uma vez, numa entrevista, falei demais e disse que havia feito também vários de meus longas-metragens com ela. Isso ganhou uma estranha vida própria, como é fácil de acontecer na mídia. Então eu passei a fazer a minha parte, confirmando ou negando as histórias cada vez mais mirabolantes.

    Naquela época, o meu irmão Lucki estava terminando a escola e começando a trabalhar numa madeireira com o meu irmão mais velho. Ele também subiu muito rápido na hierarquia da empresa, mas se mudou para Essen, e depois para o norte da Alemanha. Como era sete anos mais novo do que Till e cinco anos mais novo do que eu, nunca participava dos nossos jogos de futebol e apenas muito pouco de nossas outras saídas. Durante o seu tempo em Munique, ele cantou num conhecido coro de meninos e cogitou brevemente seguir uma carreira musical. Aos dezenove anos, não estava muito satisfeito com a vida, porque conseguia ver todas as etapas de sua carreira comercial à sua frente com muita clareza, até a aposentadoria. Decidiu largar tudo e sair pelo mundo. Ele tinha um fusca e planejava ir para a Turquia. Eu o aconselhei a estender os seus destinos de viagem, a lançar a sua rede o mais longe possível, e então ele realmente seguiu de Anatólia para o Afeganistão e, via Passo Khaibar, para o Paquistão e a Índia, de lá para o Nepal, e finalmente até a Indonésia, onde se virou por um tempo como professor de inglês numa escola particular. Essa foi a sua época inesquecível de independência e aventura. Mas ao final, depois de tanto tempo longe, ele deveria se juntar a mim no Peru, onde eu estava envolvido na pré-produção de *Aguirre, a cólera dos deuses*. Partindo da Indonésia, via México, ele foi até Lima para me encontrar. Lucki acabou se tornando uma figura central no meu trabalho e nos meus projetos e assumindo com total independência tarefas de organização, participando de reflexões e tomando iniciativas. Sem a sua intervenção, provavelmente eu nunca teria encenado uma ópera, e sem a sua visão de futuro tampouco existiria a fundação sem fins lucrativos que hoje administra todos os meus filmes e obras literárias. Ele e eu nos complementamos muito bem. Penso que durante décadas ele foi um contrapeso maravilhoso para mim, agindo estrategicamente enquanto eu buscava a ação imediata. Eu me desgastava na linha de frente ao atacar as fortalezas, ele era o polo estável que habilmente mexia seus pauzinhos nos bastidores. Ele sempre foi o último recurso dos desiludidos, desesperançosos e desesperados.

15.
John Okello

Folheando cartas antigas de Lucki, encontrei emocionantes descrições de suas estadias no sul da Índia, em Goa, em Catmandu, em Jacarta. E por acaso, ao lado dessas cartas, encontrei várias outras do marechal John Okello, que influenciou o meu personagem Aguirre em *Aguirre, a cólera dos deuses*. Okello, que ficou órfão já na infância, era do norte de Uganda. Criado em extrema pobreza, ele sobrevivia com trabalhos não qualificados e só mais tarde frequentou a escola por alguns anos. Iniciou uma vida errante, na qual foi de Uganda até o Quênia, onde foi aprendiz de um carpinteiro. Em Uganda, cumpriu uma sentença de dois anos de prisão por um crime sexual que negava e sobre o qual nunca quis entrar em detalhes. Depois também trabalhou como pedreiro, caixeiro-viajante e, finalmente, pregador itinerante. Ele chegou à ilha de Zanzibar, onde, ainda muito jovem, iniciou a sua atuação política. Okello tinha dons notáveis como orador e organizador dos trabalhadores no campo. Do ponto de vista histórico, Zanzibar foi durante séculos o maior centro árabe de comércio de escravizados da África Oriental. No século XX, os árabes ainda eram o poder dominante, embora representassem apenas uma minoria em face da população africana. Okello organizou uma insurreição contra os árabes, que foi deflagrada sem armas ou uniformes, sem treinamento nem recursos financeiros. Em 12 de janeiro de 1964, atacou com um bando de quatrocentos homens juntados ao léu. Primeiro, eles precisaram de armas:

roubaram então o fuzil do sentinela de um posto policial e assaltaram o depósito de armas. No último momento antes desse ataque, quase todos os seus soldados que haviam chegado até ali fugiram porque ficaram com medo de como as coisas poderiam acabar. Mas ele ainda ficou com cerca de trinta homens, que o seguiram. Okello proclamou-se marechal de campo com apenas 27 anos de idade e nomeou de improviso seus generais, brigadeiros e coronéis e, num prazo de horas apenas, os africanos de Zanzibar aderiram à sua revolta, pois a dinâmica estava do lado da revolução. O sultão árabe fugiu para o continente em seu iate, mas houve massacres sangrentos dos árabes pelas tropas de Okello e pela própria população. Por alguns dias, Okello ficou famoso, pelo menos a ponto de ser mencionado pela imprensa ocidental na página três ou na seção de miscelâneas. Ele chamou a minha atenção em Munique por causa dos discursos disparatados que transmitia por uma pequena estação de rádio local. Pelo rádio, ele exigia que o comissário-chefe de polícia se rendesse: "Caso contrário, vejo-me obrigado a ir pessoalmente. Nesse caso, as coisas serão mais terríveis do que qualquer criatura viva jamais poderá suportar". Acho que me lembro de ter havido reportagens segundo as quais ele sobrevoava a ilha num pequeno avião, o rádio de bordo transmitindo para um programa de rádio: "Quem roubar uma única barra de sabão e comer uma só semente a mais, será encarcerado por 150 anos!". Ele deu um ultimato ao sultão: "Você tem vinte minutos para se render, caso contrário, não teremos escolha a não ser riscá-lo da face da Terra. Eu lhe dou vinte minutos, para que possa matar seus filhos e suas esposas e depois a si mesmo. Caso contrário, vou cair em cima de você e vou matá-lo, e também a suas galinhas e suas cabras, e vou queimar o seu cadáver com um fogo furioso e faminto". O meu Aguirre fala justo no tom original de Okello:

AGUIRRE
Eu sou o Grande Traidor, não pode
haver maior. Aquele que se atrever
apenas a pensar em fugir será cortado
em pedaços, e depois será pisoteado
até que com ele se possa pintar
as paredes. Quem comer um só grão de milho
a mais e beber uma única gota de água a mais,
será encarcerado por 155 anos.
Se eu, Aguirre, quiser que os pássaros caiam mortos
das árvores... então os pássaros cairão
das árvores mortos. Eu sou a ira de Deus.
A terra em que piso me vê e estremece.

Numa coletiva de imprensa dois dias após a insurreição, Okello afirmou que já dez anos antes ocupara, como combatente no movimento Mau-Mau, que lutava pela independência do Quênia, a posição de general de brigada e de intérprete de sonhos; que toda a liderança dos insurgentes, incluindo o líder Jomo Kenyatta, havia tido seus sonhos traduzidos e interpretados por ele. Acho isso altamente improvável, pois Okello devia ter apenas dezessete anos na época, e os insurgentes do Mau-Mau, dominados pelo povo quicuio, dificilmente teriam aceitado um estrangeiro de Uganda, do povo acholi, que estava apenas começando a aprender a língua franca do Quênia, o suaíli. Após a vitória da sua revolução em Zanzibar, Okello trouxe de volta o ex-primeiro-ministro Karume, que havia sido expulso da ilha, e o restituiu no cargo, mas Tanganica no continente e a ilha de Zanzibar já planejavam a unificação dos dois países num único Estado, a Tanzânia. Okello foi impedido de retornar a Zanzibar depois de algumas semanas no continente. Queriam se livrar dele. E com isso, o seu rastro desaparece. Ao que tudo indica, ele voltou sozinho para Uganda. Ele vagava sem um tostão como indigente e, segundo declarações próprias, às vezes sobrevivia apenas mendigando. Foi visto pela última vez em público em 1971, na companhia de Idi Amin, o novo ditador militar de Uganda. Depois disso, desapareceu sem deixar vestígios, para sempre.

Dois anos antes, eu tinha feito um filme no Quênia, na Tanzânia e em Uganda para uma organização de médicos que foi, de certa forma, uma precursora dos Médicos Sem Fronteiras, o filme se chamava *Os médicos voadores da África Oriental*. Naquela época, como já no meu filme na ilha de Cós, *Sinais de vida*, o cinegrafista era Thomas Mauch, com quem fiz toda uma série de filmes, entre eles *Aguirre* e *Fitzcarraldo*. Mauch foi uma figura marcante para mim, sempre pronto para tudo, seguro de seu estilo, com um senso estético extraordinário, mas ao mesmo tempo arrojado e confiante quanto à substância e à dinâmica de uma cena. Os cinegrafistas são como os meus olhos. Trabalhei com os melhores dos melhores, Thomas Mauch, Jörg Schmidt-Reitwein, e mais tarde com Peter Zeitlinger, com quem fiz meus últimos 28 filmes. São sempre os cinegrafistas que dão coesão a uma equipe de filmagem. Depois que terminamos de rodar nosso filme sobre os médicos voadores, em 1969, Thomas Mauch me acompanhou até Uganda — em busca de John Okello. Atravessamos o Quênia de carro até Uganda, porque eu supunha, seguindo rumores, que Okello estaria no norte do país, de onde ele provinha. Chegamos à pequena cidade de Lira. Perguntamos por lá e finalmente encontramos alguns parentes seus, que, no entanto, pareciam receosos de nos dar informações. A polícia ficou atenta à nossa presença, e eu já havia tido experiências ruins com isso no meu filme *Fata Morgana*, quando fui preso várias vezes com a minha pequena equipe em Camarões. Havia sido muito ruim, e as coisas não foram tão melhores na República Centro-Africana, onde o meu cinegrafista Jörg

Schmidt-Reitwein e eu contraímos malária e esquistossomose ao mesmo tempo. Também não nos demoramos muito em Lira por causa do interesse da polícia por nós. Mauch ainda se lembra de como dormimos no carro em algum lugar e de manhã quando acordamos estávamos cercados de rostos de crianças achatados contra as janelas, que nos admiravam espantados e silenciosos. Deixei com os parentes de Okello uma mensagem com o meu endereço na Alemanha — e de fato meses depois o marechal de campo entrou em contato comigo. Em várias cartas, ele me instava a traduzir seu livro *Revolution in Zanzibar* e a publicá-lo por editoras europeias. Ele escrevera o livro enquanto cumpria uma pena de quinze meses de prisão no Quênia, que depois disso o deportou para a sua terra natal, Uganda. Ele também se oferecia para fazer o papel principal num filme sobre si mesmo e pedia informações sobre o seu cachê. Mas tudo isso nunca deu em nada. Ele provavelmente foi assassinado por Idi Amin já em 1971, e eu, de qualquer forma, pretendia fazer um filme sobre um conquistador espanhol. Mas um eco de Okello, como se ele ressuscitasse, ressoa no filme nos monólogos ensandecidos de Aguirre. Há também um escravizado negro que os conquistadores levam consigo. Eu lhe dei o nome de Okello.

16.
Peru

Lucki chegou a Lima, ele vinha de um mundo completamente diferente. A filha podre de rica de um dos mais altos generais da Indonésia queria se casar com ele, mas ele escapou aliviado desse destino. Como não havia conexão telefônica, ele chegou, e nós não sabíamos de nada. Ninguém foi buscá-lo no aeroporto, não havia ninguém no pequeno escritório que havíamos montado. Eu tinha acabado de partir para a floresta além dos Andes. Mas lá as chuvas estavam tão fortes, que o nosso voo foi cancelado. Voltei para a cidade no meio da noite e encontrei meu irmão, longe de mim havia tanto tempo. Hoje ainda sinto aquela alegria. Lucki imediatamente tomou a iniciativa, pôs em ordem todos os processos e montou uma contabilidade funcional, o que não foi fácil, pois havia vários acordos feitos com analfabetos e documentos empapados pela chuva tropical. Ele tentou manter as finanças sob controle, mas isso era quase impossível, pois na prática não havia financiamento. O orçamento total do filme foi equivalente a 380 mil dólares, uma piada para um grande filme ambientado no meio da selva do século XVI, com figurinos, armas, lhamas e jangadas e, além de tudo isso, no começo, mais de quatrocentos figurantes indígenas das terras altas, que falavam quíchua. Se hoje analisarmos o filme em termos de seu "valor de produção", acredito que ninguém em toda a indústria cinematográfica se aventuraria no projeto com um orçamento inferior a 50 milhões de dólares. O filme foi rodado em três afluentes formadores do Amazonas de difícil acesso, além de contar com um ator principal instável e raivoso na figura de Klaus Kinski. Estávamos permanentemente com falta de dinheiro, o fluxo de caixa da Alemanha não funcionava, as transferências bancárias muitas vezes demoravam semanas. No momento de pior dificuldade, Lucki foi de casa em casa à noite em Miraflores, o rico subúrbio de Lima, oferecendo um negócio: como praticamente todo mundo ali tinha uma conta em dólares nos Estados Unidos, a fim de manter o dinheiro escondido das autoridades fiscais peruanas, as pessoas tinham interesse em ter dinheiro transferido de fora direto para aquele país. Lucki disse que precisava de 50 mil dólares em soles peruanos, imediatamente. Em troca, a mesma quantia seria transferida da Alemanha para os Estados Unidos por telégrafo com uma sobretaxa de 10% pela confiança cega, e a quantia chegaria em 48 horas. Meu projeto era conhecido em Lima pelas reportagens dos jornais, mas quem ia querer participar dele a partir de uma pergunta daquelas feita à noite na porta de sua casa? Lucki, no entanto, tinha a habilidade natural de estabelecer confiança incondicional, que ele também jamais quebrou. Um jovem empresário, Joe Koechlin von Stein, aceitou a oferta de Lucki. Ele precisava de dólares americanos porque estava planejando um show com o roqueiro Carlos Santana. Com nenhuma outra garantia além de um aperto de mão, ele entregou a Lucki na manhã seguinte os soles que salvaram a continuidade do projeto. Meu irmão Till, por sua vez, transferiu imediatamente 50 mil dólares de seus fundos privados para a conta de Joe em Miami. Desse modo, ele também salvou *Aguirre, a cólera dos deuses*, embora secretamente tivesse certeza de que nunca mais veria seu dinheiro. Mas, ainda que com bastante atraso, ele recebeu tudo de volta. Até hoje uma amizade inquebrantável me liga a Joe Koechlin. Ele construiu os primeiros hotéis de orientação ecológica na selva peruana, teve essa visão antes que qualquer pessoa no mundo tivesse ouvido falar da palavra "ecologia". Mais tarde, também me apoiou no meu filme *Fitzcarraldo*, foi um dos produtores do documentário de Les Blank sobre as filmagens, *O peso dos sonhos*, e, mais recentemente, em 2018, foi meu anfitrião quando fiz um workshop com um grande grupo de jovens cineastas em seu *lodge* de selva em Puerto Maldonado.

Aguirre, a cólera dos deuses é sobre uma expedição militar de conquistadores espanhóis nas terras baixas da Amazônia em busca do Eldorado, a lendária terra do ouro. Lope de Aguirre se faz chefe da expedição num motim e, em sua obsessão por poder e riqueza, a expedição se transforma num grande fracasso de ilusões e autodestruição. No final, Aguirre é o último sobrevivente flutuando rumo ao desconhecido em sua jangada tomada por centenas de macaquinhos. As próprias filmagens também estiveram inescapavelmente sob riscos e incertezas do início ao fim. Todos nós vivíamos à deriva em jangadas, os atores, uma pequena equipe técnica de apenas oito pessoas e, sempre uma ou duas curvas à frente no rio, a verdadeira jangada para as filmagens. Na maioria das vezes, não sabíamos o que nos esperava na próxima curva do rio.

Em algum momento durante as filmagens, todos os nossos negativos apenas desapareceram. Tínhamos um acordo com uma transportadora em Lima, que enviaria os negativos para a Cidade do México, onde deveriam ser revelados, mas os mexicanos juravam por todos os santos que nada havia chegado até eles. Os negativos eram simplesmente tudo. Sem eles, estava tudo perdido. Tínhamos duas suspeitas: podia ser que o laboratório mexicano tivesse cometido um erro catastrófico e tratado nossos negativos com os produtos químicos errados e os arruinado, e então alegassem que nunca haviam recebido nada. Mas Lucki objetou que os mexicanos queriam ganhar dinheiro com o trabalho e provavelmente diziam a verdade.

A segunda opção era o envio a partir de Lima, mas a transportadora apresentara documentos de expedição, carimbados pela alfândega, que comprovavam que o material havia saído do país. Tampouco os aviões tinham feito escalas nas quais algo pudesse ter desaparecido. Lucki não obteve permissão para entrar no depósito da alfândega em Lima, mas no final decidiu pular uma cerca de arame de três metros de altura e encontrou todas as nossas latas de filmes numa pilha de lixo atrás de um galpão, descartadas, mas ainda lacradas. O material sensível havia sido exposto ao calor do sol por várias semanas. Descobrimos então que a transportadora havia subornado a alfândega, que carimbou os papéis, permitindo que a firma embolsasse as taxas do frete. Lucki pegou os rolos de negativos e levou-os ele mesmo para o México na bagagem de mão. A situação no set na floresta durante esse tempo foi terrível para mim. Eu estava convencido de que tudo o que havíamos filmado de forma irrepetível ao longo de semanas estava perdido. Só havia uma coisa a fazer: continuar filmando como se estivesse tudo em ordem. Se a equipe soubesse que provavelmente tudo o que havia sido filmado com tanto esforço estava perdido, talvez em meio ao pânico tudo fosse por água abaixo. Então eu apenas continuei trabalhando, embora me encontrasse profundamente submerso no absurdo da minha situação. Apenas Lucki, eu e o gerente de produção local, Walter Saxer, estávamos a par. Mantivemo-nos firmes, em silêncio. Do ponto de vista das produções cinematográficas comuns, alguém perguntaria: por que não havia seguro? Minha resposta: tínhamos tão pouco dinheiro que jamais poderíamos pagar um seguro. Às vezes, quase não havia dinheiro suficiente para comida. E o que havíamos filmado era único, decerto irrepetível.

Lembro-me de que às vezes não havia absolutamente mais nada para comer e eu e dois homens de confiança saíamos em pirogas à noite em busca de algo em alguma aldeia indígena. Troquei meus sapatos resistentes por uma bacia de peixes e, em outra ocasião, dei meu relógio como pagamento. Lembro-me de uma noite em que nos espalhamos e voltamos a nos encontrar numa determinada curva do rio. Nenhuma das três canoas enviadas havia achado nada. Às quatro da manhã, no escuro, amarramos as canoas umas às outras e nos deixamos levar rio abaixo e choramos.

Com meus irmãos, e sobretudo com Lucki, aprendi não apenas a inspirar confiança, mas também a responder incondicionalmente por ela. Um exemplo disso: no meu filme *Visita ao inferno*, que rodei com o vulcanólogo Clive Oppenheimer em todos os continentes possíveis, estivemos também na Coreia do Norte, em 2015. Após um ano de negociações, Clive conseguiu permissão para filmar, o que na verdade era algo considerado impossível. Havia restrições quanto ao que podíamos gravar e éramos o tempo todo vigiados por agentes do Serviço Secreto. Mas fomos autorizados a filmar na borda da cratera do vulcão Paektusan. Como a montanha fica bem na fronteira com a China, as precauções eram particularmente rígidas. Ali muitos norte-coreanos tentavam fugir atravessando a fronteira, havia diversos bloqueios nas estradas, onde éramos inspecionados por sentinelas militares. Chamou minha atenção que todos os fuzis automáticos tinham também baionetas acopladas, mas não decorativas, como as que se veem nos guardas de honra do Cemitério Nacional de Arlington, nos Estados Unidos, e sim finamente afiadas, como navalhas. A Coreia do Norte é vista como uma grande ameaça militar por causa de algumas poucas armas nucleares que possui, mas o país também dispõe de um milhão de soldados. Se essas hostes de combatentes fanáticos fossem enviadas através da fronteira, distribuídas num amplo leque e profundamente escalonadas, ou seja, com poucas chances de serem detidas por força aérea ou metralhadoras, a capital sul-coreana seria tomada em poucos dias. A infantaria é uma ameaça que ninguém parece notar, porque é considerada obsoleta.

Filmamos junto à cratera, que é considerada o local mítico de origem do povo coreano, e todas as turmas escolares e soldados devem visitá-la pelo menos uma vez na vida. Enquanto gravávamos com um cientista, de repente ouvi bem perto de nós algumas risadinhas seguidas de um gritinho abafado de uma jovem. Na mesma hora desloquei a câmera naquela direção, e filmamos um grupo de soldados tirando fotos de si mesmos com o lago da cratera ao fundo. Um jovem soldado tinha agarrado uma bela jovem pelos quadris e lhe fazia cócegas na axila. Foi bom ver a alegria de viver que emanava daquele grupo, era algo completamente inusitado, que mostrava um lado diferente, muito humano das Forças Armadas norte-coreanas. Então um dos nossos guarda-costas interveio. Tivemos que desligar a câmera de pronto. Ouvi um sermão sobre como eu acabara de quebrar as regras que haviam sido estabelecidas para mim. O soldado norte-coreano estava sempre pronto e determinado a derramar seu sangue pela pátria e pelo amado irmão e líder do povo, qualquer outra coisa era inconcebível. Além disso, era particularmente grave o fato de eu ter filmado soldados em uniforme completo, dessa forma os seus rostos poderiam ser identificados pelo inimigo imperialista, em resumo, eu estava sendo instruído a destruir os meus registros no ato. O problema era que, com o nosso armazenamento digital de dados, tecnicamente não podíamos excluir o material de imediato. Nem mesmo com equipamentos norte-coreanos e seus técnicos era possível fazer isso. Fui então informado de que todo o nosso disco rígido teria de ser confiscado para a destruição do material. Argumentei que nele estavam armazenados quatro dias inteiros de filmagem, o que seria um duro golpe para o filme. Propus então manter as imagens armazenadas, mas dar uma garantia de que nunca publicaria o material com os soldados. "Garantia?", ouvi como resposta. "O senhor se refere a um acordo por escrito de cinquenta páginas que o senhor rasgaria já no avião quando estivesse fora do território norte-coreano?" Respondi que eu não agiria assim, mas de maneira diferente. Em muitos dos meus filmes maiores, como *Aguirre* — que aqueles guarda-costas designados especialmente para nós conheciam —, e, em geral, com todos os meus colaboradores mais importantes, não houvera contratos escritos, apenas orais, selados com um aperto de mão. Nunca um tal acordo havia sido quebrado. Eu disse também que naquele caso poderia dar não apenas uma, mas três garantias. "Quais?", me perguntaram. Eu respondi: "Minha honra, minha face e meu aperto de mão". O inesperado aconteceu. Eles me permitiram ficar com o disco rígido. E eu, por minha vez, nunca usei esse material e jamais o usarei no futuro.

Em *Aguirre*, além do meu irmão Lucki, outra pessoa teve o seu primeiro grande momento, Walter Saxer. Ele havia chamado minha atenção anos antes, quando eu estava planejando meu filme *Também os anões começaram pequenos* na ilha de Lanzarote, nas Canárias, um jovem suíço que vinha de St. Gallen e se pusera a correr o mundo. Naquela época, ele administrava um pequeno hotel na ilha e nos ajudara, por exemplo, a encontrar o carro que deveria rodar em círculos indefinidamente. Logo após o início das filmagens, quando o veículo, uma lata-velha dos anos 1950, já estava consolidado nas imagens do filme, ele pifou, de uma vez por todas, acho que o bloco do motor havia estourado. No prazo de um dia, Saxer identificou um modelo semelhante em algum lugar na estradinha rural, parou-o e conseguiu convencer o proprietário a lhe ceder o motor. Este recebeu um substituto, e Saxer instalou o motor em nosso veículo durante a noite e também o modificou, pois ele não correspondia exatamente às dimensões. Eu nunca tinha visto algo assim antes. Walter Saxer estava sempre determinado a fazer o que fosse necessário, não havia risco que não se dispusesse a correr. Ele desprezava todos que não trabalhavam tão duro quanto ele próprio, sobretudo os atores com suas afetações bobas eram para ele muitas vezes uma pedra no sapato. Em *Aguirre*, no sopé de Machu Picchu, ele dormia no chão de terra com uma pequena indígena corcunda e seus filhos, rodeados por dezenas de irrequietos porquinhos-da-índia, que eram mantidos ali como galinhas de estimação e às vezes iam para a panela. Mais tarde, esse também foi meu alojamento. Com Saxer, eu nadei no rio Urubamba para recuperar uma plataforma móvel, cujo cabo havia se enroscado na outra margem. Ainda me lembro de como de repente um enorme redemoinho que sorvia tudo em seu caminho veio em nossa direção. Foi ele quem, do local de filmagem nos desfiladeiros do rio Hualhaga, onde há três corredeiras seguidas, numa situação desesperadora de toda a produção, andou a noite toda no escuro, escalando as enormes pedras escorregadias até a aldeia de Chasuta. Ele carregava consigo uma pasta de documentos. Certa vez, eu o vi trabalhar sessenta horas seguidas, no final das quais o encontrei dormindo sobre um monte de pedras.

Muitos dos acessos de cólera de Kinski se dirigiam a ele, mas se dirigiam ainda mais a mim e, na verdade, a tudo e todos. Kinski havia exigido ficar o tempo todo em contato com a natureza. Mas eu o avisara várias vezes por escrito que não filmaríamos a cena de abertura numa geleira como estava descrito no roteiro, e sim começaríamos com a descida da expedição ao vale do Urubamba. Apesar disso, Kinski levou casacos de plumas, picaretas de gelo, cordas, barraca e sacos de dormir de plumas, com os quais não sabíamos o que fazer. Depois, cumprindo exigências suas, tivemos que armar a sua barraca numa clareira na selva, mas logo na primeira noite choveu forte e a umidade penetrou lá dentro. Ele teve um acesso de fúria que durou horas, avançando pela manhã adentro. Ele queria celebrar a natureza, com poses, é claro, mas sem chuva. Depois disso, erguemos um telhado trançado com folhas de palmeira sobre sua barraca, mas mesmo assim ainda havia umidade no seu abrigo, porque a sua respiração embaçava as lonas da tenda por dentro. Mais berros, mais gritos inarticulados. Nesse caso, a sua raiva se dirigia sobretudo aos indígenas das terras altas, que abrigamos temporariamente para os poucos dias de filmagem num grande celeiro, no qual em tempos anteriores as folhas de tabaco eram postas para secar. Saxer havia construído beliches de lona muito simples, mas funcionais. Enfrentei Kinski e deixei com toda a calma a sua fúria cair sobre mim. Na terceira noite, só havia a opção de alojar Kinski no único hotel lá em cima, nas ruínas incas de Machu Picchu. Mas os oito quartos que havia na época estavam todos ocupados. Naqueles tempos, não havia uma única acomodação embaixo, no terminal do pequeno trem de Cusco, e o belíssimo hotel do meu amigo Joe Koechlin só seria construído mais tarde. O que fazer? Saxer tanto falou no ouvido do dono do hotel, que ele abdicou do seu próprio quarto e se mudou para uma espécie de armário de vassouras. Mas, mesmo lá no hotel, os ataques de fúria de Kinski continuaram durante a noite inteira. Ele manteve todo o hotel acordado. O louco colérico bateu em sua esposa vietnamita, que tentou fugir dele, e a impeliu escada abaixo à sua frente.

Walter Saxer foi o diretor de produção dos meus filmes *Kaspar Hauser*; *Nosferatu*; *Woyzeck*; *Cobra Verde* e muitos outros, ele participou de quase tudo o que eu fiz na época. Sua maior realização foi sem dúvida o filme *Fitzcarraldo*. Os trabalhos preparatórios duraram três anos e meio. Foi ele quem iniciou a construção de dois navios idênticos, para a qual primeiramente teve que ser criada a infraestrutura, nesse caso todo um estaleiro no meio da selva. Foi ele quem construiu os acampamentos para as centenas de figurantes indígenas e para a equipe técnica, contratou os figurantes indígenas e, do ponto de vista técnico, conseguiu fazer o vapor subir o barranco. Um de seus problemas, e ele é ressentido com isso, é que falei em entrevistas que eu havia arrastado um navio por cima de um morro, quando foi ele e a sua equipe que o fizeram. Nas entrevistas, falei em sentido metafórico que todo adulto deveria caçar uma baleia-branca ou então rebocar um navio a vapor por cima de um morro. Agora quero pôr os pingos nos "is": tecnicamente, foi Walter Saxer quem transportou o navio. Mas também gostaria de salientar que houve um momento crítico durante as filmagens, no qual o nosso técnico brasileiro expressou temores quanto a rebocar o navio barranco acima, porque o pilar de apoio, belamente chamado de "muerto" em espanhol, cravado no solo para esse fim, não lhe parecia estável o suficiente. O brasileiro desistiu e recuou, acho que ele teve medo da própria coragem. Naquela época, assumi sozinho toda a responsabilidade e mandei ancorar um novo "muerto" extremamente fundo e de forma segura. Do ponto de vista técnico, também aqui Saxer foi o executor. Esse novo pilar teria suportado o peso de cinco de nossos navios. Infelizmente, nesse estranho trabalho que os filmes exigem, as amizades também se desmancham, e foi assim comigo e com Walter Saxer.

17.
Privilegium maius, Pittsburgh

Com 21 anos de idade, eu já havia concluído dois curtas-metragens e iniciava, com firme determinação, o projeto de um longa-metragem. Mas naquela época era impensável confiar um grande longa-metragem a alguém tão jovem. Não havia ninguém nesse métier com menos de 35 anos. Várias coisas aconteciam praticamente ao mesmo tempo: eu continuava ganhando dinheiro para as minhas produções e, de vez em quando, também ia à universidade. Em parte, isso era charlatanismo, mas dessa forma eu obtinha algum dinheiro extra com uma bolsa de estudos; porém, de fato, eu quase não adquiria conhecimentos fundamentais. Para isso, eu não tinha tempo. Lembro-me da época em que pedi a um bom colega para escrever o trabalho de um seminário para mim, o que ele fez com um pé nas costas, como exercício. Ele me perguntou brincando o que ganharia com isso, e eu respondi também brincando que em troca eu tornaria o seu nome imortal. O seu nome é Hauke Stroszek. Num evento público em 2017, onde, 54 anos depois de minha época em Munique, recebi um prêmio da Academia de Cinema Europeu, para minha surpresa, a filha dele se apresentou a mim. Hauke Stroszek era então professor emérito de uma universidade no estado da Renânia do Norte-Vestfália. Mas dei o nome de Stroszek ao protagonista no meu roteiro *Sinais de fogo*, que depois, em 1967, filmei como *Sinais de vida*. Além disso, intitulei meu segundo filme — que fiz em 1976 com Bruno S., sobre quem ainda falarei — *Stroszek*. Uma vez, quando eu já era conhecido, participei de um concurso literário organizado pela Rádio Juvenil da Baviera e, como tinha feito uma aposta, enviei de uma vez cinco textos curtos diferentes. Havia prêmios para os dez melhores trabalhos, era preciso ter menos de 25 anos, e os textos deveriam começar com o trecho de frase: "Um jovem estava em meio...". Enviei, como uma suposta colônia de jovens autores, os cinco textos diferentes, entre eles um poema de um autor por mim batizado de Wenzel Stroszek.

Recebi quatro telegramas num endereço fictício, na verdade o de minha avó em Großhesselohe, que me parabenizavam, mas o quinto trabalho não foi premiado. Eu perdi a aposta.

Mas nos meus estudos também havia coisas que me fascinavam, que eu buscava. Na disciplina de história medieval, escrevi um trabalho sobre o *Privilegium maius*. Trata-se de uma falsificação do período de 1358-9; na verdade são cinco documentos grosseiramente falsificados que se confirmam uns aos outros quanto à sua veracidade, e um deles remonta supostamente a Júlio César e a Nero. Essa suposta declaração de direitos dizia respeito à expansão do poder dos ambiciosos Habsburgo, no caso Rodolfo IV, e à definição da área que hoje coincide quase em sua totalidade com o Estado da Áustria. Com a falsificação de documentos, foram criados fatos jurídicos de longo prazo, que ao final levaram à fundação do Estado austríaco. A falsificação já tinha sido reconhecida pelo poeta renascentista italiano Petrarca, mas foi bem-sucedida do ponto de vista histórico. Tratava-se apenas de fake news, e em meu trabalho desenvolvi um método que, sem que eu soubesse, nunca havia sido empregado antes. Como a questão dos fatos, realidade e verdade me ocupa até hoje nos meus filmes, incluindo o que chamei de *verdade extática*, vou explicá-lo aqui apenas de forma abreviada: eu afirmava, ainda que isto contrariasse a lógica, que o *Privilegium* era *verdadeiro* e lançava pilares de apoio para analisar os documentos de todos os ângulos possíveis, mas sempre partindo da argumentação daquela época — política de força, mudança social, entendimento jurídico, correlações de poder militar — e ao final era possível retirar os pilares mantendo uma trama de argumentos que se sustentava. Em outras palavras: em sua estrutura, a falsificação — as fake news — se configurava como verdade, isto é, uma verdade emergente, pois a história ancorou nela as suas mudanças.

O que nesse trabalho me pareceu um procedimento óbvio de alguma forma chamou a atenção. Como eu sabia que não haveria perspectiva de rodar um longa de imediato, aceitei uma oferta de bolsa de estudos nos Estados Unidos, quase nem precisei me candidatar. Surpreendeu que eu não fosse um historiador, mas alguém que queria ir para uma universidade onde houvesse câmeras e um estúdio de cinema, para poder imediatamente fazer trabalhos práticos e continuar aprendendo. Até então, os meus primeiros filmes, mais curtos, haviam sido a minha única escola de cinema, por assim dizer. Eu teria a possibilidade de ir para uma faculdade de prestígio, mas escolhi Pittsburgh porque estava imbuído da ideia romântica de que lá eu não teria que lidar com acadêmicos verborrágicos, e sim iria para uma cidade na qual haveria pessoas reais e palpáveis trabalhando. Pittsburgh era a cidade dos trabalhadores siderúrgicos e eu simpatizava com eles porque conhecia o trabalho de uma siderúrgica. Ao mesmo tempo, aos 21 anos, escrevi em poucas semanas o meu roteiro *Sinais de fogo* e o inscrevi para o prêmio Carl Mayer, assim chamado em homenagem ao autor de famosos filmes mudos como *O gabinete do dr. Caligari* e *A última gargalhada*. Alguns meses depois, eu acabara de completar 22 anos, ganhei de fato o prêmio, que era dotado com 5 mil marcos alemães, mas, como ele não havia sido concedido no ano anterior, recebi 10 mil marcos alemães em 1964, o valor dos dois prêmios juntos. Com isso, eu poderia fazer outro curta-metragem imediatamente. Todos os cineastas consagrados e jovens aspirantes haviam se candidatado na época, lembro que também Volker Schlöndorff com o seu *O jovem Törless* era um dos concorrentes. Mais tarde, esse foi um argumento importante perante os responsáveis pelo fomento ao cinema, que haviam me recusado, mas financiado outros projetos. Pude remeter ao fato de que o meu roteiro havia sobrepujado todos os outros concorrentes, e além disso eu já havia feito alguns filmes, o que não era o caso dos outros. Pittsburgh não foi uma boa escolha: por um lado, quase não existia mais a indústria siderúrgica, que estava em declínio galopante, com as usinas fechadas enferrujando; por outro lado, a Universidade Duquesne, que tinha um estúdio, era do ponto de vista intelectual uma instituição absolutamente miserável. Eu não fazia a menor ideia de que poderia haver tais diferenças na qualidade das universidades. Mas, por outras razões, mesmo assim a cidade tornou-se querida e importante para mim.

No início dos anos 1960, quase não havia voos e eu havia recebido uma bolsa adicional para uma passagem de navio. Embarquei no *Bremen*, o mesmo navio em que, um ano antes, Siegfried e Roy haviam trabalhado como camareiros e divertido os passageiros com truques de mágica antes de irem para Las Vegas. Nesse navio, conheci minha primeira mulher, Martje. A partir do mar da Irlanda, houve uma semana de tempestade e o refeitório para oitocentos passageiros esvaziou-se em dois dias. Todo mundo ficou enjoado. Apenas em volta de uma grande mesa redonda, reuniam-se os durões, que deixavam as mesas solitárias a eles destinadas para se juntar ao pequeno grupo dos ainda eretos. Martje estava viajando para iniciar um curso de literatura na universidade em Wisconsin. O mar agitado não a incomodava. A passagem do navio pela Estátua da Liberdade não nos interessou, estávamos totalmente imersos num jogo de *shuffleboard* no convés. Mais tarde, Martje concluiu seus estudos em Freiburg e nós nos casamos. Ela é a mãe do meu primeiro filho, Rudolph. Ele tem os nomes de três pessoas importantes na minha vida: Rudolph, Amos, Achmed. Rudolph, como o meu avô, e é curioso que eu sempre tenha pensado que seu nome terminasse com "ph", mas foi só conferindo dados para estas notas que me dei conta de que seu nome certo era Rudolf. Amos, como o autor, diretor de festivais e distribuidor de filmes americano Amos Vogel, que, como Lotte Eisner, foi um mentor para mim. Lembro que, uns três anos depois de ter me casado, ele me chamou de lado e perguntou se havia algo errado com o meu casamento. Não, estava tudo bem. Por que então não tínhamos filhos?, ele perguntou sem rodeios. Pensei comigo mesmo, sim, por que não, e assim Amos, que fugiu dos nacional-socialistas de Viena para os Estados Unidos nas condições mais difíceis, foi uma espécie de padrinho oculto do meu filho. Achmed, como o último empregado sobrevivente de meu avô, que trabalhou para ele e para minha avó Ella quando menino. A primeira vez que estive em Cós, com quinze anos de idade, eu o localizei e me apresentei a ele como neto de "Rodolfo". Achmed começou a chorar, então abriu todos os armários, todas as gavetas, todas as janelas e portas e me disse agora isto tudo é seu. Ele também tinha uma neta de catorze anos e sugeriu que eu me casasse com ela. Foi difícil dissuadi-lo da ideia e só gradualmente ele aceitou minhas prudentes objeções — eu era muito jovem e não podia sustentar uma família — até que lhe prometi que daria ao meu primeiro filho o nome de Rudolf e o dele. Achmed pertencia à minoria turca. Após o colapso do Império Otomano, apesar da "limpeza" étnica, ele permaneceu na ilha, que então se tornara grega. Achmed trabalhou como vigia nos sítios de escavação do Asclepieion, mas ali suportou diariamente um martírio silencioso. Quando estendia o seu tapete de oração, as crianças jogavam pedras nele e gritavam: "Achmed, Achmed!". Mas Achmed fazia as suas orações, a tudo suportando. Ele pode ser visto numa sequência do meu filme *Sinais de vida*. Achmed havia sobrevivido à sua esposa, à sua filha e também à sua neta e, na época em que voltei a visitá-lo alguns anos mais tarde, quando da pré-produção do filme, restava-lhe apenas o seu cachorro, Bondchuk. Mas nesse dia Achmed abriu de novo todos os armários, gavetas e janelas e, em vez de me cumprimentar, apenas disse, em grego: "*Bondchuk apethane*, Bondchuk está morto". O cachorro havia morrido no dia anterior. Ficamos sentados juntos por um bom tempo chorando sem dizer nada.

Em Pittsburgh, já depois de alguns dias, ficou claro que eu estava no lugar errado e, depois de pouco mais de uma semana, eu soube que não poderia ficar. O estúdio de cinema estava lá, mas ele fora montado como se para um telejornal, com a escrivaninha do locutor e três câmeras eletrônicas móveis extremamente pesadas em volta. No teto, holofotes antiquados estavam instalados de forma fixa, ninguém podia desmontá-los ou movê-los. Contudo, abandonar a universidade imediatamente teria significado desistir do status do meu visto e ter que deixar os Estados Unidos. Assim, renunciei à moradia estudantil, mas permaneci tacitamente matriculado. Havia em torno da universidade um pequeno grupo de jovens autores que editavam uma revista; ali eu publiquei o meu primeiro conto. Tudo me aparece borrado na memória, como eventos sobrepostos. Às vezes, eu dormia por um tempo no chão da biblioteca, mas isso dava muito na vista, porque às seis horas da manhã as faxineiras me encontravam. Eu alternava entre sofás de conhecidos fugazes e o meu anfitrião original, um professor já de mais de quarenta anos que ainda tinha um medo terrível da mãe, que o proibia de se relacionar com alunas, e provavelmente também com mulheres em geral. Por sua janela, eu via árvores escuras e uns minúsculos esquilinhos listrados, chamados tâmias, que têm algo consolador. Também havia algo consolador no canto de pássaros que eu não conhecia, assim como no jogo dos finos raios da luz do sol através da densa galharia das árvores. Imagens se formaram dentro de mim. Fui testemunha de cenas bizarras e atestei perante a mãe do meu anfitrião que uma mulher havia de fato visitado o seu filho na noite anterior, mas junto com o noivo, um estudante. O acompanhante masculino era uma invenção do filho que confirmei sem pestanejar. Aquele homem era alimentado como uma criancinha, mais precisamente, sua mãe o obrigava a comer *gelatina*, dessas de cores sintéticas, em geral verde-claro ou laranja, e ela também me tomou por alguém a quem a gelatina só poderia fazer bem. Sem reclamar, eu também comia gelatina. Esse motivo reaparece décadas depois no meu longa-metragem *Meu filho, olha o que fizeste!*, de 2009, no qual o protagonista Michael Shannon é coberto de gelatina pela mãe, numa espécie de guerra secreta. Ele, que interpreta Orestes numa produção teatral, não consegue mais distinguir representação e realidade e acaba matando a mãe verdadeira com uma espada de palco.

Uma coincidência cega deu um novo rumo a tudo. Meu refúgio temporário ficava nas colinas já fora de Pittsburgh, no município de Fox Chapel. Para percorrer os vinte quilômetros até lá, eu sempre tomava o ônibus que ia até o vale de Dorseyville. De lá, eu subia a pé até a colina por uma estrada local que atravessava uma floresta. Nesse trecho, muitas vezes passava por mim um automóvel com uma mulher ao volante. Quase sempre, os bancos estavam cheios de jovens. Num dia em que havia começado a chover, e eu estava sem guarda-chuva, o carro parou ao meu lado e a mulher abaixou o vidro, ela podia me dar uma carona, o tempo não estava para andar a pé. Eram apenas dois minutos de carro até onde eu queria descer, 120 segundos. De onde eu era? Da Alemanha, um *Kraut*.* Eu ter usado essa expressão fez todos no carro rirem. Onde eu morava? Expliquei em poucas frases a minha situação. Ah, disse a mulher, então era lá que eu estava hospedado, o sujeito era conhecido, um *"weirdo"*, um esquisito. Pior, um *"whacko"*, um doido, um *"whacko-weirdo"*. Sem a menor hesitação, ela disse então que na casa dela eu certamente estaria em melhores mãos, que ela poderia me acomodar no sótão, ainda havia espaço lá. Ela morava a apenas trezentos metros de onde eu estava hospedado. De um minuto para o outro, fui acolhido como membro da família, como se sempre tivesse pertencido a ela. A mãe se chamava Evelyn Franklin e tinha seis filhos, entre dezessete e 27 anos, ela disse que um sétimo filho faria bem à família naquele momento, uma vez que a filha mais velha tinha se casado e saído de casa. A gangue estava incompleta. O pai morrera devido ao alcoolismo, devem ter sido anos de martírio para Evelyn. Apenas muito raramente ela fazia comentários lacônicos sobre ele, a quem então se referia apenas como sr. Franklin. As mais novas eram duas meninas gêmeas, Jeannie e Joanie, depois vinha um irmão, Billy, que era um músico de rock fracassado, então mais dois irmãos, dos quais um era meio chato e burguês, e ainda mais um outro irmão, de 25 anos, um cara lento com coração mole, *"retarded"*. Quando criança, ele caíra de um carro em movimento e desde então tinha uma leve deficiência mental. Depois havia ainda uma avó de noventa anos e um cocker spaniel chamado Benjamin, ou "Benjamin Franklin". Fui acomodado no sótão, onde havia uma cama velha e de resto realmente nada

---

* Forma abreviada de *Sauerkraut*, "chucrute". O uso, pejorativo, para designar alemães tem origem na Segunda Guerra Mundial.

além de tralhas. O teto se afunilava e só no meio, onde passava a cumeeira, dava para eu ficar de pé.

Imediatamente passei a fazer parte da loucura diária. Evelyn ia todos os dias para a cidade em seu carro, ela trabalhava como secretária numa companhia de seguros. As gêmeas chegavam da escola em Fox Chapel à tarde, geralmente com algumas colegas a reboque. Mas antes disso, a avó, a partir das oito horas, tentava acordar Billy, que quase sempre ficava até as três da manhã num bar de rock, onde tocava. A cada meia hora, ela martelava a porta trancada dele e tentava convertê-lo de sua vida pecaminosa citando a Bíblia, que tinha aberta nas mãos. O cão, que era ligado a Billy numa espécie de simbiose de corações, ficava deitado paciente diante da porta. À tarde então Billy aparecia, espreguiçando-se prazerosamente, nu em pelo. A avó fugia e Billy batia no peito e aos berros lamentava sua vida pecaminosa em tom de sermão bíblico. Acompanhando as lamentações, Benjamin Franklin, que ainda estava deitado mas sabia o que exigia o ritual, uivava enquanto mantinha estendidas as patas traseiras. Billy então mudava para uma linguagem de cachorro inventada e arrastava Benjamin Franklin pelas pernas atrás dele escada abaixo, como Cristóvão descendo a escada com o ursinho Pooh. Em cada um dos patamares, cobertos com carpete felpudo barato, ele parava para continuar deplorando as suas aventuras pecaminosas na linguagem canina. No andar de baixo, na sala, as gêmeas e suas amigas fugiam com gritinhos do jovem nu, que aí se punha a perseguir a avó ainda em fuga. Billy então proclamava as suas lamúrias arrependidas, agora numa mistura de profeta do Antigo Testamento e cocker spaniel.

Nesse clima de criatividade caótica que reinava na casa, também não era nada incomum que as gêmeas me perseguissem com água de colônia Woolworth e me envolvessem numa nuvem de borrifos. Elas eram muito imaginativas. Um dia, eu vi que as duas me preparavam uma emboscada perto da porta da garagem, que ficava num nível mais baixo, e me esgueirei até o banheiro do andar de cima, com o plano de contorná-las e, pulando pela janela sobre a garagem, aparecer de repente e surpreendê-las pelas costas. Minha intenção era atacá-las com creme de barbear. Lá fora tinha nevado, mas havia apenas cerca de um palmo de neve fofa, que imaginei ser um colchão suficiente para o meu salto. Aterrissei na escada sinuosa de concreto que descia para a garagem. O som que o meu tornozelo emitiu foi penetrante e ficou gravado para sempre na minha memória, como um galho molhado que estala quando se pisa em cima dele. As fraturas foram tão complicadas que eu fui operado no hospital e engessado até o quadril. Somente cinco semanas depois recebi um gesso que chegava apenas até o joelho.

Eu amava os Franklin. Com eles pude conhecer o que de melhor está ancorado na alma dos Estados Unidos. Mais tarde, convidei-os para ir a Munique e fui com eles a uma quermesse em Sachrang. Abraços, cerveja, júbilo. Eu os levei até o alto do Geigelstein. Em anos posteriores, porém, o contato tornou-se mais difícil porque toda a família, incluindo Billy, se converteu ao fundamentalismo religioso. Além disso, todos ganharam peso de tal maneira, que eu quase não conseguia mais distingui-los. Em 2014, quando interpretei o vilão num filme de ação de Hollywood — o diretor Stephen McQuarrie e o ator principal, Tom Cruise, me queriam sem falta como ator em seu filme *Jack Reacher* —, as filmagens foram em Pittsburgh. Mas não encontrei mais os Franklin, eles haviam se dispersado pelos quatro pontos cardeais. Eu fui até Fox Chapel. Quase tudo na região estava diferente, havia novos prédios por toda parte, foi muito deprimente. A casa na Oak Spring Drive, porém, encontrei quase inalterada, o gramado, as velhas árvores, apenas o caminho sinuoso de concreto até a garagem estava coberto por um monte de terra com arbustos ornamentais. Não havia ninguém lá e eu bati na porta de várias casas vizinhas. Encontrei um casal mais velho e soube que a casa já tivera vários outros donos. Eu sabia que Evelyn Franklin havia morrido. Apenas um ano depois, soube da morte de Billy, que era para mim como um irmão que até então eu não sabia que existia. Reconhecê-lo como tal levou apenas instantes.

As gêmeas e suas amigas naquela época estavam totalmente fora da casinha porque uma nova banda da Inglaterra estava fazendo um show na Civic Arena. Eram os Rolling Stones. Até então, eu havia passado ao largo de todas essas bandas e de toda a cultura pop, com exceção de Elvis. Eu estava em Munique no seu primeiro filme e, ao meu redor, os garotos começaram a arrancar com toda a calma, metodicamente, os assentos, que eram fixados no chão. Eu lembro que a polícia teve que intervir. Já em Pittsburgh, as duas gêmeas levaram cartazes de papelão com o nome do seu favorito, Brian, para o show. Ele era o vocalista na época, porém pouco tempo depois se afogou em sua piscina. Ainda me lembro com espanto do tremendo alvoroço e da gritaria das meninas. Quando o show acabou, vi que muitos dos assentos de plástico estavam fumegantes de urina. Muitas das meninas tinham feito xixi nas calças. Quando vi isso, soube que aquela banda daria em algo realmente grande. Muito mais tarde, em *Fitzcarraldo*, Mick Jagger fez o segundo papel principal ao lado de Jason Robards, mas o filme teve que ser interrompido quase na metade das filmagens devido ao adoecimento de Robards. Tudo teve que ser filmado novamente desde o início, dessa vez com Klaus Kinski. Mick Jagger estava tão peculiar, tão único, que eu não quis reformular seu papel e reescrevi o roteiro. De qualquer forma, eu só o teria por mais três semanas, pois ele tinha datas marcadas para a próxima turnê mundial dos Rolling Stones. No meu filme, ele fazia o papel de Wilbur, um ator inglês que perde a razão e vai dar na floresta amazônica. Pelo menos em parte, o padrinho desse personagem foi o desnudo Billy Franklin, de Pittsburgh. O cachorro Benjamin Franklin foi substituído por um macaco medroso chamado McNamara.

18.
Nasa, México

Consegui trabalho com um produtor contratado pela emissora WQED em Pittsburgh. Seu nome era Matt, de Matthias, von Brauchitsch, um parente do ex-marechal de campo e comandante em chefe do exército alemão, que caíra em desgraça com Hitler em 1941. Eu omiti que não tinha permissão de trabalho. Von Brauchitsch trabalhava simultaneamente em vários documentários sobre formas futuristas de propulsão de foguetes, um projeto da Nasa. Desde o início, ele pareceu convencido das minhas habilidades, sem exigir nenhuma referência ou formação de minha parte. Aprecio até hoje esse otimismo pragmático nos EUA. O meu filme deveria se concentrar nas primeiras pesquisas puras sobre foguetes de plasma, que estavam em andamento sobretudo em Cleveland, Ohio. Dito de forma simplificada, ali se pretendia usar um plasma ultraquente para a propulsão, o que teria derretido na mesma hora todos os recipientes feitos de materiais sólidos, por isso estavam sendo feitos experimentos com recipientes não materiais, formados por campos magnéticos extremamente fortes. Em Cleveland, estava localizado o ímã mais forte do mundo na época. Logo ao lado, havia um reator nuclear de pesquisa. Lembro-me apenas vagamente de corredores com portas abertas, através das quais se podiam ver matemáticos trabalhando. Uma vez eu observei um grupo de jovens que estavam apenas pensando. Por fim um deles se levantou e fez um ponto de giz numa lousa verde escura, e depois uma seta apontando para o ponto. A seguir, silêncio mais uma vez. Fiquei amigo do diretor científico de todo o instituto, para o qual trabalhavam várias centenas de pessoas. Ele tinha apenas 26 anos de idade. Eu tinha comprado um Volkswagen bastante enferrujado, que a avó chamava de "*bushwagon*", "carroça". O meu próprio nome ela também nunca acertava, me chamando alternadamente de "Wiener", "Urban" e "Orphan". As gêmeas me chamavam carinhosamente de "Orphan", órfão. Viajei várias vezes de Pittsburgh a Cleveland em meu decrépito *bushwagon*. Ainda tenho um bizarro incidente claro na memória: numa sala, havia uma grande câmara de vácuo, feita de aço extremamente reforçado, tão grande que vários técnicos poderiam entrar dentro para preparar um teste. Em funcionamento, o vácuo era tão poderoso que um ser humano se dissolveria em vapor. A câmara foi fechada, com a enorme porta de aço de acionamento elétrico correndo muito devagar sobre trilhos. Dentro dela, encontravam-se objetos configurados para um teste. A porta se fechou em silêncio e alarmes sonoros assustadores foram acionados para dar início ao teste. Então, de repente, vieram gritos da câmara, e batidas desesperadas contra as paredes de aço. Um técnico havia sido esquecido lá e não se deu conta de que a câmara estava sendo fechada. Ele também não sabia que do lado de fora as suas batidas podiam ser ouvidas muito alto. Passaram-se alguns minutos antes que a porta se abrisse de novo bem devagar. O homem lá dentro estava lívido, em estado de choque. Ninguém sabia o que fazer. Um homem muito jovem, muito alto e muito forte e muito calmo, o único negro entre os cerca de vinte pesquisadores presentes, deu um passo à frente e segurou o resgatado pela nuca, apenas isso. Ele o segurou por um tempo, e então o homem em estado de choque riu, e todos os presentes começaram a rir também. O evento, porém, teve como consequência que a sala fosse fechada imediatamente e se iniciasse uma investigação sobre o incidente, o que por sua vez teve como consequência que uma verificação de segurança mais abrangente fosse realizada alguns dias depois. Isso levou à minha saída do projeto e ao fim da minha estadia nos Estados Unidos.

Mais tarde, a notícia da minha participação nesse projeto se espalhou em versões cada vez mais exageradas. Eu teria feito filmes para a Nasa, depois: eu teria trabalhado como pesquisador para a Nasa, depois: eu teria desistido da minha carreira de pesquisador e possível astronauta em favor de uma carreira no cinema. Todas essas invenções me parecem muito interessantes e não me incomodam. Não me importo com isso, porque sei quem eu sou. Ou melhor, também aqui há coisas em que a memória se molda, torna-se independente, adquire novas formas e se estende suavemente como um véu sobre o sonâmbulo. No meu filme de 2017 sobre a internet, *Eis os delírios do mundo conectado*, coloco para vários pesquisadores uma questão central, que chamo de minha "questão de Von Clausewitz". Em 1804, o teórico de guerra Von Clausewitz fez, em seu livro *Sobre a guerra*, a célebre observação de que a guerra às vezes sonha consigo mesma. Baseado nela, coloco a questão se a internet sonha consigo mesma. Depois disso, alguns conhecedores dos escritos de Clausewitz se manifestaram: ele nunca teria feito essa observação, e também em suas cartas não há nenhuma comprovação a respeito. Agora me pergunto: entendi errado alguma coisa na minha leitura, ou eu próprio inventei essa citação há muito tempo e a repeti para mim mesmo incessantemente até que a confundi com a realidade?

Cerca de dez dias após o incidente na câmara de vácuo, recebi uma intimação do Serviço de Imigração. Eu deveria me apresentar de imediato com meu passaporte. Eu sabia o que isso significava. Como tinha violado o status do meu visto, seria expulso dos Estados Unidos, mas não para qualquer lugar do outro lado da fronteira mais próxima, e sim de volta para a Alemanha.

Comprei depressa um dicionário de espanhol em Pittsburgh e simplesmente peguei o carro e parti. Foi doloroso me despedir dos Franklin, mas sabíamos que nos reencontraríamos em algum momento. Dirigi quase sem pausas até o Texas e cruzei a fronteira em Laredo. Na terra de ninguém na ponte sobre o rio Grande, ouvi barulho de metal raspando na caixa de câmbio do meu Volkswagen, como se os Estados Unidos não quisessem me deixar ir embora, e o México ainda não estivesse pronto para me receber. Para consertar o carro, empurrei-o para o sul, para o México. De lá, depois de dois dias, segui viagem e me entreguei ao sabor dos acontecimentos. Primeiro, fiz uma parada em Guanajuato, porque lá eu poderia trabalhar nas *charriadas*, mas essa experiência se encerrou já depois de alguns fins de semana, quando algo insólito aconteceu. Diferente dos rodeios nos Estados Unidos, onde o touro e o cavaleiro são soltos de um cercado estreito, no México o touro é laçado e derrubado no chão por três *charros*. Ali uma corda é enrolada em volta de seu peito e, tão logo o cavaleiro a segura, o touro é solto. Ele na mesma hora começa a pular e explode, e em dois segundos, que são percebidos como se dentro de um carro capotando em alta velocidade, alguém como eu era derrubado. Era sempre dolorido, mas o público adorava o pateta da *Alemania*. Meu último touro, mais precisamente, meu último touro jovem, porque eu me arriscava apenas com touros jovens, também começou a saltar, mas então aconteceu algo inesperado: ele parou de repente e virou a cabeça para mim. Para entusiasmo dos espectadores, dei-lhe as esporas e gritei: "*Atrevete, vaca*!". O touro perdeu toda a calma, e reagiu com perfídia, correndo em linha reta em direção à cerca de pedra da arena para me esfregar contra ela e me derrubar. Na colisão, a minha perna ruim ficou exatamente entre o touro e a parede de pedra. Embora, por precaução, eu tivesse calçado a canela e o tornozelo com uma tala improvisada feita de duas réguas escolares de madeira, isso foi o fim da diversão.

Para me manter, eu precisava de uma outra fonte de renda. Então eu atravessava a fronteira para alguns ricos *rancheros* — os grandes fazendeiros mexicanos — do meio das *charriadas*, e trazia dos Estados Unidos aparelhos de som e também às vezes de televisão, que eram muito mais caros no México por causa das taxas alfandegárias. Era possível fazer isso, porque havia um furo de controle na fronteira de Reynosa para McAllen. Por ali, trabalhadores diaristas passavam em direção a McAllen, no Texas, pela manhã, e à noite, de volta para casa, no México. Na fronteira, eles contavam com três faixas exclusivas na estrada, que ali se abria em leque, e já de longe os veículos eram identificáveis por adesivos nos para-brisas. Os mexicanos somente recebiam esses adesivos após complicadas verificações de segurança pelas autoridades dos Estados Unidos. Adquiri por vias tortuosas uma placa mexicana e um adesivo para o carro. Meu carro arrebentado era convincente. De manhã cedo, os guardas de fronteira dos Estados Unidos simplesmente acenavam para eu passar, bem como para os vários milhares de outros carros nas faixas especiais. Hoje isso é inimaginável, mas naquela época, em 1965, quase não havia tráfico de drogas, nem guerra de cartéis. Quem queria imigrar ilegalmente para os Estados Unidos, apenas atravessava o rio Grande a nado e chegava na outra margem como *mojado*, molhado. A única coisa importante para mim era chegar à cidade fronteiriça texana de McAllen, a uma curta distância, sem chamar a atenção por muitas vezes seguidas para o visto carimbado no meu passaporte. Na volta, os mexicanos acenavam para eu entrar em seu país sem verificar. Em alguns poucos casos, eu também levei colts para o México, eram armas antes cerimoniais que, acima de tudo, deveriam ter coronhas de madrepérola ricamente trabalhadas. Os abastados *rancheros* gostavam de ostentá-las. Os canos das pistolas também sempre tinham que ser muito compridos, um macho simplesmente não podia carregar nas ancas uma coisa curta qualquer. Há pouco tempo, encontrei uma carta minha para o meu irmão Lucki, na qual descrevo uma pistola que tinha um cano tão comprido, que empurrei até onde deu a coronha contra a axila, e o cano, que me chegava até o cinto, enrolei com fita adesiva em volta do peito, tão apertado, que eu só conseguia respirar em curtas inspirações. Fiz isso porque me pareceu mais seguro. Uma arma podia ser encontrada num carro, mas os oficiais da alfândega mexicana nunca apalpavam um gringo diretamente, a não ser que ele tivesse sido pego durante uma fuga. Mas esse tipo de negócio logo acabou. Um *ranchero* queria um colt de prata esterlina e uma bala de prata para acompanhá-lo. Era coisa que não existia em McAllen, a joia tinha que ser especialmente encomendada. Além disso, eu próprio tinha que arcar com os custos iniciais. Eu me desfiz de tudo que tinha e arrisquei a transação. Mas depois o *ranchero* se recusou a comprar o colt de prata que lhe forneci, porque não havia uma bala de prata junto. A arma em si funcionava, mas balas de prata apenas não existiam, elas teriam se deformado no cano com a aceleração e o teriam feito estourar. Passaram-se três semanas até que o homem, quase por piedade, comprou o colt de mim. Em certo sentido, senti na própria pele o que todos os pobres *peones* e *vaqueros* passavam todos os dias.

Eu me mudei para San Miguel de Allende, uma belíssima cidade colonial que hoje está irreconhecível. Justamente naquela época, a primeira vanguarda de uma colônia de artistas se estabelecera por lá, e durante décadas atraiu hordas de americanos tão desnorteados quanto abastados, que acreditavam poder descobrir ali sua criatividade. Hoje é difícil para mim entrar na cidade. Mas nas explorações que fiz a partir dela, descobri as múmias de Guanajuato, que naquela época ainda estavam encostadas na parede em longas filas. Meu filme *Nosferatu*, filmado doze anos depois, começa com uma longa sequência dessas múmias, que tinham todas a boca aberta como se em gritos de horror. Quando voltei para filmar, todas as múmias já estavam expostas em vitrines verticais como num museu. Só à noite, em segredo, podíamos libertá-las das suas masmorras de vidro e encostá-las de novo na parede. Nunca me esquecerei de que elas eram leves como papel, porque todos os seus fluidos corporais haviam sido drenados. Para mim, o início de *Nosferatu* nada tem de simbólico, ou no máximo à margem. Eu conhecera as múmias e elas estavam ancoradas dentro de mim.

Durante todo esse tempo, o meu projeto de filme *Sinais de vida* foi levado adiante. De Munique, incansavelmente, minha mãe apresentava por mim solicitações a organismos de fomento e enviava cópias dos meus primeiros filmes como amostras. Eu sabia que logo teria que voltar para casa. Então, ainda mais ao sul no México, na fronteira com a Guatemala, fiquei doente. Era hepatite, mas eu ainda não sabia. Eu não obtivera um visto para a Guatemala, mas estava ocupado com a ideia confusa de que precisava ajudar a fundar um Estado maia independente no departamento de El Petén, pois tinha ouvido falar que estava havendo esforços para isso. Ainda me lembro da estrada de asfalto na floresta, onde muitas cobras eram atropeladas, e dos riachos claros e das grandes pedras nas quais as mulheres lavavam roupa. A fronteira era formada pelo rio Talismã. Pelo menos por pouco tempo, eu queria estar na Guatemala. Encontrei um ponto adequado para isso rio acima, a algumas centenas de metros do posto de fronteira. Enfiei numa rede de compras uma velha bola de futebol de borracha que encontrara, para ter alguma ajuda na flutuação, e, carregando minha mochila na cabeça, comecei a nadar com cuidado. De certa forma, senti que alguma coisa não estava em ordem. Parei de nadar imediatamente, e então notei que bem na minha frente, na margem oposta, havia dois soldados muito jovens hesitantes com seus fuzis. Eles haviam saído da selva e sorriam constrangidos. Fiz um gesto discreto de saudação e comecei a nadar de volta bem devagar.

    Na verdade, em meu íntimo, eu estava feliz porque a minha travessia da fronteira não tinha dado certo. Também ficou claro que havia algo errado com a minha saúde. Eu me sentia muito fraco e tive febre. Percorri o caminho de volta para o Texas quase sem parar, desta vez sem placas falsas e sem adesivos no para-brisa. Naquela época, ainda não havia compilação eletrônica de dados e presumi que eu poderia entrar no país novamente com o meu visto de estudante intercambista. O que eu tinha ido fazer no México? Aleguei uma pequena viagem de estudo e, de fato, me deixaram passar. A partir daí tudo se passa como em delírios febris. Dirigi e dirigi, dia e noite; nas breves pausas, eu deitava a cabeça molhada de suor no assento do passageiro e dormia por algumas horas. Lembro-me de uma aldeia numa reserva indígena, Cherokee, na Carolina do Norte. Lá eu abasteci o carro e comi um hambúrguer servido por uma mulher indígena. Ela usava um vestido que parecia saído de um desfile carnavalesco. Eu queria ver as galinhas dançando, ali perto? Tudo dançava, meu prato, meu carro estacionado, minha gorjeta no balcão. Sim, eu queria ver as galinhas antes de dançar mais para o norte no meu "*bushwagon*". Anos depois, eu voltei lá e as galinhas dançantes do meu filme *Stroszek*, de 1976, são provavelmente a coisa mais maluca que eu já pus na tela. Hoje, quando observo a sequência final do meu filme, vejo as galinhas como se nos opressivos sonhos febris da minha viagem delirante. Cheguei a Pittsburgh. Os Franklin me levaram imediatamente para o hospital. Depois de duas semanas internado, o clã Franklin me resgatou já de volta às minhas plenas forças, e apenas um ou dois dias depois, tomei o avião de volta para a Alemanha.

19.
Pura vida

Posso suportar que não sou mais capaz de pular com o meu pé direito. Foi um acidente estúpido e sem sentido que causei a mim mesmo quando pulei da janela, mas no México um dos homens na *arena*, que era um grande mestre do laço, disse-me que isso fazia parte da vida, que era *pura vida*. Seu nome era Euclides. Ele apenas me deu um aperto de mão depois que fui arremessado pela primeira vez, quando eu sangrava pela boca por ter quase cortado fora a minha própria língua com os dentes no impacto. A sua mão era como um torno de ferro. Ele não se referia à "pureza" da vida tal qual nos santos de antigamente, mas à presença nua e crua, tempestuosa e arrebatadora da vida. Mais tarde, em meu filme *Cobra Verde*, de 1987, dei em sua homenagem o seu nome a um jovem aleijado de doze anos que dirige uma pousada e é o único que não tem medo do bandido Cobra Verde, interpretado por Klaus Kinski. O garoto tem um distúrbio de fala e, gaguejando, mas muito orgulhoso, recita o próprio nome: Euclides Alves da Silva Pernambucano Wanderley.

De qualquer forma, como a minha perna de impulso é a esquerda, pude continuar a jogar futebol na Alemanha. Meu irmão Till me apresentou ao München Schwarz-Gelb [Preto e Amarelo de Munique] e lá eu jogava de líbero ou de centroavante. Os associados do clube eram motoristas de táxi, padeiros, assalariados, e eu adorava todos eles. O Preto e Amarelo não jogava em nenhum campeonato oficial, mas acho que não faríamos feio na quinta divisão. Meu irmão era mais habilidoso do que eu como goleiro. Quando tinha catorze anos, ele chamou a atenção de um caçador de talentos do 1860-München, que era o clube dominante em Munique na época, antes do Bayern, mas minha mãe o dissuadiu de uma carreira de atleta profissional. O Preto e Amarelo havia sido fundado por um confeiteiro, Sepp Mosmeir. Nunca conheci um homem tão comovente. Sepp irradiava uma simpatia e uma amabilidade incondicionais e amava profundamente a ópera, além de possuir qualidades extraordinárias de liderança. Todos nós dávamos tudo por ele. Mas também pairava uma sombra sobre todo o seu ser. Em sua infância no sul do Tirol, ele e seus amiguinhos escalaram um poste elétrico no aterro da ferrovia, e um deles conseguiu se agarrar ao fio de alta tensão. O menino foi sacudido violentamente por alguns minutos, e começou a fumegar. Sepp descreveu o som de como o corpo, todo carbonizado, por fim bateu no chão. Soou como um saco cheio de briquetes atingindo os trilhos da ferrovia. A mulher de Sepp, a "Moosin", morreu de câncer após longa agonia, e então o mesmo destino o apanhou. Eu o encontrei pouco antes de ele morrer. Ele deixou um vazio em mim para sempre.

Mudei de goleiro para jogador de linha. No Festival de Cinema de Cannes, acho que foi o de 1973, quando *Aguirre* estava em exibição na *Quinzaine des Réalisateurs* — a mostra dos diretores, uma vez que o festival oficial havia rejeitado o filme —, foi marcada uma partida de futebol de atores contra diretores no estádio, e eu fui o goleiro. A maioria dos diretores era muito pouco atlética, alguns eram gordos e mal conseguiam andar, enquanto os atores eram em sua maioria bem treinados. Na verdade, éramos irremediavelmente inferiores, mas eu defendi todos os chutes contra o meu gol. Os atores então mudaram de tática. Eles deixavam calmamente os diretores entrarem em seu campo de defesa e então chutavam longe a bola em direção ao meu gol solitário, onde apareciam dois ou três livres na minha frente. Entre eles estava Maximilian Schell, que havia jogado na seleção nacional suíça de amadores. Eu o vi correndo atrás de um passe longo, totalmente sozinho na minha direção. Bem longe da grande área, alcancei a bola uma fração de segundo antes dele e chutei para fora, mas Schell colidiu contra mim com força total. Ele poderia ter desviado, mas era muito ambicioso mesmo num jogo amistoso como aquele. Eu vi estrelas. Tive uma luxação no cotovelo, ele virava para a frente em vez de para trás. Levei um ano inteiro para me recuperar. Schell e eu ficamos amigos por causa dessa trombada, e eu faço uma ponta em seu filme indicado ao Oscar, *O pedestre*.

A partir de então passei a jogar como centroavante, embora quase todos os jogadores do Preto e Amarelo fossem mais velozes ou tecnicamente melhores do que eu. Mas eu entendia mais depressa os deslocamentos no campo e também sempre pressionava intensamente o gol adversário. Muitas vezes, minha pressão pelo gol atraía mais de um zagueiro para cima de mim e isso abria brechas para os outros jogadores do time. Eu era capaz ler situações, e esse tipo de jogador sempre me impressionou em particular, como o italiano Franco Baresi na década de 1980, por exemplo, um zagueiro que lia as intenções coletivas de todo o ataque adversário; para mim ninguém entendia o jogo tão profundamente quanto ele. Como atacante, Thomas Müller do Bayern de Munique também é desse tipo, um jogador que de repente surge como um fantasma, sozinho diante do gol: ele percebe os espaços como nenhum outro e ninguém sabe dizer de onde ele veio. Meu avô era dessa mesma cepa, ele era capaz de ler paisagens. Sepp Mosmeir jogava na defesa, e o seu sonho de marcar um gol nunca se tornou realidade. No seu jogo de despedida, de repente houve um pênalti a nosso favor. Toda a equipe incentivou o relutante

Sepp a fazer a cobrança. Sepp Mosmeir marcou. Levamos o homem aos prantos para fora do campo. O árbitro parou o jogo por vários minutos.

No futebol, sofri algumas das lesões típicas desse esporte, como uma ruptura de ligamentos, e uma vez quando eu ainda era goleiro, num jogo contra a Associação dos Açougueiros da Baviera, um time de jovens musculosos que usavam a força bruta contra nós como se fôssemos gado, um dos atacantes me acertou no queixo com toda a força. Eu havia segurado a bola e fiquei desmaiado no chão. Quando acordei, não quis sair de campo e tentei explicar ao juiz que a expulsão não estava certa, que não tinha sido eu quem cometera a falta, e sim o meu adversário. Mas o árbitro ficou gritando algo que, com os zumbidos dentro da minha cabeça, não consegui ouvir. Por fim, ele puxou a minha camisa e apontou para o sangue que havia nela em abundância e que devia ser meu, pelo que entendi. Levei catorze pontos no queixo, mas eu não tinha seguro de saúde na época e quis manter os custos baixos, e simplesmente me deixei costurar a frio. Da mesma forma, extraí um dente sem a injeção anestésica usual. Ver isso como masoquismo seria uma interpretação errada. Era algo que condizia com a maneira como eu entendia o mundo e vivia a minha vida.

Quando éramos crianças, em Wüstenrot, nós, os meninos, travávamos batalhas com castanhas recém-rebentadas das cascas, e uma vez eu subi no telhado de um celeiro para ter uma posição segura, de onde também pudesse ver quem estava escondido onde. Sentei-me em posição de cavaleiro no cume do telhado e uma voz chamou o meu nome. Virei a cabeça em direção a ela e, nesse momento, fui atingido em cheio no olho. Um relâmpago dentro de mim me sacudiu e ainda me lembro de como escorreguei de bruços pela íngreme vertente do telhado. A mim pareceu que deslizei durante meses pelo telhado abaixo. Caí de cabeça em cima de algumas máquinas agrícolas, ainda posso ver as barras de ferro e os arados abaixo de mim. Torci o antebraço, ambos os ossos — ulna e rádio — se romperam. O médico em Wüstenrot não corrigiu corretamente a fratura. Uma semana depois, após dores excruciantes, o gesso foi removido no hospital e tudo foi remontado.

Mas o pior de tudo que me aconteceu foi uma queda que sofri esquiando em 1979, perto de Avoriaz, na região do Mont Blanc. Eu havia sido convidado com um filme para o festival de cinema e peguei emprestado um equipamento para esquiar. Eu estava interessado numa encosta vertiginosamente íngreme, na qual alguns atletas faziam a tentativa um tanto tola de quebrar o recorde mundial de velocidade em esquis. Naquela época, ele já era superior a 220 quilômetros por hora. Nessas velocidades, os esquiadores usavam capacetes aerodinâmicos alongados que iam até o cóccix, além disso, eles instalavam uma espécie de aerofólio nas panturrilhas. Quando o meu grupo avançou, fiquei para trás por um tempo e estudei a encosta. Comecei a descer de cerca de dois terços de sua altura. A sensação era inebriante. No final, uma suave inclinação no sentido oposto, que se subia em disparada, ajudava a reduzir a velocidade. À noite, contei sobre a minha experiência, mas riram de mim, porque na minha opinião eu havia chegado a 140 quilômetros por hora. Dois dias depois, estávamos novamente perto da mesma descida e eu disse: vou apresentar a prova aqui e agora. Infelizmente, isso não passou de pura fanfarrice da minha parte. Dessa vez comecei alguns metros mais alto. Em tal velocidade, as menores irregularidades do terreno causam solavancos, como contra a suspensão de um carro de corrida, e às vezes, apenas um palmo acima da neve, perde-se a aderência ao solo por vinte ou trinta metros. Ainda me lembro de duas coisas: passei disparado com os meus esquis na altura dos olhos do meu irmão Lucki e de um produtor israelense, Arnon Milchan, ambos homens altos, e naquele momento soube que estava alto demais. E quando aterrissei, ainda vejo em câmera lenta, um dos esquis disparou como uma lança. Lucki até hoje não consegue descrever o que viu. Mas ao que tudo indica minha bota ficou cravada na neve e eu acabei caindo de cabeça. Devo ter sido arremessado pelo ar por muitos metros, e só depois de cerca de cem metros finalmente parei. A princípio, o maior perigo era que no meu estado inconsciente eu pudesse engasgar com o meu vômito. Quando voltei a mim, vi sangue e vômito na neve e ouvi alguém gemer baixinho. Então percebi que era eu quem estava gemendo. Sofri ferimentos em duas vértebras cervicais e a minha escápula foi arrancada do esterno. Embora a neve estivesse fresca e macia, ela ralou um pedaço da pele do meu rosto, e um olho também ficou ferido. Conto sobre esse acidente, do qual eu me envergonho, porque de alguma forma também sou produto dos meus erros e dos meus julgamentos falhos.

Mas também tive sorte na mesma medida. Anos depois, deve ter sido em 1987, em filmagens na Suíça, interpretei um vilão no filme *Gekauftes Glück* [Felicidade comprada] de Urs Odermatt. Numa cena, o monstro repugnante que eu interpretava foge de uma propriedade rural isolada para o vale em seu jipe aberto e tem que atravessar um desfiladeiro com uma torrente por uma ponte muito estreita. Eu dirigia numa velocidade bastante alta, mas Odermatt, o diretor, disse que parecia nada, será que eu não poderia dar uma boa acelerada? Então, na tomada seguinte, acelerei tanto que o carro derrapou na areia da íngreme estrada florestal. Fora de controle, o jipe rompeu o parapeito de ferro da ponte, mas, como por um milagre, uma das barras de ferro cravou no compartimento do motor segurando o carro e apenas envergou para o lado com o veículo empalado, como se quisesse me despejar feito uma carga de lixo. Como consegui me segurar no volante ainda não está claro para mim. No entanto, na colisão, eu bati com o meu flanco no volante e tive uma cólica renal. Walter Saxer, que era o diretor de produção, me levou assustado ao médico na aldeia mais próxima. As fotos Polaroid que tenho do local do acidente parecem irreais, indecifráveis, um grande inseto bizarro que rompeu uma teia de ferro. Abaixo, nas profundezas, cintilam as enormes rochas polidas pela torrente.

Também tive sorte de sair com vida dos últimos dias da pré--produção de *Aguirre*. Sob grande pressão de tempo, havíamos transferido toda a produção para as terras altas de Cusco, para começar a filmar no vale do Urubamba e em Machu Picchu logo no início de 1972. Tivemos muitos atrasos e dificuldades para levar até o local os figurinos, com elmos e armaduras de ferro, usados no filme pelos conquistadores. Tive que ir e voltar várias vezes entre Lima e Cusco. Voei com a companhia aérea local, a Lansa, porque era de longe a mais barata. Com a penúria financeira da produção, era a escolha natural. Mas a Lansa também era famosa por seus acidentes. Um dos seus únicos quatro aviões caiu, o seguinte apenas servia como sucata e foi desmanchado para a obtenção de peças de reposição. No final, restava apenas um. É que o penúltimo avião colidira com o flanco da montanha perto do aeroporto durante a aproximação de pouso em Cusco, todas as pessoas a bordo morreram. Logo vieram à luz certas peculiaridades: o avião tinha capacidade para 96 pessoas, entre passageiros e tripulantes. No local do acidente em Cusco, porém, foram encontrados 106 corpos. Ao que tudo indicava, funcionários da companhia haviam vendido por debaixo do pano dez lugares a mais em pé no corredor. Depois se descobriu que, embora o piloto de alguma maneira soubesse voar, ele não tinha uma licença válida e acho que também se verificou que os mecânicos em terra que haviam assumido a manutenção apenas tinham consertado lambretas antes disso. Portanto, havia somente um último avião que dava conta sozinho dos voos domésticos, Lima-Cusco ida e volta, e depois Lima-Pucallpa-Iquitos ida e volta, que era o circuito da selva. A companhia aérea teve sua licença categoricamente cassada, porém, de maneira surpreendente, depois de alguns meses estava de volta aos negócios — com o seu último avião. Martje, minha mulher, estava presente em *Aguirre*, ela ajudou em todo tipo de tarefas e também acompanhou alguns dos atores de Lima a Cusco. Ela tinha reserva no voo de dois dias antes do Natal, e estava no último voo antes da catástrofe que sobreviria. Não é fácil colocar a trama dos movimentos de então na ordem certa. Muitos viajantes apinhavam-se no aeroporto, a fim de chegar a tempo às suas famílias para as festas. Eu mesmo consegui uma passagem para o dia seguinte à viagem de Martje, cedo na manhã de 23 de dezembro. Fui ao aeroporto, mas o avião não apareceu no portão de embarque. Somente depois de horas foi comunicado que ele ainda se encontrava em manutenção, era preciso ter paciência, logo estaria pronto. Isso se arrastou o dia todo. Enquanto isso, os passageiros do segundo voo da companhia na rota da selva também chegaram e avançaram contra o balcão. No fim da tarde, disseram que o avião não poderia decolar naquele dia, deveríamos voltar cedo na manhã da véspera de Natal. Às seis da manhã, eu estava de volta. A multidão de passageiros havia aumentado ainda mais, porque todos do dia anterior estavam lá e agora também chegavam os do dia 24 de dezembro. Mas o avião ainda estava em conserto. No meio da multidão, consegui passar uma nota de vinte dólares para o atendente da companhia atrás do balcão, e eu e um pequeno grupo do meu pessoal fomos colocados na lista do voo. Mas ainda nada de o avião chegar. Lembro-me de ter tido uma sensação funesta por momentos. Então por fim o avião veio rolando em direção ao portão, já era meio-dia, mas para a minha decepção houve um aviso geral de que o horário já estava avançado e só seria possível realizar um voo, o que ia para a floresta. O voo para as terras altas de Cusco infelizmente fora cancelado. Hoje ainda posso ouvir os vivas dos passageiros que poderiam voar para Pucallpa e Iquitos.

Depois de trinta minutos, o avião sumiu do radar. A busca pelo voo desaparecido durou dias. No final, aquela se tornou uma das maiores operações de busca de todos os tempos na América Latina. Até uma astronauta americana que na época se encontrava no Peru participou. Supunha-se que o avião tivesse caído nas encostas cobertas pela selva além dos Andes, mas lá havia apenas nuvens, tempestades e chuvas. Após dez dias, as buscas foram suspensas porque não havia esperança. No 12º dia depois do acidente, de repente apareceu uma garota de dezessete anos, a única sobrevivente, Juliane Köpcke. Ela ia encontrar seu pai na selva e estava viajando com sua mãe. Seu pai era um biólogo e, depois da guerra, tinha atravessado os Alpes a pé até à Itália em busca de um navio que o levasse à América do Sul, onde pretendia montar uma estação ecológica. Os princípios da ecologia ainda eram completamente desconhecidos naquela época. Na Itália, ele não encontrou um navio, e se pôs a pé a caminho da Espanha, de onde, escondido como passageiro clandestino num carregamento de sal, partiu para o Brasil. Depois, ele atravessou quase todo o continente a pé e de canoa e finalmente montou a sua estação de pesquisa na selva peruana, onde Juliane cresceu. Na véspera do Natal de 1971, Juliane partiu de minissaia e sapatos leves; na noite anterior, ela havia festejado a sua formatura do ensino médio na capital. O avião se desintegrou em pedaços durante uma violenta tempestade a 5 mil metros de altitude. Mesmo em plena tempestade, Juliane continuou planando na sua fileira de assentos para três pessoas, sem avião. Mais tarde, ela disse que não foi ela quem abandonou o avião, mas o avião a ela. Por algumas semanas, Juliane foi uma sensação mundial e depois desapareceu completamente de cena, porque jornalistas disfarçados de padre ou faxineira infiltravam-se no hospital em Pucallpa; deve ter sido terrível para ela, que além de tudo havia acabado de perder a mãe. A história da sua sorte inacreditável e de sua odisseia pela selva ficou profundamente gravada dentro de mim, pois eu próprio de alguma maneira fui tocado muito de perto pela sua tragédia. Somente 26 anos depois, eu a procurei e rodei com ela, direto no local do acidente, um filme, *Asas da esperança* (1998). Sua história é um impressionante testemunho de uma jovem que tinha em si forças que mesmo em homens nunca vi igual. Na fase inicial de *Aguirre*, nos primeiros dias de 1972, estávamos filmando nas três corredeiras consecutivas do rio Huallaga e, sem que pudéssemos sabê-lo, estávamos a uma distância de apenas alguns afluentes paralelos do Amazonas em relação ao caminho que Juliane desbravava meio-morta pela selva.

No local da queda, não havia na floresta uma clareira aberta pelo impacto. Em vez disso, o avião se dispersara em fragmentos numa área de quinze quilômetros quadrados. Por isso, não foi possível avistar do alto árvores destruídas e destroços. A partir dos relatos de Juliane após seu resgate por três trabalhadores da floresta, foi possível reconstruir a sua caminhada de onze dias e encontrar a região da queda. As primeiras equipes de resgate encontraram malas arrebentadas, guirlandas de Natal e presentes pendurados nas árvores; ao lado, como um bônus macabro, surreal, de decoração, vísceras de seres humanos.

Em 1998, enviei duas expedições à floresta na região do rio Pachitea, mas elas retornaram sem resultados. Depois encontrei um dos três trabalhadores florestais que haviam resgatado Juliane. Ele se lembrava bem da região e, sozinho, se pôs em busca do local do acidente. Seguindo pelo pequeno rio Shebonya, na água rasa ele pisou numa raia-lixa que estava escondida na areia e que, com a ponta da cauda, perfurou a sua bota reforçada com várias camadas de borracha. Essas raias são tão venenosas que são mais perigosas do que a maioria das cobras. Ele ficou deitado por dois dias entre a vida e a morte num banco de areia, até que por acaso passou uma canoa. Mas os remadores não queriam levá-lo, porque ele não tinha consigo dinheiro para pagar pela viagem. Por fim, ele deu a sua espingarda como pagamento e eles o carregaram na canoa. Dessa forma, ele se salvou. Encontrei os homens da canoa e comprei a espingarda de volta. Juliane a entrega a ele no filme, como um presente de reencontro com seu anjo salvador depois de tantos anos. Foi ele também quem depois liderou a quarta e última expedição em busca do local do acidente para o filme. Não tinha sido possível remover os destroços do avião, apenas corpos e partes de corpos haviam sido recolhidos. Nessa expedição, viajei com o meu filho mais novo, Simon, que tinha na época oito anos. Cinco *macheteros* iam à nossa frente, abrindo picadas na selva. Estávamos bem equipados, mas o meu filho, com quem desenvolvi um vínculo profundo na época, adoeceu; mesmo assim, continuamos a marcha por cinco dias. Em dois deles, Simon foi carregado nas costas por um dos *macheteros*. Foi Simon quem encontrou os primeiros fragmentos, um painel de controle da cabine, que guardo até hoje.

Mais tarde, meu assistente, Herb Golder, desceu de um helicóptero numa corda, e com ele também vários trabalhadores, que derrubaram algumas árvores para que o helicóptero pudesse pousar ali. Esse ponto tornou-se o nosso acampamento para as filmagens. Meu amigo Herb Golder foi meu assistente em vários filmes. Em *Invencível*, ele também interpreta um rabino e o faz de forma muito convincente. Eu testei dezenas de atores e o único que conseguiu representar a cena de forma autêntica e inteligente foi Herb. Depois também escrevemos juntos o roteiro de uma história que ele havia pesquisado durante anos, *Meu filho, olha o que fizeste!*, de 2009. Orginalmente, Herb é professor de grego antigo e latim na Universidade de Boston, e não tenho mais ninguém com quem possa discutir a Antiguidade com tantos detalhes. Herb não é um erudito ermitão. Ele parece um tronco de árvore, e é faixa preta em várias modalidades de artes marciais. Quando escutam a sua voz, figurantes que estão à toa distraídos no set de repente aguçam os ouvidos. Então em 2008 eu rodei o filme com Michael Shannon, o ator mais talentoso da sua geração. Hoje ele é uma estrela. Até *Meu filho, olha o que fizeste!*, ele tivera apenas papéis secundários, e eu confiei a ele o personagem principal. David Lynch estava envolvido na produção, mas na verdade quem estava lá era o seu produtor Eric Basset. A essa altura, David Lynch quase não tinha mais interesse pelo cinema e havia se recolhido inteiramente em sua meditação transcendental.

20.
Dançando na corda bamba

Muitas coisas na minha vida se afiguram para mim como se eu andasse numa corda bamba, a maior parte do tempo sem perceber que à minha esquerda e à minha direita um abismo se escancarava. Não é por acaso que sou amigo de Philippe Petit, que ficou famoso quando, em 1973, pouco antes da inauguração das Torres Gêmeas do World Trade Center em Nova York, esticou uma corda entre os dois arranha-céus e, numa altura vertiginosa, dançou em cima dela. Ele já havia me procurado e me encontrado em 1969, quando *Sinais de vida* estava sendo exibido no festival de cinema de Nova York. Naquele momento, Philippe planejava a sua ação nas Torres Gêmeas já fazia um bom tempo. Pouco antes de nos conhecermos, ele executara uma proeza secreta no desfiladeiro mais profundo da Europa, na Savoia. À noite, ele estendeu uma corda sobre o abismo e, à primeira luz do dia, foi até lá, e só por acaso foi visto por um camponês que conduzia as suas vacas por uma ponte para pastar ali por perto. O camponês deixou suas vacas onde estavam, correu de volta para a aldeia e acordou o policial. Quando os dois chegaram ao local da bela ação, não viram mais nada. Philippe desaparecera. Seus ajudantes haviam recolhido rapidamente a corda, apenas algumas hastes de ferro cravadas fundo na terra lembravam onde ela havia sido ancorada. Já no caso das Torres Gêmeas de Nova York, ele se infiltrou com documentos falsos numa associação de soldadores anos antes e chegou até mesmo a montar uma construtora de fachada, que ocupou um escritório numa das torres ainda inacabadas. Nesse escritório, pouco a pouco, ele fez um depósito para a corda de aço e os outros equipamentos. Finalmente, de um dos platôs do telhado, atirou no prédio gêmeo uma flecha à qual estava presa uma fina linha de pesca. Seus ajudantes pegaram a linha e nela prenderam um arame de aço, que foi puxado da outra torre, onde foi atado a um fino cabo. Por fim, nesse vaivém, a corda de aço, que pesava várias toneladas, foi estendida até a outra torre, onde Philippe já havia soldado secretamente sob um forro um pesado gancho para a ancoragem. Então, às seis horas da manhã, ele subiu na corda. Seu equilíbrio era imperturbável, ninguém olhava para ele, até que de repente, lá embaixo, um motorista de táxi o notou. Formou-se um engarrafamento que se espalhou mais e mais, por muitos quarteirões, em direção ao norte. Os policiais invadiram os dois telhados, mas não conseguiram tirar Philippe da corda. Ele finalmente se deitou na corda de aço para descansar, para tirar um cochilo, por assim dizer, pois um helicóptero da polícia estava causando uma turbulência perigosa.

    Algum tempo depois, em Paris, tarde da noite, Philippe abriu a tampa de um bueiro para mim e me apresentou seu reino secreto de túneis e câmaras intermináveis sob a cidade. Numa grande câmara, há milhares de ossadas empilhadas ordenadamente, em outra, crânios de uma remota época de peste. Outra noite saímos levando conosco uma corda de escalada de sessenta metros e um gancho, Philippe queria explorar comigo o telhado da igreja gótica de St. Eustache no distrito de Les Halles. Mas fomos surpreendidos por um cantor e ator famoso, que estava bêbado a caminho de casa, e desistimos do nosso intento. Na abertura da Viennale em 1993, em Viena, Philippe dançou, a meu convite, numa corda entre a Flakturm e a torre do cinema Apollo.

Eu não via os abismos ao lado do meu caminho, mas sem nenhuma ação de minha parte, como se uma maldição me perseguisse, atraía o azar no trabalho em meus filmes. Já no meu primeiro longa-metragem, *Sinais de vida*, a pré-produção estava finalizada, os contratos assinados, os figurinos feitos no local, quando aconteceu o golpe militar na Grécia. As vias ferroviárias foram bloqueadas, o tráfego aéreo, suspenso, ninguém sabia ao certo o que havia acontecido. Eu não conseguia mais falar com ninguém e por isso dirigi de Munique a Atenas quase sem parar. A fronteira ainda estava aberta. O ministério responsável pelas autorizações de filmagem estava fechado, soldados dormiam nos corredores. Eu soube pelo nosso diretor de produção grego que todas as autorizações haviam sido canceladas e, ao mesmo tempo, estava claro que a última coisa em que os militares estavam interessados eram produções cinematográficas estrangeiras. Arrisquei dar início às filmagens com alguns dias de atraso. Mas fui terminantemente proibido de evacuar o porto da ilha de Cós e de disparar fogos de artifício no passeio público. Mesmo assim, eu fiz isso. Havia soldados por toda parte, mas não fui preso.

Isso foi apenas o começo dos problemas. Meu ator principal, Peter Brogle, antes de se tornar ator, tinha sido equilibrista num circo. Ele sugeriu dançar numa corda bamba no forte; embora isso não estivesse previsto no roteiro, achei a ideia interessante, pois tornaria visível o equilíbrio precário do protagonista. Um equilibrista sempre ancora a sua própria corda e, nesse trabalho, a menos de dois metros de altura, uma pedra se soltou e Brogle caiu de um ressalto do muro. Na queda, ele quebrou o osso do calcanhar. Esse é o ponto mais delicado do pé humano, que sofre o primeiro impacto de todas as forças na locomoção. A duas semanas do final das filmagens, tivemos que interrompê-las. Meu ator passou seis meses entre hospital e fisioterapia, antes que pudéssemos retomar o trabalho. E mesmo assim, Brogle apenas conseguia se deslocar usando um complicado dispositivo para andar, que tinha que ser ancorado em seus quadris. Somente era possível filmá-lo da cintura para cima, mas ainda não havíamos rodado a cena na ilha de Creta com os moinhos de vento. Thomas Mauch teve uma ideia tão simples quanto brilhante: com a câmera na mão, ele filmou as botas e as pernas de um figurante subindo o terreno pedregoso, e Brogle ficou postado à espera para, na mesma tomada, dar continuidade aos passos. Chegando ao alto, a câmera deixa as pernas fora do quadro por uma fração de segundo e, em seguida, captura o tronco e o rosto do protagonista e o segue até a beira da plataforma, além da qual os muitos milhares de moinhos de vento o esperam.

Nos filmes seguintes, o azar não se fez por esperar. Logo no início da nossa viagem ao Saara, antes ainda de atravessarmos para a África, o cinegrafista Jörg Schmidt-Reitwein teve um dedo esmagado sob o capô do automóvel, e o osso se partiu em muitos fragmentos que precisaram ser alinhados num fio de aço para voltarem à ordem certa. Depois fomos presos em Camarões, sem que até hoje esteja totalmente claro por quê. Por fim, partimos de lá para o interior da África e pretendíamos continuar filmando nas montanhas Rwenzori, na fronteira do Congo com Uganda, mas a partir da República Centro Africana, o meu cinegrafista e eu ficamos tão doentes que não podíamos mais continuar a nos deslocar. Em Bangui, tivemos temporariamente que parar de filmar e coletar material para os dois filmes seguintes. Em *Também os anões começaram pequenos*, o destino nos foi mais favorável e só tivemos sorte. O filme é sobre a revolta dos internos de uma instituição que, numa orgia de destruição, deixam tudo despedaçado. Todos os objetos são de tamanho normal, porém, em função da estatura dos atores, uma motocicleta ou uma cama de casal parecem monstruosos. Um dos liliputianos do filme foi atropelado pelo automóvel sem motorista, mas se levantou na mesma hora e continuou entusiasmado a jogar pratos no veículo. Um outro ator de repente pegou fogo na cena em que os liliputianos, em seu afã de destruição, regam os vasos de plantas com gasolina e os incendeiam. Eu me joguei em cima do homem em chamas abafando o fogo com o meu corpo, e ele só teve uma pequena bolha na orelha. Muito mais tarde, de repente um detalhe completamente insignificante dessa filmagem foi amplificado pela mídia e começou a se espalhar como que por si só; mesmo nas biografias mais resumidas, ele sempre volta a aparecer: eu teria pulado em cima de um cacto. É verdade. Pelo susto com o homem em chamas, fiz uma promessa para os atores: "Se todos saírem sãos e salvos das filmagens, eu vou pular num campo de cactos diante das suas câmeras de 8 mm e máquinas fotográficas". Esse campo estendia-se logo atrás do edifício principal. Pular de cima de uma rampa foi mais fácil do que sair de lá, pois os cactos eram altos, ficavam muito perto uns dos outros, e os seus espinhos eram desagradavelmente longos. Alguns deles hibernaram nos tendões dos meus joelhos.

Mais tarde, fiz uma promessa semelhante a meu amigo Errol Morris: comi os meus sapatos diante do público num cinema em Berkeley, na Califórnia, quando o primeiro filme de Errol, *Gates of Heaven*, estreou em 1978. Além de mim, ninguém levava Errol de fato a sério, porque ele nunca havia persistido em nada até o fim. Embora muito talentoso musicalmente, ele havia deixado de lado o seu violoncelo de um dia para o outro; praticamente terminara sua dissertação na universidade, mas nunca a entregara; juntara milhares de páginas de material sobre assassinos em massa, mas nunca escrevera seu livro sobre eles. Quando ia começar a fazer o seu primeiro filme, ele se queixou comigo sobre os problemas para arrecadar dinheiro. Na época, eu lhe disse: este é um projeto que dá para começar com apenas um rolo de filme, o resto virá pouco a pouco. Com um projeto daquele peso, encorajei-o, o dinheiro seria obrigado a segui-lo como um vira-lata na rua com o rabo entre as pernas. E que, por favor, dessa vez ele concluísse o projeto iniciado. No dia em que o filme fosse lançado nos cinemas, eu comeria os meus sapatos, aqueles mesmos que estava usando no momento. Também essa anedota acabou entrando até nas mais resumidas das minhas biografias, mas o mais importante foi que o filme ficou incrivelmente bom. Roger Ebert, o papa da crítica nos Estados Unidos, incluiu-o na sua lista dos "Dez melhores filmes de todos os tempos"; aliás, *Aguirre* ainda está nessa lista.

De resto, tive também muitos altos e baixos com Errol. Em seus estudos sobre assassinos em massa, ele passou meses fazendo pesquisas em Plainfield, uma vila onde Judas perdeu as botas, no estado de Wisconsin. Foi lá que agiu o mais notório de todos os assassinos americanos, Ed Gein. *Psicose*, de Hitchcock, é inspirado nele. Além dos assassinatos, nos quais estripava as vítimas como se fossem animais de caça e as esfolava para confeccionar abajures e um trono, ele também desenterrava escondido à noite cadáveres recentes no cemitério. Errol notou que os túmulos abertos formavam um círculo em cujo centro estava o túmulo da mãe de Gein. Ed Gein também teria desenterrado a própria mãe? Especulamos sobre a pergunta por um longo tempo. A resposta somente poderia ser encontrada se Errol reabrisse o caixão. Se o corpo de sua mãe ainda estivesse lá, então ele não o tinha desenterrado, se o corpo estivesse faltando, então ele tinha. Eu me propus a ajudar Errol. Alguns meses depois, eu viajaria de Nova York para o Alasca com uma câmera e uma pequena equipe para filmar e, a meio caminho da fronteira com o Canadá, num dia combinado, encontraria Errol. Cheguei a Plainfield e providenciei pás e picaretas, mas a coragem de Errol o abandonara. Ele tinha tomado um chá de sumiço. Mas a minha espera em vão em Plainfield teve pelo menos um efeito que mais tarde veio a ser importante para mim. O carro estava com problemas na embreagem, mas na própria Plainfield não havia oficina. A alguns quilômetros de distância havia um cemitério de automóveis, onde um mecânico desmanchava sucata. Na mesma hora fiquei entusiasmado pelo lugar e seu dono, e pouco mais de um ano depois voltei lá e convenci o mecânico a se tornar um dos personagens principais do meu filme *Stroszek*. O cemitério de automóveis e a paisagem sombria ao redor dão ao filme a aura de desolação do sonho americano. Errol, que nunca planejara filmar nada em Wisconsin, no começo ficou de mal comigo, eu teria roubado *a sua paisagem*, eu era um ladrão de mãos abanando. Mas como Errol gostou muito do filme, se reconciliou comigo. É raro nos vermos, mas temos um pelo outro um apreço muito especial.

Mas os golpes que me atingiram mais violentamente foram os de *Fitzcarraldo*. Quando rodamos filmes difíceis, sempre tenho comigo a tradução da Bíblia de Martinho Lutero, de 1545, numa edição fac-similar. Encontro consolo no Livro de Jó e também nos Salmos. Além disso, tenho sempre comigo, de Lívio, *A Segunda Guerra Púnica*, sobre a guerra que durou de 218 a 202 a.C. e se inicia com a partida de Aníbal do Norte da África e a travessia dos Alpes com elefantes de guerra, um empreendimento de uma ousadia ímpar. Depois de derrotas esmagadoras no lago Trasimeno e em Canas, Roma estava à beira do abismo. Na situação praticamente sem saída, Quinto Fábio Máximo foi encarregado de liderar a guerra e salvou Roma e com isso também, em última instância, o Ocidente como o conhecemos, que de outra forma teria se tornado fenício em vez de romano. Mas o seu grande feito consistiu em estar sempre em retirada, sempre relutante em enfrentar a última batalha campal, pois o contrário teria sido o fim de Roma. Fábio

Máximo travou uma guerra de duro e silencioso desgaste. Isso lhe rendeu o apelido depreciativo de "*cunctator*", "protelador" ou "protelador covarde", e até hoje a história não o reconheceu plenamente. Mas Fábio Máximo sabia exatamente o que estava fazendo, mesmo que por isso fosse desprezado pela casta guerreira. Somente Aníbal entendeu que Fábio seria a sua ruína. Quando um grande contingente de suprimentos sob seu irmão Asdrúbal foi destruído, Aníbal disse: "Vejo o destino de Cartago". Ainda antes do Siegel Hans, Fábio Máximo é o maior de todos os meus heróis, e logo depois do Siegel Hans vem Aníbal.

Em *Fitzcarraldo*, os preparativos se estenderam por três anos. Originalmente, a 20th Century Fox queria produzir o filme. Jack Nicholson ficara muito impressionado com os meus filmes e queria fazer o papel principal, mas logo ficou claro que ele e a 20th Century Fox queriam rodar o filme no Jardim Botânico de San Diego, com um navio miniatura de plástico. Quase não havia efeitos digitais no início da década de 1980. Além disso, naquela época Nicholson só aceitava projetos que lhe permitissem estar presente ao vivo como espectador nos jogos de basquete do Los Angeles Lakers. Ele me levou em seu avião particular para um jogo do Lakers em Denver e tentou me convencer de que a solução de San Diego era a mais simples de todas. Olhando para trás, fico surpreso com a quantidade de alternativas que foram consideradas, uma das quais era Warren Oates, que sem dúvida teria sido interessante — isto é, rebelde —, como Fitzcarraldo. Ele tinha um rosto "proletário" meio amassado e ficou conhecido como o astro em *Meu ódio será sua herança* e *Tragam-me a cabeça de Alfredo Garcia*. Tínhamos que construir navios, montar grandes acampamentos na floresta, mas a 20th Century Fox se dirigiu a mim muito cordialmente numa grande reunião com todos os responsáveis e advogados, todos me tratando pelo primeiro nome. Logo, porém, veio a proposta de que, por questão de segurança, o filme deveria ser rodado numa "selva boa", num jardim botânico. Eu perguntei educadamente o que era uma selva ruim, e daquele ponto em diante o clima esfriou para baixo de zero. A partir de então, fui tratado apenas por "Mr. Herzog" e soube que estava sozinho.

Mais tarde, muitas vezes me perguntaram por que não gravei o filme na cidade peruana de Iquitos, que fica no meio da floresta, com hotéis e conexões aéreas, em outras palavras, numa floresta de fácil acesso. Mas em Iquitos a paisagem é tão plana pelos próximos 3 mil quilômetros, que há apenas pouco mais de cem metros de diferença de altitude em relação ao Atlântico. Nós, porém, tínhamos que encontrar um ponto com dois afluentes do Amazonas que corressem paralelamente e fossem separados apenas por uma estreita faixa de terra mais elevada. Mas não havia algo assim em lugar nenhum. Nessa parte da floresta, há rios que correm paralelos, mas com 25 quilômetros de distância e montes muito altos entre eles. Por fim, na confluência do rio Marañón e do rio Cenepa, encontramos uma curva do Cenepa que quase encostava no Marañón. Entre os dois rios, havia uma elevação de pouco menos de cem metros. Planejamos arrastar o navio, que ainda tinha que ser construído, do Cenepa para o Marañón. Um pouco mais abaixo, o rio Santiago e o Marañón se encontram. Os dois rios unidos atravessam então uma cadeia de montanhas. O curso de água estreita-se em direção ao desfiladeiro e as famosas corredeiras do Pongo de Manseriche, que podem ser muito perigosas na época da cheia. Eu mantive um diário na época, que publiquei décadas depois sob o título *Eroberung des Nutzlosen* [A conquista do inútil]. Eis um trecho:

Saramiriza, 09/07/1979

Um papagaio a meus pés devora uma vela que segura com os dedos de um pé. Depois entrou uma galinha com seus pintinhos na venda, um barraco de tábuas coberto com um telhado de chapa ondulada onde estávamos encomendando algo para comer, e atacou o quase pelado papagaio e arrancou uma das últimas penas de seu rabo e bicou várias vezes sua careca ferida. Em seguida a galinha limpou o bico no chão. Depois do susto nas corredeiras, ainda estamos todos constrangidos e um tanto matemáticos no trato uns com os outros. No posto militar de Teniente Pinglo, nenhum dos soldados sabia em que altura estava o nível da água, apenas informaram que fazia poucos dias um barco com onze homens desaparecera ninguém sabia como; contudo, eles tinham bebido muita aguardiente, isto é, cachaça, e só haviam entrado no Pongo quando já estava escurecendo.

Depois de refletir um pouco mais, concluímos que devia ser viável, porque o rio Marañón estava muito baixo — somente na noite anterior, o nível da água havia baixado mais de dois metros, e pela manhã nossos barcos estavam de tal modo no seco, que quase não conseguimos arrastá-los de volta para a água. O que não parecia lá muito bem era o rio Santiago. Deve ter havido chuvas tremendas em suas cabeceiras ao norte, e no encontro com o Marañón o rio já estava num nível bastante assustador. Antes das primeiras corredeiras, que precedem o Pongo de Manseriche como um prelúdio à parte, fomos atingidos por uma forte corrente de ar frio vinda do estreitamento entre os morros, e aqui ainda teria sido possível dar meia-volta. Com o ar frio chegou até nós um estrondear distante no desfiladeiro, e ninguém sabia ao certo por que estávamos seguindo adiante, mas seguíamos porque seguíamos. De repente havia à nossa frente uma parede de água que se ergueu rapidamente e contra a qual nos chocamos feito um projétil. Sofremos um golpe tão violento, que o barco rodopiou no ar, no alto a hélice uivou no vazio, batemos de lado na água e por um momento ficamos assim, inclinados, e então eu vi, como uma aparição, empinada à nossa frente, uma segunda parede de água, que nos desferiu um golpe ainda mais potente, que fez o barco girar no ar novamente, dessa vez no sentido oposto. Já antes de entrar na corredeira, eu havia amarrado a corrente da âncora, de forma que ela não pudesse nos escapar de bordo batendo na hélice, e o tanque de gasolina também estava firmemente amarrado, mas de repente a bateria, do tamanho da bateria de um caminhão, voou pelo ar, ou melhor: ficou parada por um momento bem diante do meu rosto presa em seus cabos esticados, e eu bati a cabeça nela. No começo, tive a sensação de que havia quebrado meu nariz na raiz, e eu sangrava pela boca. Lutei com a bateria e derrubei-a no chão, para que ela não terminasse de voar dali. Então, por alguns momentos, nada além de ondas ao redor e acima de nós, mas é mais dos estrondos que me lembro. Depois me lembro de que estávamos atravessando, avançando de ré pela correnteza. Nos íngremes barrancos da floresta, de ambos os lados, macacos guinchavam.

Rio abaixo, em Borja, onde o Pongo termina, as pessoas não queriam acreditar no que viam, porque com o nível da água a mais de cinco metros acima do normal até então ninguém sobrevivera à passagem, e nós tínhamos tido cinco metros e meio. Os pongeros da aldeia nos cercaram emudecidos. Um deles olhou bem para o meu rosto inchado e disse "su madre". E me deu um gole de sua aguardiente.

Fechamos um contrato com uma aldeia próxima, Wawaim. Mas havia tensões políticas entre duas alas de indígenas Aguaruna na região, e um dos agrupamentos, trinta quilômetros rio abaixo, usou nossa presença para aparecer. Havia também um controverso oleoduto que atravessava os Andes em direção ao

Pacífico, e de repente a presença militar ali aumentou drasticamente. Ninguém sabia o que isso podia significar, mas tínhamos ido parar no meio de uma guerra de fronteira entre o Peru e o Equador, que não ficava muito longe, ao norte do nosso acampamento na cordilheira do Condor. Diante dessa situação, retirei toda a equipe do acampamento, e ali deixei apenas o posto médico para atender a população. Aproveitando a confusão, os Aguaruna assaltaram o acampamento e o incendiaram. Eles haviam chamado repórteres para a ação. Eu estava em Iquitos e recebia mensagens de rádio quase incompreensíveis do acampamento. Gravei toda a comunicação das horas seguintes para poder decifrar com calma o que estava acontecendo. Mas eu sabia que isso significava o fim temporário da produção.

Somou-se a isso o fato de que, na mídia peruana e logo também na internacional, eu fui acusado de ter devastado os campos da população local durante as filmagens, de ter mandado pôr na cadeia alguns dos indígenas de lá, de ter cometido violações de direitos humanos e outros absurdos. Houve até um tribunal público contra mim na Alemanha, e tudo isso caiu como uma sombra funesta sobre o filme. Na época, Volker Schlöndorff foi o único que ficou totalmente do meu lado. Lembro-me de como, diante de ávidos jornalistas numa coletiva de imprensa no festival de cinema de Hamburgo, na qual eu tinha documentos comigo que confirmavam irrefutavelmente a minha posição, Schlöndorff de repente deu um passo à frente. Seu rosto estava roxo, pensei que ele tivesse sofrido um derrame. Mas ele gritou de tal forma com os jornalistas que ainda hoje me admiro de como pode haver num homem não muito alto uma voz tão retumbante. De todos os diretores do Novo Cinema Alemão a quem estou ligado por sentimentos amigáveis, ele é realmente o único amigo pessoal. A Anistia Internacional confirmou mais tarde que numa pequena cidade na floresta, Santa Maria de Nieva, de fato quatro aguarunas haviam estado sob custódia policial por alguns dias, ainda bem antes das filmagens, mas eles não tinham absolutamente nada a ver conosco, e sim eram acusados pelos donos de bares e comerciantes locais de não pagarem suas dívidas. Mas sobre isso a imprensa não publicou uma palavra; essa história não era excitante. Os aguarunas também foram retratados como um povo quase isolado em perfeita harmonia com a natureza, quando usavam óculos escuros Ray-Ban e camisetas de John Travolta nos *Embalos de sábado à noite*. Eles tinham lanchas voadeiras, usavam rádios e dispunham de seus assessores de imprensa. Eu simplesmente tive que superar isso e comecei a construir um novo acampamento, a 2 mil quilômetros de distância. Entre o rio Urubamba e o rio Camisea, encontrei a elevação adequada, que separava os rios por pouco menos de um quilômetro.

Todo o tipo de catástrofe que se possa imaginar, não apenas catástrofes cinematográficas, mas também as reais, se abateram sobre mim. É bem verdade que foi apenas uma "catástrofe cinematográfica" que, quando já estávamos quase na metade das filmagens de *Fitzcarraldo*, o meu ator principal, Jason Robards, tenha ficado tão gravemente doente, que tivemos que levá-lo num avião para os Estados Unidos. Os seus médicos então o proibiram de retornar para a selva. Tivemos que rodar de novo o que havia sido filmado até aquele momento, desta vez com Kinski, e o meu irmão Lucki manteve à tona a produção que ameaçava naufragar. Ele reuniu todos os financiadores e as seguradoras em Munique e apresentou a situação num documento sem maquiagens. Ele havia elaborado um plano emergencial, através do qual a produção foi salva. Quando me perguntaram se eu tinha forças para rodar o filme novamente, respondi que, se esse filme acabasse, todos os meus sonhos acabariam com ele, e que eu não queria viver como um homem sem sonhos.

Os nossos desastres, porém, eram sempre muito tangíveis, muito concretos. Tivemos dois acidentes de avião, com dois Cessnas monomotores, um com suprimentos, outro com vários figurantes indígenas a bordo. Na decolagem deste último, um galho rodopiou no ar e enroscou no estabilizador horizontal na cauda do avião, forçando-o a dar um loop quase completo. Todos os ocupantes ficaram feridos, um deles ficou paraplégico. Isso ainda pesa na minha alma até hoje. Mais tarde, abrimos uma loja para ele na sua aldeia, de onde tira o seu sustento. Um trabalhador nosso foi mordido por uma cobra, uma *chuchupe*, a mais venenosa de todas. Ele sabia que poderia sofrer uma parada respiratória e cardíaca em sessenta segundos e, como o acampamento com nosso médico e o soro apropriado estava a vinte minutos de distância, pegou a motosserra do chão, voltou a ligá-la e cortou fora o pé. Ele sobreviveu. Três dos nossos trabalhadores locais, que haviam saído para pescar no Cenepa rio acima, foram atacados por indígenas amehuacaa numa noite escura. Como seminômades que são, os amehuacaa estavam viajando pelas montanhas, distantes dez dias de viagem rio acima; eles rejeitavam violentamente qualquer contato com a civilização, mas como estávamos passando pela mais rigorosa seca de que se tinha memória, seguiram o curso do rio, que estava na vazante, presumivelmente em busca de ovos de tartaruga. Dispararam flechas de quase dois metros de comprimento contra o nosso pessoal, e acertaram um homem no pescoço, que foi atravessado pela ponta de bambu de trinta centímetros, afiada como uma navalha. A jovem mulher deitada ao lado do homem acordou com os seus estertores, pensou que uma onça tivesse agarrado o marido pelo pescoço e pegou da fogueira um galho ainda em brasa. Seu movimento brusco em direção às brasas a salvou de início. Mas então ela foi atingida ao mesmo tempo por três flechas, que provavelmente miravam seu pescoço. Uma perfurou seu abdômen e partiu-se no interior da pélvis, outra a atingiu na borda do osso ilíaco e uma terceira logo ao lado. O terceiro do grupo tinha uma espingarda e atirou às cegas na escuridão. Os atacantes fugiram. No dia seguinte, o homem, que escapara ileso, trouxe os outros dois, com ferimentos graves, para o nosso acampamento e decidimos operá-los de imediato no local, porque eles teriam inevitavelmente morrido numa tentativa de transportá-los dali. Nosso médico e o muito capacitado auxiliar médico local os operaram na mesa da cozinha e eu assisti mantendo iluminada a cavidade abdominal aberta da mulher com uma poderosa lanterna. Junto com outros, também cuidei de um spray de inseticida, com o qual mantínhamos afastadas nuvens inteiras de mosquitos atraídos pelo sangue. Ambos sobreviveram. O homem, que quando chegou ainda tinha a ponta da flecha atravessada no pescoço e alojada no ombro, passou a só conseguir falar sussurrando quando se recuperou. Les Blank o filmou após a operação. Ele pode ser visto brevemente no filme *O peso dos sonhos*.

Apenas dois dias depois, filmamos o navio — era o seu gêmeo idêntico — sendo arremessado sem controle pelas corredeiras do Pongo de Mainique. Ali o navio chocou-se contra as rochas em ambos os lados do desfiladeiro, e um desses choques foi tão violento, que eu vi a objetiva voar da câmera. Tentei segurar o cinegrafista Thomas Mauch, mas voamos atrás da objetiva e ele, ainda segurando na mão a câmera bastante pesada, caiu no convés. No choque contra o chão, o peso do aparelho rachou a sua mão entre os dois últimos dedos, até o pulso. Também ele foi suturado pelo nosso muito competente auxiliar médico indígena. Este era de uma habilidade extraordinária com suturas e membros luxados e uma vez realinhou o ombro de Mauch, mas como, após as necessárias operações de horas em nossos feridos por flechas, todos os anestésicos haviam sido usados e não puderam ser repostos tão rapidamente, Mauch sentiu muita dor. Segurei-o firme em meus braços, mas não adiantou muito. Por fim, pedi ajuda a uma das nossas duas senhoritas, Carmen, que pressionou o rosto dele entre os seus seios e o acalmou. Ela fez isso de forma amável, confiante e generosa. Pode parecer estranho para uma produção cinematográfica, mas até o padre dominicano da Missão Timpia, cinquenta quilômetros rio abaixo, exigiu que tivéssemos prostitutas conosco, pois, do contrário, com a grande quantidade de madeireiros e barqueiros, havia risco de ataques à população local.

Acontecimentos desse tipo nunca tinham fim. Tivemos que enfrentar a mais intensa estação chuvosa em 65 anos, o que prejudicou o nosso trabalho, e sobretudo o abastecimento. Walter Saxer pessoalmente correu riscos muito altos com o transporte em pequenas aeronaves, que pousavam na lama de uma pista minúscula. É preciso ter em mente que eram centenas de quilômetros de distância até localidades maiores como Pucallpa ou a cidade de Iquitos. Cada prego, cada barra de sabão, todo o combustível e quase todos os alimentos vinham de fora. Os rios subiram a alturas fora do normal, carregando consigo galhos e arbustos arrancados, bem como ilhas inteiras com árvores gigantes. Barcos a motor não podiam mais navegar, hidroaviões não podiam pousar. Depois disso, o nível da água baixou tão drasticamente, que não conseguíamos mais descer o barco de cima do morro até o rio Urubamba. Ali o nível da água era de oito metros em média, mas agora de repente estava em apenas cinquenta centímetros. Só pudemos retomar as filmagens seis meses depois. A isso se juntaram confusões na minha vida privada e uma profunda solidão porque, quando não conseguimos mover o navio um centímetro morro acima em semanas, quase todos os envolvidos desistiram internamente do projeto. Estar sozinho nunca me incomodou, mas ficar sozinho cercado por uma multidão de pessoas que haviam desistido de mim e questionavam a minha sanidade foi difícil. Lucki foi um dos poucos que não se deixou abalar. As anotações do meu diário, que, na minha caligrafia cada vez menor, se tornavam microscópicas e realmente indecifráveis, foram interrompidas na selva por quase um ano inteiro, o ano das contestações. Mas eu estava sempre pronto para enfrentar o que quer que o trabalho e a vida me apresentassem.

21.
Menires e o paradoxo do quadrado perdido

Meu filme *Fitzcarraldo* tem uma dupla origem, ainda que um homem que trabalhou na construção dos acampamentos na selva hoje se gabe de ter me contado em longas noites de conversa todos os detalhes da vida do barão da borracha. Mas os detalhes foram todos inventados por mim para o filme. O mesmo colaborador também afirma ter pertencido a um grupo de libertação peruano que teve contato com Che Guevara na Bolívia. Sempre que uma coisa dá certo, todo mundo quer ser o pai da criança. Para mim, uma experiência decisiva a esse respeito foi uma coincidência durante a busca por uma costa açoitada pelo vento como cenário para uma sequência de sonho em *Kaspar Hauser*, de 1974, oito anos antes. Lofoten e a costa norte da Noruega eram candidatas, mas como ficavam longe iniciei uma viagem de carro pelo litoral da Bretanha. Depois de alguns dias parei, já noite escura, num estacionamento em Carnac e vi à luz dos faróis do meu carro uma coisa assombrosa à minha frente. Como exércitos surgidos do nada, ali estavam pedras neolíticas alinhadas em longas fileiras, morro acima e morro abaixo, milhares delas. Tateei no escuro ao longo dos menires por bastante tempo e depois dormi no meu carro. Meu espanto foi semelhante ao daquele dia com os moinhos de vento em Creta. De manhã, vaguei de novo ao longo das fileiras paralelas de enormes blocos de pedra talhada. Há cerca de 4 mil menires enfileirados ali em Carnac, os mais pesados chegam a ter mais de cem toneladas. No quiosque onde é preciso comprar ingressos, peguei um folheto que continha a afirmação estúpida de que o transporte desses menires teria sido impossível para os homens de milhares de anos atrás, que só poderiam ter sido colocados ali por extraterrestres de uma galáxia distante. Irritado com o que havia lido, decidi: não sairia daquele lugar antes de, como se eu próprio fosse um homem pré-histórico, ter encontrado uma solução para trazer um bloco daqueles de alguma distância até ali e depois colocá-lo em pé.

Já no mesmo dia, eu tinha uma definição de como procederia, usando exclusivamente tecnologia pré-histórica: pás, cordas, machados de pedra, gordura animal para engraxar, fogo. A bem da simplicidade, eu me propus a tarefa partindo da hipótese de que eu já teria esculpido um gigantesco fragmento das numerosas rochas da costa que passa ali perto e teria apenas que transportá-lo, de novo a bem da simplicidade, por um quilômetro no terreno plano, para depois erguê-lo verticalmente. Eu poderia fazer isso com mil homens disciplinados no prazo de um ano. O principal trabalho seria construir uma sólida rampa de um quilômetro de comprimento, que não poderia ter quase nenhum aclive. Com uma inclinação de apenas 0,5%, a rampa teria cinco metros de altura no final. Nesse final, eu ergueria um monte em que deixaria aberta uma grande cratera, mais estreita no fundo. Então, para o início do transporte, a enorme pedra teria que ser socavada com valas transversais, e troncos de carvalho roliços endurecidos pelo fogo seriam enfiados nessas valas. Quando depois a terra fosse removida completamente, restaria a pedra sobre rolos. Seria então muito fácil movê-la como se estivesse sobre rodas. No final, o menir cairia na cratera do monte artificial, e então seria necessário apenas remover o monte, deixando só um pequeno resto para a pedra se manter em pé.

Um terreno íngreme como ali, em Carnac, era mais difícil. Mas também nesse caso o princípio da rampa e da cratera seria válido, apenas seria preciso uma força muito maior para arrastar o menir morro acima. Para isso, eu usaria torniquetes, que enrolariam uma corda em torno de um tronco firmemente ancorado; fazer girar o torniquete de muitos metros, enquanto a corda fosse sendo enrolada como num carretel, seria um modo de distribuir a força pelo longo caminho, e um conjunto de muitos desses torniquetes seria capaz de transportar morro acima um objeto de pelo menos cem toneladas. Esse é o princípio que se pode ver posto em prática em *Fitzcarraldo*. Grupos de machiguenga empurram os largos braços dos torniquetes, e no chão em volta do pilar de apoio vai sendo enrolada uma corda.

Muitos anos depois, em 1999, para a minha encenação da ópera *A flauta mágica* em Catânia, pedi a Maurizio Balò, um maravilhoso cenógrafo que me acompanhou em muitas montagens, que desenvolvesse uma cenografia em que escravizados egípcios erguessem um obelisco no fundo do palco. O libreto de *A flauta mágica* tem como cenário um fictício Egito faraônico, e eu queria me referir a isso numa estilização visual. Na minha montagem, o obelisco foi erguido com cilindros e torniquetes. Depois, não faz muitos anos, me deparei por acaso com várias gravuras em aço representando a implantação do obelisco na grande praça de São Pedro, em Roma, no ano de 1556. Foi como se eu tivesse sido atingido por um raio. Ali, também foram utilizados uma rampa e muitos, muitos torniquetes, a única diferença é que estes eram girados por cavalos e, para a grande quantidade de corda, eram usadas polias e roldanas. Fiquei tão fascinado com essa descoberta, que acabei obtendo permissão na Biblioteca do Vaticano para ver todos os arquivos daquela época sobre a implantação do obelisco. O arcebispo responsável se deixou convencer perante o meu entusiasmo. Os arquivos contêm relações detalhadas dos equipamentos utilizados, listagens dos cavalos e dos trabalhadores diaristas, acidentes e doenças, e o melhor de tudo foram os documentos apresentados por técnicos e arquitetos da época com as mais diversas sugestões de como erguer o obelisco. A solução com os torniquetes foi escolhida e o obelisco está de pé até hoje. Para brincar com meus ouvintes, às vezes afirmo, como se estivesse diante de uma seta do tempo invertida, que roubaram a ideia de mim naquela época. Em *Fitzcarraldo*, no entanto, a maior parte da força não veio nem dos indígenas nativos, nem de cavalos, mas da nossa caterpílar, que já havia aplainado a subida de 60% para 40%.

A minha hipótese de que já em tempos pré-históricos teria sido utilizado o método com um monte e uma cratera para erguer os menires parece ser confirmada pelo enorme menir de Locmariaquer, também na Bretanha. Esse menir é de longe o maior exemplar do seu tipo: de pé, ele devia ter mais de vinte metros de altura, com um peso de 330 toneladas. Presume-se que tenha sido erguido 6 mil ou 5 mil anos antes da Era Comum. Hoje ele está deitado no chão, em quatro pedaços, mas acho impossível que tenha se partido no chão, porque o pedaço que é de longe o maior e mais volumoso está numa direção e, a alguma distância, as três partes mais finas se afunilam rigorosamente alinhadas em outro ângulo. As especulações sobre isso são vagas e contraditórias. Suponho o seguinte decurso de um acidente pré-histórico: quando o menir tombou na cratera aberta num monte de terra, o terço superior se rompeu devido à força da massa, provavelmente na borda da cratera, que deve ter funcionado como um ponto de ruptura predeterminado. O simples peso deve ter causado a ruptura, de início talvez apenas algumas rachaduras transversais na rocha. Se um gatinho pular do terceiro andar de um edifício, ele não se machucará, mas um elefante no zoológico pode ser impedido de fugir com uma vala de concreto de apenas um metro de profundidade, porque o osso da perna, que devido à massa do elefante é extraordinariamente grosso, se partiria num tal salto. Assim, a parte superior do menir talvez tenha se partido em três partes na encosta do monte, e estas ficaram alinhadas na mesma direção. Especulo que os homens de então, na pré-história, escavaram ao redor da parte maior, pois ela era de fato imponente, ainda maior do que qualquer outro menir conhecido até hoje. Assim, pode-se supor que a gigantesca parte inferior do menir tenha permanecido de pé ainda por milhares de anos e só depois tenha caído devido à erosão, mas em outra direção. Isso explicaria o ângulo entre as partes no chão e a distância entre elas. Também foi levantada a hipótese de um terremoto, mas isso é difícil de imaginar na Bretanha, tampouco está documentado na história. Uma anotação no diário de bordo de um navio do ano de 1659 também relata que o menir foi tomado como ponto de orientação, e a gigantesca parte inferior pode perfeitamente ter estado de pé naquela época. Acompanho as pesquisas a respeito disso com curiosidade e estou sempre disposto a reconsiderar minha hipótese.

O argumento de *Fitzcarraldo* foi apresentado a mim por Joe Koechlin. Ele me visitou em Munique e me incitou a voltar ao Peru, tudo falava a favor de que, depois de *Aguirre*, eu fizesse um novo filme na selva. Ele tinha uma história muito emocionante para mim, a do barão da borracha Carlos Fermín Fitzcarrald, que no final do século XIX se tornara o empresário mais rico de toda a região. Esse Fitzcarrald havia empregado mais de 3 mil trabalhadores na floresta, além de um pequeno exército privado como guardas. Fitzcarrald morreu num acidente de canoa antes de completar 35 anos. Não achei que fosse um tema realmente bom para um filme, era apenas a história de um notório explorador, e Joe e eu ainda ficamos juntos sentados por um tempo. Ao sair, Joe fechou a porta atrás de si, mas depois assomou com a cabeça de volta pela abertura e disse que havia esquecido um detalhe. O tal Fitzcarrald havia transportado um barco a vapor de um rio para outro por uma ponte terrestre plana. Para isso, em plena selva, os engenheiros tinham desmontado o navio, que só pesava umas trinta toneladas, em dezenas de partes, que então foram carregadas até o rio que corria paralelamente e ali depois remontadas. Eu trouxe Joe de volta para dentro. De repente, veio tudo de uma vez na minha cabeça: delírios febris na selva, um vapor de pelo menos trezentas toneladas por cima de uma montanha, guindado em torniquetes, como na Idade da Pedra, por indígenas da floresta, voz de Caruso, grande ópera na selva. Quando, pouco tempo depois, desembarquei no abafado aeroporto de Iquitos, abutres rondando o céu, porcos chafurdando na lama ao lado da pista — uma das porcas apodrecia no concreto, ela havia sido atropelada por um avião —, recuei assustado. Deus do céu, mais um filme assim, não! Mas o projeto, como todos os outros, veio até mim como que por si e com enorme veemência. Eu não tive escolha. Digo isso porque muitas vezes se supõe que eu seja obsessivo. Mas isso não é verdade. Também não é verdade que eu havia arranjado dinheiro suficiente para começar o filme. Na verdade, arrisquei tudo o que tinha pessoalmente para pôr o projeto em movimento. Começamos a construir acampamentos na floresta e o barco a vapor, mas em pouco tempo eu estava tão por baixo, que morava num galinheiro reformado, cujo teto de papel machê era só um pouco mais alto que a minha cabeça. À noite ratos corriam por cima de mim. No final, eu não tinha mais nada para comer. Mas sempre tinha comigo na floresta um xampu especialmente bom e o mais fino sabonete, porque na selva faz muito bem para a autoestima lavar-se num rio e depois estar cheirando bem. Troquei xampu e sabonete no mercado indígena de Iquitos por três quilos de arroz, com os quais me alimentei durante as três semanas seguintes. Como sempre, eu simplesmente reconheci as minhas necessidades e desenvolvi perante elas o senso do dever de seguir uma grande visão.

Sempre desconfiei de livros didáticos na escola. Quando se analisa a história das descobertas da física, é vertiginoso como, no decorrer de milênios, sempre foram feitas novas tentativas de explicar o cosmo. Durante dois milênios, a partir de Aristóteles, pôde-se comprovar através de experimentos que o ar não tinha peso. Para isso, Aristóteles pesou uma bexiga de porco vazia e depois a pesou de novo estufada de ar. O resultado foi idêntico. Somente quando se acrescentou a isso a descoberta do impulso é que de súbito tudo pareceu diferente. Para mim, isso se aplica a muitas áreas. Estamos o tempo todo assistindo a novos ditames da ciência nutricional, num processo em que novas tendências substituem as antigas em ritmo acelerado. Muitas descobertas sobre o colesterol são sem dúvida corretas, mas não a sua demonização — sem o colesterol, estaríamos mortos em poucos dias. Nos Estados Unidos, em toda garrafa plástica de água está escrito "total de gordura: zero", como se isso fosse uma importante informação científica. Quando, para o meu filme *O sobrevivente*, de 2006, meu ator principal, Christian Bale, reduziu metodicamente, sob supervisão médica, o seu peso em trinta quilos num período de seis meses para poder interpretar com credibilidade Dieter Dengler, que após a fuga de um cativeiro vietcongue foi encontrado quase morto de inanição, emagreci metade do que Bale perdeu como um gesto de solidariedade. Muitas vezes me perguntavam como eu havia feito isso, que dieta escolhera, e parecia, aos americanos em particular, que era um método sensacional, no qual ninguém havia pensado antes: eu comia apenas a metade das minhas porções diárias. O que depois exigiu de Christian Bale habilidades especiais foi o fato de termos que rodar o filme de trás para frente em sua cronologia, pois, comendo muito depois de iniciadas as filmagens, em cinco semanas fica relativamente fácil recuperar os quilos perdidos. Representar inversamente o desespero que é sempre crescente no filme só é possível para um ator de uma classe muito especial.

Não quero tomar nada como uma verdade dada. Nesse contexto, também vejo o paradoxo do quadrado perdido. Na sala de espera do meu dentista, eu estava folheando uma edição da *Scientific American*, que é uma revista altamente respeitada no meio científico. Numa página, estava impresso o gráfico de um paradoxo que contradiz toda a lógica e toda a experiência. Uma figura geométrica é formada por dezesseis partes individuais, mas, se essas partes forem agrupadas de outra maneira, a figura que surge inexplicavelmente apresenta uma lacuna no centro da sua superfície, que, no entanto, tem a exata medida da primeira figura. Como fui chamado, arranquei a página da revista. Eu queria resolver o paradoxo sem ajuda.

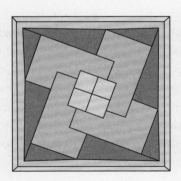 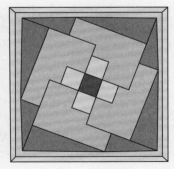

Como pode haver algo inconcebível? Nunca me fechei para essa questão. Por exemplo, acompanho com grande interesse que, no mundo da física quântica, uma partícula que tem a alternativa de passar pela janela A ou pela janela B de uma grade em certos casos passará pelas duas janelas ao mesmo tempo. Devo acrescentar que não tenho a menor noção sobre esse tipo de física. Mas na comunidade de físicos de partículas, que sempre me fazem convites, os meus filmes têm fortes seguidores, de forma semelhante ao que acontece entre músicos de rock, skatistas, e as mais diversas comunidades entusiasmadas com o meu trabalho. Conversei com matemáticos que estavam interessados no fantástico das paisagens mostradas por mim, enquanto eu, por minha vez, em sua algebrização de curvas e espaços impensáveis. No meu filme *Fireball*: *Mitos, cometas e meteoros*, de 2018, há uma sequência sobre cristais quasiperiódicos ou, abreviadamente, quasicristais, que foram encontrados em minúsculos vestígios num meteorito que caiu na Sibéria perto do estreito de Bering. Cristais seguem regras férreas de simetria, já se sabe disso há duzentos anos, qualquer outra coisa era considerada impensável e até mesmo proibida. Mas na década de 1970, o matemático inglês Roger Penrose desenvolveu uma geometria com a qual comprovou o inimaginável. Mas o mais surpreendente é que, já no ano de 1453, os artesãos persas criaram, na parede externa de um santuário em Isfahan, um ornamento de azulejos que era ordenado de forma quasiperiódica, sem que conhecessem a matemática na qual esse padrão se baseia. Conheci Penrose e desde então tenho um respeito ainda maior pelo inimaginável. Mas o que me intrigou foi a revista *Scientific American* ter apresentado o paradoxo do quadrado perdido como insolúvel. Também Aristóteles não foi questionado por dois milênios porque era Aristóteles.

Depois de muito conjeturar sobre o enigma, deixei o modo de pensar da geometria. Abordei o paradoxo de outra maneira, porque ele contradizia todas as minhas experiências com o mundo real. Eu simplesmente questionei se de fato se tratava de um paradoxo. E, por fim, examinei melhor as duas ilustrações: por que havia dois quadros, quando um seria suficiente? Sempre que as bordas dos componentes em forma de degraus tocavam o contorno da figura, a superfície interna se curvava num ângulo quase imperceptível, para fora numa das duas figuras e, na outra, para dentro. O paradoxo não era um paradoxo — mas apenas uma farsa. A soma das pequenas expansões e a soma das reduções na área em questão davam o exato tamanho do pequeno quadrado vazio no centro do segundo gráfico. Precisei de dois meses para perceber isso, o que provavelmente qualquer outra pessoa poderia ter conseguido em poucos minutos, justo o tempo que se mata antes de uma consulta ao dentista.

22.
Balada do pequeno soldado

Fitzcarraldo foi uma vida efervescente, imagens, música e experiências que me deram o que pensar ainda por muito tempo depois das filmagens. No início da década de 1980, eu estava lambendo silenciosamente minhas feridas havia um bom tempo. Nessa época, conheci o montanhista Reinhold Messner. Muito rapidamente planejamos fazer um filme sobre o seu propósito não apenas de escalar, mas de "transpor", numa única expedição, duas montanhas com mais de oito mil metros de altura na região de Karakorum, no Paquistão. Em regra, essas montanhas são escaladas por uma rota e a descida de volta se dá pela mesma rota, mas Messner, em sua primeira subida de oito mil metros, em 1970, simplesmente transpusera a Nanga Parbat. Nessa expedição, seu irmão mais novo acabou perdendo a vida. A transposição se dera pela necessidade causada por uma situação quase sem saída no cume, quando tempestades impossibilitaram a descida pelo mesmo percurso da subida. Messner desceu em condições terríveis pelo outro flanco da montanha, onde seu irmão foi soterrado por uma avalanche de gelo. Ele próprio perdeu vários dedos do pé no frio congelante e quase morreu. Mas Messner era um homem extraordinariamente ponderado, que agia de forma metódica; isso me agradou nele. Muitas vezes ele recuou em suas expedições, o cume já numa proximidade tangível, após refletir com frieza e considerar grande demais o perigo de avalanches no último trecho. Messner sempre fazia exatamente o que era factível. Arrastar um navio morro acima tampouco foi um jogo de azar, mas sim, eu percebera que era factível. Em nosso projeto comum, Messner queria enfrentar junto com o montanhista Hans Kammerlander os dois cumes de oito mil metros do Karakorum, situados lado a lado: o Gasherbrum I e o Gasherbrum II. De fato, os dois subiram o Gasherbrum I por uma rota e desceram por outra em 1984, o que os levou ao sopé do Gasherbrum II. Eles também transpuseram o segundo cume, nós os esperamos no acampamento base. Foi um feito extraordinário e, como quase tudo que Messner fez, pioneiro. Não tenho dúvidas de que é ele o maior montanhista não só do seu, mas de todos os tempos. O profissionalismo de Messner, de um lado, e o calor humano que Kammerlander irradiava, de outro, resultavam numa boa combinação de personagens para um filme. *Gasherbrum, a montanha luminosa* foi concluído em 1985. Mas, na verdade, eu tinha um longa-metragem em mente para ser filmado no K2, que fica no caminho para os picos do Gasherbrum. Nos últimos oitenta quilômetros, acompanha-se o poderoso glaciar Baltoro, no qual desemboca um rio glacial que vem do K2. Eu sonhava com o K2, porque ele é tão belo e solitário, algo como o que o Matterhorn é para os Alpes suíços, porém este segundo gigante mais alto do mundo é o mais perigoso de todos. No acampamento base no sopé do Gasherbrum, testemunhamos uma avalanche que caiu durante catorze minutos. Eu não podia acreditar que a avalanche simplesmente não queria acabar e acompanhei no meu relógio. Ao final, neve e gelo caíram de repente numa massa tão colossal que um cogumelo atômico pareceu se formar, mas não para o alto, e sim horizontalmente em nossa direção. Por razões de segurança, nosso acampamento base na geleira foi montado a dois quilômetros do flanco da montanha, mas em segundos tudo foi achatado por uma avalanche de poeira. Levamos dias para desenterrar e reparar o equipamento de filmagem. Aliás, o meu relógio explodiu no meu rosto no dia seguinte enquanto eu levava uma xícara de chá à boca. Com a altitude, a pressão do ar sob o mostrador ficou alta demais.

Quando os dois montanhistas partiram na escuridão da noite com suas lanternas de cabeça e ao longo do dia finalmente desapareceram como pontinhos, cessaram as filmagens. Alguns dias depois, uma expedição espanhola, que tinha seu acampamento ao lado do nosso, convidou-me para escalar junto com eles um trecho do Gasherbrum I, porque eles não haviam conseguido subir até o cume e agora, por razões de ordem, queriam desmontar seus acampamentos altos. Eles me prenderam à sua corda e atravessamos a dramática ruptura glacial, que, tal uma cascata de dados lançados por gigantes, é um primeiro obstáculo logo no início da subida. Como esses cubos de gelo do tamanho de quarteirões estão em constante movimento, os espanhóis espalharam pelo zigue-zague do labirinto hastes de alumínio com bandeirinhas para orientação. Subimos rapidamente de 5 mil para 6500 metros. Lá em cima constatei os primeiros sinais inconfundíveis do mal da montanha. Um deles foi que me sentei na neve enquanto os espanhóis desmontavam seu acampamento alto e, depois, em crescente indiferença, simplesmente me deitei de costas. Naquele momento percebi que tinha que descer sem demora a um nível inferior. Os espanhóis concordaram e me deixaram ir. Isso nunca deveria ter acontecido. Fui sozinho, a visibilidade estava boa. No entanto, mesmo assim, ainda existe a regra absoluta de que em tais altitudes, por segurança, pelo menos um outro homem deve estar junto ligado por uma corda. Chegando à entrada superior da cascata de gelo, decidi contorná-la por fora. A descida na neve não era muito abrupta, e eu desci a passos largos. Eu não sabia que ali havia fendas de até cem metros de profundidade, que estavam cobertas de neve e que nem mesmo montanhistas profissionais conseguiam distinguir. Elas não se diferenciavam em nada da superfície uniforme da neve. De repente, andando em passo rápido, pisei no vazio sob uma fina camada de neve, mas tive tanto impulso, que pousei com a parte superior do corpo na borda oposta e consegui me içar para fora. A fenda não era mais larga do que uns dois metros. Aconteceu a mesma coisa com Kammerlander quase no final da grande turnê dos dois, mas ele estava conectado a Messner por um cordelete. Para economizar peso, os dois não tinham consigo uma corda de escalada regular, porém, com o cordelete, Messner conseguiu impedir a queda de Kammerlander, que ficou pendurado na boca do precipício. No meu caso, mais tarde, os espanhóis ficaram constrangidos com a sua negligência. Quando, não muito longe do acampamento base, eles jogaram as hastes de metal que haviam coletado da cascata de gelo numa fenda na geleira, eu estava com eles novamente. Os feixes de finas hastes de alumínio se espalharam com um agudo guincho metálico depois do primeiro impacto, e quanto mais fundo raspavam no gelo, mais grave era o som que emitiam. Foi como um grande coro de gritos. Por fim, quando elas atingiram uma profundidade de cerca de cem metros, o som aumentou como os bramidos de inúmeros órgãos retumbantes. Para a minha ideia de filme para o K2, eu já tinha um argumento, uma espécie de ideia de ficção científica sobre uma estação de radar num pico quase inalcançável, mas depois das minhas experiências no Gasherbrum o projeto estava definitivamente fora de questão, pois sempre houve uma voz em mim para essas coisas.

Mais ou menos na mesma época, um desconhecido me procurou, Denis Reichle. Ele estava imbuído da certeza de que estaríamos juntos num trabalho futuro, o projeto aconteceria totalmente por si só. Reichle, que crescera órfão na Alsácia, durante guerra, aos catorze anos, foi levado como criança-soldado no Volkssturm* para a batalha final de Berlim. Quase todos os meninos de sua unidade morreram, ele sobreviveu. A Alsácia tornou-se francesa, e a França o convocou para o seu exército e o mandou para a Guerra da Indochina quando ele tinha apenas dezoito anos. Lá ele sobreviveu a vários anos de guerra suja na selva. De volta à França, veterano de duas guerras, tornou-se fotógrafo e trabalhou na indústria da moda; ele também tentou a sorte em corridas de ciclismo. Mas logo o mundo oco da moda o repugnou, e ele acabou se tornando fotojornalista. Trabalhou e fez reportagens pelo mundo afora em quase todos os palcos de guerra — sempre do lado das minorias oprimidas. Afeganistão, Angola, Líbano. Denis sobreviveu a cinco meses como prisioneiro do Khmer Vermelho no Camboja e foi o único jornalista ocidental a cobrir a sangrenta guerra de libertação em Timor-Leste. Como não havia conexões aéreas ou marítimas até lá, ele se fez transportar por um barco de pesca até perto da ilha e nadou o último quilômetro até a terra firme. Nunca conheci ninguém que entendesse tanto de guerra, e ninguém que trabalhasse tão metodicamente durante meses, abrindo caminho de comandante em comandante, até saber que podia avançar numa zona de guerra arriscada, que podia confiar numa unidade de combate. Na década de 1980, após o término de *Fitzcarraldo*, o exército clandestino do Sendero Luminoso no Peru foi ficando cada

---

* Formação convocada pelo Partido Nazista no final da Segunda Guerra Mundial, como tentativa de reforçar as desmanteladas Forças Armadas alemãs com toda a população masculina de dezesseis a sessenta anos que já não estivesse em serviço. Na prática, incluiu também crianças, meninos e meninas, idosos, inválidos e outros considerados ineptos para o serviço militar.

vez mais forte. Ele iniciara suas ações terroristas a partir do planalto de Ayacucho, e era então um enigma quanto à sua estrutura de comando e ideologia e, de fora, praticamente impenetrável. Ele cometia massacres entre a população rural, e o exército peruano respondia também com massacres. Denis travou os primeiros contatos e durante cinco meses abriu seu caminho cuidadosamente até a organização guerrilheira. Pensávamos em fazer um filme juntos sobre ela. Então chegou um convite para uma reunião em nível de alto-comando. Outros repórteres também foram convidados, mas Denis me telefonou dizendo que havia verificado cuidadosamente a ocasião por meio de todos os contatos possíveis e que ela era inescrutável demais para o seu gosto. Perguntei-lhe o que deveríamos fazer e ele respondeu apenas: "Não faremos isso". A reunião de fato aconteceu, sem nós, e os oito repórteres que viajaram caíram numa armadilha. Nenhum deles sobreviveu e todos tiveram a cabeça cortada.

Em 1983, viajei pela Austrália para a pré-produção do meu longa-metragem *Onde sonham as formigas verdes*. Esse filme narra o conflito de um grupo de aborígines que defendem o seu lugar sagrado contra os buldôzers de uma companhia mineradora, trata-se dos últimos falantes de uma língua e de mitologias complexas. Para mim estava claro que, a partir da minha cultura, eu nunca poderia penetrar no pensamento dos aborígines e em seu conceito de um tempo onírico, e simplesmente inventei a partir de reflexões a minha própria mitologia das formigas verdes, sobre a qual contei no filme. Ao mesmo tempo, o conselho de anciãos do grupo tribal que visitei em Yirkkala, no norte da Austrália, estava mais confortável do que se eu tivesse bisbilhotado sua mitologia. Na época, me prestaram grande ajuda os diretores australianos Phil Noyce e Paul Cox, que me hospedou por um tempo. Em seu filme *O homem das flores*, eu faço um pequeno papel. O documentarista e cinegrafista Michael Edols conhecia muitos aborígines e me ajudou com grande entusiasmo a fazer os contatos certos. Eu conhecera Michael e alguns de seus filmes já no Festival de Cinema de Cannes de 1976 e depois o convidara para fazer uma breve aparição em *Nosferatu*. Walter Saxer, as figurinistas Gisela Storch e Anja Schmidt-Zäringer, uma colaboradora leal e inteligente, que trabalhou comigo durante muitos anos, podem ser vistos na mesma cena, na qual elas convidam Isabelle Adjani para um banquete ao ar livre. A seus pés, correm milhares de ratos atarantados.

Quando Denis Reichle propôs que eu dirigisse um filme sobre crianças-soldado na Nicarágua, tive que recusar, porque me encontrava muito intensamente envolvido com o meu novo trabalho no *outback* australiano. Um dos meus problemas durante esses meses foi que eu pretendia filmar 400 mil formigas todas parando de andar ao mesmo tempo e continuando apenas a mover misteriosamente as suas antenas. Elas deveriam estar, como limalhas de metal sob um forte campo magnético, todas alinhadas na mesma direção. Naquela época, fiz experimentos em câmaras frigoríficas com biólogos, que, no entanto, rapidamente revelaram falta de perspectiva. Apaguei então a cena do meu roteiro e as formigas são apenas mencionadas no diálogo. O que não era factível, eu não fazia.

Recomendei Michael Edols a Denis. Ele então começou a filmar com Denis num campo de treinamento militar em Honduras, na dupla função de diretor e cinegrafista. Como, porém, os dois tinham abordagens muito diferentes para aquele projeto, logo cada um seguiu seu caminho. Denis me ligou bastante desesperado para perguntar se eu poderia substituir Michael e salvar o filme, e eu de alguma forma consegui chegar a Honduras e ao campo de treinamento da guerrilha. A maioria dos soldados ali eram crianças, todas da etnia misquito. Os mais novos tinham entre oito e onze anos. Já alguns meses depois de nossas filmagens, quase metade deles estava morta porque nos combates, por serem considerados os mais corajosos de todos, sempre eram enviados para a linha de frente. Denis era extraordinariamente cauteloso. Uma vez, quando as tropas atravessaram o rio Coco, que demarca a fronteira da Nicarágua, houve ataques de morteiros perto de nosso acampamento durante a noite. O comandante queria partir em fuga desabalada, quando estava claro que nossa posição não podia ser conhecida. A conselho de Denis, permanecemos onde estávamos. No dia seguinte, estava planejado um ataque a um acampamento militar sandinista, na verdade um ataque encenado para a nossa câmera, mas Denis e eu não queríamos admitir operações de combate que fossem só encenadas. Com toda a calma, ele interpelou o comandante, uma besta vaidosa, e perguntou o que eles sabiam sobre o helicóptero no acampamento inimigo. Não havia helicóptero, respondeu o comandante. Como ele sabia disso, Denis questionou. No final, acabou se revelando que era apenas uma hipótese, ilusão. O perigo evidente de um ataque era que no caso de um recuo não haveria proteção no trajeto de dois quilômetros em campo aberto, antes de se chegar novamente à beira da floresta. Quem, perguntou Denis, faria a cobertura de metralhadoras na estrada de terra a partir do acampamento, caso um ataque de soldados partisse dali, e quem seria escalado para a mesma cobertura na outra direção, porque de lá também poderiam vir reforços para o inimigo. Uma única metralhadora, operada por dois homens, seria capaz de parar um caminhão cheio de soldados e detê-los até que a própria tropa se pusesse em segurança. O comandante nunca tinha ouvido falar de tal tática. Mas botou banca de valente: ele despachara muitos adversários no mano a mano, e era o que faria ali também. Logo depois, porém, ainda exultante e se gabando da sua bravura, ele ordenou a retirada.

Os pequenos soldados deixaram em mim uma impressão profunda. Essas crianças forçadas às guerras dos homens estão para mim mais presentes do que muitas outras pessoas com quem tive que lidar na minha vida. Às vezes me pergunto se existe um cenário de horror em que as crianças são os verdadeiros soldados e os adultos apenas os imitam. Talvez não seja uma coincidência que justamente agora, enquanto escrevo isto, eu esteja com um longa-metragem sobre crianças-soldados em preparação. A história remonta a um episódio violento e surreal na África Ocidental, quando forças de paz da ONU se deparam com crianças-soldados que vigiam um posto de controle numa ponte na floresta.

Ainda tenho algumas anotações da época em que filmei *Balada de um pequeno soldado* (1984), na região da fronteira entre Honduras e Nicarágua.

BALADA DO PEQUENO SOLDADO I

Lagartos esgueiram-se pelo chão carbonizado da floresta. As raízes resinosas das árvores ainda ardem profundamente na terra, mesmo já passados dias depois do grande incêndio florestal.

Campo de treinamento dos pequenos soldados. Os mais novos têm oito anos. Cumprindo uma ordem, uma das crianças fez o reconhecimento de uma ponte controlada pelo inimigo e montou uma maquete muito precisa. A ponte foi então atacada sem sucesso. Dois deles morreram no ataque, pois, mais indiferentes à morte do que os adultos, eles sempre são enviados para a linha de frente das operações. Raul garantiu que, se fosse possível dispor de medalhas, os dois as teriam merecido. Mas também, mesmo que tivessem sido enviados pelo quartel-general, ninguém dava medalhas para galinhas.

A maquete da ponte até tinha num dos pilares uma avaria que foi infligida à ponte real. Ela havia sido montada em cima de uma mesa que, para corresponder às condições reais, foi coberta com areia. Como proteção, por cima dela foi estendido um filme plástico, que ficara embaçado por causa de um ataque de fungos. Descobri pequenos funis na areia ao redor da maquete da ponte e a princípio pensei que até mesmo tivesse sido incluído o impacto das granadas do ataque fracassado, mas depois notei que havia vida em alguns dos funis. Eram pequenos besouros, atarefados em jogar areia para fora dos funis com as patas traseiras e se enterrar mais fundo.

BALADA DO PEQUENO SOLDADO II

Seguir o curso de um rio até chegar à sua nascente era para ele uma coisa estúpida de se fazer. Só por curiosidade, por quê? O menino, nove anos de idade, que havia feito isso foi levado a um tribunal sumário por afastamento da tropa. Ali era preciso correr de triunfo em triunfo. O asqueroso Raul dirige aqui o treinamento dos pequenos soldados. Ele afirmou de uma forma que deixava claro que acreditava na própria história: emboscadas, isso não era com ele, era coisa de covardes. A jovem que ele segurava pela bunda assentiu com um ar cúmplice. Isso lhe fez bem.

Ele preferia lutar contra o inimigo homem a homem, olho no olho, mano a mano. Ele não fazia a menor ideia de quantos tinha matado, já tinha parado de contar havia muito tempo. A jovem chegou ainda mais perto dele.

À esquerda e à direita na altura da clavícula, ao alcance da mão, ele carrega duas granadas, as suas outras bolas. A jovem, simulando espanto virginal, disse ay Diosito. *Ali ele fazia daqueles meninos homens com* cochones [colhões]. *Ele completa a sua fantasia de guerreiro com algo que nunca vi antes: na escápula direita, num cinto que corre em diagonal nas suas costas, ele leva uma faca de combate cujo cabo se eleva acima dos ombros. Em lutas mortais corpo a corpo, essa era a posição na qual ele podia sacá-la mais depressa com a mão direita. Mais tarde Denis riu a risada específica de desprezo que ele dá, bem curta e dura.*

Os pequenos soldados gritavam com voz forte enquanto corriam. Eles imitavam o registro vocal de homens adultos. Raul lhes ordenara que fizessem isso. A floresta ainda cheira a fogo e resina queimada. Na beira do riacho, pus os pés descalços na água morna e turva. Peixes muito pequenos, camuflados em preto e amarelo, me mordiscaram agressivamente nos espaços entre meus dedos menores. Enquanto eu refletia sobre nossas opções, os peixes me deixaram e atacaram furiosos uma folha murcha que flutuava na água.

BALADA DO PEQUENO SOLDADO III

Os soldados passam com vozes baixas.

Um pequeno soldado equilibra seu copo plástico na cabeça ao passar por mim. Ele enchera o copo com um bolo de areia.

Encontrei um anzol com um pedaço de linha preso na casca de um pinheiro na beira do rio. Não pesquei nada com ele.

Denis esmagou com perícia um escorpião enorme que passara a noite debaixo de mim na rede. Eu o senti, mas achei que estivesse deitado sobre o meu isqueiro, que teria escorregado do meu bolso.

Alguém experimentava uma nova motosserra na floresta.

Outro alguém estava desde cedo procurando uma estação no rádio.

Um fumava, outro dormia, outro afiava o facão numa pedra chata.

Então tudo parou. Apenas as formigas ainda marcham, não se sabe de onde, e menos ainda para onde.
Para fins militares, uma corda foi esticada obliquamente entre duas árvores, muito esticada. Para quê, ninguém sabe.
Há um pássaro aqui que tem um corpo laranja brilhante e asas pretas.
Há outro pássaro que guincha como se gritasse dentro de uma panela.
Duzentos de seus soldados mataram 3 mil inimigos, segundo contagem própria. Isso é o que se pode chamar de vitória, disse Raul.
Ninguém passou pela minha cabana hoje. Os piolhos, entretanto, se multiplicam.
Tenho que redimensionar algumas coisas: o calor do verão em florestas abertas de pinheiros, o cheiro de resina após um incêndio na floresta, a cruzada de crianças.
Um pequeno soldado desenhou um relógio em seu pulso com uma caneta esferográfica. Ele ria o tempo todo enquanto pintava.
Raul fez misteriosas insinuações de que os intrusos podiam ser identificados por seu jeito de bufar. Da mesma forma que se reconheciam os pagãos por sua fúria. Os pagãos se enfurecem.
O pequeno soldado com o nome de Fuenterrabia falou comigo. Não, esse não era o seu nome de guerra, ele se chamava assim mesmo. Sua mãe foi cortada em pedaços com facões na sua frente.
Fuenterrabia, que não sabe a própria idade, mas com certeza tem menos de dez anos, mostrou-me seus pés feridos por longas marchas. Ele também falou de peixes feridos que nadam de barriga para cima e ainda falou do grande fogo. Agora havia apenas uma floresta ferida.
A Paixão de Cristo a cavalo.

BALADA DO PEQUENO SOLDADO IV

Rio Coco. Acampamento noturno na floresta não muito longe do rio. A vegetação baixa é extremamente densa. À noite começou a chover. Silêncio profundo dos soldados. Apenas um tossiu sufocado num lenço; soou como se ele tivesse tuberculose. Um soldadinho a algumas redes de distância da minha disse "bueno" em seu sono.

Jorge Vignati, meu amigo, o mais fiel entre os fiéis em Fitzcarraldo e em outros filmes, dormiu na chuva no chão duro da floresta, sem esteira, e não acordou nem quando suas calças estavam encharcadas. A equipe que nos foi designada, uma parte do pelotão de comando, é malconduzida e queixosa. Já estávamos atrás das linhas inimigas. Quando caíram alguns obuses na selva, bastante perto, mas longe o suficiente para não causar nenhum dano, porque os emaranhados de cipó amortecem fortemente a dispersão dos projéteis, os homens queriam sair correndo, de volta para o rio, mas no rio é que estariam em perigo real, porque ali estariam visíveis e expostos. Na densa floresta da margem, não era possível avistar o inimigo, portanto, não era possível responder ao seu fogo de maneira dirigida.

Pela manhã, tínhamos percorrido a custo duzentos metros em duas horas. Nesse ritmo, atingiremos o alvo do ataque, o acampamento inimigo, em oito semanas. No emaranhado mais denso da floresta, vejo apenas alguns homens à minha frente, abrindo caminho no matagal, como se cavassem um túnel. Os pequenos soldados estão atrás de mim. Eles só serão levados para a frente durante as operações de combate. Uma pequena vespa preta veio como uma bala apontada diretamente para o meu olho e picou a minha pálpebra inferior. Meu rosto ficou todo inchado.

Logo após a partida, eu já estava tão encharcado de suor que meu cinto e minhas bolsas de couro também estavam molhados.

Na maior parte do tempo, ficamos parados porque a vanguarda mal consegue avançar com seus facões. Parado, disseco cuidadosamente flores que são tão estranhas como se não pertencessem ao nosso mundo. Ouvimos um tiro isolado ao norte. A partir do meio-dia, voltaram a explodir granadas na direção leste, bem longe. Bebemos água de um buraco de lama ruim, na qual jogamos pastilhas para purificá-la. Isso não deixou a água cristalina, mas se podia bebê-la.

Fomos descobertos, disse Raul. Ele ordenou que os soldadinhos se enfileirassem em posição de sentido. Então ele os mandou bater continência na pequena clareira. Para quem? Por quê? Ele ordenou a retirada, e ficou claro que a sua conversa sobre um ataque a um acampamento militar inimigo era só uma bravata. Denis deixou isso impiedosamente claro. Mais adiante, quando já estávamos voltando, Raul ordenou que os pequenos soldados ficassem parados em posição de sentido e batessem continência. Podiam se ver abutres acima da clareira, na direção leste. Eles pareciam imóveis no ar abafado, mas se aproximavam e se afastavam, como nuvens de um destino sombrio. Seus voos circulares pareciam congelar silenciosamente no ar, como o hálito negro de peste e destruição.

De volta ao nosso acampamento. Caiu um toró inimaginável. Galinhas com pernas amarradas por fitas de ráfia. Elas foram esquecidas na chuva forte e parecem saber que ninguém vai se lembrar delas. Suas penas estão pesadas e encharcadas, elas ficam paradas sob o triste aguaceiro, aqui e ali iluminadas por raios, e tremelicam suavemente. Arbustos e troncos inteiros de árvores, as raízes apontando para cima, flutuam no rio sob a chuva fustigante.

Em seguida, flutua toda uma ilha de árvores desenraizadas, sobre a qual um cachorro magro está encolhido como se fosse uma pessoa não autorizada, um passageiro clandestino. Meus pensamentos o seguem enquanto ele se afasta na chuvarada.

BALADA DO PEQUENO SOLDADO V

Suavemente, imperturbável, ele empurrava o cigarro para lá e para cá com a ponta da bota. Só cairia no mar pelas frestas entre as tábuas embaixo da varanda do bar se estivesse perfeitamente alinhado entre elas. Notei que o soldado acabara de acendê-lo e dera apenas duas tragadas. Então o apagou com cuidado em cima da mesa. "Cuentame algo", disse a ele. Contar, não, não há nada para contar, ele respondeu. Tinha apoiado o M16 ao seu lado na mesa. Era jovem demais para um soldado. Tinha traços muito indígenas.

Seu nome era Paladino Mendoza, ele disse, um nome fica para sempre, mesmo depois que se morre. Nossos olhos vagavam pelo píer, que se estendia mar adentro, até além da laguna. Ali uma pequena balsa havia encalhado. A hélice girava, levantando areia. A única carga no convés plano era um carro cujo motorista pisava fundo no acelerador e depois freava bruscamente. Não havia mais de dois metros de espaço livre. Isso se repetiu várias vezes e a balsa estremeceu um pouco, mas continuou irremediavelmente presa.

Sobre o local, voavam em círculos os abutres, pretos, maus. Até as estrelas, à noite, são demasiadas. Essa é uma guerra de crianças. Uma sonolência baixou por todas as coisas. Ainda haveria a palavra "Seligkeit" [bem-aventurança], a palavra "Dotter" [gema], "aufamseln" [morrer], "einundneunzig" [noventa e um]. Tiros me sobressaltaram. O soldado Paladino Mendoza não estava mais ali. Eu não percebera como ele havia saído.

Só o vi de novo, no píer, quando novamente foram disparados tiros numa rápida sequência. Pensei que estivessem sendo disparados na barcaça que estava no final do cais, porque alguns homens se apinhavam ali, em movimentos bruscos, procurando por cobertura. Seguindo seus olhares, vi um menino que empurrava, rapidamente, como em fuga, sua moto para o lado. Então avistei, agora deixado sozinho no píer, o soldado Paladino, que, apoiando seu fuzil na cintura, esvaziava o pente atirando para o céu. Todos os olhares se voltaram para ele. Ele queria a atenção de todos.

Então pegou calmamente o fuzil com as duas mãos e deu um tiro na boca. Como havia enfiado o cano da arma na boca, o tiro soou diferente de todos que eu já tinha ouvido. Como se quisesse se sentar, ele caiu sobre si e ao mesmo tempo para trás. Pessoas correram até ele. No píer, outro pequeno soldado corria chorando em minha direção. Apanhei um dos cartuchos ainda quentes das tábuas, sabendo que não traria nenhuma explicação. O chefe de polícia veio correndo, com a pistola em punho, e agitou-a no ar por um tempo. Agora ele também está parado perplexo no sangue que lentamente para de fluir, a mão dentro da calça, agarrando os genitais. Os dentes incisivos engastados com prata.

Vi que Paladino Mendoza tinha um anel de lacre de lata de Coca-Cola num dedo. O cérebro escorrido era uma pasta amarela e espumosa manchada de sangue claro. As palmas das mãos estavam voltadas para cima. Seu olhar também estava voltado para cima, para o vazio. Ele jazia bastante ordeiro, com o rosto íntegro, as tempestades internas dissipadas. Começou a chover levemente e em suas mãos, que não sentiam mais, caíam as gotas.

Bem aos pés de Paladino havia alguns sacos de cimento com o grosseiro papel de embrulho rasgado. Eles haviam sido deixados lá porque haviam absorvido umidade e já tinham endurecido em blocos de concreto rachados e cinzentos. Um porco fez como se cheirasse o concreto, mas fez isso com os olhos fixos no cadáver. Tentou lamber a pasta do cérebro e alguém o espantou para o lado com um chute.

23.
A mochila de Chatwin

Na pré-produção de *Onde sonham as formigas verdes*, na Austrália, li no jornal que Bruce Chatwin apresentara seu novo livro *Colina negra*, em Sydney. Eu conhecia seu extraordinário *Na Patagônia* e o romance *O vice-rei de Uidá*, sobre um bandido brasileiro que se torna o maior traficante de escravizados da África Ocidental em seu tempo e vice-rei do Daomé. Em quase todos os meus filmes, eu próprio criei o argumento e escrevi o roteiro, mas me veio à cabeça muitas vezes que *O vice-rei de Uidá* poderia ser a base para um longa-metragem. De repente, tudo ficou mais claro para mim a esse respeito. Entrei em contato com a editora em Sydney. Não, Chatwin já havia desaparecido nas profundezas do *outback*, e estava lá fazendo pesquisas para um novo livro. Deixei o meu número de telefone de Melbourne, onde eu organizava minhas filmagens, e pedi que me avisassem assim que Chatwin reaparecesse no radar. Uma semana depois, recebi um telefonema: se eu ligasse nos próximos sessenta minutos para determinado número no aeroporto de Adelaide, talvez conseguisse falar com ele. Chatwin, para minha surpresa, já sabia quem eu era, conhecia uma série de filmes meus e — surpresa ainda maior —, estava com o livro que escrevi sobre a minha caminhada até Lotte Eisner, *Caminhando no gelo*, na mochila. Ele estava voltando para Sydney e de lá pretendia regressar à Inglaterra. Perguntei-lhe se poderia fazer um desvio até Melbourne e adiar o voo de volta. Ele topou, sem hesitar, poderia pousar à tarde em Melbourne.

Eu não sabia como era Chatwin, como poderia reconhecê-lo, e ele apenas disse: "Sou alto, loiro e pareço um estudante. Estou carregando uma mochila de couro". Quando fui buscá-lo com meu anfitrião, Paul Cox, localizei-o a cem metros de distância no meio da multidão.

Enquanto saíamos do aeroporto, ele desatou a contar uma história após a outra, e seguiu-se então uma maratona de 48 horas na qual nos contamos histórias e mais histórias, isto é, eu quase não conseguia interrompê-lo, pois seu fluxo verbal era vigoroso e inesgotável como uma cachoeira. Mas acho que nesse aspecto fui um interlocutor bastante especial para ele, nós nos estimulávamos a contar mais e mais histórias, dois terços do tempo era ele quem falava como que em êxtase, um terço era eu. Naturalmente, em meio a tudo isso, também comemos e dormimos. Ele ficou com a minha cama na casa de Paul Cox, eu dormi no sofá. Mais tarde eu soube que, em outras ocasiões, ao se hospedar na casa de pessoas que não conhecia, ele começava a contar uma história assim que saía do carro e continuava contando ao entrar na casa, cumprimentando seus anfitriões apenas com um aceno de cabeça. Depois, era cercado pelos presentes, que se dedicavam simplesmente a ouvi-lo. Jamais esquecerei nosso primeiro contato.

Como eu estava enfronhado em meu novo filme, concordamos que eu começaria a trabalhar em sua história do traficante de escravizados Francisco Manuel da Silva assim que surgisse a oportunidade para isso e o financiamento estivesse acertado. Por cautela, também pedi para ele me avisar se mais alguém quisesse comprar os direitos do livro. Esse tipo de acesso direto que tivemos um ao outro certamente se devia ao fato de que nós dois tínhamos experiências com caminhadas. Para ser mais preciso: não éramos mochileiros que, com barraca, saco de dormir e utensílios para cozinhar, carregavam uma casa nas costas, mas duas pessoas que percorriam longas distâncias quase sem bagagem. O mundo se revela a quem viaja a pé. No caso de Bruce, deve-se acrescentar a sua profunda compreensão das culturas nômades, combinada com o seu entendimento de que todos os problemas da humanidade tinham a ver com o abandono da vida nômade. Somente com o início da vida sedentária se desenvolveram povoados, cidades, monoculturas e ciências, com um intenso aumento da população — coisas que não são boas para a sobrevivência da humanidade. Por outro lado, está claro que não podemos girar ao contrário a roda do tempo. Bruce gostou dos meus dez mandamentos, a minha lista de pecados da civilização moderna: entre eles, a criação do primeiro porco doméstico, o que não se equipara à criação de um cachorro, que se tornou um companheiro de caça, e também a primeira escalada de uma montanha apenas por escalar. Petrarca foi o primeiro de que temos notícia a escalar uma montanha, e pela carta em latim que escreveu sobre isso se pode depreender que ele tinha uma atração pelo insólito, pelo quase proibido. Todos os povos da montanha, os suíços, os sherpas, os baltis, nunca pensaram em escalar uma montanha.

Talvez eu fosse o único com quem Bruce podia se entender facilmente sobre a sacralidade do caminhar. Minha própria caminhada para ver Lotte Eisner, gravemente doente, de Munique a Paris, no inverno de 1974, teve algo de um ritual para não permitir que a sua morte iminente ocorresse. Na época, Lotte Eisner nem sabia que eu estava viajando a pé na neve por 21 dias para me encontrar com ela. Quando cheguei, por um milagre, ela estava quase saudável e recebeu alta do hospital. Havia algo esconjurador na minha caminhada, foi como uma peregrinação. Mas oito anos depois, beirando os 88 anos, ela me chamou a Paris. Lotte estava quase cega, mal conseguia andar, e disse: "Estou farta da vida". Será que eu poderia libertá-la da maldição que a impedia de morrer? Ela disse isso um pouco de brincadeira, mas senti que na realidade não era, e respondi também com um gesto suave, indicando com ele que a maldição estava suspensa. Ela morreu não muito mais de uma semana depois.

A maneira de caminhar que Bruce e eu compartilhávamos nos forçava a buscar refúgio, a nos conectar com as pessoas, porque nossa vulnerabilidade exigia isso. Não consigo me lembrar de termos sido rejeitados, porque existe um reflexo profundo, quase sagrado, de hospitalidade que está apenas aparentemente enterrado na nossa civilização. Mas muitas vezes em minha vida também ocorreram situações em que não havia aldeia, propriedade rural, nenhum teto por perto. Eu dormia em campos abertos, em celeiros e debaixo de pontes. Quando chovia ou fazia um frio polar, e havia apenas uma cabana de caça vazia ou uma casa de férias isolada, nunca vi problema em invadi-las. Muitas vezes, entrei em casas trancadas sem causar danos nem quebrar nada porque sempre tenho comigo um pequeno "instrumental cirúrgico" com duas molas de aço, que me permite abrir fechaduras de segurança. Ao ir embora, quase sempre deixo um breve bilhete de agradecimento, ou termino as palavras cruzadas na mesa da cozinha. Sentindo-me desconfortável com o que se pratica nas escolas de cinema em todo o mundo, fundei a Escola de Cinema Rogue, uma alternativa, uma escola de guerrilha em que as únicas duas coisas que realmente ensino são a falsificação de documentos e o arrombamento de fechaduras de segurança. Tudo o mais são instruções para subverter o sistema existente, para fazer filmes a partir de si mesmo.

Um dia, recebi uma carta de Bruce dizendo que David Bowie queria comprar os direitos de *O vice-rei de Uidá*. Aparentemente, Bowie também queria fazer o papel principal. Liguei para Bruce e disse: "Deus do céu, Bowie é o cara errado, ele é andrógino demais para esse personagem". Bruce era da mesma opinião, e eu então raspei o tacho e comprei os direitos do romance. Kinski faria o vilão. Bruce havia ficado profundamente impressionado com Kinski, que ele já tinha visto no cinema. *Cobra Verde*, como chamei o filme de 1987, veio a ser a quinta e última colaboração entre Kinski e mim. Naquela época, ele era como um demônio, movido pela loucura. Interiormente, já estava em outro filme, o seu próprio longa sobre Paganini. Como era de esperar, não chamou o filme de *Paganini* apenas, mas *Kinski Paganini*. Durante anos, ele insistiu para que eu assumisse a direção do filme, mas o roteiro, de seiscentas páginas, era o que se chama no ramo de *"beyond repair"* — irremediável. Logo no início das filmagens de *Cobra Verde*, em Gana, ele aterrorizou de tal modo o meu cinegrafista, que a situação se tornou insustentável. Kinski exigiu expressamente a demissão de Thomas Mauch, apesar de saber desde *Aguirre* que estava lidando com um profissional de primeira categoria. A suspensão das filmagens seria inevitável, mas Mauch se deu conta de que eu não podia apoiá-lo e desistiu do filme. Às vezes, intimamente, lá no fundo, tenho a sensação de que o traí. Eu queria de ter conseguido ser leal o bastante para apoiá-lo naquele momento, mas se o fizesse o filme deixaria de existir e, sobretudo, os danos a todos os demais membros da equipe teriam sido irreparáveis. Muitas vezes, trabalhar em filmes envolve destruição. Quando se desbasta o matagal da história do cinema, o chão fica repleto de coisas destruídas. Felizmente Thomas Mauch foi capaz de lidar com aquilo. Fez os seus próprios filmes e também foi diretor de fotografia de muitos projetos de outros diretores. Nunca mais trabalhei com Kinski depois desse episódio, mas houve outras razões para isso. Em cinco longas-metragens, eu dera vida, por meio dele, a personagens muito diferentes, e agora não havia mais nada a descobrir. Em favor de Kinski, no entanto, devo dizer que muitas vezes ele conseguia ser extraordinariamente generoso e prestativo, e que tivemos momentos de profunda camaradagem. O filme *Meu melhor inimigo* é uma prova disso. Mostra que Kinski podia ser muito respeitoso e gentil com suas parceiras diante da câmera, o que ficou visível em particular com relação às atrizes Claudia Cardinale e Eva Mattes, das quais ele reconhecia o talento e o carisma único. Mas a colaboração entre Kinski e eu muitas vezes chegou a extremos, a zonas onde nos tornávamos perigosos um para o outro. Planejamos matar um ao outro, o que não passou de gestos em uma cena grotesca, uma pantomima. Uma noite, subi a encosta íngreme que levava até seu chalé, no meio das sequoias ao norte de San Francisco — o caminho normal, transitável, ficava do outro lado — para atacá-lo, mas não tinha muita certeza do que eu queria fazer e, quando seu cão pastor começou a latir, entendi como uma deixa oportuna para bater em retirada. Apenas uma vez eu realmente o ameacei de morte: foi em *Aguirre*, quando Kinski arrumou suas coisas e colocou-as em um barco, decidido a partir duas semanas antes do final das filmagens, o que era inadmissível porque estávamos trabalhando em algo que estava além, acima de nossas pessoas. Eu estava desarmado, sem nada nas mãos, e falei num tom contido, mas Kinski percebeu que não era uma ameaça vazia. Eu já havia tirado dele a winchester, com a qual às vezes atirava furioso ao seu redor. Na selva isso era absolutamente tolerável, e ele pensava estar se defendendo com valentia dos ataques de onças e cobras venenosas. Uma noite, porém, depois do fim das filmagens, quando cerca de trinta figurantes ainda jogavam cartas e bebiam *aguardiente* em sua cabana, Kinski teve um acesso de cólera, depois de ouvir de sua cabana isolada no topo da colina uma risada distante que o perturbou. Ele disparou a esmo três tiros em direção à cabana dos figurantes, com paredes construídas de bambu, que as balas atravessaram como se fossem de papel. Foi mero acaso não ter acertado em cheio nenhuma das pessoas apinhadas lá dentro, apenas arrancando a falange superior do dedo médio de um dos jovens. Em *Fitzcarraldo*, os ashaninkas ficavam visivelmente com medo quando Kinski se enfurecia, então se sentavam em círculo no chão e cochichavam entre si. No convívio social desse povo nunca há discussões barulhentas. Um dos chefes mais tarde me disse que eu não deveria pensar que eles estavam com medo daquele louco urrando, mas sim de mim, pois eu estava muito quieto. Ele também se ofereceu para matar Kinski para mim. Recusei educadamente, mas sei que, caso tivesse aceitado, no mesmo instante eles teriam passado à ação.

Convidei Bruce para as filmagens de *Cobra Verde* em Gana, mas ele escreveu que estava tão doente, que não podia mais viajar. Ele contraíra um fungo muito raro, que estava se alastrando pela sua medula. Esse fungo fora encontrado apenas numa baleia encalhada na costa da Arábia e em morcegos numa caverna em Yunnan, no Sul da China, que de fato ele visitara. Mais tarde, porém, verificou-se que a infecção fúngica era apenas consequência da aids. Continuei insistindo para que ele viesse e, quando ele de repente melhorou um pouco, me perguntou se era possível chegar até mim numa cadeira de rodas. Respondi que o terreno do local onde estávamos filmando não era adequado. Escrevi para ele: "Vou arranjar para você uma rede com seis carregadores, além de um homem com um enorme guarda-sol, daqueles que os pequenos reis locais sempre têm por perto como guarda de honra". Ele não pôde resistir. Mas depois conseguiu andar sozinho, ainda que apenas por curtas distâncias. Ele escreveu sobre essa visita em seu livro *O que faço eu aqui?*. Ficou particularmente impressionado com o rei que faz um papel no filme, Agyefi Kwame II, *omanhene* de Nsein. Ele aparece em traje cerimonial completo, com 350 pessoas em sua comitiva, tocadores de tambor, dançarinos, suas mulheres, seu poeta da corte. Para o filme, também escalamos um exército de amazonas, com oitocentas jovens que foram treinadas durante semanas num campo esportivo em Accra por Giorgio Stefaneli, o melhor coordenador de dublês da Itália. Stefanelli, que havia coreografado inúmeras pancadarias em filmes de faroeste espaguete, viu-se diante de um exército de jovens loquazes, confiantes e que quase não se deixavam controlar. Bruce testemunhou uma pequena insurreição delas em nosso local de filmagens em Elmina e descreve a cena em seu livro com um espanto assustado. Além de Kinski, eu também tinha diante de mim uma legião de guerreiras maravilhosas e difíceis, e me lembro de um incidente, ocorrido no dia em que o cachê da semana seria pago em dinheiro. No pátio do forte, as mulheres trocavam de roupa após as filmagens, e eu já sabia por experiência própria que elas não faziam fila para serem registradas e pagas. Elas simplesmente haviam avançado sobre a mesa do dinheiro, e tudo acabara num grande caos. Desta vez, a equipe local decidiu que usaríamos a passagem em forma de túnel entre o pátio interno e o portão externo do forte como um gargalo natural para canalizar a esperada confusão. Foi um grande erro. Quando se anunciou que o salário da semana estava pronto lá fora, todas correram de uma vez para o pesado portão externo, do qual, deliberadamente — para evitar que muitas passassem ao mesmo tempo —, apenas uma porta menor fora deixada aberta. Em poucos instantes, os corpos de várias das mulheres estavam entalados uns nos outros na estreita passagem, e a pressão que vinha de trás crescia de tal forma, que pude ver como algumas delas, ainda em pé, perdiam a consciência. Mas elas não deslizavam para o chão no meio da multidão compactada, e sim permaneciam eretas em seus desmaios. As que estavam mais atrás empurrando não tinham ideia do que estava acontecendo à frente e urravam, e eu gritei em vão para elas pararem de empurrar. Estava claro que meros dez quilogramas-força de pressão vindos de oitocentos corpos logo significavam 8 mil quilogramas-força para as que estavam na frente, uma situação com risco fatal que se agravava a cada segundo. Dessa forma, costumam acontecer acidentes terríveis em estádios de futebol. Do lado de fora, junto à mesa com as notas de dinheiro empilhadas — em Gana imperava uma inflação galopante e as notas tinham que ser transportadas em carrinhos de mão —, um soldado montava guarda. Gritei para ele dar um tiro para o alto, mas ele estava como que paralisado. Eu tive que arrancar a arma dele, e atirei para o céu. Assustada, a multidão recuou no túnel, e só então quatro ou cinco das mulheres inconscientes caíram no chão.

O estado de Bruce piorou nos dois anos seguintes sem que eu soubesse como era ruim seu estado de saúde. Em 1987, ele ainda foi a Bayreuth para o Festival Wagner, onde encenei *Lohengrin*. Ele foi com sua mulher, Elizabeth, e a maior parte do caminho sentado ao volante no seu "pato de lata", um Citroën 2CV. Depois, fiz um documentário no sul do Saara sobre o povo nômade wodaabe, mais precisamente sobre um encontro anual de grupos étnicos em algum lugar do semideserto do Níger, onde havia uma espécie de mercado de casamento. Lá eram os homens, considerados os mais belos do mundo, que se embelezavam e se maquiavam em rituais que levavam dias, e as mulheres então decidiam quais eram os mais bonitos e com mais carisma. Elas escolhiam um homem do grupo de dançarinos para passar a noite e, caso ele não as agradasse, devolviam sem cerimônia o candidato. Eu havia contado a Bruce sobre a edição do filme e ele estava ansioso por vê-lo. Quando *Wodaabe, pastores do sol* finalmente ficou pronto, recebi um telefonema de Elizabeth, da comuna francesa de Seillans, na Provença, onde Bruce havia se refugiado num castelo antigo. Ele estava muito mal, mas queria sem falta ver o meu filme. Peguei o carro e fui de Munique até lá. Levei uma cópia do filme numa fita de videocassete.

Quando cheguei, Elizabeth me parou na porta e aos sussurros me perguntou se eu queria mesmo entrar. Bruce estava morrendo. Embora eu tenha tido um momento para me preparar, fiquei profundamente chocado a seguir. De Bruce, restava apenas um esqueleto, apenas os grandes olhos ainda ardiam em seu crânio. Ele quase não conseguia mais falar. Bruce pediu para ficar sozinho comigo. A sua boca e a sua garganta estavam infestadas por uma camada clara de fungos que havia se alastrado até os pulmões. A primeira coisa que ele me disse foi: "Estou morrendo". Eu respondi: "Estou vendo, Bruce". Ele queria que eu o ajudasse em sua agonia, queria saber se eu podia matá-lo. Eu disse: "Você acha que devo bater em você com um taco de beisebol ou sufocá-lo com um travesseiro?". Mas ele estava pensando numa droga de ação rápida. Por que ele não falara com Elizabeth sobre isso? Não, ela era católica demais, era impossível pedir tal coisa a ela. Mas ele acabou retirando o pedido que me fizera e quis ver o filme, do qual lhe mostrei os primeiros quinze minutos. Depois, por um tempo, ele entrou num estado inconsciente. Quando voltou a si, quis assistir ao restante do filme, o que fez, parte por parte. Foram as últimas imagens que viu. Suas pernas, que chamava de *boys* e pareciam fusos feitos de ossos, estavam doendo, e ele me pediu para mudar a posição de seus *boys*, o que eu fiz. Então, de repente, acordou de um semicoma e gritou: *"I have to be on the road again, I have to be on the road again!"* [Tenho que pôr o pé na estrada de novo]. Eu disse: "Sim, Bruce, é a estrada o seu lugar", e ele olhou para as próprias pernas e viu que não havia mais nada, não havia mais corpo, apenas uma alma ardente, e me disse: "Minha mochila é muito pesada pra mim". Eu respondi: "Bruce, eu sou forte, posso carregar a mochila pra você". O filme foi visto até o fim. Depois de quase dois dias,

Bruce me falou que estava com vergonha de morrer na minha frente, e eu disse que entendia, embora não tivesse medo de ficar com ele. Quando eu por fim estava indo embora a seu pedido, ele disse num momento perfeitamente lúcido: "Werner, você tem que ficar com minha mochila, você vai carregá-la em meu lugar". Eu fui embora, e alguns dias depois Elizabeth levou-o para o hospital em Nice, onde ele morreu em algumas horas. Foi ela quem me enviou a mochila de Bruce, que estava guardada em sua casa, perto de Oxford. A mochila não é um suvenir, eu a uso. De todas as coisas materiais que possuo, é ela, feita de couro resistente por um seleiro de Cirencester, a mais preciosa para mim.

Menos de dois anos após a morte de Bruce, a sua mochila teria um papel importante. Eu tinha começado a filmar o longa *No coração da montanha*, que foi lançado em 1991. A ideia desse filme partiu de Reinhold Messner e era sobre a disputa entre dois montanhistas na escalada da mais difícil de todas as montanhas, o Cerro Torre, na Patagônia. Essa montanha parece uma agulha de granito de dois quilômetros de altura, coroada por um cogumelo de gelo e neve compactada. Muito poucos alpinistas subiram até o topo, somente a *crème de la crème*. O número dos que alcançam o topo do monte Everest num único fim de semana é o dobro daqueles que já chegaram alguma vez ao topo do Cerro Torre. Além das paredes íngremes e hostis, há o fato de que o sul da Patagônia costuma ser assolado por tempestades inimagináveis. Walter Saxer produziu o filme e também coescreveu o roteiro, e essa circunstância acabou se revelando o problema do projeto, pois sempre adapto a história, de forma a torná-la compatível com a minha perspectiva. Ao fazer isso, porém, choquei-me com uma resistência obstinada e, no final, ficou implícito que eu deveria proceder de acordo com as indicações precisas dos storyboards, o que, no alto de um rochedo durante uma tempestade de neve, é impossível de se fazer. Os storyboards e a edição se tornaram o ponto crucial do filme, mas posso viver com isso. Quase tudo que é produzido no cinema funciona dessa forma. Eu gostaria que o filme fosse todo de Walter Saxer ou todo meu, mas ele acabou não sendo nem de um nem de outro.

O ator principal, Vittorio Mezzogiorno, usa a mochila de couro no filme, em homenagem a Bruce Chatwin. Eu, por minha vez, a usava quando ela não era necessária em cena. Numa sequência, depois de os dois alpinistas rivais terem alcançado o cogumelo de gelo saliente perto do cume, o mais jovem deles cai de sua corda e morre. Esse papel foi representado por um alpinista de verdade, Stefan Glowacz, que vencera o Rock Master, na Itália, e com isso se tornara uma espécie de campeão mundial não oficial. Devido às tempestades no alto na montanha, transferimos as filmagens de algumas tomadas para o vale. Durante mais de uma semana, não se podia ver a montanha nem chegar perto dela. Então, de repente, houve uma trégua. As nuvens se dissiparam, seguiu-se uma noite sem uma brisa sequer, estrelada e maravilhosamente silenciosa. De manhã cedo, o céu estava azul, sol, nada se movia. Estávamos confiantes de que agora poderíamos filmar a difícil cena perto do cume, então escolhemos um cogumelo de neve parecido, a alguma distância do cume verdadeiro, acessível por uma estreita crista nevada. Mas tínhamos que agir depressa. Decidimos que Stefan Glowacz, um cinegrafista-alpinista, e eu iríamos de helicóptero até o cume. Lá, Glowacz, assistido pelo cinegrafista e por mim, começaria a instalar a sua corda em segurança. Assim pouparíamos tempo e, em vinte minutos, um grupo de alpinistas chegaria para nos apoiar e montar rapidamente um acampamento improvisado, por segurança, com barracas, sacos de dormir, cordas e provisões. Isso era contra os rígidos procedimentos protocolares, mas naquela manhã, depois de uma breve deliberação com os alpinistas, entre eles alguns dos melhores do mundo, e dadas as circunstâncias, concordamos em fazer as coisas de maneira diferente.

O helicóptero nos levou, a vanguarda da filmagem, até o cume, a uma distância de dez minutos. Depois, deu meia-volta para buscar a equipe de segurança. Caminhamos apenas alguns passos na crista, de um lado a Argentina e a geleira que se estendia de Cerro Torre até perder de vista, e do outro, o Chile. De ambos os lados, mais de mil metros de falésias que descem quase verticalmente até as profundezas. Então, vi algo estranho com o canto do olho. Do lado chileno, bem abaixo de nós, havia nuvens firmes, como flocos de algodão, imóveis. Tudo estava tão claro que dava para ver, a cem quilômetros de distância, a linha do Pacífico no horizonte. Mas, então, de repente, todas aquelas nuvens brancas entraram numa rebelião silenciosa. Os flocos de algodão dispararam em nossa direção, pareciam cogumelos atômicos. Gritei para Glowacz, perguntando o que aquilo poderia significar, mas ele apenas ficou parado, cheio de espanto. Apanhei o meu walkie-talkie e imediatamente chamei o helicóptero de volta. Ele era apenas um ponto distante no ar, mas vi quando mudou de rumo e veio na nossa direção. Quando já estava perto, ao nosso alcance, fomos atingidos pela primeira rajada da tempestade, que varreu dali o helicóptero.

Em questão de segundos, estávamos num *white-out*, no qual não podíamos ver muito além da própria mão estendida, em meio a uma tempestade de cerca de duzentos quilômetros por hora, a uma temperatura de −20°C. Nós nos agarramos uns aos outros e alcançamos uma sólida parede de neve, dentro da qual nos enterramos. Tínhamos apenas uma picareta de gelo, e também a corda que Glowacz usaria na cena, mas estávamos sem barraca, sem sacos de dormir, sem comida. Eu tinha duas barras de chocolate num dos meus bolsos e a mochila vazia de Bruce Chatwin. Conseguimos criar uma minúscula caverna bivaque, não muito maior do que um barril. Agachados lado a lado, poderíamos ficar razoavelmente seguros, pois lá dentro, depois de fechar a entrada com pedaços de gelo, a temperatura era de 1ºC ou 2ºC, devido à respiração e ao calor dos corpos. Eu me sentei sobre a mochila vazia para não perder muito calor do corpo, se em contato com o gelo. Mais tarde, ouvi algumas pessoas dizerem que a mochila salvou a minha vida, mas isso não faz sentido, porque os outros dois homens que estavam comigo também sobreviveram, sem a mesma proteção. Exatamente a cada duas horas, eu contatava nosso pessoal no vale por um momento. Dessa forma, pretendia economizar bateria. Reparti entre nós o pouco chocolate que eu tinha. Cada um deveria fazer suas pequenas rações. Passamos o dia inteiro e a noite apinhados ali, e logo o cinegrafista, que era um alpinista habilidoso e traquejado, começou a passar mal. Glowacz e eu o colocamos no meio de nós dois e o forçamos a manter os dedos das mãos e dos pés em constante movimento, porque as extremidades ficam sempre mais rapidamente expostas ao congelamento. No entanto, ele piorou depressa e, no final da noite, estava em péssimas condições. Quando liguei o walkie-talkie que mantinha aquecido sob a axila, ele arrancou o dispositivo da minha mão e comunicou que não sobreviveria a outra noite como aquela.

Isso alarmou os montanhistas no vale. Eles formaram dois grupos, cada um com quatro homens, que deveriam tentar nos alcançar por duas rotas diferentes. Um dos grupos logo desistiu por causa da tempestade, da falta de visibilidade e do frio congelante. O segundo chegou perto, a algumas centenas de metros abaixo de nós, mas então o mais forte de todos, o melhor alpinista argentino dos Andes, tirou as luvas. Ele as arrancou com os dentes e as jogou na tempestade. Então estalou os dedos, como se chamasse um garçom para pagar pelo seu cappuccino. Seus camaradas tiveram que colocá-lo a salvo e o levaram quase até uma geleira, mas foram arrastados um pouco mais para baixo por uma pequena avalanche. Depois, também tiveram que fazer uma caverna bivaque, mas estavam seguros, pois tinham alimentos, sacos de dormir e um fogareiro para derreter a neve. Enquanto isso, no alto, na crista da montanha, nos forçávamos a comer neve e mantínhamos nossas mãos e pés em movimento. Assim passamos o dia seguinte e a segunda noite. No terceiro dia, de repente as nuvens se abriram um pouco e a tempestade quase se dissipou, e o helicóptero arriscou subir até nós, mas não ousou pousar direto no cume. Içamos nosso homem doente para o helicóptero e, então, em questão de segundos, Glowacz também entrou e eu subi na cesta de metal instalada do lado de fora para o resgate. Por um momento, levantei-me e quis rastejar para dentro do helicóptero, mas o piloto, em pânico, simplesmente disparou dali e eu cambaleei para trás. Consegui me agarrar a uma das barras de ferro da cesta e me segurei firme ali, agachado. Foram poucos minutos de descida até o vale, mas meus dedos nus agarrados à barra congelaram de tal forma que eu não conseguia soltá-la. Por fim, um dos argentinos da equipe pediu às damas que se afastassem e urinou nos meus dedos. Com o calor da urina, eles reviveram. Tínhamos ficado 55 horas no cume, e o tempo voltou a ficar terrivelmente ruim pelos onze dias seguintes.

24.
Arlscharte

Meus filmes sempre foram filmes a pé. Uso o termo aqui não só como metáfora. Mas o caminhar, que eu tinha em comum com Bruce Chatwin, contribuiu para uma visão do mundo que sempre se faz sentir no meu trabalho, por mais diversos que sejam os temas que me fascinam. Antes mesmo de ele morrer, em 1986, eu carreguei sua mochila na travessia dos Alpes, na verdade, para ser mais preciso, era uma cópia aproximada da sua, que ele havia mandado fazer na Inglaterra de presente para mim. Também quero registrar aqui que provavelmente sou tão preguiçoso como qualquer outra pessoa, apenas viajei a pé em momentos de importância existencial para mim. Nessa época, eu mantinha diários, eis alguns trechos:

Quinta-feira, 8 de maio de 1986
Tegernsee — Rottach-Egern — Sutten — Valepp. Ao longo do Rottach; chuva o dia todo. Um toco de madeira sempre entrava de novo no turbilhão de uma eclusa, era lançado para fora de novo e inevitavelmente voltava outra vez para o remoinho, que o puxava para baixo da superfície espumosa da água. Fiquei um bom tempo olhando para isso, enquanto uma memória de infância muito antiga voltava com clareza cada vez maior. Eu estava no riacho atrás da casa e observava um pedaço de madeira com profunda apreensão. Um galho também havia sido jogado da cachoeira, recém-arrancado. Quase não

havia mais folhas nele e quase toda a casca havia sido raspada entre as pedras. O galho caiu no mesmo remoinho. Mas então, depois de um circuito muito longo, o pedaço de madeira foi expelido para fora da horrível voragem. O galho ficou e eu fiquei observando o galho. Já havia escurecido bastante e as pessoas começaram a me procurar. Lenz, o empregado que trabalhava na grande propriedade, me encontrou. Ele me deu sua mão dura, enorme, e eu não senti mais frio.

Em Enterrottach, havia um clube de curling. O jogo era no asfalto. Com um barril de cerveja e seu dialeto, os jogadores estavam totalmente entre si. A chuva para. Primavera, árvores floridas, a felicidade dos pássaros canoros. Um pouco mais alto, a cerca de mil metros, nevou de leve.

O taverneiro em Valepp me mostrou seu bilhete de loteria de três meses atrás. Para cada um dos números sorteados, ele havia apostado exatamente um número acima. No passado, Hansi, o cervo da casa, zanzava aqui pelo salão. Quando ficou mais velho, tornou-se bravio, atacava os hóspedes com seus chifres e tiveram que atirar nele.

Na hospedaria depois da fronteira, havia um bode branco, que bebia aguardente e fumava charutos. Quando ele morreu, prepararam sua cabeça e a penduraram na sala e enfiaram um cigarro no canto da boca. Perguntei como o bode havia morrido. De cirrose hepática, disse o taverneiro, servindo-se de um copo de genciana. "Cuidado, fígado, abaixe-se", ele encorajou a si mesmo, baixou a cabeça rapidamente e sorveu a aguardente. Eu também pedi uma genciana. Sim, disse o taverneiro, ele também tinha ouvido falar do cervo em Valepp. Em 1936, quando Hitler e outros ainda estavam por aí, ele espetara um hóspede. Esse fora o seu fim, do cervo. Naquela época não se perdia muito tempo com um cervo. Era também assim com Hitler e ete cetera, ele nunca perdeu muito tempo.

Sexta-feira, 9 de maio
   À noite, estendi minha rede numa cabana. Várias construções ao redor estavam habitadas, e o meu medo de encontrar pessoas me obrigava a agir às escondidas. Tive calafrios tão fortes que, quando me segurei no parapeito para estender a rede, a varanda inteira estremeceu comigo.

Domingo, 11 de maio
   Fez tanto frio à noite que me levantei e caminhei por horas na varanda; depois dormi um pouco mais. Hoje de manhã, todo o Steinernes Meer estava diante de mim. Os pássaros me acordaram. A manhã era como minério refinado. Andei atravessando a floresta íngreme; neve profunda e silêncio ainda mais profundo. Entre os bombeiros na taverna, havia um mongoloide em uniforme de bombeiro.
   De Mühlbach, seguindo a bússola, direto para St. Johann. Caminho muito íngreme na floresta onde nem mais os cervos passam. Na primeira parada, peguei uma agulha e esvaziei o líquido das bolhas dos pés. Me dei conta de que precisava de cada vez mais coragem para me misturar às pessoas nas aldeias.
   Sobre caminhar: muitas e mais muitas e muitas vezes, o sentido do mundo deriva do menor, no qual nunca se reparou antes, essa é a matéria da qual resulta um mundo completamente novo. Quem caminhou não consegue contar as riquezas de um único dia. Ao caminhar, não há nada nas entrelinhas, tudo se passa no presente mais bruto e imediato: as cercas do pasto, os pássaros que ainda não sabem voar, o cheiro da madeira recém-derrubada, o espanto da caça. Hoje é Dia das Mães.
   Acima de Dienten, quando saía da floresta encontrei inesperadamente um velho maltrapilho, que, encolhido e encurvado, observava com binóculos embaçados um cortejo fúnebre que subia em direção à igreja. Ele se assustou e pareceu se envergonhar das janelas quebradas e das telhas de madeira desbotadas

e que em parte desmoronavam de seu telhado. Mãos e cabelos davam a impressão de não serem lavados há anos. Atrás de sua casinha em ruínas, estava estacionado um volkswagen sem motor, portas ou rodas. Sim, ele disse, ele morava ali sozinho, eu tinha vindo pela montanha no meio de toda aquela neve? Ele não quis me deixar descer pela encosta extremamente íngreme; tomei, portanto, o caminho, de curvas sinuosas.

Großarl — Hüttschlag. Hüttschlag parece ser o último lugar onde posso encontrar alguma coisa numa pequena venda. Vou passar a noite numa hospedaria. A principal cadeia alpina de Tauern parece muito alta, muito alta e coberta de neve profunda. Vou levar um filão de pão, e toucinho.

Segunda-feira, 12 de maio

Hüttschlag. Depois de fazer compras pela manhã, cortei para mim um robusto cajado, um braço mais alto do que eu, e subi seguindo o riacho. A paisagem rapidamente se tornou mais selvagem, mais dramática. Neve profunda, bandos de camurças, cachoeiras. Caí várias vezes em trechos com neve até a cintura. Amaldiçoei, depois me reconciliei com o deus dos primeiros alpinistas. Minhas polainas e meu cajado estão adquirindo um valor, pensei comigo mesmo, que ninguém jamais poderá calcular. Isso me deixou um pouco mais satisfeito, como alguém que enumera suas duas únicas riquezas.

Segui um rastro humano de cerca de duas semanas atrás, mas que depois também acabou. Por aqui não passou ninguém. Subida extremamente íngreme ao longo de várias canaletas de neve, então me deparei com uma cabana de caça com placas de alerta pregadas por todo o lado de fora, informando que aquela propriedade privada estava protegida por disparos automáticos. Perdizes brancas esgueiravam-se à minha frente. Eu quase não as via mais, porque, embora fizesse mau tempo, com o céu encoberto por nuvens cinzentas, eu estava começando a *ficar cego pela neve. Eu não trouxe óculos escuros, isso foi estúpido. Os olhos inflamaram-se e as pálpebras incharam bem grossas, mas eu ainda conseguia enxergar por onde andava. Meu objetivo na Cadeia, o Arlscharte, localizava-se nas alturas nevadas um pouco diferente do que eu presumira a princípio, mas por nada neste mundo eu poderia perdê-lo. Então, subi num monte de neve, consultei bússola e mapa e refleti por muito, muito tempo. Na última localidade, tinham me dito para não ir, em hipótese alguma. No final da guerra, exatamente nos mesmos dias de maio, me disseram como advertência, muitos soldados, homens jovens e fortes, haviam tentado chegar à sua terra natal, a Caríntia, e todos haviam morrido no Arlscharte na passagem pela Cadeia Alpina Principal, soterrados por avalanches ou desaparecidos para sempre.*

Bem no alto em direção ao cume, em trechos muito íngremes, afundei muitas vezes na neve até o peito; subida muito cansativa. Logo antes do Arlscharte, uma encosta de avalanche, curta e extremamente íngreme, que contornei escalando a rocha ao lado. De repente, o vale de Malta estava abaixo de mim, ao sul, com sua poderosa barragem. Pedaços de gelo flutuavam na água da represa. O hotel junto à represa ainda está fechado, mas com meus olhos doloridos e lacrimejantes eu avistei três homens. Então eu também vi que era preciso atravessar uma encosta de avalanche extremamente íngreme ao sul e que não havia desvio, porque a rocha acima dela não era acessível sem equipamento, grampos, mosquetões e corda. O que fazer? Retornar, tudo de volta, mais de cem quilômetros de desvio? Refleti por um tempo, não me apressei. Aproximei-me da encosta de avalanche e a estudei. Ela não parecia bem. A encosta estalou e fez um barulho estranho, um silvo, como o silvo de uma cobra. Algo queria estourar, mas resistiu. Sem que tivesse tomado uma decisão, eu me vi descendo a encosta em saltos rápidos. Quando cheguei ao meio, houve um estrondo, como se um balão muito grande não muito cheio tivesse estourado. Havia algo agudo e abafado no estrondo. Depois de atravessar a encosta, vi com o coração aos pulos que havia uma fenda profunda na neve logo abaixo do meu rastro, com cerca de um metro de largura, que se estendia de uma extremidade à outra da encosta. Mas a avalanche não se desprendeu.

Na barragem de Köllnbrein, a equipe técnica estava em serviço. Eles ficaram aqui durante todo o inverno, ainda estavam impedidos pela neve, isolados do mundo exterior. Apenas um helicóptero fornecia comida para eles de vez em quando, além disso tinham um telefone. Eles não acreditaram que eu tinha descido do Arlscharte e estudaram minhas pegadas na neve com seus binóculos por um bom tempo e conversaram baixinho entre si. Pareciam presumir que eu fosse algum prisioneiro fugitivo. Por que eu tinha feito isso, por que eu tinha descido até lá, eles queriam saber. Eu disse a eles que na verdade eu não queria contar a ninguém neste mundo, mas estava viajando porque queria pedir a mão de uma mulher em casamento e era melhor fazer isso a pé. Os homens então me mostraram seu trabalho no interior da barragem. Em poços sem fundo dentro da parede de concreto, havia pêndulos suspensos a partir dos quais eles liam as deformações da parede. Várias estações de medição. As paredes da barragem têm uma vida interior muito complicada.

Um dos engenheiros ditou para a filha pelo telefone uma redação escolar sobre o florescimento da natureza em maio, embora ainda reinasse o inverno onde ele estava. Um deles treinava por horas em aparelhos de musculação, outro cuidava de todas as plantas hidropônicas do hotel, com as quais ele havia abarrotado desde o saguão até o escritório. Dormi no quarto andar do hotel vazio. Pude escolher em qual andar eu queria dormir. No final do dia, perscrutei atentamente o vale, porque pensei ter ouvido um cuco à distância.

Terça-feira, 13 de maio
Dia claro, azul. Hoje mais tarde, quer o acaso, a equipe será rendida; um helicóptero virá. Eles estão fazendo as malas. Um deles está lavando a louça na cozinha, que se acumulou por vários dias. Eu o ajudo, seu nome é Gigler Norbert, a varrer o chão.

Eles queriam me dar uma lanterna para os túneis mais abaixo no vale, mas eu irrefletidamente recusei. Sobre a estrada, resquícios de avalanches e pedras de desabamentos. Apavorante ter que avançar sem lanterna, tateando num túnel escuro como breu. A parte final do túnel superior, um pouco mais baixa, ainda está quase toda soterrada por uma avalanche, os blocos de neve e gelo foram pressionados fundo dentro dos canos. Bem no alto, sob a abóboda da galeria, há uma abertura estreita, através da qual, escavando-a, consigo sair para o ar livre. Mais adiante no vale, equipes de limpeza vêm trabalhando na minha direção. O primeiro trabalhador que encontrei quando rastejava para fora do túnel estava comendo pão em cima de um limpa-neves. Cumprimentei o homem perplexo, que parou de mastigar.

25.
Mulheres, filhos

Eu havia percorrido esse caminho, porque queria pedir a mão de minha mulher Christine. O casamento aconteceu em 1986, mas, por mais revelador que tenha sido o gesto da caminhada, não perdurou. É conflitante com meu senso de discrição falar sobre as minhas mulheres, mas posso dizer que todas as mulheres em minha vida, sem exceção, foram extraordinárias: talentosas, autodeterminadas, muito inteligentes, afetuosas. Christine é uma mulher de extremo talento musical, de uma família de professores de música da Caríntia. Ela se apresentou como pianista em Budapeste já aos quinze anos, num programa para jovens músicos de Leonard Bernstein, mas aos dezoito desistiu do piano por causa de graves inflamações nos pulsos. Suas posições políticas eram radicalmente de esquerda e ela escrevia para revistas. Ela deu ao nosso filho o nome de Simon em homenagem a Simon Wiesenthal,* para quem trabalhou por um tempo. Algo que de início não queríamos perceber tornou-se um problema: por minha causa, ela nunca podia realizar plenamente os próprios desejos, os próprios projetos. Ela recusou uma oferta para ir para a África do Sul como correspondente da estação de radiodifusão austríaca ORF, porque eu não podia e não queria me mudar com ela. Ela participou de muitos de meus filmes, não como esposa acompanhante, mas em papéis práticos de colaboração.

* Sobrevivente do Holocausto, foi um escritor e caçador de nazistas (1908-2005).

Em *Gasherbrum*, ela fez o som; em *Pastores do sol*, as fotos para a produção; em *Onde sonham as formigas verdes* e *Cobra Verde*, trabalhou na produção; e em *Lohengrin*, em Bayreuth, ela foi minha assistente, porque sou um diretor de óperas que até hoje não sabe ler notas musicais. Como mãe, ela era uma leoa. Quando Simon sofreu bullying de colegas na escola francesa, o Lycée, e finalmente confessou-lhe os horrores, ela o tirou da escola imediatamente, sem matriculá-lo antes numa nova. Isso era contra os procedimentos legais, mas ela foi firme. Simon fez aulas particulares de inglês por algumas semanas, ele queria ir para a International School em Viena. Aprendeu tão rápido que foi aceito e, no prazo de um semestre, pulou todos os níveis e entrou na classe dos "falantes nativos". Meus filhos não devem a mim o fato de terem se saído tão bem, mas às suas mães.

Martje, minha primeira mulher, e eu nos conhecemos no navio para os Estados Unidos. Ela também era musical, tocava cravo e ainda hoje canta em vários corais, principalmente música sacra de Bach, mas o seu verdadeiro talento está na literatura. Martje vem de uma família de professores e cresceu em Dithmarschen, no extremo norte da Alemanha, com quatro irmãs, uma casa toda para as meninas. Quando concluiu seus estudos em Freiburg, nos casamos. Ela participou de quase todos os meus primeiros filmes, *Sinais de vida*, *Até os anões começaram pequenos*, e em *Aguirre* coube a ela a mais ingrata de todas as tarefas: administrar o dinheiro quase inexistente durante as filmagens na selva. Nunca, nem uma só vez, eu a ouvi reclamar. Ela sempre foi mais protetora comigo do que eu com ela, o que estaria mais de acordo com o modelo masculino da época. Em *Nosferatu*, ela faz um papel coadjuvante, a irmã de Jonathan Harker, interpretado por Bruno Ganz. Ao nosso filho, fui eu quem deu o nome: Rudolph Amos Achmed, já contei como foi; Rudolph em homenagem ao meu avô, Amos em homenagem a Amos Vogel, Achmed em homenagem ao último sobrevivente das escavações em Cós. Ele faz filmes, documentários e recentemente fez uma longa-metragem, e é também um escritor de sucesso. Sua filha Alexandra é a minha única neta até agora. Martje ficou amiga de Lotte Eisner, com quem sempre mantive o tratamento formal. As duas, no entanto, se tratavam familiarmente. Quando Lotte escreveu suas memórias, *Eu tinha uma bela pátria*, o livro se baseou em gravações suas de áudio, que foram então editadas por Martje. Mas Martje nunca quis uma menção a isso na capa do livro, apenas dentro dele ela é identificada como autora. Martje é profundamente compreensiva e se deixa entusiasmar pelo que é excelente. Assistimos juntos à *Corrida do ouro*, de Chaplin, e, na cena em que a cabana de madeira começa a deslizar por uma encosta e fica calçada de forma periclitante à beira do precipício, ela riu tanto que se curvou para a frente. O cinema ainda tinha poltronas muito antigas com espaldar de madeira. Ali ela bateu o rosto e perdeu os dois dentes incisivos superiores. Eu cometi muitos erros. Quando, em 1977, decidi de um minuto para o outro voar para o Caribe para *La Soufrière*, o filme sobre o vulcão prestes a explodir, passei em casa apenas por minutos para pegar o meu passaporte. Lá estava o nosso filho pequeno, e não estava claro se eu voltaria vivo. Menciono isso porque tais coisas não favorecem um casamento. Mas de qualquer maneira, quase imperceptivelmente a princípio, nós nos desenvolvemos em direções diferentes.

Com Eva Mattes, tenho uma filha, Hanna-Marie. Eva queria o nome "Marie" em referência ao seu papel em meu filme *Woyzeck*, pelo qual ela recebeu o prêmio de melhor atriz em Cannes em 1979. Foi uma injustiça Klaus Kinski não ter recebido o mesmo prêmio como ator, e Eva foi muito nobre com ele na época, assim como ele também foi muito nobre com ela. Na verdade, nunca busquei ter um relacionamento próximo com minhas atrizes, mas me apaixonei perdidamente quando trabalhamos juntos em *Stroszek* em 1975. Algumas coisas são óbvias, mas são ainda mais fáceis de entender quando você as diz. Sem sombra de dúvida, Eva é a atriz mais destacada de sua geração no cinema e no teatro alemão. Houve atrizes boas e muito boas, mas nenhuma com a presença elementar como ela tem. Em retrospecto, todas as outras parecem corresponder a certas tendências, ao gosto da época. Eva Mattes não se enquadra nisso. Ela estava tão envolvida no turbilhão dos seus compromissos profissionais, e eu também com os meus, que ficou claro que não iríamos, não poderíamos viver juntos. Nossa filha Hanna é uma artista visual que constrói e mergulha em cenários imaginários. Em geral, o processo termina com uma foto, mas eu não a chamaria de fotógrafa. Há pouco ela se voltou para os textos. Estou muito curioso para ver para onde ela está se movendo. A sua profunda afetuosidade é a mesma de sua mãe, e sua voz e a sua risada são tão surpreendentemente iguais que eu já a chamei de Eva por engano várias vezes ao telefone.

Minha mulher, Lena, com quem estou há mais de 25 anos, conheci num restaurante da Bay Area, o Chez Panisse, por intermédio de Tom Luddy. Devo muito a Tom Luddy. Na verdade, ele deveria ser incluído na lista do patrimônio cultural dos Estados Unidos. Quando estudou física teórica, foi aluno do famoso físico Edward Teller em Berkeley, e lá se tornou um dos líderes do movimento pela liberdade de expressão na militância estudantil. Na mesma época, foi também campeão júnior de golfe amador, e poderia ter feito uma brilhante carreira nesse esporte. No entanto, seus companheiros de armas revolucionários em Berkeley o criticavam, porque o golfe seria um esporte burguês, e Tom desistiu dele. Ele dirigiu o Pacific Film Archive [Arquivo de Filmes do Pacífico], em Berkeley, e fez dele o local mais importante na época para a cultura cinematográfica da costa oeste. O diretor Errol Morris passou por lá, o diretor Les Blank também. O diretor brasileiro Glauber Rocha morou muito tempo na casa de Tom. Por algumas semanas, morei lá com Tom e Glauber sob o mesmo teto. Foi uma época muito densa de filmes, ideias e novas amizades. Lembro-me de como Glauber teve que voltar repentinamente para o Brasil e enfiou seus pertences às pressas em algumas malas porque estava quase perdendo o voo. Ele havia reunido todas as suas anotações e papéis numa pilha e, com ela debaixo do braço, correu à minha frente para a sala de embarque, envolto em papéis que voavam e que eu pegava atrás dele entre as pernas dos passageiros. Quando Glauber Rocha morreu muito jovem logo depois, todas as escolas de samba do Brasil pararam por um dia. Tom Luddy me convidou para o seu Pacific Film Archive no final dos anos 1960 com meu primeiro longa, *Sinais de vida*, e mais tarde, quando ele passou a dirigir o famoso festival de cinema em Telluride, Colorado, eu tive, ao longo dos anos, cerca de trinta estreias mundiais de meus novos filmes lá.

O restaurante Chez Panisse tem uma história interessante. Tom vivia na época com Alice Waters, que era cética em relação aos "revolucionários" de Berkeley. A revolução mundial que se supunha iminente seria apenas um produto de teóricos e acadêmicos e não daria em nada. O que era muito mais importante e adequado devia sempre ser medido em termos de benefícios para a classe trabalhadora. A alimentação, por exemplo, consistia em grande parte em fast food, e era necessário, enquanto movimento, criar uma nova cultura alimentar, saudável e acessível. Ela fundou o Chez Panisse em 1971, que ao longo das décadas se tornou o lugar mais influente em nutrição nos Estados Unidos. Sempre que eu aparecia em San Francisco ou Berkeley, Tom me levava para jantar lá, dizendo que só levaria um ou dois amigos, mas sempre acabava com pelo menos doze pessoas amontoadas em volta de uma das mesas.

Lá então, subi as escadas para o andar superior. Duas jovens estavam sentadas no bar, pois nossa mesa ainda não estava pronta. Uma se virou para mim, era Lena. Dizem, eu não me lembro, que parei como que petrificado no degrau mais alto da escada, mas realmente algo como um raio deve ter me atingido. Eu nunca tinha visto olhos de tanta beleza e inteligência em minha vida. Naquela noite, peguei uma cadeira vazia e me enfiei entre ela e sua vizinha à mesa, e conversamos, Lena e eu, durante todo o jantar como se não houvesse outras pessoas presentes. Descobri que, quando ela ainda frequentava a escola na Sibéria, com apenas quinze anos, copiava à mão livros proibidos na União Soviética e os fazia circular em segredo entre suas amigas. Ela copiou todo o romance *O Mestre e Margarida*, de Bulgákov, e o primeiro livro de *Um dia na vida de Ivan Denisovich*, de Soljenítsin. Foi uma noite ímpar. Eu soube de imediato, instantaneamente: esta é a mulher com quem quero viver.

Mas desta vez eu queria fazer tudo certo. Voltei para Viena, onde eu ainda estava casado no papel, mas já vivia separado. Pus a minha casa em ordem e desisti de tudo o que eu possuía fisicamente. Quando voltei aos Estados Unidos, não levei bagagem comigo, nada. Eu queria um começo de todo novo. Depois de ter passado pelo controle de passaporte e pela alfândega, um oficial de repente me chamou de volta e perguntou onde estava minha bagagem, se eu a deixara na esteira. Isso me tornou suspeito de carregar uma bomba, que eu teria simplesmente largado na esteira rolante atrás de mim. Expliquei que eu não tinha bagagem. O oficial respondeu que em 22 anos de serviço nunca tinha visto um viajante chegar de outro continente sem bagagem, no máximo tinha visto alguém chegar apenas com uma bolsa ou uma pasta. Por pura estupidez, talvez para impressioná-lo, enfiei a mão no bolso do casaco e mostrei-lhe a minha escova de dentes. Por causa disso, acabei passando as seis horas e meia seguintes em interrogatórios e investigações de um possível antecedente criminal. Tentei explicar que havia encontrado minha mulher e que queria ser apenas eu, sem status, sem posses, sem nada, até mesmo sem a certeza de que seria aceito por ela. Permitiram então que eu entrasse no país.

Bem no começo, tínhamos apenas dois pratos, dois jogos de talheres e dois copos, mas convidávamos amigos, que vinham cada qual com um prato debaixo do braço, talheres e uma taça de vinho. Lena nunca tinha visto um filme meu e no começo eu não quis me gabar com o meu trabalho e lhe disse no nosso primeiro encontro que eu trabalhava com cinema, que tinha sido dublê e agora havia passado para a coordenação de dublês. E que também estava envolvido com todas as outras funções possíveis no métier. Por um bom tempo, e mesmo depois de eu ter lhe contado coisas mais precisas sobre meu trabalho, Lena receava que eu nunca tivesse feito um filme bom, pois quase todos os filmes que vira nos Estados Unidos eram fracos e um tanto constrangedores. E se eu só tivesse feito tais obras constrangedoras? Após um ano de hesitação, ela por fim viu em segredo *Aguirre*, que estava passando no cinema. Sentou-se na ponta da fileira, ao lado da saída, para poder escapar de fininho caso fosse necessário.

Eu simplesmente tive sorte de encontrar a mulher com quem tenho plenas afinidades espirituais e compartilho minha visão de mundo. Tom Luddy não tinha planos ocultos de nos unir. Do ponto de vista estatístico, nosso encontro foi uma completa anomalia. Lena só aparecera para jantar porque tinha apenas uma lata de atum em sua residência na universidade e estava faminta. O próprio fato de ela estar nos Estados Unidos resultava de toda uma série de coincidências. Lena cresceu em Ecaterimburgo, na parte mais ocidental da Sibéria, numa família de cientistas cujos antepassados foram para o leste fugindo da repressão de Stálin. Seu pai é um destacado geofísico russo, e ela cresceu numa casa onde sempre havia vários alunos famintos sentados juntos à mesa discutindo, e onde reinava uma atmosfera de ideias, de interesse pela literatura, de comunhão com os grandes escritores. Lena também foi ginasta desde pequena, mas isso deve ter sido uma tamanha tortura todos os dias durante horas, que ela evitava mostrar suas habilidades em competições, porque se cogitava incluí-la num quadro olímpico. Seu desempenho escolar sempre foi brilhante e ela foi admitida na universidade da antiga Leningrado, hoje São Petersburgo, aos dezesseis anos, mas como vinha de uma família de acadêmicos, teve que exercer um trabalho prático durante um ano, para ser considerada uma proletária. Depois, Lena estudou linguística e filosofia. Mais uma vez, por uma série de coincidências, ela foi convidada por uma família americana para ir a San Francisco, e de repente se viu expulsa da universidade na Rússia por não ter comunicado corretamente a breve estadia. Foi aceita na Universidade de Stanford e, como Stanford não podia lhe dar uma bolsa de estudos, foi-lhe oferecida a oportunidade de trabalhar de forma remunerada num projeto de pesquisa sobre história das ideias a respeito do Armagedom. Ela se deslocava cotidianamente entre Stanford, Berkeley e o Mills College na Bay Area. No final de seus estudos de filosofia, o pai a presenteou com a câmera fotográfica dele, uma réplica russa de uma Leica. Na época, eu estava encenando *Tannhäuser* na Ópera de Sevilha, e Lena fazia suas primeiras fotos a apenas dois quarteirões dali, na praça de touros. De volta a San Francisco, quando ela estava num estúdio como cliente revelando os dois primeiros rolos de filme que havia tirado na vida, o dono de uma galeria descobriu as fotos que estavam penduradas para secar. Essas fotos se tornaram sua primeira exposição e depois uma monografia, *Tauromaquia*. Lena já publicou seis livros de fotografia e também se voltou para outros projetos, como *Last Whispers*. Trata-se de um oratório composto em línguas já extintas, que existem apenas gravadas em fitas, e em línguas altamente ameaçadas, das quais existem apenas dois ou três falantes vivos. Às gravações de Lena soma-se um componente visual, um vídeo contemplativo. O oratório foi apresentado pela primeira vez no Museu Britânico e a seguir em muitas outras grandes casas, como o Kennedy Center, no Museu Smithsonian, e o Théâtre du Châtelet, em Paris. Às vezes, brincamos que ela é a primeira pessoa russa em cem anos, desde os Ballets Russes, de Diaguilev, a encher a casa com o próprio programa. Mas o fato é que ela é cidadã americana. Estava nos Estados Unidos com um passaporte válido da União Soviética, mas de repente o país não existia mais, havia se dissolvido. Com isso, ela se tornou meio apátrida. Se tivéssemos nos casado imediatamente, ela teria se tornado alemã, mas ela não queria isso, nem eu. Quarenta e oito horas depois de ela se tornar cidadã americana, nós nos casamos.

Já passamos juntos por tudo e tentamos nunca ficar separados por mais de duas semanas. Apenas quando eu estava filmando na Antártica, viajei sozinho por seis semanas. Acabou se revelando bom para nós de preferência não trabalharmos juntos; apenas em casos excepcionais Lena fez fotos para filmes meus, como *Vício frenético* ou *O diamante branco*, na selva da Guiana. Estávamos viajando juntos pelo distante rio Pacaás Novos, no Brasil, na fronteira com a Bolívia, onde desde meados da década de 1980 o maior grupo isolado de indígenas da floresta amazônica, cerca de 650 pessoas, estava sob pressão crescente de garimpeiros e madeireiros. Os indígenas rejeitavam qualquer contato com a civilização moderna e haviam atacado e matado com flechas os posseiros. O órgão estatal brasileiro para assuntos indígenas, a Funai, decidiu na época buscar contato com os nativos nômades, porque parecia melhor não deixar o inevitável de uma confrontação apenas para saqueadores. O primeiro encontro, cuidadosamente preparado, com os uru-eu foi filmado na época em 16 mm. No ano 2000, fui convidado para um projeto conjunto com outros diretores internacionais, entre eles Wim Wenders. Cada um deveria contribuir com um filme de dez minutos sobre o tempo. O projeto se intitulava *Dez minutos mais velho*, mas eu queria fazer um filme chamado *Dez mil anos mais velho*, no qual um grupo de seres humanos isolados, no espaço de tempo dos minutos de um contato, tem sua existência deslocada da idade da pedra para a época atual. A tragédia adicional desses encontros era que, no primeiro ano após o contato inicial, 75% dos membros do povo morriam de varicela e infecções gripais, para as quais não haviam desenvolvido imunidade.

A subida do Pacaás Novos foi difícil, porque o rio é de difícil navegação mesmo para pequenos barcos, muitas árvores gigantes caídas bloqueiam o caminho. Após longos preparativos, encontramos fora de sua reserva os dois caciques guerreiros Tari e Wapo, que haviam sobrevivido ao primeiro contato. Além de arcos e flechas, que chegavam a dois metros de comprimento, como as dos amehuacas durante as filmagens de *Fitzcarraldo*, eles também usavam espingardas e exigiram que levássemos para eles uma espingarda e munição. Fizemos isso, ou melhor, pedimos algumas de suas flechas em troca. Tari e Wapo representaram para nós, com passos pesados, como haviam flechado e matado um posseiro num telhado, e imitaram, num canto ritual em português inventado, como o filho da vítima pedia ajuda. Antes de irem embora, após as filmagens, eles remexeram nas nossas coisas e queriam alguns presentes extras. Isso não foi um problema, mas quando quiseram nossas redes eu tive que recusar, porque havia grandes correições de formigas no chão e, além disso, os próprios indígenas faziam redes excelentes. Houve alguns momentos de tensão em torno disso. No início da noite, Lena estava preocupada que pudéssemos ser atacados, mas por que eles fariam isso se já durante nosso encontro tinham arco e flecha e uma espingarda? Não tinha lógica. No meio da noite, da sua rede ao meu lado, Lena me acordou, ergueu-se apavorada e disse apenas: "Eles estão vindo". De fato, podia-se ouvir movimentos na selva, galhos estalavam, mas devia ser uma anta ou algum outro animal grande. "Se fossem eles", eu disse, "nós não os ouviríamos", e voltei imediatamente a dormir. Em meus filmes, em algumas raras vezes consegui atingir momentos — como, não sei dizer em retrospecto — nos quais algo extraordinário me foi dado de presente, como se pela graça de Deus, nos quais uma misteriosa e insondável beleza e verdade são iluminadas como se de dentro. Um desses momentos é o final de *O país do silêncio e da escuridão*, de 1972, com certeza o meu filme mais profundo, em que uma agricultora que ficou surda e cega, e não é mais respeitada pela família, vive durante anos com as vacas no estábulo, para poder ter uma cota de calor animal, e de repente sai de um banco no parque e vai dar em meio aos galhos de uma macieira no outono. Como a surda-cega sente os galhos e depois sente o tronco da árvore é um desses momentos difíceis de descrever. Esse é também o caso de *Dez mil anos mais velho*, quando Tari perscruta intrigado um grande despertador que leváramos conosco. O seu rosto e o relógio, eu poderia ter filmado apenas esse único momento, e tudo em minha vida estaria bem.

As melhores situações sempre foram aquelas em que eu rodava um filme e Lena trabalhava paralelamente num projeto fotográfico. Em *Roda do tempo*, meu filme de 2003 com o Dalai Lama, ela trabalhou ao meu lado no projeto de um livro, *Pilgrims* [Peregrinos]. Muitas vezes sou eu que, como mula de carga, levo as câmeras dela, que são bastante pesadas, algumas para imagens de grande formato em celuloide. Quando caminhamos em volta do sagrado monte Kailash no Tibete com cerca de 100 mil peregrinos, a quase 5 mil metros, ela foi afetada pelo mal da montanha. Nosso iaque, conduzido por dois guias como animal de carga, de repente se livrou de sua carga e partiu desenfreadamente para a liberdade. Com isso, nossos guias ficaram carregados em seu limite máximo com os mantimentos e uma barraca, e, quando Lena na minha frente não conseguia mais coordenar seus passos, passei a carregar também a mochila dela além da minha. Com projetos de trabalho separados, estivemos no monte Roraima na fronteira entre a Venezuela e o Brasil, estivemos no México, estivemos no Japão para a ópera *Chusingura*, lá Lena conheceu comigo Hiroo Onoda, o soldado japonês que se rendeu apenas 29 anos após o fim da Segunda Guerra Mundial. De muitas pistas isoladas, ele chegou à conclusão de que a guerra ainda estava acontecendo, só depois soube que aquelas já eram as guerras subsequentes dos Estados Unidos na Coreia e no Vietnã. Acabei de escrever um livro sobre ele, *O crepúsculo do mundo*. Lena e eu estivemos juntos na caverna de Chauvet, na região de Ardèche, na França, para *A caverna dos sonhos esquecidos*, de 2010, e, para os longas-metragens *Invencível*, *Rainha do deserto* e *Deserto em fogo*, estivemos no Báltico, no Marrocos e no Salar de Uyuni, na Bolívia. Para o meu mais recente filme no Japão, *Uma história de família*, Lena fez novamente as fotos para a produção, e *Encontrando Gorbachev* foi uma experiência especial porque estávamos juntos na Rússia. Aliás, não falamos alemão nem russo um com o outro, porque acabou se revelando bom nos encontrarmos num plano que não é inteiramente dela nem meu. Assim, somos cuidadosos com a nossa língua, que não é para nenhum dois a língua de origem.

26.
À espera dos bárbaros

Para um projeto de longa-metragem que me foi proposto, baseado no romance *À espera dos bárbaros*, de J. M. Coetzee, procuramos juntos locações na Ásia Central em Kashgar, na Região Autônoma Uigur da República Popular da China, e, a partir de lá, nas montanhas, em direção às fronteiras próximas do Paquistão, Afeganistão, Quirguistão e Uzbequistão. Eu também queria pesquisar no Indocuche e no Pamir ao norte. Lá, no Tadjiquistão, eu já havia feito no filme de ficção científica *Es ist nicht leicht, ein Gott zu sein* [Não é fácil ser um deus] (1990), de Peter Fleischmann, o papel de um profeta fanático, que, no entanto, depois dos primeiros vinte minutos, morre atacado pelas costas com uma lança. Com Coetzee, logo estabeleci uma ótima ligação, mas o financiamento do filme nunca aconteceu. Tudo ao redor de Kashgar e da situação dos uigures se deteriorou drasticamente desde então, mas naquela época ainda havia um mercado semanal, que era visitado por 200 mil uigures de toda a região. Era como há mil anos na Rota da Seda, homens barbudos falando uma língua aparentada com o turco, muçulmanos em longas túnicas e barretes de pele. Lembro-me de um setor desse evento concorrido em que cerca de 3 mil homens vendiam somente galos; cada um tinha um galo debaixo do braço. Lembro-me de um nó inextricável de oitocentas carroças puxadas por burros, todas enroscadas umas nas outras, e os burros zurrando. Lembro-me de quando, como se a uma palavra não dita, a multidão se dispersou, esvaziando uma longa rua, na qual um magnífico cavalo montado por um menino de seis anos descalço e sem sela galopou em minha direção. Na minha frente, o cavalo empinou, lançou no ar as patas dianteiras como uma aparição mítica, deu meia-volta sobre as patas traseiras e partiu a galope. A rua se fechou de novo, como um mar dividido se fecha. O cavalo imediatamente encontrou um comprador. Para o meu filme *Meu filho, olha o que fizeste!*, voltei a Kashgar com Lena para uma sequência de sonho do meu ator principal, Michael Shannon. No sonho, o personagem de Michael se vê num passado misterioso, num cenário que lhe é totalmente estranho. Ele atravessa uma multidão numa feira de gado e todos os homens ali, todos sem exceção, viram-se para olhar para ele como se ele fosse uma figura de alguma terra lendária. Para isso, colocamos uma espécie de grande armadura de madeira no peito de Michael, na qual estavam fixadas três pernas de tripé mais ou menos do tamanho de um braço que se projetavam para fora de seu corpo. Em cima do tripé, foi instalada uma câmera, que filmava o seu rosto. Ao caminhar pelo meio da multidão, eu sabia que isto aconteceria, todos os que iam passando se viravam para ele. Michael concordou em improvisar essa cena num lugar completamente estranho, no estrangeiro, com a condição de que eu ficasse com ele o tempo todo. Como não tínhamos permissão de trabalho nem de filmagem, o que seria impossível dada a situação política do país, Michael disse que não queria ser preso sozinho, só junto comigo. Era um desejo legítimo.

Em frente à ampla praça do mercado, havia um largo portão de entrada com forte presença da polícia han. Decidimos caminhar do jeito que estávamos — Michael com a bizarra estrutura no peito —, diretamente até esses policiais, e passar por sua fileira. Aprendi isso com Philippe Petit, que trabalhou nas ruas de Nova York como equilibrista, malabarista e mágico. Quando o World Trade Center estava quase pronto, ele guardou o equipamento para estender a sua corda de arame sob uma lona na cobertura do edifício e estava descendo a escada com um cúmplice; os elevadores ainda não estavam em funcionamento. Eram três da manhã e, de repente, ele ouviu um grupo de seguranças vindo em sua direção de algum andar mais abaixo. Fugir de volta para o topo teria sido um erro, ele inevitavelmente seria descoberto e não teria explicação para sua presença. Então ele logo tomou a decisão certa. Philippe apressou o passo e começou a ralhar com seu funcionário, que era péssimo o trabalho que ele havia apresentado, irresponsável, fora dos padrões, que Philippe o levaria ao tribunal, exigiria uma indenização. Os quatro homens do grupo de segurança se espremeram contra a parede da escadaria e deixaram passar o furioso homem vociferante. Não gritei com Michael em Kashgar, mas fomos até os policiais onde eles estavam mais concentrados, falei nervosamente em bávaro, mirando uma pessoa imaginária além do cordão dos homens uniformizados, porque nunca se deve fazer contato visual, e perguntei para a distância imaginária se alguém tinha visto o meu amigo, o Harti? Também aqui os funcionários deram um passo para o lado e pudemos fazer o nosso trabalho. Tentar contorná-los com certeza teria levantado suspeitas, mas pelo meio, é quase como uma lei de comportamento de grupos, cada indivíduo sempre pensa que se algo estiver errado um outro vai intervir, e dessa maneira ninguém intervém.

Devo a Lena ter encontrado coragem para enfrentar meus diários da época do trabalho em *Fitzcarraldo*. São diversos cadernos em que minha letra, que na verdade é de tamanho normal, foi ficando cada vez menor, ao final quase microscópica. Eles só podem ser decifrados com uma lupa, como a que usam os joalheiros. Soma-se a isso, o fato de que eu realmente queria manter à distância esse momento tão difícil da minha vida. Uma vez, quatro ou cinco anos depois dos acontecimentos entre 1979 e 1981, abri os cadernos e transcrevi cerca de trinta páginas em letra legível, mas foi horrível encarar tudo de novo e tive certeza de que nunca mais mexeria naquilo. Mais de duas décadas depois, porém, Lena me disse que seria melhor eu voltar a me ocupar com as anotações, afinal elas existiam e em algum momento, quando eu não existisse mais, algum cretino qualquer se lançaria sobre elas. Assim, depois de alguma hesitação, fiz pelo menos uma tentativa de encarar o que havia escrito na época, e de repente foi muito fácil. Tudo o que era aflitivo, todo o peso, como que desaparecera. Daí resultou o meu livro *Conquista do inútil*. De forma semelhante, muitos anos depois, por insistência de Lena, revi minhas anotações sobre o encontro com Hiroo Onoda. Foi assim que surgiu *O crepúsculo do mundo*, e o que estou escrevendo aqui agora também partiu do incentivo de Lena.

O trabalho mais inusitado, *Hearsay of the Soul*, fiz em 2014 para o Whitney Museum, em Nova York. Foi uma instalação com múltiplas projeções de imagens de gravuras de Hercules Seghers, junto com música de Ernst Reijseger, que colaborou em muitos dos meus filmes mais recentes. Uma curadora do museu havia me telefonado e queria me persuadir a apresentar uma contribuição para a próxima Bienal, mas eu logo neguei, pois tenho problemas com a arte contemporânea. Por quê?, ela perguntou. Fiz uma referência um tanto sumária ao mercado de arte e suas manipulações e o foco quase exclusivo em conceitos em vez de peças tangíveis, mas a curadora não se deixou demover tão facilmente. Como artista, eu não tinha interesse? Respondi que não me via como artista, que esse termo hoje se aplicava mais a cantores de sucesso e a artistas de circo. Se eu não era um artista, então o que eu era? Eu disse que era soldado e desliguei. Lena, que estava na sala, quis saber exatamente do que se tratava e me lembrou de que eu tinha, sim, vários projetos que não eram cinema nem literatura, que constituíam uma zona intermediária de outras ideias. Ela estava certa, e eu liguei de volta para o Whitney Museum no dia seguinte.

27.
Por realizar

A zona intermediária permanece. Em 1976, fiz um filme sobre o Campeonato Mundial de Leilões de Gado, *How Much Wood Would a Woodchuck Chuck*, ele tinha a ver com o meu fascínio pelas últimas fronteiras da linguagem. Hölderlin e Quirinus Kuhlmann, o poeta barroco, são tão importantes para mim, porque de maneiras diferentes eles se aproximaram da última fronteira da minha língua, a alemã. Em *Stroszek*, quando o sonho americano de Stroszek se dissipa, a sua casa móvel é leiloada. O ator nessa cena era um ex-campeão mundial de leiloeiros de gado, que rastreei em Wyoming e reativei para o filme. Ninguém que tenha visto o filme esqueceu seu leilão, no qual a linguagem se condensa numa cascata frenética, numa ladainha que não se pode condensar ainda mais. Sempre tive a suspeita de que esse frenesi poderia ser a última poesia ou pelo menos a última linguagem do capitalismo. Sempre quis encenar *Hamlet*, mas escalando para todos os papéis ex-campeões mundiais de leilões de gado, eu queria reduzir *Hamlet* a menos de catorze minutos de duração. O texto de Shakespeare já é de qualquer forma amplamente conhecido e, para a apresentação, o público só precisaria antes voltar a se familiarizar com a peça.

Quando eu morava em Viena, acho que foi em 1992, a Ópera Estatal de Viena me sondou para saber se eu gostaria de encenar uma ópera em sua casa. Respondi que na verdade eu preferiria muito mais escrever eu mesmo uma ópera, já tinha a maior parte da música e escreveria o libreto. Isso despertou grande interesse. Tive uma longa conversa com o dramaturgista da Ópera Estatal, por discrição vou chamá-lo apenas de B. aqui. A minha ideia era escrever uma ópera sobre Gesualdo, na qual seu sexto livro de madrigais constituiria o núcleo musical. Carlo Gesualdo (1566-1613) foi príncipe de Venosa e, como homem muito rico, pôde compor música sem depender da Igreja ou de mecenas. Sua música insere-se amplamente no contexto musical de seu tempo, o final da Renascença, mas em seu sexto livro de madrigais ele escreveu música como se todos os seus fusíveis tivessem queimado. Tons como esses só voltaram a ser ouvidos quatrocentos anos depois, no final do século XIX, e não é por acaso que Igor Stravinsky, fortemente influenciado por ele, fez duas peregrinações ao castelo de Gesualdo, perto de Nápoles. Ele compôs *Monumentum pro Gesualdo*, homenagem musical ao compositor, que teve sua primeira execução em 1960.

A vida de Gesualdo dificilmente pode ser sobrepujada em sua teatralidade. Ele era o príncipe das trevas em quintessência. Ele se casou com Maria d'Avalos, de dezessete anos, que já havia enviuvado duas vezes. Fontes contemporâneas especulam que ela tenha esgotado até a morte os dois primeiros maridos por exigências excessivas no leito conjugal. Casada com Gesualdo, Maria logo arranjou um amante, Fabrizio Carafa, o duque de Andria, um nobre napolitano. Gesualdo soube do relacionamento, simulou sair para uma caçada e pegou os dois em flagrante. Os dois foram assassinados por seus assistentes, e Gesualdo voltou ao quarto para se certificar de que ambos estavam realmente mortos. Então ele fugiu de Nápoles para o seu castelo e, temendo um ataque, derrubou em pessoa todos os bosques circundantes. Até hoje, não há árvores nos arredores do seu castelo, que tem uma aura enfeitiçada. Gesualdo passou os últimos anos de sua vida penitente em delírio religioso, cercado por jovens que à noite tinham que açoitá-lo com varas. Presume-se que ele tenha morrido de uma infecção que contraiu através dos vergões nas suas costas. Mas aqui acrescentei algo por conta própria, sem mencionar ao dramaturgista que era totalmente inventado por mim. No meu projeto, Gesualdo matava o filho de dois anos e meio, do qual ele não tinha certeza de ser o pai, suspeitando de que a criança tivesse sido gerada pelo amante de Maria. Ele ordenava que a criança fosse posta num balanço e embalada pelos criados. A criança adorava, mas os criados tinham que balançá-la mais e mais, até que, depois de dois dias e duas noites, ela estava morta. Além disso, Gesualdo mandava alinhar coros à esquerda e à direita para cantar seus madrigais sobre a beleza da morte. Planejei prender um balanço de cordas muito longas no topo da rampa do palco para que pudesse oscilar no alto por cima do público.

Não tive mais notícias da Ópera Estatal de Viena, mas de repente, seis meses depois, divulgou-se que a Ópera havia encomendado uma nova peça, *Gesualdo*, com libreto de B. e música do compositor teuto-russo Alfred Schnittke. A ópera teve sua estreia mundial em 1995. Eu não fui, mas ouvi dizer que o público ficou particularmente impressionado com uma cena no final em que Gesualdo manda embalar seu filho num balanço até a morte — o balanço avança na plateia por cima do público. Sempre tive a sensação de que ter sido roubado é melhor do que não ter sido.

Eu também tinha planos de encenar *O crepúsculo dos deuses*, de Wagner, mas num lugar especial, em Sciacca, na costa sul da Sicília. Ninguém conhece esse lugar e ninguém fala sobre ele. Sciacca originou-se como um povoado cartaginês, possivelmente também grego; a cidadezinha, hoje com 40 mil habitantes, não se distingue por nada. Mas há uma ópera lá. Sem ter provas disso, presumo que a construção dessa casa não serviu a outra finalidade senão a lavagem de dinheiro da máfia, pois a ópera nunca foi inaugurada, nunca teve um diretor artístico, nem administração, nem horário ou pessoal, como ajudantes de palco e eletricistas, nem coro, nem orquestra ou cantores, nada. Eu queria que a casa de ópera cumprisse seu propósito apenas uma vez. Para isso, eu organizaria orquestra, coro e cantores, luminotécnicos, cenógrafos, tudo o que fosse necessário. Antes do terceiro ato, eu evacuaria completamente o teatro e colocaria o público e os músicos a uma distância segura, e então explodiria a casa. Sobre os escombros fumegantes, a peça seria então representada até o fim. A prefeitura não se opôs à minha ideia, porque o teatro era uma espécie de aberração de concreto, e eu já havia contatado a melhor equipe de demolição dos Estados Unidos, com sede em Nova Jersey. Eu conhecia apenas fotos do edifício e as plantas arquitetônicas, mas quando fui trabalhar no local em Sciacca, logo ficou claro que o projeto era inexequível. O concreto do edifício modernista era particularmente endurecido e teria exigido uma grande quantidade de dinamite, porém, nas imediações da ópera, de onde cresciam arbustos, encontra-se um grande hospital que, no caso de uma explosão, teria ido junto pelos ares ou pelo menos ficado bastante danificado.

Como nos últimos tempos às vezes tenho sido abordado por pessoas politicamente corretas em grau paranoico que me perguntam por que encenei Wagner, agora tenho uma resposta escalonada para isso. A primeira parte é uma pergunta: por que Daniel Barenboim regeu Wagner e até o levou a Israel? Não há dúvida de que como pessoa Wagner era uma besta e, o que é mais grave, um antissemita. Mas não se pode considerá-lo culpado por Hitler e pelo Holocausto, assim como Karl Marx não pode ser responsabilizado por Stálin. A música que Wagner escreveu é tão grande que não devemos nos privar dela. Questões semelhantes de culpa e condenação geral surgiram em relação a Kinski depois que sua filha Pola relatou num livro o incesto continuado por parte do pai. Pola — como aliás uma série de mulheres recentemente — procurou o meu conselho e apoio antes de publicar o seu livro. Não tenho de todo dúvidas sobre a sua exposição dos fatos. Mas, de acordo com isso, devo reconsiderar minha posição estética em relação a Kinski e tirar de circulação os filmes que fiz com ele? Minha resposta a isso são duas perguntas, mas o número delas poderia aumentar indefinidamente: Devemos tirar as pinturas de Caravaggio de igrejas e museus porque ele era um assassino? Temos que rejeitar o Antigo Testamento ou pelo menos os livros de Moisés porque ele cometeu um homicídio quando jovem? Em geral olham espantados para mim, porque todos falam sobre a Bíblia, mas quase ninguém a leu.

Eu queria escrever e representar um oratório e um balé para elfos na cidadezinha de North Pole, no Alasca. North Pole é a residência do Papai Noel e suas renas. Lá chegam todos os anos centenas de milhares de cartas dos Estados Unidos e de todo o mundo para o Papai Noel. A maioria traz pedidos absolutamente normais, mas muitas vezes também chegam pedidos que são devastadores. Eu li muitos deles. Uma menina deseja que seu pai pare de bater em sua mãe, para que ela possa voltar a se levantar logo da sua cadeira de rodas. Em tais casos, há um pequeno bando de elfos que responde a essas cartas pelo Papai Noel. Para essa tarefa, entre outras pessoas, são arregimentados os melhores alunos da escola secundária local, e o bizarro é que esse grupo de elfos planejou de forma bem concreta um massacre numa escola. Pelo menos seis alunos, todos menores de catorze anos, já haviam se armado com rifles e revólveres do arsenal de seus pais, a data já estava marcada, a lista de professores e colegas a serem assassinados fora distribuída. Depois de executada a ação, os elfos pretendiam bloquear com galhos leves a ferrovia que passa por

North Pole e depois pular no trem de carga que tinha seu terminal principal não muito longe dali, em Fairbanks. Nenhum deles notou que os trilhos estavam fora de uso havia um ano. Era desse modo que eles pretendiam partir para a liberdade e ganhar o mundo, naturalmente com novos nomes, como Luke Skywalker e Darth Vader. Na véspera da grande ação de libertação contra o Papai Noel e todo o sentimentalismo que está associado a ele, uma das mães descobriu o plano detalhado no computador do filho, e a coisa toda foi desmantelada. Todos os envolvidos foram expulsos da escola, mas nunca houve consequências judiciais. Em North Pole, eu me deparei com uma parede de silêncio e obstrução. Sob ameaça de processo legal, me foi negado acesso a todos os envolvidos na trama, a polícia começou a questionar minha autorização de residência, a escola me recebeu com francas ameaças. Tive que reconhecer que ali nada podia ser feito.

Foi Erik Nelson quem me pôs no rastro. Ele é o produtor com quem eu fiz *O homem urso*, em 2005, e depois o filme na Antártida e ainda o filme sobre a caverna de Chauvet. Foi ele quem me incentivou a começar a filmar *Ao abismo: Um conto de morte, um conto de vida*, apesar de não haver sinopse ou financiamento; a iminente execução do assassino Michael Perry não permitia adiamentos. Por meio deste e de outros oito filmes sobre presidiários no corredor da morte, olhei dentro de um profundo abismo.

Erik cruzou o meu caminho num pequeno festival de filmes sobre a natureza em Wyoming. Ele veio falar comigo e, na minha busca por financiamento, imediatamente me ajudou a entrar em contato com um editor da emissora japonesa NHK, que estava por lá. Isso foi durante a fase de pré-produção do filme *O diamante branco*, sobre um dirigível na selva da Guiana. De volta a Los Angeles, visitei Erik em sua produtora em Burbank para agradecer a ele por sua ajuda desinteressada. Quando me levantei, percebi que havia perdido as chaves do carro e o meu olhar varreu a mesa baixa de vidro à minha frente, onde estavam espalhados desordenadamente papéis, DVDs e uma salada murcha comida pela metade numa tigela de plástico.

Erik, acreditando que o meu olhar se ocupava intensamente de um papel sobre a mesa, empurrou um artigo para mim. "Dê uma lida nisto. Estamos planejando um projeto interessante no Alasca." Em casa, li um dos primeiros artigos sobre Timothy Treadwell, que viveu entre os ursos-pardos selvagens do Alasca por muitos anos na firme convicção de que precisava protegê-los dos caçadores. Ao fazer isso, porém, com uma compreensão da natureza selvagem digna de Walt Disney, ele ultrapassou um limite: chegava à distância de um braço dos ursos, acariciava o rosto deles, dizia-lhes o quanto os amava, cantava para eles. Treadwell havia feito filmagens de qualidade e beleza únicas, mas após onze anos de estadias durante os meses de verão, ele e sua namorada foram dilacerados e devorados por um urso-pardo. Vindo do nada, ali estava um filme que eu tinha que fazer. O interesse veemente que senti me levou na mesma hora de volta a Erik Nelson. Perguntei a ele sobre o andamento do projeto e soube que as filmagens deveriam começar no máximo em dez dias, porque no final do verão no Alasca já começa a migração do salmão, durante a qual os ursos-pardos vão pescar em grande número ao longo dos rios. Sondei o terreno antes da questão crucial: quem vai dirigir? Erik olhou para mim e com uma hesitação quase imperceptível, disse: "*I am kind of directing this film*". Ouvi aquele "*kind of*", aquele "eu meio que vou dirigir este filme". Senti que ele não estava muito seguro. Olhei para ele e disse com a maior naturalidade, com a mesma convicção dos meus remotos tempos religiosos: "Não. Eu vou rodar o filme". Estendi a mão e, por puro choque, talvez por alívio, ele a apertou. Alguns dias depois eu já estava no Alasca.

Como eu disse, além de *O homem urso*, com Erik Nelson, que era tão inteligente quanto complicado, houve vários outros filmes. Depois de nossos nove filmes no corredor da morte no Texas e na Flórida, deveria haver ainda mais quatro filmes da série, mas o último deles, sobre um jovem que, num delírio causado por drogas, durante o malsucedido exorcismo de uma garotinha que mal havia começado a andar e a falar, cometeu um assassinato indescritivelmente horrível, me assombrava com seu terror. Por acidente, embora eu tivesse pedido aos detetives responsáveis da seção de homicídios que me mostrassem apenas as fotos da cena do crime e não as fotos da vítima, foi projetado na tela o cadáver da menina. Vi coisas indescritivelmente terríveis. Nunca antes tive medo de olhar para um abismo, mas o que vi não quero que nem os meus piores inimigos vejam. Enquanto me preparava no íntimo para fazer mais filmes da série *Corredor da morte*, de repente acordei no meio da noite com um grito. Lena ao meu lado estava alarmada, ela também ouvira o grito. Havia sido eu quem gritara. Naquele momento eu soube que tinha que parar na mesma hora com os filmes. Existe algo como uma administração dos próprios sentimentos.

De resto, ainda tive outras ideias para filmes com Erik, mas nenhuma deu em nada. Nunca consegui ter rapidez suficiente para ir atrás de todos os filmes que exigiam urgência enquanto ainda não tivesse concluído o último. É como se eu quisesse manter o passo com a corrente de um rio rápido, mas nunca consegui acompanhá-lo, ainda que hoje possa trabalhar mais rápido do que antes. É verdade que o financiamento de filmes ficou mais difícil, porque a base numérica da audiência mudou. As distribuidoras dos meus filmes desapareceram todas, e os cinemas de arte, que de qualquer forma sempre me pareceram suspeitos, não existem mais, com algumas exceções. Mas em compensação, meu trabalho está cada vez mais presente na internet. Sempre pensei em fazer filmes mainstream, só que em certo sentido eu sou o mainstream alternativo. Mas também pode ser que eu tenha dito isso a mim mesmo para me encorajar. Com câmeras digitais e edição digital, também posso trabalhar muito mais rápido do que antes. Com algum exagero, posso dizer que consigo editar um filme quase tão rápido quanto penso. No decorrer dos muitos filmes, também me tornei mais fluente em fazê-los, assim como alguém pode se tornar fluente numa língua estrangeira.

Ao mesmo tempo, os trabalhos me perseguem, como fúrias podem perseguir alguém, mas eles também fogem de mim. Gostaria de fazer um longa-metragem sobre Onoda na ilha de Lubang, depois o longa-metragem sobre crianças-soldados na África, onde soldados de nove anos saqueiam uma loja de vestidos de noiva. O noivo está descalço, veste uma calça esportiva esfarrapada e, na parte de cima, sobre a pele nua, um fraque cuja cauda lhe chega até os calcanhares. A noiva, também um menino, usa um vestido de noiva grande demais, arrastando a cauda atrás de si na rua molhada de chuva, os pés em sapatos brancos de salto alto grandes demais. Com seus kalashnikovs, os dois atiram em tudo que se move: cães, automóveis, pessoas, porcos. Um morto na rua que ninguém recolhe. No começo está preto das moscas que o cobrem, depois vêm os abutres, depois vêm os cães e espalham os ossos. Depois de duas semanas, tudo o que resta é uma mancha escura onde jazia o homem fuzilado. Assim me descrevera o correspondente britânico na África, Michael Goldsmith, que quase foi morto por Jean-Bédel Bokassa com o seu cetro de ouro. Pouco tempo antes, Bokassa se fizera coroar imperador da República Centro-Africana. Goldsmith passou meses na mais famigerada de todas as masmorras, a prisão de N'garagba. Mas isso foi muito antes do nosso filme de 1990 sobre Bokassa, *Ecos de um império sombrio*. Após as nossas filmagens, Goldsmith estava viajando em Serra Leoa durante a guerra civil local, foi capturado por um grupo rebelde e testemunhou da sua janela com grades como em duas semanas nada restou de um homem morto a tiros, exceto uma feia mancha na rua. Após a sua libertação, ele assistiu à estreia em Veneza do meu filme *No coração da montanha*, em 1991, e apenas três semanas depois ele morreu. Ele chegou a ver nosso filme sobre Bokassa em vídeo. Eu estava filmando *Ecos de um império sombrio* na câmara frigorífica dentro da qual era possível andar e na qual unidades de paraquedistas franceses, quando expulsaram Bokassa, encontraram metade do ministro do Interior, também podia ser outro político do alto escalão, congelado. Ele ainda estava lá pendurado pelo calcanhar, como se pendura uma metade de porco. Bokassa mandara fuzilá-lo por alta traição e a seguir ofereceu um banquete no qual seus convidados comeram o ministro do Interior. Mas como havia apenas cerca de uma dúzia de convidados, o cozinheiro decidiu preparar apenas meio ministro, a outra metade ele congelou e guardou. O segundo processo contra Bokassa, no qual ele foi novamente condenado à morte, foi filmado em vídeo, foram mais de trezentas horas ao todo. O cozinheiro deu detalhes precisos no banco das testemunhas, mas foi ridicularizado pelo advogado-celebridade francês que defendia Bokassa, porque disse que a mão do ministro do Interior ainda tinha reflexos quando ele a cortou. O advogado entusiasmou os presentes no julgamento com gestos teatrais dignos de serem vistos, ele exclamou que a mão devia ter caído no chão e fugido como uma aranha. Isso era invenção dele e pode-se ver Bokassa ouvindo francamente entusiasmado. Onze anos após seu golpe militar, em 1977, Bokassa havia se coroado imperador numa gigantesca encenação que consumiu um terço do orçamento do seu país. A cerimônia, com trajes e carruagens douradas, teve como modelo a coroação de Napoleão Bonaparte. Uma orquestra do exército norte-coreano tocou valsas vienenses numa arena semelhante a Versalhes construída especialmente para esse propósito. Bokassa tinha dezessete esposas e 54 filhos reconhecidos. Seu favorito, um menino de quatro anos, ele nomeara seu marechal de campo, e o garotinho adormeceu em seu uniforme de gala num estrado de veludo ao lado do trono. Mais tarde, Bokassa se autodeclarou o 13º apóstolo, mas não foi reconhecido pelo Vaticano. Quando eu quis filmar o esqueleto de aço que restava do seu trono na abandonada e dilapidada arena de coroação em Bangui, capital da República Centro-Africana, milicianos intervieram e fomos presos por soldados. Pouco tempo depois, isso se repetiu e fomos levados perante o então ministro do Interior pela segunda vez. Isso não cheirava nada bem e decidi encerrar rapidamente as filmagens.

Pretendo escrever um réquiem sobre um tsunami no norte da Itália, o mais terrível que conhecemos, que se arremessou em fúria de 250 metros de altura sobre um desfiladeiro. A barragem de Vajont sempre me atraiu ao longo dos anos. Ali, em 9 de outubro de 1963, ocorreu uma catástrofe que custou a vida de 2400 pessoas. Com pouco mais de 260 metros de altura, a barragem é uma das mais altas do mundo. Ela fecha um estreito desfiladeiro rochoso. No espírito de otimismo da industrialização do norte da Itália na década de 1950, quando a barragem estava sendo construída, ninguém quis saber dos perigos, que eram óbvios desde o início. No lado sul do reservatório, as encostas do monte Toc eram extremamente íngremes e instáveis. Um geólogo advertiu, mas ele foi retirado de circulação, e até mesmo diversos jornalistas críticos foram julgados pelo Estado italiano por "solapamento da ordem social". Desabamento de rochas e deslizamentos de terra foram enchendo a represa e, em 8 de outubro de 1963, as árvores na encosta íngreme mudaram sua orientação vertical e ficaram em posição horizontal. Um grupo de engenheiros foi enviado até lá para verificar. Eles não voltaram e jamais se encontrou qualquer vestígio deles. Às 22h39, ocorreu o maior deslizamento de terra de todos os Alpes desde o Neolítico. Com uma extensão de dois quilômetros, todo o flanco do monte Toc, cerca de 260 milhões de metros cúbicos, a uma velocidade de 110 quilômetros por hora, despejou-se no reservatório, que já antes disso quase havia atingido a altura planejada. O tsunami varreu do mapa a aldeia que ficava na encosta oposta, 250 metros acima do nível da água do reservatório. Cinquenta milhões de metros cúbicos de água jorraram por cima da barragem, que resistiu ao deslizamento de terra, e vieram abaixo pelo desfiladeiro numa enxurrada inimaginável. Após alguns quilômetros, esse tsunami atravessou o vale do Piave e elevou-se sobre a margem oposta, destruindo Longarone, construída sobre uma colina. Longarone foi quase completamente extinta. Ali foram quase 2 mil mortos. Muitas das vítimas morreram de ataque cardíaco, porque a água que caiu sobre elas estava gelada. Um jornal católico italiano escreveu seriamente que era uma provação enviada pelo amor de Deus.

Pretendo filmar um longa-metragem sobre o poeta Quirinus Kuhlmann, que mencionei anteriormente. Ele foi um poeta e entusiasta religioso que, na segunda metade do século XVII, percorreu a Europa a pé, pregando e travando disputas com outros místicos. Quirinus Kuhlmann era oriundo da Silésia e queria fundar um novo reino espiritual, um reino de Jesuel, para o qual escreveu um conjunto de poemas, os *Kühlpsalter*.* Ele se ocupou com a alquimia e, como entendia tudo literalmente, equipou-se com uma pá e saiu em busca da pedra filosofal. Imbuído de sua missão divina, empreendeu, junto com duas mulheres, uma mãe e sua filha adolescente, a

---

* Jogo de palavras entre parte do sobrenome do autor e *Psalter*, "saltério" em alemão.

última cruzada de que temos conhecimento. Fez uma viagem a Constantinopla para converter o sultão, mas já em Gênova as duas mulheres estavam fartas dele, ali se juntaram a alguns marinheiros e fugiram com eles. Kuhlmann quase se afogou nadando atrás do navio. Ele chegou a Constantinopla e, ao tentar se aproximar do sultão Mehmet IV, foi detido e encarcerado. Ele pretendia confrontar o sultão com estas frases: *"Afinal deverás cair por ti próprio, ó monstro, cego pela sabedoria de Deus, não por escudo ou espada: em nome do senhor Tsebaoth: pula como quiseres: enfurece-te, persegue, enraivece; tua queda bate à porta; teu tempo acabou"*. Como ele sobreviveu a isso e como foi libertado não está documentado. Contudo, do período na prisão, temos seu 14º *Kühlpsalter*, que começa assim:

Desesperado, a Ti suplico, Deus Triúno,
Aflito pois se acerca o final infortuno,
Envolto em tempestade está meu coração!
Escuta, Jeová! Jesus clama piedade,
Demonstra uma vez mais Tua graça e bondade
Pois muito em breve corpo e alma romperão.

Ele encontrou o seu fim em 1689 em Moscou, aonde chegou numa viagem a pé. Provocou uma insurreição religiosa que provavelmente foi mal interpretada como política. Kuhlmann morreu na fogueira; junto com ele, foram queimados seus escritos.

Eu gostaria de fazer um filme sobre os primeiros reis francos com Mike Tyson. Ele e eu fomos apresentados um ao outro quando um produtor de Hollywood queria fazer um documentário sobre o boxeador. Estavam presentes produtores, além de cinco advogados. Tyson não se sentiu bem naquela situação, e eu o convidei para o terraço do lado de fora. Queríamos conversar sozinhos de homem para homem e imediatamente estabelecemos um vínculo entre nós. Em vez de falarmos sobre o seu filme, conversamos sobre a sua infância. Durante toda a infância, Tyson viveu com a mãe num único cômodo. Quando conhecidos do sexo masculino estavam lá, ele costumava estar presente e roubava dinheiro das calças despidas. Antes de completar doze anos de idade, já havia sido preso cerca de quarenta vezes. Quando se tornou imputável, aprendeu boxe no reformatório e tornou-se o mais jovem campeão mundial de peso-pesado. Mais tarde, depois de ter cumprido três anos de prisão por estupro, que ele nega veementemente, Tyson se dedicou a leituras intensivas, movido por curiosidade intelectual. Ele conhece bem a República Romana e o início da dinastia franca dos merovíngios, com Clovis, Quilderico, Quildeberto, Fredegunda e o posterior rei carolíngio Pepino, o Breve. Depois de se aposentar do boxe, Tyson logo dissipou 300 milhões de dólares e tinha uma montanha de dívidas, e por isso, presumo, os honorários apresentados à produção foram tão altos, que inicialmente o filme não pôde acontecer. Como boxeador, Tyson era medonho e, depois de arrancar a orelha de seu oponente Evander Holyfield com uma mordida numa luta pelo título, foi apelidado de *o cara mais malvado do planeta*. Mas Mike Tyson é antes um homem tímido que parece um menino. Ele fala baixinho, com uma voz sussurrada. Sugeri a Paul Holdengräber que convidasse Tyson para uma de suas palestras abertas na Biblioteca Pública de Nova York. Foi uma noite inesquecível, da qual participaram 650 intelectuais, acadêmicos, escritores e filósofos. Paul, a quem eu havia contado sobre o caso, primeiro perguntou ao público se alguém ali já tinha ouvido falar de Pepino, o Breve, mas esse nome não dizia nada a ninguém. Pepino foi o primeiro rei carolíngio, filho de Carlos Martel e pai de Carlos Magno. Mike Tyson então falou sobre ele e o começo da Europa moderna.

Quero fazer um longa-metragem sobre as irmãs gêmeas Freda e Greta Chaplin. Elas apareceram por um breve período nos tabloides ingleses em 1981 e alcançaram certa notoriedade por algumas semanas como as "gêmeas loucas de amor", que perseguiram tanto um vizinho, um motorista de caminhão, que ele foi ao tribunal com os nervos em frangalhos para obter uma medida protetiva contra elas. Sua história não tem igual. Elas são as únicas gêmeas idênticas a falar em uníssono de que se tem notícia até hoje. Sabe-se que os gêmeos às vezes desenvolvem a sua própria linguagem secreta, na qual, sob exclusão conspirativa do resto do mundo, se sentem à vontade, mas Freda e Greta falavam as mesmas palavras ao mesmo tempo, isto é, de forma totalmente sincronizada, em coro. Eu estive com elas e pude presenciar como abriram a porta, me cumprimentaram e me convidaram para entrar, sincronizadas nos gestos e na linguagem. Naturalmente, há numa tal conversa coisas que podem ser ritualizadas e treinadas. Mas depois, elas responderam a perguntas que não podiam prever, também em uníssono. Às vezes, elas falavam separadamente: uma das duas, Freda, dizia a primeira metade de uma frase, que Greta completava a partir de uma deixa, isto é, Greta proferia ao mesmo tempo a palavra-chave e depois assumia a segunda parte da frase, à qual então Freda dava a entoação correta com uma palavra decisiva pronunciada em sincronia. Elas usavam as mesmas roupas, penteados, sapatos. Suas bolsas e guarda-chuvas eram idênticos, elas eram coordenadas entre si como um teste de Rorschach. Ao caminhar, não avançavam no mesmo passo como soldados, esquerda-direita, esquerda-direita, mas pisavam simultaneamente com o pé de dentro, e então, no mesmo ritmo, com o pé de fora. Assim também carregavam suas bolsas, isto é, não as duas com a mão esquerda, mas ambas com a mão externa, e ambos os guarda-chuvas na mão interna. Se uma foto delas fosse dobrada ao meio, suas imagens teriam se espelhado perfeitamente. Seus gestos aconteciam em sincronia, a coordenação corporal entre as duas era inabalável. Qual delas estava sentada ou andava à esquerda ou à direita, era nisso que em nossos primeiros encontros estava a única possibilidade de distinguir quem era Greta e quem era Freda.

Para tarefas cotidianas, elas precisavam da ajuda de assistentes sociais. Por exemplo, elas não conseguiam abrir uma lata de sardinha, porque não sabiam fazê-lo com as quatro mãos. Elas começavam então a gritar compulsivamente. Do mesmo modo, passar o aspirador de pó na sala era problemático para elas. Elas se moviam lado a lado, com as quatro mãos agarradas ao cabo e ao tubo de sucção, mas se as duas velhas poltronas estivessem muito próximas uma da outra, de modo que as duas não pudessem passar juntas pelo vão, empacavam e tinham um colapso nervoso. Mas outras coisas, como preparar o chá e servi-lo para seu convidado, em seus rituais fixos e claros, eram para elas fáceis de manejar.

Elas cresceram em Yorkshire e, a partir de suas declarações, parece provável que seu tirânico pai tenha tido um relacionamento incestuoso com elas. Possivelmente também foi um dos motivos pelos quais elas se isolaram e iniciaram um relacionamento íntimo com um vizinho, um motorista de caminhão. Elas se encontravam com ele no galpão de jardim que havia na divisa dos dois terrenos. Segundo as duas, a coisa foi bem por alguns anos, até que um dia o homem lhes disse que ia se casar e que dali em diante os encontros íntimos teriam fim. As gêmeas não conseguiram suportar isso. Elas espreitavam seu ex-amante e — sincronizadamente — o cobriam de insultos e obscenidades. Jogando-se em seu caminho, elas o obrigavam a parar o caminhão. Então o arrancavam da cabine, batiam nele — sincronizadamente — com suas bolsas. No tribunal, o juiz permitiu que as duas prestassem depoimento ao mesmo tempo em coro, a uma voz. A tentativa de chamá-las em separado para isso deixou-as fora de si. Elas falavam em coro, gesticulavam sincronizadamente, e em sua exaltação, enquanto seus dedos indicadores atacavam no ar o autor da ação em movimentos paralelos, ambas gritavam: *"He is lying, don't you hear that he is lying, the bucking fastard is lying!"* [Ele tá mentindo, o senhor não vê que ele tá mentindo, o "bucking fastard" tá mentindo!]. Elas cometeram o mesmo erro ao mesmo tempo, *"bucking fastard"* em vez de *"fucking bastard"* [maldito desgraçado]. Isso não pode ser traduzido diretamente, mas em alemão se poderia reproduzir o sentido de forma livre como o *"Burenhock"*, em vez de o *"Hurenbock"* [ou, em português, o "pilho da futa"]. *Der Burenhock* ou *Bucking Fastard* será o título do filme. O autor da ação ganhou o processo, e as gêmeas foram condenadas a um mês de liberdade condicional com a condição de manterem distância do motorista de caminhão. Indefesas perante a caça sensacionalista dos tabloides britânicos, elas foram finalmente acolhidas por um engenheiro aposentado no pequeno sótão de sua casa. Mas a tragédia das gêmeas não terminou ali. No térreo, havia uma pequena empresa, cujo dono de repente começou a persegui-las. À noite, ele subia no telhado ao lado do apartamento para vê-las se despirem. Ele caiu de lá de cima e, quando estive com as gêmeas pela primeira vez, estava com as duas pernas engessadas. Um aprendiz da mesma empresa, um punk, derrubou uma das irmãs, Freda, no chão da passagem para o pátio e cortou suas tranças, provavelmente para torná-las distinguíveis. Greta então também cortou os seus cabelos.

Como elas haviam se retirado das vistas do público, apenas consegui encontrá-las por meio de uma foto da casa em que moravam, que tinha sido publicada no jornal. Ao fundo, podia-se ler uma placa, um cruzamento de duas ruas e uma placa com o nome de uma empresa, um nome comum, para o qual havia duas páginas de registros na lista telefônica de Londres, porém, combinado com os nomes das ruas, esse nome me permitiu localizar o endereço. A internet ainda não existia de fato naquela época. As gêmeas responderam a uma carta minha e sentimos mutuamente uma profunda empatia desde o primeiro momento. Convidei-as para ir a um restaurante, porque elas quase nunca saíam, mas as duas não se sentiram muito à vontade com isso. *Fish and chips* talvez, bem ali perto? Eu tinha visto um quiosque. Isso lhes pareceu aceitável, mas antes elas cochicharam por um tempo, em coro. Tudo bem, podemos ir, anunciou-me Greta, que tinha a função de ministra das Relações Exteriores, enquanto Freda era mais a ministra do Interior. Suas cartas geralmente eram começadas por Greta, tenho cartas suas onde ela escrevia as duas primeiras linhas, mas logo abaixo Freda escrevia o mesmo texto de novo. Mais adiante na carta, as frases estão bem separadas; Greta começava a linha com a mão direita na margem esquerda da página, e Freda escrevia simultaneamente com a mão esquerda começando da direita, não com as letras de trás para frente, mas palavra por palavra em direção ao interior da página. No meio, as duas partes da linha se encontravam formando uma frase coerente. Antes de sairmos, eu tinha que esperar um minuto, elas só precisavam se arrumar rápido no banheiro. Mas elas não voltavam. Nem mesmo depois de vinte minutos. Depois de meia hora, fui verificar. A porta do banheiro estava aberta e lá estavam elas e tenho que descrever como as percebi. Greta amarrou o lenço na sua cabeça diante do espelho, e deve ter se passado pelo menos dez segundos antes que seu reflexo de repente fizesse algo inesperado, não sincronizado: uma mão saiu do espelho e enfiou uma mecha de cabelo debaixo do lenço. Só que não havia espelho, as gêmeas usavam uma à outra como reflexo, colocando-se frente a frente e fazendo ambas a mesma coisa. No entanto, depois de uma série de encontros, tive que interromper o contato com elas, pois havia sinais inequívocos de que de repente eu estava no seu radar sentimental. Elas insistiram para que eu passasse a noite lá, queriam me mostrar o que mais pretendiam fazer de gostoso comigo. Ambas já faleceram. Freda morreu de câncer, e Greta sobreviveu a ela por catorze anos, nos quais não se passou um dia sem que visitasse o túmulo da irmã.

Eu nunca dou conta. Há ainda um filme não feito sobre alguém que se torna invisível. Tive longas conversas sobre isso com Kevin Mitnick, indiscutivelmente o maior de todos os hackers conhecidos, que conseguiu escapar das garras do FBI por muito tempo, mas no final acabou passando cinco anos numa prisão federal. Há um filme sobre o antigo rei irlandês Sweeney que no meio de uma grande batalha vai ficando cada vez mais leve, até que sai voando para longe e pousa numa árvore. Ele se põe a cantar com os pássaros. Ninguém consegue atraí-lo de volta para baixo. Somente quando desce para ajudar um santo monge a arrancar um grande nabo da terra, ele morre com o esforço. O título do filme é *Sweeney entre rouxinóis*. Deverá ser algo para um público infantil. Mas esse não dar conta do que não foi feito não me deixa ansioso, eu me conformo.

28.
A verdade do oceano

No labirinto das memórias, muitas vezes me pergunto o quão fluidas elas são, o que foi importante, quando e como tanta coisa se dissipou ou adquiriu outras cores. Quão verdadeiras são as nossas lembranças? A questão da verdade tem me ocupado em todos os meus filmes. Hoje ela se coloca com maior urgência para todos nós, porque na internet deixamos vestígios de nós mesmos que adquirem vida própria. A questão das fake news ganhou destaque porque teve uma influência enorme na vida política. Mas as falsificações existem desde que se conta com registros escritos. Em antigos relevos egípcios, um faraó se vangloria de sua grande vitória sobre os hititas, porém possuímos o texto do seu tratado de paz com o inimigo, no qual se verifica que a batalha terminou empatada. Temos falsos Neros que, após a morte do imperador romano, cavalgaram com grande séquito até o norte da Grécia e a Anatólia. Temos as chamadas "aldeias Potemkin", conjuntos de fachadas instaladas para impressionar a czarina Catarina, a Grande, em sua passagem pela região. A lista não tem fim.

Desde o começo, fui confrontado com fatos em meu trabalho. É preciso levá-los a sério porque eles têm força normativa, mas fazer filmes puramente orientado por fatos nunca me interessou. A verdade não precisa coincidir com os fatos. Do contrário, a lista telefônica de Manhattan seria o livro dos livros. Quatro milhões de registros, todos factualmente corretos, todos verificáveis. Mas isso não nos diz nada sobre um único entre as dezenas de James Miller registrados ali. O telefone e o endereço estão corretos. Mas por que ele chora em seu travesseiro todas as noites? Só a poesia, só a invenção da arte, pode revelar uma camada mais profunda, um tipo de verdade. Para isso, cunhei o termo *verdade extática*. Explicá-lo exigiria um livro inteiro, faço aqui portanto apenas algumas indicações de forma sintética. Sobre essa questão, porém, até hoje tenho buscado o debate público com representantes do chamado *cinéma vérité*, que reivindicam para si a verdade de todo o gênero do filme-documentário. Como autor de um filme, o cineasta deve desaparecer completamente, deve ser como uma mosca na parede. De acordo com essa crença, as câmeras das agências bancárias representam o caso ideal da atividade cinematográfica. Não quero ser uma mosca, quero ser uma vespa, que pica. O *cinéma vérité* foi uma ideia dos anos 1960, portanto do século passado, e me refiro aos seus representantes atuais simplesmente como "contabilistas da verdade". Isso me rendeu ataques furiosos. Minha resposta aos indignados foi: feliz ano-novo, seus fracassados.

O escritor francês André Gide escreveu certa vez: "Eu altero os fatos de tal modo que eles se parecem mais com a verdade do que com a realidade". Shakespeare disse algo muito semelhante *"The most truthful poetry is the most feigning"* ["A poesia mais verdadeira é a que mais finge"]. Isso me ocupou por muito tempo. O exemplo mais simples é a estátua da *Pietà* de Michelangelo na basílica de São Pedro em Roma. O rosto de Jesus descido da cruz é o rosto de um homem de 33 anos, mas o rosto de sua mãe é o rosto de uma jovem de dezessete. Michelangelo queria mentir para nós? Ele tinha intenções fraudulentas? Queria espalhar fake news pelo mundo? Ele agiu como artista de forma muito natural para nos mostrar a verdade mais profunda das duas pessoas. O que é a verdade de qualquer forma, nenhum de nós sabe, nem os filósofos, nem o papa em Roma e nem mesmo os matemáticos. Nunca vejo a verdade como uma estrela fixa no horizonte, mas sempre como uma atividade, uma busca, uma tentativa de aproximação.

Em meu filme *Lições da escuridão*, que trata dos poços de petróleo em chamas no Kuwait no final da Segunda Guerra do Golfo, inseri, antes de se iniciarem as imagens, uma citação de Blaise Pascal: "O colapso dos mundos siderais acontecerá — assim como a criação — em grandiosa beleza". Não se trata de um filme político sobre os crimes das tropas iraquianas de Saddam Hussein em retirada, isso pôde ser visto e ouvido em forma primitiva na televisão todas as noites durante um ano inteiro. Eu vi outra coisa. Quando cheguei ao Kuwait, pareceu-me que ali havia muito mais: um acontecimento de dimensões cósmicas, um crime contra a própria criação. Ao longo de todo o filme, que parece um réquiem, não há uma só cena que permita identificar o nosso planeta. O filme se apresenta como uma espécie de ficção científica sombria. Daí a citação antes das primeiras imagens — desde o início eu queria remeter os espectadores a um plano mais elevado, do qual não os deixaria descer até o final. Contudo, a citação não é de Pascal, o filósofo francês de quem temos maravilhosos aforismos sobre o universo, mas de mim mesmo. Também acho que Blaise Pascal não poderia tê-lo dito melhor. E mais uma coisa: em casos assim, eu sempre dei pistas de que havia inventado alguma coisa.

Sempre me fascina a forma como outras pessoas percebem a verdade. Durante as filmagens de *Fitzcarraldo*, a comunidade local dos machiguengas nas profundezas da floresta pedira, além do pagamento em dinheiro, também outras contrapartidas para a sua participação, como um posto médico permanente e um barco de transporte, mas também nosso apoio em seus esforços para conseguir uma escritura das suas terras, um título sobre o seu território. Primeiro contratamos um agrimensor para traçar um mapa com as linhas de fronteira, depois, com dois representantes eleitos da comunidade shivankoreni, nos encontramos com o presidente do Peru, o que alguns anos mais tarde de fato levou ao reconhecimento de seu direito às suas terras. Nessa época, em Lima, houve um momento que se tornou para mim a "verdade do oceano". Na aldeia dos machiguengas, havia opiniões controversas sobre se realmente existia um oceano e se todo o oceano, caso ele existisse, continha água salgada. Na viagem com os dois representantes machiguengas, ambos entraram no mar todo vestidos e avançaram cortando as ondas até a água bater nas suas axilas e sempre provando a água ao seu redor. Depois eles encheram uma garrafa com água do mar e a levaram, bem fechada com uma rolha, consigo de volta para casa na floresta. A prova deles consistia no seguinte: se havia sal num ponto do mar, então, como numa grande panela, toda a água do mar era igualmente salgada.

Um exemplo de tempos recentes me dá o que pensar. Depois que filmei *Uma história de família* no Japão, a televisão japonesa também se interessou pelo fenômeno de ser possível alugar numa agência, que hoje já representa mais de 2 mil atores, um familiar ausente ou um amigo por uma tarde, por exemplo. O fundador da agência, Yuichi Ishii, fez o papel principal no meu filme. Ele é contratado por uma mãe divorciada para fingir que é o pai de sua filha de onze anos, que sente falta de ter contato com ele. Como os pais se separaram quando a menina tinha dois anos de idade, ela não sabe como ele é. Aliás, a garota do meu filme também não é a filha real, mas uma bem preparada atriz. Yuichi Ishii foi entrevistado sobre sua empresa pela emissora NHK e lhe pediram para indicar um cliente que já tivesse utilizado a agência. A NHK então entrevistou um homem mais velho, que havia alugado um "amigo" para um de seus dias solitários. Contudo, logo após o programa, apareceram inúmeras denúncias na internet de que o "cliente" não era um cliente, que Ishii havia posto a emissora em contato com um farsante, um impostor da sua própria agência, que apenas fingira ser um homem solitário. A emissora desculpou-se publicamente com seus telespectadores por não ter checado devidamente as informações. No Japão, tal perda de credibilidade é a pior de todas as vergonhas. Até aqui tudo bem. Só depois a coisa começou a ficar mesmo interessante. Eu sei o seguinte apenas de segunda mão: Yuichi Ishii defendeu-se com o argumento de que enviara um ator da sua agência de propósito, pois um cliente real, um velho homem no fundo da sua solidão real só teria contado meias-verdades. Um cliente real, para manter as aparências e não expor demais o seu íntimo, provavelmente teria suavizado tudo, teria mentido pelo menos em parte. Mas o "impostor", o "farsante", indicado por Yuichi Ishii, que já havia feito centenas de vezes o papel do "amigo" de um homem solitário, sabia exatamente do que estava falando, o que se passava com tal homem. Apenas através do mentiroso, seria possível conhecer a verdade real. Esta, de qualquer maneira, não existe, e eu chamo isso de *verdade extática*.

29.
Hipnose

Depois que me foi imposto de fora o papel de narrar o meu próprio texto no filme sobre o esquiador Steiner e de atuar na tela como cronista dos acontecimentos, acabei encontrando lados bons nessa tarefa, à qual inicialmente resisti. Falar os próprios textos tem algo de autêntico, que é reconhecível de imediato por qualquer público e que atores treinados e locutores profissionais não conseguem transmitir. Eu me vi nesse papel sem pensar muito antes, mas não queria fazê-lo como um amador, e impus a mim mesmo precisão e apelo. A isso somou-se que, em meu longa-metragem *Coração de cristal*, eu não muita tinha certeza de como poderia mostrar os membros de toda uma aldeia marchando como sonâmbulos rumo a um desastre vaticinado. O filme fala de um pastor de vacas com dons proféticos, que realmente existiu no final do século XVIII na floresta da Baviera e que, como Nostradamus, teve visões sobre a conflagração universal e o fim da humanidade. A aldeia vive da produção de vidro, mas os sopradores perderam o segredo da fabricação do vidro de rubi. A busca por ele os leva à loucura. No delírio coletivo, ocorre o assassinato de uma virgem e um incêndio é provocado. A vidraria é destruída pelo fogo. Como eu poderia criar uma estilização para esses eventos na qual todos os atores agissem como se estivessem em transe? Como sonâmbulos se movem, como falam? Tive a ideia de submetê-los, todos se possível, a hipnose, mas para isso primeiro eu tinha de descobrir se as pessoas sob hipnose podiam abrir os olhos sem que isso as despertasse. E também: duas ou mais pessoas em estado de hipnose eram capazes de travar diálogos umas com as outras? Contratei um hipnotizador profissional para fazer alguns testes e fiquei muito animado com os primeiros resultados. Sim, as pessoas em hipnose profunda podem abrir os olhos sem acordar e, sim, elas também podem interagir umas com as outras. Mas logo o hipnotizador me irritou profundamente. Dando-se ares de importância, ele afirmava existir uma aura cósmica que ele, com base em suas habilidades especiais, era capaz de dirigir para si, trazer para baixo e irradiar para outras pessoas. O estado de hipnose seria provocado por ele através do feixe de forças de suas vibrações internas. Ele era tecnicamente bom na sua área, mas quando alguém surge com esse tipo de bobagem new age, perco a paciência. Acabei assumindo eu mesmo o papel de hipnotizador, eu tinha estudado bastante e me familiarizado com a literatura disponível. Depois, o charlatão new age dirigiu um instituto no qual ele transportava de preferência jovens mulheres hipnotizadas para o antigo Egito como dançarinas de templo. Elas então supostamente falavam na língua dos faraós, porém egiptólogos examinaram seus balbucios e verificaram que eram apenas sons sem sentido, que não pertenciam a nenhum idioma. Na verdade, qualquer um pode hipnotizar. As mistificações vêm do fato de que cientificamente ainda sabemos muito pouco sobre os processos de desligamento do cérebro através da hipnose e do sono. Na verdade, sabe-se apenas como proceder em termos de método. Existem técnicas simples, como fixar os olhos da pessoa a ser hipnotizada, por exemplo, segurando a ponta de um lápis. Além disso, há uma certa maneira penetrante de falar que deve ser hipnoticamente sugestiva. Mais tarde, essa maneira de falar tornou-se importante para a minha voz em meus comentários nos filmes.

Mas para haver hipnose devem estar dadas algumas condições básicas. A pessoa a ser hipnotizada precisa estar de acordo com o processo e disposta a seguir as sugestões. Se alguém não é particularmente imaginativo, nem possui uma mente flexível o suficiente para seguir a sugestão de um cenário, a hipnose fica muito difícil ou impossível. Pessoas muito velhas, que são rígidas em seus pensamentos, são difíceis de hipnotizar. Crianças pequenas, de quatro anos, cheias de impetuosidade para se movimentar e com períodos de atenção muito curtos, também não podem — e não devem — ser hipnotizadas. Quem hipnotiza não tem poder sobre os hipnotizados. Assassinato sob hipnose só acontece em filmes e romances ruins, porque o núcleo duro de nosso caráter, mesmo nesse estado, não pode ser alterado. Se alguém puser uma faca na mão de uma pessoa sob hipnose e mandá-la matar a própria mãe, ela simplesmente se recusará. Pessoas hipnotizadas também mentem. Por isso, testemunhos obtidos sob hipnose não são admissíveis como prova em tribunal. Também é importante que o retorno ao estado de consciência normal ocorra devagar, para que o hipnotizado possa "entrar" de volta no mundo sem medo e, se possível, com uma boa expectativa. Mas para mim também houve grandes surpresas quando me ocupava com o assunto. Um músico ficou um pouco inseguro quando veio para os testes respondendo a um anúncio no jornal. Todos os convidados sabiam que se tratava de um experimento para formar um elenco de atores, e o jovem pediu permissão para trazer a sua namorada. Eu a coloquei no fundo da sala como observadora e disse-lhe para não seguir a minha voz. Mas já depois de poucos minutos ela foi a primeira a mergulhar com tudo na hipnose. Durante as filmagens também houve um incidente: um dos atores se sentiu tão bem em estado de hipnose que se recusava fortemente a seguir minhas instruções e a despertar pouco a pouco. Levei muito tempo para voltar a acordá-lo. Décadas depois, no meu longa-metragem *Invencível*, a pianista Anna Gourari, que interpreta o principal papel feminino ao lado do homem mais forte do mundo, mostrou-se muito cética quanto à possibilidade de ser hipnotizada diante da câmera ligada. Convidamos um pequeno grupo de pessoas para testemunhar, e ela entrou tão fundo em transe tão rápido, que também nesse caso precisei de muito tempo para acordá-la.

Sempre posso constatar facilmente através de uma gravura primitiva se alguém é "dotado" para a hipnose. Assim como existem pessoas talentosas que aprendem a andar de bicicleta muito rápido, também existe um certo talento básico para a hipnose.

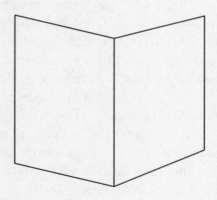

Você tem um livro aberto à sua frente. Pergunta: o livro está virado de costas para você e você só vê a parte de trás? Ou o livro está aberto para você? Se você vê o livro aberto para si, vou remover o desenho por um momento, depois mostrá-lo outra vez e sugerir que olhe para a imagem de novo, de forma que o livro esteja virado de costas para você. Se você consegue facilmente mudar de ideia e ver de maneira diferente, você é um bom candidato à hipnose. Isso também se aplica, é claro, ao livro que se vê virado. Você pode vê-lo ao contrário, aberto para você?

Mais tarde também fiz experimentos com filmes, que mostrei a um público que se deixou hipnotizar por mim. Um espectador, por exemplo, sentia-se capaz de circundar o personagem principal de *Aguirre* como se estivesse num helicóptero; para ele, as paisagens se transformavam em paisagens puramente imaginadas. Fiquei interessado em saber como surgem essas visões, sabemos muito pouco sobre os processos de sonhos e visões. Mas os riscos de trabalhar com grupos maiores de pessoas hipnotizadas são muito altos, e a responsabilidade também é muito grande, porque, embora sejam raros os casos, também podem ocorrer reações psicóticas.

Pelo menos um pequeno eco em minha voz na locução dos meus documentários vem do meu papel como hipnotizador. Sempre, contudo, o importante não é simplesmente a voz, mas o que a voz tem a dizer. O conteúdo faz o público aguçar os ouvidos. O que escrevo e depois digo em voz alta nunca seria possível num filme da National Geographic. No final do meu filme sobre vulcões, *Visita ao inferno*, veem-se fluxos de lava irrompendo do interior da Terra, e adicionalmente minha voz lembra que em toda parte no mundo, bem fundo abaixo de nossos pés, borbulha o magma incandescente, que quer subir e entrar em erupção, indiscriminadamente devastador para todos os tipos de vida em nosso planeta, "em profunda indiferença ao destino de baratas atarantadas, crocodilos estúpidos ou humanos insensatos". Frases como essa exigem a respectiva entonação. Reconheço que minha voz em alemão tem uma ressonância do sul da Alemanha, da minha primeira língua, o bávaro. E também admito que falo inglês com um forte sotaque, não tão ruim quanto o de Henry Kissinger, mas ainda assim ruim o suficiente para que haja vários imitadores na internet que leem contos de fadas ou dão conselhos sobre a vida com a minha voz. Existem dezenas de duplos meus por aí, mas nenhum deles até agora realmente acertou o meu tom de voz. Minha voz encontrou uma grande comunidade de fãs e, combinada com minha visão de mundo, convida à imitação. Sou uma grata vítima de tais sátiras.

30.
Vilões

Já muito cedo, depois de poucos filmes iniciais, fui convidado para atuar como ator diante da câmera. A primeira oferta veio de Edgar Reitz, um dos diretores da primeira hora do Novo Cinema Alemão, que já havia me apoiado de forma camarada. Logo muito cedo, ele e Alexander Kluge, que dirigiam uma espécie de escola de cinema em Ulm, me convidaram, porque estavam ambos convencidos de que eu tinha tutano. Mas eu recusei. Sempre fui profundamente autodidata, nunca acreditei em universidades. Ainda assim, recebi dicas valiosas de ambos os diretores para a minha própria produção, e o que de fato teve uma importância foram as colaboradoras e os colaboradores que vieram deles até mim. Foi assim que entrei em contato com Beate Mainka-Jellinghaus, que por muito tempo foi a minha montadora. Beate tinha uma sensibilidade extraordinária para o material filmado, ela sabia instantaneamente o que deveríamos selecionar para a edição. Ela me tratava de forma rude, quase impiedosa. Para o meu primeiro longa, *Sinais de vida*, íamos assistir a um rolo de trezentos metros de material, mas descobrimos que o filme estava rebobinado ao contrário. Mesmo assim, ela prendeu a fita nas engrenagens da mesa de edição e viu as tomadas do fim para o começo, em velocidade cinco vezes mais rápida e tudo de cabeça para baixo. Quando a fita terminou de passar, ela tirou todos os doze minutos de filme do aparelho e os jogou no lixo. "Tudo ruim", ela disse lacônica. Somente depois de eu insistir para que ela olhasse o rolo de novo na ordem certa e montasse uma sequência curta é que ela fez isso. Mas ela disse que apesar disso a filmagem acabaria no lixo, e depois de três semanas trabalhando no filme percebi que ela estava absolutamente certa. Dessa vez, eu mesmo joguei fora o rolo. Beate achou todos os meus filmes tão ruins, que se recusou a estar presente em qualquer uma das estreias. Ela renegou todos os meus filmes, incluindo *Aguirre*, com uma única exceção: *Também os anões começaram pequenos*. Ela achou o filme ótimo, e foi apresentada ao público na estreia. Mais tarde, Harmony Korine e David Lynch também colocariam o filme no topo da sua lista de favoritos.

Naquela época havia apenas celuloide. O som analógico era gravado em largas e desajeitadas fitas magnéticas, que, como as fitas de imagens, tinham perfurações que forçavam mecanicamente o sincronismo entre imagem e som. Edgar Reitz tinha uma dessas máquinas do tamanho de um armário em sua produtora, e ele me deixava usá-la gratuitamente. Naquela época, no final dos anos 1960, ele estava fazendo uma série de curtas-metragens, *Geschichten vom Kübelkind* [Histórias da criança da tina], e me contratou para fazer o papel de um assassino louco. Eu fiz o papel de forma bastante convincente, e a partir de então surgiram papéis de loucos ou vilões que pareciam ter sido escritos para mim. Mas também houve exceções. Edgar Reitz é coautor de várias séries longas; *Pátria*, sobre a vida de aldeia na sua própria terra natal, a serra do Hunsrück, no estado da Renânia-Palatinado, abrangendo todo o século, foi um marco na história da televisão na Alemanha. Como conclusão, ele realizou mais um filme, *A outra pátria*, sobre os que emigraram da miséria sufocante das aldeias no século XIX. Além disso, ele me convidou para interpretar o pesquisador e viajante Alexander von Humboldt, e eu aceitei o papel com a condição de que ele atuasse comigo numa cena. Reitz aceitou e interpretou um fazendeiro com uma foice à beira de um campo, a quem Humboldt pede informações. Nessa cena, Reitz fala no dialeto regional do Hunsrück, que mal consigo entender. Mas eu quis fazer isso, porque a cena fechava um ciclo de mais de quatro décadas para nós dois.

Depois, em 1988, sob a direção de Peter Fleischmann, participei de *Es ist nicht leicht, ein Gott zu sein* [Não é fácil ser um deus], um filme de ficção científica baseado num famoso romance dos irmãos Strugatzki. Fiz o papel de um pregador fanático e profético, que no entanto logo é tirado do caminho pelos ambiciosos detentores do poder. Eu morro atingido nas costas por uma lança. Para isso, um dublê cravava a lança num painel de madeira escondido nas minhas costas, mas ele foi muito tímido. Fleischmann e eu achamos que ficou muito inofensivo, e eu pedi ao assassino para me atacar corretamente. Mas eu não sabia de uma coisa: ele havia sido campeão de boxe peso-médio da União Soviética. Desta vez, ele se empenhou com tamanho ímpeto, que duas coroas dos meus molares rebentaram. O filme foi rodado em Kiev, na Ucrânia, num estúdio gigantesco dos anos dourados do cinema soviético, e a seguir no Tadjiquistão, no sopé das montanhas Pamir. Esse trabalho foi uma das minhas poucas contribuições diretas ao Novo Cinema Alemão. Não me sinto confortável inserido nessa categoria. Meus filmes sempre foram algo diferente.

Do ponto de vista meramente técnico, apareço como ator em meu primeiro longa, *Sinais de vida*, logo no começo, quando o protagonista ferido, Stroszek, é despejado de um caminhão do exército e internado num vilarejo. O figurante que eu havia contratado não apareceu no local e, por falta de opção, vesti o uniforme, que não cabia em mais ninguém. Hoje vejo com assombro que realmente pareço um aluno do ginásio, tão jovem eu era na época. Muito mais tarde, interpretei a mim mesmo, como Werner Herzog, num filme de Zak Penn, *Incidente no lago Ness*, de 2004. Interpreto a mim mesmo, o diretor que é obrigado por um produtor inescrupuloso a fazer concessões sob a mira de uma pistola. A pistola é apenas uma pistola de sinalização, nem um pouco adequada para uma ameaça. Mas a coisa toda parece tão real e autêntica que grande parte do público a tomou por verdadeira e ficou do meu lado, embora esteja claro desde os primeiros minutos que se trata de uma falsificação, mais precisamente: uma falsificação dentro de uma falsificação. O que eu faço no filme é pura autoironia. Tais momentos sempre me fizeram bem. Contudo, como se perdeu o sentido do contexto, da sátira, do que é inventado e do que não é, boa parte do público não percebeu que tudo fazia parte do roteiro e era encenado. O filme é como uma alusão profética a todas as notícias falsas que hoje dominam parte da mídia.

Em 2007, participei novamente de um filme de Zak Penn, para o qual dessa vez, além de dirigir, ele também escrevera o roteiro: *The Grand*. Nesse filme, que se passa num cassino em Las Vegas durante um torneio de pôquer, eu faço o papel do "alemão" que trapaceia e acaba sendo expulso do torneio. O "alemão" é um personagem um tanto autocomplacente que sempre carrega consigo o seu coelho de estimação, mas o tempo todo está querendo estrangular algum animalzinho que leva na gaiola, para se lembrar do quanto ele próprio está vivo. A título de esclarecimento, neste ponto, eu gostaria de deixar claro que não há nada em mim que poderia inspirar um roteirista a criar um tal papel. Da parte de Zak, tratava-se de mera invenção, e da minha, de nada além de uma performance.

Já antes de trabalhar com Zak Penn, que se interessou por mim porque meus filmes o impressionaram a fundo, eu havia sido abordado por Harmony Korine. Nós dois tínhamos nos conhecido no festival de Telluride, onde ele exibia o seu filme *Vida sem destino*, que me impressionou porque reconheci uma voz totalmente nova no cinema americano, e ele, por sua vez, sentiu-se como que sacudido pelos meus filmes, sobretudo o meu filme com pessoas com nanismo. O seu pai, ele próprio um cineasta, levou-o ao cinema quando ele ainda era adolescente e Harmony ficou profundamente impressionado com a experiência do meu filme. Mais tarde, ele a descreveu numa entrevista: "De repente, eu soube que havia poesia no cinema, algo tão imponente como eu nunca tinha visto antes". Para Harmony Korine, fui uma espécie de modelo de seu próprio cinema, e eu aceitei participar como ator no seu filme *Julien Donkey-Boy*, de 1999, sobretudo porque ele próprio interpretaria o meu filho enlouquecido, e eu o seu pai, que é o epicentro de uma família bastante problemática. O filho mais velho, Harmony, comete um assassinato num surto delirante, mas isso depois de engravidar a própria irmã, interpretada por Chloë Sevigny. O filho mais novo é um fracassado, e a avó que mora na casa, totalmente gagá. Quando cheguei ao local de filmagem no Queens, porém, descobri que Harmony havia dado seu papel a um ator e ele próprio era apenas o diretor. Talvez desde o começo ele tenha planejado dessa maneira, ou então sua coragem apenas o abandonou. Com ele, não havia diálogos escritos, mas apenas situações definidas de forma bastante esquemática. Eu precisava improvisar meus diálogos na hora, percebi isso logo no primeiro dia de filmagem. Na mesa de jantar, meu filho mais velho recita um poema de sua autoria, e eu tenho que humilhá-lo impiedosamente na frente de seus irmãos. A cena foi rodada com várias câmeras de vídeo ao mesmo tempo. Quando acabei de me sentar à mesa, percebi que as luzes de "gravação" das câmeras se acenderam e me virei para Harmony, que havia recuado para o fundo: "O que eu digo, qual é o meu diálogo?". Mas Harmony apenas respondeu: "Fale!". Nada me restava senão começar a falar. Então fui entrando numa vileza cada vez mais profunda, o que tirou Harmony do seu esconderijo. Ele se colocou atrás da câmera que ficava quase na minha linha de visão e de alguma maneira eu percebi que ele estava entusiasmado e pensei comigo mesmo, vou um pouco mais além, e seguindo meu impulso espontâneo berrei para o meu filho à mesa que a verdadeira poesia não podia ser só estúpida e pretensiosa como eu acabara de ouvir dele, mas tinha que ser grandiosa como tínhamos visto com Clint Eastwood em *Perseguidor implacável*. Nesse filme, no confronto final, Harry troca tiros com o pior de todos os vilões. O vilão tropeça para trás e cai deitado no chão, mas com a arma apontada direto para Harry, que está em pé sobre ele. As balas tinham acabado ou ainda restava uma? Harry diz algo maravilhoso para ele: "Agora você precisa se fazer uma pergunta: você consegue se sentir feliz?". Então o vilão aperta o gatilho, mas a pistola apenas clica no vazio. E nesse momento Harry o mata. Harmony deve ter ficado empolgado com o meu entusiasmo, pois deu um grito, e a partir desse momento o áudio ficou inutilizável e a cena acaba de repente. Em seminários de teóricos do cinema, que não consigo suportar, essa passagem foi enfaticamente comentada, como se nós dois, Harmony e eu, quiséssemos com ela fazer uma profunda e reflexiva declaração sobre a história do cinema, quando, sem nenhuma preocupação anterior, ela nasceu apenas da necessidade.

Com a produção de Harmony Korine, que antes eu imaginava toda no estilo guerrilha, também ficaram visíveis para mim aspectos dominantes da indústria cinematográfica. A equipe, toda ela de pessoas jovens e entusiasmadas, que desejam necessariamente participar de algo novo, fugiu aterrorizada quando uma dúzia de baratas saiu de trás de um quadro que tiraram da parede. A equipe só ficou pronta para prosseguir depois que a produção trouxe macacões de plástico como os usados para limpar locais contaminados com radioatividade. Harmony e seu cinegrafista então ficaram quase de todo nus sem fazer comentários e continuaram a trabalhar só de sunga.

Uma segunda coisa me impressionou: dentro da casa relativamente pequena, havia uma quantidade enorme de telefones celulares e walkie-talkies, colaboradores que estavam quase um ao lado do outro falavam entre si através deles. Quando, depois de uma ausência de dois minutos, eu voltava da geladeira do primeiro andar para a sala e estava visível para todos na escada, ouvi como foi anunciado pelo rádio, audível como eco em todos os aparelhos, que eu estava na escada, e depois, três passos adiante, que eu estava de volta ao local da filmagem. Nas cenas de beijo de grandes produções de Hollywood, hoje em dia tem que haver no local um "consultor de intimidade", e setenta pessoas, a maioria das quais apenas fica circulando no local de filmagem, conversam entre si por walkie-talkies.

Depois, em 2007, filmei *Mr. Lonely* com Harmony Korine numa ilha tropical na costa leste do Panamá. No filme, eu interpreto um missionário fanático que, como piloto de avião, com a ajuda de freiras católicas, joga mantimentos do alto para a população indígena carente, que vive em áreas remotas. Uma das irmãs cai por acidente do avião, mas sobrevive facilmente porque, carregada pela sua fé, flutua de leve em direção ao solo. Outras irmãs fazem o mesmo para testar a própria fé, e uma delas até mesmo pula da escotilha do avião em sua bicicleta e sai pedalando após tocar o solo suavemente. Quando num fim de tarde a equipe estava filmando uma outra cena, sem mim, no aeroporto, e eu estava lá no meu figurino de ator, um homem me chamou a atenção. Atrás da alta tela de arame do pequeno edifício improvisado do aeroporto, entre o punhado de pessoas que esperava a chegada de um voo local, havia um homem relativamente jovem que eu vira ali algumas horas antes. Era um homem negro segurando um buquê de flores muito pequeno e já muito murcho. Ele parecia profundamente triste. Tentei falar com ele e ele me perguntou se eu poderia ouvir sua confissão mesmo sem ser um padre ordenado, já que afinal eu estava de batina. Eu respondi com uma pergunta: aquilo me parecia muito importante, ele não gostaria talvez de fazer sua confissão diante da nossa câmera? Ele gostou da ideia. Chamei Harmony e a equipe de filmagem. Eu apenas disse a Harmony: "Você está pronto?". Ele não tinha ideia, nem eu, do que exatamente iria acontecer. A câmera foi ligada. Eu tomei a confissão do homem. Ele confessou que sua esposa e seus três filhos pequenos haviam fugido dele, e que fazia dois anos que ele ia todos os dias ao aeroporto, porque tinha esperanças de que eles voltassem no próximo avião. Ele hesitou em contar por que sua esposa havia fugido, e eu lhe disse que ali naquele momento ele estava tendo uma oportunidade para aliviar a sua consciência diante do mundo. Mas ele ainda parecia não querer soltar o verbo. "Você fornicou com outra mulher?", eu lhe perguntei diretamente, mas ele negou. Tentei entender o que se passava com ele e por fim tive uma ideia: "Meu filho, você fornicou com pelo menos cinco outras mulheres". Então de súbito ele ficou completamente aliviado e confessou: "Sim, foi isso mesmo". Eu lhe dei a absolvição e o abençoei. Depois da gravação, ele me disse que havia sido só um filme, mas que era muito melhor do que estar no confessionário com um padre de verdade.

Minha contribuição também foi bastante pequena algumas vezes. Fiz aparições breves já bem antes dos filmes com Zak Penn e Harmony Korine, por exemplo, em dois filmes de Paul Cox na Austrália em meados da década de 1980. Um deles foi *O homem das flores*, no qual também interpreto um pai desagradável, do pior tipo. Em 1996, tive um pequeno papel num filme do diretor austríaco Peter Patzak, o título era *Brennendes Herz* [Coração ardente], e do filme em si não tenho nenhuma lembrança porque nunca cheguei a vê-lo. Também é frequente me perguntarem sobre dois documentários de Wim Wenders nos quais apareço, *Quarto 666* e *Tokyo Ga*, mas ainda não vi esses dois, tampouco. De *Brennendes Herz* tenho apenas uma lembrança clara. A cena se passa no final da Segunda Guerra Mundial: estou num abrigo com um general. Durante o nosso diálogo, cai uma bomba nas proximidades, que faz tremer toda a sala. Ao lado do general, um grande espelho pendurado na parede racha. O pessoal dos efeitos especiais havia instalado uma pequena carga explosiva atrás do espelho, e eu estava curioso para ver como ele se estilhaçaria no meio da frase do meu parceiro de cena. Então me ofereci para sentar ao lado da câmera como um interlocutor com quem ele poderia ter contato visual. Eu não estava visível para a câmera, mas a distância em relação a ele era apenas a largura da mesa. Eu estava observando o espelho um metro mais atrás, mas algo me disse para desviar o rosto. Houve um estrondo violento, e mais de cem cacos de vidro muito finos, tão finos quanto grãos de arroz pontiagudos, me atingiram na lateral da cabeça. A carga explosiva havia sido forte demais. Demorou mais de uma hora para que os cacos fossem removidos da minha pele com uma pinça. Só não perdi os meus olhos porque tinha virado a cabeça.

Meu tipo de humor, uma modalidade um tanto sombria, foi reconhecido nos Estados Unidos antes de qualquer outro lugar. Por isso, não foi surpresa para mim que o criador de *Os Simpsons*, Matt Groening, tenha me sondado em 2002 para participar como convidado em sua série. No começo eu não tive certeza. Achei que já tinha visto tiras de *Os Simpsons* impressas em jornais, mas depois verifiquei que eles nunca existiram em formato impresso. Mas como desenho animado na TV eu também nunca os tinha visto. Matt Groening riu estrondosamente disso e me disse que *Os Simpsons* eram famosos já havia mais de vinte anos. Ele pensou que eu estava brincando quando lhe pedi para me enviar um ou outro dos episódios recentes em DVD para que eu pudesse ver e treinar como falavam os personagens nos desenhos. Mas ele só queria minha voz em inglês, do jeito natural dela, só isso já seria bastante divertido. Ele não disse isso diretamente, mas entendi o que quis dizer.

Na época, eu me questionei a fundo sobre o que eu estava fazendo na cultura pop, mas ao mesmo tempo tinha a impressão de já ser mainstream de qualquer maneira. Nunca consegui perceber realmente uma diferença entre as abordagens. Músicos de rock sempre tentavam entrar em contato comigo, bem como skatistas e profissionais do futebol. Apesar disso, no começo, eu ainda me perguntava por que, por exemplo, o cosmólogo Stephen Hawking, preso à sua cadeira de rodas, havia participado de um episódio de *Os Simpsons*. Mas, depois de dar uma olhada, *Os Simpsons* eram tão caóticos e anárquicos que senti uma certa afinidade. Especulou-se que eu teria participado pelo dinheiro, mas não há muito dinheiro a ganhar em *Os Simpsons*, o cachê está na faixa do piso salarial estipulado pelo sindicato dos atores, e é portanto exatamente igual à diária de um ator de pequena grandeza num filme qualquer para a televisão. Por fim, falou mais alto o enorme entusiasmo de toda a equipe de *Os Simpsons* pelos meus filmes e eu aceitei. Dublei a participação especial do personagem Walter Hottenhoffer em "The Scorpion's Tale" e, mais tarde, um louco dr. Lund e, recentemente, um outro papel. O que me interessou também foi o metódico trabalho preliminar para uma tal série. A equipe de roteiristas me convidou para uma de suas reuniões, nas quais eles apenas ficavam jogando bolas, de forma caótica, louca e criativa. Eu nunca tinha visto nada assim. Além disso, houve um procedimento de teste para os roteiros, que também me impressionou. Todos os atores se reúnem na chamada mesa de leitura, para verificar a eficácia da história e das piadas. Numa grande sala, sentam-se em volta da mesa dos narradores cerca de cem pessoas cuidadosamente selecionadas, o público de teste. Elas representam diferentes faixas etárias, gêneros, condições sociais, níveis de escolaridade, etnias — eles pensam em tudo. Mas para mim algo ainda mais espantoso aconteceu por lá. Antes de nós, os atores, lermos os diálogos do roteiro em voz alta, entrou um comediante profissional, que contou piadas por uma hora. Somente quando o público estava realmente aquecido é que começou a leitura, durante a qual se verificou, com precisão milimétrica, quanto tempo, isto é, quantos décimos de segundo levava até o riso irromper, com que intensidade se ria, quanto tempo durava o riso, e quão depressa devia vir a próxima frase do diálogo. Perguntei sobre o papel do comediante. Ele é contratado, porque o público que sintoniza o programa em casa já está interiormente disposto a rir, enquanto o público de teste num ambiente desconhecido, cercado por estranhos, ainda está muito contido para se entregar ao humor.

Não é para mim senão uma alegria quando percebo que de fato fui bem. No estúdio de gravação da produtora de *Os Simpsons*, tudo é técnico, somente depois da gravação dos textos é que os personagens são desenhados com suas ações e movimentos labiais. Mas também há coisas que são reformuladas no decorrer do processo, aí então pode-se ver o personagem em novas gravações, como numa pós-dublagem, em clipes curtos que passam em loop. Os técnicos de som e o diretor costumam ficar separados um do outro na sala de controle, mas no meu caso o diretor realmente queria estar perto de mim. Mesmo antes de eu terminar minha linha de texto, ele deu uma risada, no meio da gravação. Ela teve então que ser repetida, e eu me senti encorajado a adicionar alguns cacos maliciosos — ele riu, embora admoestado ao silêncio, ainda mais alto no meio da minha fala. Ele foi expulso dali para a sala de controle, mas eu sabia que tinha feito um bom trabalho.

Nunca me candidatei a um único papel por conta própria. Nunca estive numa situação de casting. Assim também foi quando o diretor Christopher McQuarrie e seu astro Tom Cruise me procuraram. Eles queriam mesmo que eu fosse o vilão do primeiro filme de *Jack Reacher*. Isso foi em 2011, e o filme estreou em 2012. Antes de concordar, dei uma boa olhada no roteiro e achei que era mais inteligente do que o de muitos outros filmes de ação. O papel de Zec no filme também foi um desafio. Havia vários vilões, todos eles dando socos, gritando e abrindo fogo indiscriminadamente uns contra os outros, com seus enormes e desajeitados fuzis de assalto. Mas eu estou desarmado no filme. Perdi quase todos os meus dedos num gulag russo e sou cego de um olho. Tenho apenas minha voz suave para inspirar terror. Há uma cena em que oriento em tom muito gentil um vilão subordinado a mim, a título de reparação de um grave erro cometido por ele, que coma na mesma hora os próprios dedos, como eu fizera para escapar do trabalho numa mortífera mina de chumbo na Sibéria. Naturalmente, ele não consegue, e é fuzilado sem mais delongas. Durante a filmagem, percebi como os membros da equipe se contorceram de horror e, mais tarde, na edição, a cena foi atenuada duas vezes, pois não era apropriada para um público mais jovem. Em geral, a indústria cinematográfica faz isso quando se trata de violência bruta, cenas de sexo ou linguagem chula. Mas nessa cena, mesmo na versão final do filme e sem tais ingredientes, eu ainda estava tão aterrorizante que após a estreia minha mulher recebeu um telefonema de uma de suas amigas em Paris: "Lena, você tá mesmo casada com *esse* homem? Você sabe que estamos a apenas um voo de distância. Temos um quarto de hóspedes, podemos te oferecer proteção".

Tom Cruise me tratou de forma extremamente respeitosa. Eu, de minha parte, fiquei impressionado com seu rigoroso profissionalismo. Ele estava sempre preparado para a perfeição, apto do ponto de vista físico, desperto. Em sua vasta comitiva, havia um profissional que cuidava em específico de sua alimentação, que a cada duas horas, com pontualidade, lhe servia uma diminuta refeição com nutrientes rigorosamente balanceados. Brinquei com ele perguntando se também tinha ali um psiquiatra para os seus cachorros. Mais ninguém se atrevia a fazer perguntas como essa, e ele pareceu achar agradável que houvesse alguém no set que não estivesse o tempo todo pasmo de admiração diante dele. Tive um relacionamento também descontraído com Jack Nicholson anos antes, quando ele estava interessado em *Fitzcarraldo*. Às vezes, Nicholson me convidava para visitá-lo em Mulholland Drive e lá assistíamos juntos às transmissões dos jogos do Lakers fora de casa. Numa dessas vezes, ele se estendeu na cama com sua então esposa, a atriz Anjelica Huston, e eu, no pé da cama, acabei adormecendo, exausto depois de um longo voo, e no final ele teve que me lembrar com leves cutucões que o jogo de basquete havia terminado. Agora sua cama seria usada para outra coisa. Eu estava esticado transversalmente a seus pés e ele sorriu o sorriso que é a sua marca registrada. Na época, Marlon Brando tinha uma propriedade ao lado; ele queria me conhecer. O alto portão de ferro se ergueu silenciosamente, mas lá dentro por toda a parte havia placas com avisos para fechar as janelas do carro e não abrir as portas até que alguém prendesse os cachorros. Vi quatro pastores-alemães ferozes que pareciam determinados a tomar medidas extremas. Eles teriam atacado na mesma hora qualquer convidado descuidado. Com Brando, que estava preparado para que eu lhe propusesse algum filme, conversei somente sobre literatura e sobre a sua ilha nos mares do Sul. Ele se despediu de mim com gratidão, como um raro convidado que, diferente de todos os outros, não queria algo dele.

O diretor Jon Favreau me convidou para uma participação na série *The Mandalorian*, da franquia de *Star Wars*. Ele é um grande fã dos meus filmes e se ofereceu para me familiarizar um pouco com o mundo de *Star Wars* quando admiti que não tinha visto nenhum dos filmes. Ele me mostrou figurinos, esboços de storyboards e maquetes de planetas distantes, que eram muito impressionantes. No novo filme, eles empregariam uma nova tecnologia de ciclorama que, ao contrário de todos os filmes de fantasia e ficção científica feitos até então, eliminaria a necessidade de telas verdes. Os atores veem ao seu redor o planeta em que estão se movendo ou a nave em que viajam, e a câmera também vê todo o ambiente. Fingir, na frente de uma tela verde, ver um dragão atacando não era mais necessário. Com isso o cinema voltou para o lugar onde sempre esteve e ao qual pertence.

As proporções do sigilo de *Star Wars* eram impressionantes. Para soltar uma pista falsa, espalhou-se que eu havia assinado um contrato para um filme baseado em *Huckleberry Finn*. Durante as filmagens, não era permitido sair da área do estúdio, nem mesmo para almoçar ao ar livre, sem cobrir todo o figurino com uma túnica de linho. Um segurança na entrada vigiava atentamente. Do lado de fora, espreitavam os fãs que haviam conseguido de alguma forma se infiltrar na área para vazar fotos com suas câmeras de celular. A atenção e as expectativas da comunidade mundial desses filmes são assombrosas. Quando na estreia do filme foi permitido erguer o véu, eu apenas disse en passant algo sobre a mecânica maravilhosa da personagem de Baby Yoda, e no prazo de uma hora, podiam-se encontrar 10 milhões de comentários na internet sobre isso. Para mim, a desvantagem de tais colaborações é sem dúvida o fato de que a atenção é desviada do meu trabalho em si, meus filmes e livros. Houve relatos na mídia de que com meu cachê, que não foi particularmente alto nem mesmo em *Star*

Wars, eu teria financiado meu longa-metragem *Uma história de família*, mas o filme já estava finalizado e editado quando comecei esse entreato.

Para os vilões em meus próprios filmes, desde cedo contei com Klaus Kinski. Ele tinha uma presença na tela como poucos na história do cinema. Mas Michael Shannon também é assim, e Nicolas Cage é igualmente um desses fenômenos excepcionais. Ele próprio considera *Vício frenético* o seu mais extraordinário desempenho, antes ainda de *Despedida em Las Vegas*, pelo qual ganhou um Oscar. Concordo cem por cento com ele. Mas de todos os grandes atores e atrizes com quem já trabalhei, para mim um deles se destaca de forma marcante: Bruno S. Sua aparência era sempre desleixada, como a de alguém que dorme debaixo de pontes, embora ele tivesse uma moradia, mas o seu rosto e a sua linguagem penetrante lhe conferiam uma dignidade indefectível. Ele era como um proscrito, que cambaleia perdido em direção a alguém, saindo de uma noite longa e ruim para um dia ofuscante ainda pior. Ele tinha uma profundidade, uma tragicidade e uma veracidade como nunca mais vi na tela. O próprio Bruno não queria ser apresentado com seu nome completo, nem em nosso filme sobre *Kaspar Hauser* nem em *Stroszek*, ele não queria ser uma estrela, mas antes o soldado desconhecido do cinema. Como Bruno S., ele constava nos relatórios policiais quando havia se tornado imputável na adolescência. Sua infância e juventude foram desastrosas, repletas de tragédias. Sua mãe, uma prostituta em Berlim que não queria o filho, espancava-o desde a mais tenra idade e, quando ele tinha três ou quatro anos, bateu tão terrivelmente nele que ele perdeu a fala. Ela então o entregou a uma instituição que acolhia crianças com deficiências mentais, o que não era o seu caso. A partir dos nove anos de idade, ele começou a fugir. Seguiram-se anos em internatos e reformatórios cada vez mais rígidos, e então uma série de delitos. Num inverno rigoroso, ele arrombou um carro para dormir dentro dele, foi preso pela polícia, passou quatro meses na prisão. Ninguém sabia o que fazer com ele. Bruno acabou sendo transferido para um manicômio, mas dali simplesmente o puseram, então com 26 anos, na rua como "curado". Quando o conheci, ele trabalhava como motorista de empilhadeira numa siderúrgica de Berlim e ganhava algum dinheiro extra cantando baladas em pátios escuros.

O trabalho como ator lhe rendeu fama e atenção de seus colegas, bem como de completos estranhos, o que lhe fez bem. Bruno publicou um livro com seus aforismos, expôs seus quadros naïf numa galeria, lançou um álbum com suas canções. Então começou a se apresentar com o nome completo, e eu o faço aqui também: o seu nome é Bruno Schleinstein. Ele morreu há alguns anos. Nunca haverá outro igual no cinema.

31.
A transformação do mundo em música

Fui arrastado para o mundo da ópera assim como para meus papéis no cinema. Isso não teve a ver diretamente com meu filme *Fitzcarraldo*, que é sobre uma grande ópera na floresta, mas antes com a forma como lidei com a música em meus filmes. A música em meus filmes nunca é um evento de fundo, mas ela transforma as imagens em visões mais elementares. Em 1985, a diretora artística do Teatro Comunale de Bolonha insistiu muito para que eu fizesse uma montagem de *Doutor Fausto*, de Ferruccio Busoni. A ópera na verdade é um fragmento, porque o compositor morreu durante a criação e o libreto é bastante caótico, e a peça foi considerada inexequível. Mas meu irmão Lucki me encorajou com todas as forças e tinha ao seu lado um agente perspicaz, Walter Beloch. Finalmente eles me convenceram a conhecer a ópera em Bolonha. Fiquei impressionado com as possibilidades técnicas nos bastidores. No início, apenas alguns técnicos me acompanhavam na visita, mas notei que eles foram ficando cada vez mais numerosos: técnicos de iluminação, ajudantes de palco, recepcionistas. Quando terminei a visita, me vi espremido entre pelo menos trinta pessoas que formavam um estreito círculo ao meu redor. Um deles deu um passo à frente e me informou que havia sido nomeado de improviso o porta-voz do grupo. Eles queriam me ter ali, queriam trabalhar comigo. Então, numa única frase, ele resumiu a atmosfera: eles não me deixariam ir para casa enquanto eu não assinasse um contrato. Fiquei emocionado, levei o porta-voz como testemunha e assinei meu contrato de trabalho no escritório da diretora artística.

Embora eu quase não seja capaz de ler notas musicais, desde o primeiro momento me senti completamente seguro nesse métier, no qual não tinha nenhum tipo de experiência. Assisti a uma montagem no Scala de Milão, a primeira da minha vida, eu não fazia ideia de como deveria ser uma ópera, quais eram as tendências da época. Por causa dessa falta de pertencimento ao mundo da ópera, a minha montagem era diferente de qualquer outra coisa que se podia ver nos palcos. Ela começava com o Dr. Fausto enfronhado em seus estudos de tal forma que não conseguia largá-los, e para representar isso pedi ao meu cenógrafo Henning von Gierke para construir um penhasco que se ergue no céu acima de nuvens baixas. Henning era na verdade um pintor, mas trabalhou em muitos dos meus filmes e criou cenários maravilhosos, por exemplo, para *Nosferatu* e *Fitzcarraldo*. Na minha montagem, Dr. Fausto está perdido no alto do penhasco, não consegue seguir adiante nem voltar. Eu queria deixar a cortina aberta já para a ouverture e, entrando no meio da música, um ajudante de palco deveria, do nada, despencar do alto do teto do palco nas profundezas. Ele desapareceria nas nuvens que pairam sobre o chão do palco. Eu queria que a orquestra hesitasse por um momento. Vimos corretamente? Acaba de acontecer um acidente? Aonde foi parar o homem que caiu? No chão do palco coberto pela névoa, deveria ser aberto um buraco por onde o acidentado desapareceria nas profundezas. Mas a direção artística achou o projeto muito arriscado e um dublê muito caro; então me ofereci para fazer o dublê eu mesmo, pelo menos para a estreia. Fiz testes para isso, saltando pouco a pouco de cada vez mais alto. Arranjamos um grande colchão de ar como os que são usados em sets de filmagem. Há várias fotos minhas em queda livre, mas acabei desistindo quando aterrissei de doze metros de altura no colchão de ar e torci o pescoço. Isso tudo era pura estupidez, e eu não precisei ser persuadido a desistir dessa bobagem. No final da ópera, tudo se transforma: em vez do Redentor, a bela Helena é pendurada na cruz do monte Gólgota, e Mefistófeles de repente entra em cena como o bom pastor trazendo sobre os ombros um cordeiro muito novo, de apenas poucos dias. Era a época na primavera em que as ovelhas pariam. Mefistófeles deixa o cordeiro sozinho e, como a música não foi composta até o final, os sons vão desaparecendo até que nos últimos nove minutos toca-se apenas um único instrumento de corda. O cordeiro vagueia pelo palco procurando sua mãe e fica um bom tempo por ali. Ele bale para o público.

A montagem, como todas as outras posteriores na minha vida, foi conduzida pela música. Estava claro para mim que a ópera se produz quando se consegue transformar um mundo inteiro em música. E também estava claro para mim que o mundo das emoções no palco da ópera é um mundo muito próprio, que não existe de forma tão exacerbada na vida humana ou mesmo na natureza. Os sentimentos na ópera são absolutamente condensados, comprimidos, mas para o público eles são verdadeiros porque o poder da música os torna verdadeiros. Os sentimentos da grande ópera são sempre como axiomas de sentimentos, como uma verdade aceita na matemática, que não se deixa mais reduzir, concentrar, explicar.

Wolfgang Wagner, o neto de Richard Wagner, que havia assistido à minha montagem em Bolonha, convidou-me de forma muito enfática para encenar *Lohengrin* na abertura do Festival Wagner em Bayreuth em 1987, mas recusei de imediato. O meu métier era o cinema. Depois de muitas tentativas de convencimento, Wagner por fim me enviou sua gravação favorita da ópera, na época ainda em fita cassete. Eu absolutamente não estava familiarizado com a peça. O prelúdio, a ouverture, me atingiu como um raio. Eu estava em uma viagem na Áustria e parei na mesma hora o carro no acostamento para apenas escutar. Nunca tinha ouvido nada tão bonito. Liguei para Wolfgang Wagner e disse, eu vou fazer, é algo tão grandioso, que quero tentar. O cantor no papel-título foi Paul Frey, um canadense que praticamente estreava no palco operístico. Ele vem de uma família de menonitas de Ontário, e transportava leitões da fazenda de seus pais pelo vasto país. Então ele ouvia gravações de Elvis e cantava junto e, mais tarde, quando alguém lhe deu um disco do cantor de ópera Mario Lanza, ele passou a também cantar as árias. A voz de Paul Frey se destacava por sua clareza e beleza, e ele tinha participado de alguns musicais. Eu assisti a uma apresentação de *Lohengrin* no Teatro Estatal em Karlsruhe, onde ele cantou esse papel. Wolfgang Wagner havia me enviado para lá como olheiro. Na primeira entrada de Lohengrin, aconteceu um acidente de palco. Logo atrás de Frey, o cenário de oito metros de altura desabou, mas ele continuou a cantar imperturbável enquanto o público gritava. Depois eu soube que Paul Frey também não sabia ler partituras, ele estudava seus papéis com discos. Era o meu homem. Mais tarde, ele fez uma grande carreira em Bayreuth e no Met, o Metropolitan Museum of Art, em Nova York.

Também em Bayreuth minha montagem foi diferente. O segundo ato, por exemplo, começa com o mar se lançando em ondas em direção ao público. Havia pelo menos sessenta toneladas de água no palco, que era levantada e abaixada por um sistema hidráulico na parte de trás. O efeito, por mais estranho que pareça, nunca havia sido tentado. Contudo, a água tinha que desaparecer em questão de minutos, mas, tal como o escoamento numa banheira, isso causava ruídos de sucção muito altos. Os técnicos de palco encontraram uma solução muito simples, e para o público era inexplicável como de repente o mar não estava mais lá. Como diretor, eu estava sempre junto no palco durante os ensaios, quase nunca numa tribuna na plateia, e assim tive um privilégio único. Nos grandes corais, por exemplo, eu andava pelo palco no meio dos cantores para definir corretamente o timing. No coro de Bayreuth, metade das cantoras e dos cantores poderia cantar os grandes papéis, tão alto o seu grau de excelência; estar no meio de todas aquelas vozes e ser arrebatado por elas é uma sensação que não posso descrever. Eu tive uma sorte incrível. Trabalhei com os melhores do mundo.

Encenei óperas de Verdi, Bellini, Wagner, Mozart, Beethoven. Trabalhar com música por um período limitado de tempo, respirar música, transformar um mundo em música sempre me trouxe inteiramente para o meu próprio centro. Mas a ópera requer uma abordagem própria. O mundo dos teatros de ópera é um mundo artificial, os dramas são artificiais, as intrigas são artificiais, os escândalos também. Tudo é de fato seguro: a música já está escrita e a casa tem um telhado firme, não pode vir uma tempestade súbita, como quando se filma na selva. A orquestra sabe a partitura de cor, e os cantores também. Mas se não houver um clima misterioso de intrigas e perigo iminente, toda a casa de súbito fica sem vida. Toda a montagem parece morta. Presumo que a permanente disposição para o alvoroço do escândalo nasça do medo profundo dos cantores, que são abruptamente lançados no palco e, em centésimos de segundo, têm que acertar o tom preciso. Não há repetição, e o público, apenas vagamente perceptível na semiescuridão além do palco, é um último remanescente das antigas arenas de gladiadores. Eles querem ver sangue. Testemunhei no Scala de Milão como o melhor barítono do mundo foi impiedosamente vaiado no meio de sua ária porque tinha um pequeno problema na voz: "*Stronzo*, cretino! Por que não vai trabalhar como garçom?". Então, depois do intervalo, quando ele se recompôs, foi aplaudido sem parar. Luciano Pavarotti foi humilhado e nunca mais cantou lá, e também Maria Callas, após um incidente semelhante, nunca mais se apresentou lá.

Eu costumava levar um pouco de vida à casa durante os ensaios, quando percebia que tudo está indo bem, mas sem brilho, sem as chamas dos sussurros e do escândalo. Em Washington, encenei *O Guarani* em 1996, com Plácido Domingo no papel principal. Ele me chamara para dirigir uma ópera quase desconhecida de um compositor brasileiro do final do século XIX. Os ensaios correram bem, todos cantavam no tom certo, mas não era música de verdade. Decidi espalhar um boato falso, num dia em que Plácido Domingo estava de folga. Deixei escapar, na presença de um funcionário da administração, um comentário em que eu perguntava se os cantores já haviam sido avisados de que Domingo não cantaria no dia da estreia, porque tinha um compromisso para aquela noite no Met, em Nova York. Levou apenas alguns minutos para que todo o teatro entrasse em polvorosa; os cantores cochichavam e, de repente, havia música novamente. Sem esses dramas artificiais, a estreia e as apresentações que se seguem não correm bem. Com tais eventos, o medo profundo tem que se dissipar.

No ensaio geral de *Tannhäuser*, de Wagner, em Palermo, houve um alarme de bomba e todo o teatro foi evacuado imediatamente. Desta vez, o alarme não havia sido acionado por mim. A montagem era em grande parte "imaterial", pois quase não há ação em *Tannhäuser*, apenas almas excitadas. Quase não havia cenografia. Tudo era feito de luz, e de ar, que era movido em doses precisas por ventiladores. Para isso, eu encomendara a meu grande figurinista e amigo Franz Blumauer figurinos do mais leve de todos os tecidos, uma seda especial usada em paraquedas, que à mais suave das brisas ondulava em volta dos cantores, como se suas almas, tremulando todas em branco, fossem visíveis para nós. Em momentos dramáticos, de tempestades internas, os ventiladores escondidos em trinta pontos no palco e ao lado do palco eram ligados em alta velocidade, e os grandes véus esvoaçavam em profundo alvoroço. Ainda me lembro de como, após a evacuação do teatro, todos os cantores e a Vênus, com um grande véu vermelho tremulando ao seu redor, andavam pelas ruas completamente desertas de Palermo. Um robô acionado pela polícia subia sobre correntes os degraus do tapete vermelho do teatro, foi tudo um grande ato surreal. Notei que pequenas multidões de almas desorientadas se aglomeravam diante de bares e só então me dei conta de que a Itália estava disputando um grande jogo de futebol na Copa do Mundo. Todo mundo queria assistir, presumo que um dos cantores do coral tenha acionado o alarme. A estreia dois dias depois foi um grande sucesso.

32.
A leitura de pensamentos

A questão da transmissão do pensamento já me ocupa há muito tempo, não só através das gêmeas que falavam em coro, e não é por acaso que no momento estou trabalhando num documentário sobre a "leitura" da atividade cerebral. Hoje em dia já é possível, por meio das ondas eletromagnéticas emitidas pelo cérebro, transferir a vontade humana para um robô separado. Eu vi uma mulher paralítica, apenas através de sua vontade, conduzir um braço mecânico que pega um copo d'água e o leva à sua boca com um canudo. Pode-se entender com tanta clareza a atividade cerebral através de ressonância magnética nuclear, que é possível verificar com certeza se alguém está lendo em silêncio um texto em inglês ou em espanhol; a cena puramente imaginária de dois elefantes caminhando da esquerda para a direita na savana pode ser visualizada, numa imagem ainda um tanto borrada, através de um computador que registra ondas cerebrais. Com alto grau de certeza, através de representações gráficas de atividades complexas do cérebro, também é possível perceber se alguém está mentindo, para além das medições dos detectores de mentira, que registram apenas pulso, pressão arterial e frequência respiratória. Com razão, esses detectores bastante errôneos não são admitidos como provas em processos judiciais, mas dado o acelerado desenvolvimento das possibilidades, a pesquisa tem que ser acompanhada de atividades que definam e protejam juridicamente a autonomia e a inviolabilidade de nossos pensamentos no futuro. Já existem textos para uma Carta dos Direitos do Indivíduo à Inviolabilidade do Pensamento, assim como existe uma Carta sobre a Proibição de Armas Biológicas e Químicas. O Chile é o primeiro país do mundo a acolher justamente essa Carta num adendo à sua Constituição. Com certeza isso também tem a ver com a violação dos direitos humanos durante a ditadura militar de Pinochet. Obtive permissão para gravar as deliberações de senadores e deputados sobre esse tema através de teleconferências.

Visitei um depósito temporário de lixo nuclear no Novo México, onde tonéis radioativos são armazenados em gigantescas minas de sal. O projeto é contestado com veemência pela população local, embora as galerias sejam muito profundas e estejam estáveis geologicamente há 250 milhões de anos. A questão que se coloca aqui é: como podemos alertar gerações distantes contra a entrada nos túneis? Daqui a alguns milhares de anos, ninguém falará ou entenderá mais as nossas línguas do modo como acontece hoje. Também é possível que quase todas as nossas línguas tenham desaparecido. Das aproximadamente 6500 línguas ainda existentes, uma se perde para sempre — e em quase todos os casos de forma não documentada — a cada dez a catorze dias, uma dinâmica de extinção profundamente alarmante, que se dá em ritmo muito mais acelerado do que o desaparecimento de mamíferos, baleias, leopardos-das-neves, ou vertebrados em geral, como sapos. Como podemos, portanto, desenvolver sinais de alerta contra o veneno radioativo que sejam universalmente compreensíveis, também para as culturas humanas do futuro? Houve até mesmo um concurso de ideias sobre a questão, no qual todas as representações pictóricas, semelhantes a cartuns, provinham da hipótese incerta de que outros povos futuros com diferentes origens culturais futuras também poderiam "ler" essas imagens. Mas já em meu filme *Os médicos voadores da África Oriental* (1969), numa sequência sobre medidas médicas preventivas em Uganda, verifiquei que os habitantes de uma aldeia isolada simplesmente ficaram perplexos perante os cartazes usados. Eles não conheciam jornais, livros ou televisão. Fiquei curioso e perguntei o que havia no cartaz didático de um olho gigante, e as respostas variaram desde o sol nascente até um grande peixe, embora antes a imagem tivesse sido usada para demonstrar como proteger os olhos de agentes poluidores. Por fim, pendurei lado a lado quatro das imagens usadas na apresentação, uma das quais intencionalmente virada de cabeça para baixo. Pedi separadamente às pessoas que identificassem a imagem invertida, mas apenas menos de um terço dos entrevistados conseguiu fazê-lo. Para eles, os cartazes deviam ser um conjunto confuso de cores, algo como para nós as pinturas abstratas. Para mim estava claro que a ignorância não era dos habitantes das aldeias, mas dos agentes de fora, que não eram capazes de conceber que as imagens de nossa civilização fossem indecifráveis para as pessoas do lugar. Além disso, por que os jovens guerreiros masais, homens atléticos, não eram de fato capazes de subir uma pequena escada de quatro degraus na entrada de um ambulatório móvel, que continha um pequeno laboratório e um aparelho de raios X? Eles tateavam os degraus com os pés e subiam como se estivessem literalmente pisando em ovos. É provável que isso tivesse a ver com tabus e barreiras que nunca foram compreendidos pela comunidade médica, nem por mim, tampouco.

Como serão configuradas as imagens do futuro distante é algo que sempre me deu o que pensar. Ainda que possa haver eventualmente um futuro sem escrita, sem qualquer conhecimento de conexões históricas. Estou considerando aqui um período de 40 mil anos, ou seja, a distância da caverna de Chauvet até os dias de hoje. Os livros terão desaparecido, a internet, as constelações terão mudado, a Ursa Maior parecerá muito mais alongada. Para o depósito nuclear no Novo México, alguém teve a ideia de alterar cactos geneticamente de forma a torná-los azul-cobalto, como uma espécie de alerta contra algo venenoso, mas talvez em milhares de décadas esses cactos se espalhassem por toda a América do Norte e Central.

Ler sinais, ler de forma correta a jogada do time adversário no futebol, ler o mundo, todas essas coisas sempre me inquietaram. Isso aparece como tema em *Kaspar Hauser*, onde o protagonista é despejado no mundo já adolescente, como se tivesse caído de um outro planeta, sem o mínimo conhecimento de árvores, casas e nuvens no céu, sem conhecimento de linguagem, sem o conhecimento de outras pessoas além dele. Também em *O país do silêncio e da escuridão*, eu estava interessado na forma como as pessoas surdocegas experimentam o mundo, e por isso fui contatado pelo neurologista e escritor Oliver Sacks. Ele ficou tão fascinado com o filme, que comprou uma cópia em 16 mm e passou a mostrá-la aos alunos. Li cedo o seu livro *Tempo de despertar*, no qual ele descreve pacientes que passaram quarenta anos inconscientes em decorrência da gripe espanhola e de repente foram despertados por um novo medicamento, num mundo em que já havia ocorrido mais uma guerra mundial, onde os aviões transportavam enormes quantidades de passageiros, onde havia televisão e bomba atômica. Eu tinha perguntas para fazer a ele sobre a natureza do sono e sobre hipnose. Ele também conhecia meu filme *Coração de cristal* e a hipnose empregada nele. Eu não tinha ninguém além dele com quem pudesse discutir com profundidade a decifração, a compreensão dos signos da Linear B.

A Linear B é uma escrita da Idade do Bronze usada em tabuletas de cerâmica na ilha de Creta e no continente, em Pilos e Micenas. Eis um exemplo tirado do livro *Documents in Mycenaean Greek*, de Michael Ventris e John Chadwick, de 1956:

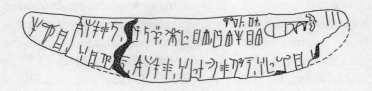

Considero a decifração da Linear B uma das maiores conquistas culturais e intelectuais da humanidade. A princípio, não se sabia em que língua os caracteres estavam escritos, mas existem radicais de palavras ou signos com diferentes terminações, isto é, declinações, que apontam para uma língua indo-europeia. Podemos ler o etrusco, cujo alfabeto é muito próximo ao latino, e até fazê-lo em voz alta, mas ainda não conhecemos o idioma. Provavelmente é uma língua não indo-europeia que nunca entenderemos, a menos que uma Pedra de Roseta caia em nosso colo. Na Linear B, há mais de setenta diferentes caracteres, era portanto evidente que se tratava de uma escrita silábica. Além disso, há também alguns ideogramas, a imagem de um jarro para "jarro" ou a imagem de uma carroça com rodas para "carroça". Sinais numéricos de um sistema decimal puderam ser rapidamente identificados e compreendidos. Duas perguntas precisavam ser respondidas: que sons correspondiam às sílabas e em que língua as tabuletas haviam sido escritas? Michael Ventris, um arquiteto que na Segunda Guerra Mundial trabalhou na decifração de mensagens secretas da Força Aérea alemã, usou grades lógicas que se tornaram cada vez mais completas, e John Chadwick, que estudou os primeiros textos e dialetos gregos antigos, chegou à conclusão lógica e irrefutável de que se tratava de uma forma arcaica do grego antigo, de cerca de sete ou oito séculos ainda antes de Homero.

Infelizmente, verificou-se que os textos não eram do calibre de um Homero ou Sófocles, não se tratava de poesia, mas de contabilidade — quem devia quanto a quem em grãos e azeite em que ocasião, quem tinha que contribuir com o quê para um festival religioso, quem tinha que dar quanto para qual trabalhador agrícola. Nem tudo está totalmente traduzido e compreendido, e a predecessora Linear A até agora tem resistido a todas as tentativas de decifração, presumivelmente porque sua língua é outra, não classificável e de todo desconhecida. Meu avô Rudolf, Michael Ventris, John Chadwick, Oliver Sacks e, bastante à margem, também eu, como um espectador admirado, teríamos formado uma bela equipe num mundo impossível de puros desejos mágicos. O Disco de Festo, um disco de argila, também de Creta, com sua própria escrita em forma de espiral, que com exceção de alguns minúsculos fragmentos não existe em nenhum outro lugar, é o maior de todos esses mistérios. Para mim, ele é um emblema da nossa limitação em ler o mundo, todo o misterioso mundo. Houve charlatães que afirmaram ter decifrado o texto, mas nem mesmo os maiores supercomputadores do futuro serão capazes de lê-lo um dia. Se vem alguém e diz que decifrou o texto, sabemos com absoluta certeza que é um vigarista ou um lunático.

33.
Leitura lenta, sono longo

Minhas fascinações não são esotéricas. Todas elas têm a ver com as questões fundamentais da nossa identidade, como no caso das gêmeas, quando supomos sermos únicos enquanto indivíduos. A leitura dos signos como na Linear B, a leitura do mundo, é apenas aparentemente exclusiva, pois é inerente ao ser humano em geral. Mas qual é o meu dia a dia? Quem são meus amigos? O que é a minha vida? Toda autodescrição é difícil para mim, porque tenho problemas com espelhos. Eu me vejo no espelho quando faço a barba porque tomo cuidado para não me cortar, mas só vejo a minha bochecha, não a pessoa. Até hoje não sei dizer com certeza qual é a cor dos meus olhos. Autorreflexão, qualquer círculo ao redor do próprio umbigo é profundamente desconfortável para mim. Mas sou bastante consciente de algumas coisas cotidianas e também posso nomeá-las. Tenho em comum com Freda e Greta uma relação incondicional com a subordinação espacial a outras pessoas. Percebo isso especialmente quando estou exposto aos olhos de muitos espectadores. Em painéis de discussão, só consigo pensar e argumentar com clareza quando o parceiro do diálogo está sentado à minha direita. Se ele ou ela se sentasse à minha esquerda, eu sentiria como se tivesse que fazer uma contorção. Algo parecido acontece no cinema. A pessoa que assiste a um filme comigo tem que sentar à minha direita, caso contrário, olhar para a tela junto com ela seria uma tortura. Posso ver melhor quando olho para uma tela ligeiramente deslocada para a esquerda do eixo central, ou seja, num pequeno ângulo para a direita. No entanto, raramente vou ao cinema. Não vejo mais do que três ou quatro filmes por ano.

Vivo em Los Angeles. Minha mulher Lena e eu tínhamos que decidir onde iríamos morar nos Estados Unidos, e a resposta para isso ficou clara imediatamente — na cidade com a maior substância. Los Angeles só está associada ao esplendor e ao glamour superficial de Hollywood, mas a internet nasceu em Los Angeles e todos os pintores importantes já não trabalham em Nova York, mas aqui, assim como os escritores, os músicos, os matemáticos. O grande número de mexicanos trouxe incríveis energias para a música e a literatura. Os carros elétricos são planejados aqui, os foguetes reutilizáveis são construídos na parte sul da cidade. O Centro de Controle de Missão para várias empresas espaciais está localizado logo ao norte de Los Angeles, em Pasadena. Também muitas coisas banais têm aqui a sua origem, estúdios de aeróbica, patins em linha, seitas malucas. A série pode ser estendida indefinidamente.

Mas Los Angeles também tem seu lado sombrio. Uma vez, levei um tiro diante da câmera durante uma entrevista para a BBC e sofri ferimentos leves. Encarei a coisa mais como parte do folclore local. Alguns dias depois, tirei Joaquin Phoenix, que havia sofrido um acidente na estrada, por acaso bem na minha frente, de seu carro capotado. Acho que Joaquin estava abstinente na época, é provável que não devesse estar dirigindo. Pendurado de cabeça para baixo entre os air bags murchos, ele não queria me entregar o seu isqueiro, com o qual tentava acender um cigarro. Ele não percebera que pingava gasolina por toda parte ao seu redor. Nunca mencionei o incidente e apenas quando Joaquin o divulgou na mídia, eu confirmei.

Leio devagar porque muitas vezes me desvio do texto, vejo imagens e situações relacionadas ao que li e só então me concentro nas linhas novamente. Há livros, como *Andar*, de Thomas Bernhard, em que demorei duas semanas para terminar o primeiro parágrafo. As primeiras linhas desse livro são tão incríveis que nunca parei de me espantar. Só consigo ler realmente quando estou deitado. Isso deve ter a ver com o fato de que na minha infância, com meus irmãos e minha mãe num mesmo quarto, eu nunca tive espaço na mesa para ler; mas no chão, com a cabeça numa almofada, havia uma quantidade infinita de espaço livre. Trabalho com rapidez e eficiência, sem repetições intermináveis de cenas no set de um filme. Por isso, meus dias de filmagem quase sempre terminam cedo, por volta de quinze ou dezesseis horas, embora eu pudesse trabalhar até as dezoito. Não consigo me lembrar de ter feito uma única hora extra na minha vida. Sou tudo menos um workaholic. Filmagens à noite são para mim um horror, porque não sou uma pessoa noturna. Escrevo o roteiro quando tenho o filme na cabeça e raramente sento por mais de uma semana para escrevê-lo. Não preciso de silêncio para isso, posso escrever num ônibus cheio de gente, ou com crianças barulhentas ao meu redor num parquinho. Mas também sempre foi importante para mim desenvolver roteiros como forma literária própria. Meu roteiro para *Cobra Verde* começa no calor e na seca do sertão brasileiro: "*A luz ofuscante, de matar; o céu sem pássaros; os cães estão deitados, exauridos pelo calor. Loucos de raiva, insetos metálicos picam pedras em brasa*". Algo assim não é comum na indústria cinematográfica.

Durmo até tarde sempre que tenho essa possibilidade. Eu não sonho. Sei que isso vai contra a doutrina de que todo mundo sonha tantas horas ou minutos por noite, mas eu sou a prova viva de que isso não é verdade. Não importa quando me acordem, eu não estava sonhando. Em média, não me acontece de sonhar mais do que uma vez por ano, e então são sempre apenas banalidades, que eu estava comendo um sanduíche no almoço, por exemplo. No entanto, tenho sonhos diurnos, especialmente quando caminho. Então eu vivo romances inteiros, mas no final do dia ainda continuo na direção certa. Quando acordo de manhã, sempre sinto como um déficit o fato de não ter sonhado, e é possível que isso tenha me levado a fazer filmes como uma saída. Ao longo do meu crescimento, tive alguns episódios drásticos de sonambulismo. Eu me encontrava numa grande tenda do exército, abarrotada de camas de campanha, porque o albergue da juventude estava superlotado, e sacudi meu irmão Till, que estava dormindo perto de mim, para que ele despertasse e continuasse a impelir o barco no lago Neusiedl com uma vara. Em resposta, ele me sacudiu com tanta força, que eu acordei. Mas estava escuro como o breu e eu ainda estava enfiado até o peito no saco de dormir, e saí pulando atarantado porque não sabia mais onde era o meu lugar de dormir. Eu batia na beira das camas, acordando outras pessoas. Também houve episódios como esse quando eu já era bem mais velho. Nunca usei drogas. A cultura em torno delas sempre me repugnou. Também acho que as drogas não me fazem bem porque, de qualquer maneira, já existem muitas tempestades se agitando dentro de mim.

Evito contato com fãs. De vez em quando, assisto lixo na TV, porque acho que o poeta não pode desviar o seu olhar. Quero saber em que mundo de anseios eu vivo. Eu cozinho bem, mas o meu repertório é bastante limitado. Meus bifes são realmente bons, mas sei que nunca chegarão perto do que se pode encontrar por toda parte na Argentina. Desconfio profundamente de pessoas que abraçam árvores. Desconfio das aulas de ioga para crianças de cinco anos, como estão se espalhando pela Califórnia. Não uso redes sociais. Se aparecer um perfil meu ali, com certeza é totalmente falso. Não uso smartphone. Nunca confio totalmente na mídia, por isso obtenho um quadro mais preciso da situação política usando diferentes fontes, mídia ocidental, Al Jazeera, televisão russa e, às vezes, baixando o discurso inteiro de um político da internet. Confio no *Oxford English Dictionary*, que é um dos maiores feitos culturais da humanidade. Estou falando dos robustos vinte volumes que abrangem cerca de *600 mil termos*, com mais de *3 milhões* de citações de toda a história de mais de mil anos da língua inglesa. Estimo que dezenas de milhares de pesquisadores e também amadores tenham esquadrinhado tudo o que já foi registrado por mais de 150 anos. Para mim, é ele o livro dos livros, aquele que eu levaria comigo para uma ilha deserta. É um milagre inesgotável. Quando visitei Oliver Sacks pela primeira vez em Wards Island, a nordeste de Manhattan, eu tinha perdido o endereço exato, mas sabia o nome da pequena rua. Era inverno e a rua ligeiramente íngreme estava coberta de gelo. Estacionei o carro, deslizei pela calçada gelada, olhando para dentro de todas as casas com luzes acesas no entardecer. Nenhuma das janelas tinha cortinas. Através de uma janela, vi um homem estendido num sofá, com um dos enormes volumes do *Oxford Dictionary* apoiado no peito. Eu tive a certeza de que era ele, e era realmente. Nosso primeiro assunto foi o dicionário, que para ele também era o livro dos livros.

    Talvez somente um outro possa competir com ele quando se trata de escolher a única leitura para uma ilha deserta: o *Códice Florentino*, na tradução para o inglês de Arthur Anderson e Charles Dibble. Na época da devastação do Império Asteca pelos espanhóis, houve alguém, uma única pessoa, que desde o começo se pôs a salvar o máximo possível da cultura em desaparecimento. Seu nome era Bernardino de Sahagún, um padre franciscano. Ele cuidou para que se coletasse entre os astecas todo o tipo de manifestação em matéria de história, religião, agricultura, medicina, educação. Os textos eram originalmente em língua náuatle, mas já na época foram registrados em duas colunas, com tradução para o espanhol. Eu segurei o códice em minhas mãos na Biblioteca Ambrosiana em Florença e obtive permissão para filmar algumas páginas para o meu filme *Demônios e cristãos no novo mundo*. Dois grandes pesquisadores da Universidade de Utah trabalharam com Anderson e Dibble na tradução do códice. A pesquisa sobre a cultura pré-hispânica nessa universidade tem um padrão excepcional, pois os mórmons acreditam que os astecas sejam um dos povos perdidos de Israel. Anderson e Dibble precisaram de mais de 25 anos, e o seu texto tem a força e a profundidade da versão da Bíblia de King James. Na época, eu tinha um projeto sem financiamento sobre a conquista do México vista e vivida da perspectiva dos astecas e, para isso, me iniciei no básico do náuatle clássico com uma gramática e um dicionário. Fiz uma peregrinação até Salt Lake City para ver Charles Dibble, que tinha então cerca de 84 anos e estava aposentado. O prof. Anderson já havia falecido. Dibble, um homem maravilhoso, quieto e profundo, ficou surpreso que um cineasta alemão o procurasse e fosse alguém encantado com o seu trabalho. O *Florentine Codex, General History of the Things of New Spain* foi publicado em doze volumes em náuatle e inglês pela University of Utah Press até 1982. Ficamos amigos em apenas um longo dia, mas nunca mais nos vimos. Charles Dibble morreu logo depois que nos conhecemos.

34.
Amigos

Tenho poucos amigos. Lá no fundo, provavelmente pertenço mais à categoria dos solitários. Além disso, é difícil manter contato constante com a maioria dos meus amigos, que moram muito longe de mim. Wolfgang von Ungern-Sternberg em Regensburg; Joe Koechlin em Lima; Uli Bergfelder na Itália e Berlim. Uli fez a cenografia para mim ao longo de muitos anos e muitos filmes, ele colaborou na superestrutura do navio em *Fitzcarraldo* e muitas vezes foi a vanguarda no local, como, na Austrália, para *Onde sonham as formigas verdes*. Nos locais de filmagem, ele sempre conseguiu resolver tudo através da sua intervenção direta. Muitas vezes, ele viajou para mim, por exemplo, no Cazaquistão, ao longo do lago Aral seco, onde navios enferrujam na areia do deserto que no passado era o fundo do lago. Tínhamos aventado o lugar como uma possível locação para *Deserto em fogo* (2016), mas depois de seu relatório descartei a ideia e acabei filmando no Salar de Uyuni, na Bolívia. Originalmente, Uli é um especialista em poesia provençal antiga, mas seu pertencimento real está numa velha propriedade rural perto de Volterra, onde ele possui novecentas oliveiras. Ele próprio restaurou a casa em ruínas ao longo de muitos anos de trabalho. Com ele, sempre tudo foi bem, sempre sem estresse. Ele pode ser visto numa breve aparição em *Nosferatu*: quando o navio fantasma vindo do mar Negro atraca em Wismar, infestado de ratos, ele é o marinheiro que liberta das cordas o capitão morto que estava amarrado ao leme.

Entre meus amigos, conto com Herb Golder e Tom Luddy; o editor Joe Bini; o cinegrafista Peter Zeitlinger e sua mulher Silvia; meus colegas diretores Terrence Malick, Joshua Oppenheimer e Ramin Bahrani, todos vivendo longe; e Angelo Garro, um pouco mais perto de mim, em San Francisco. Angelo é um ferreiro artístico da Sicília que montou sua forja em San Francisco, mas é sobretudo uma figura de outra época — ele é como um caçador-coletor; faz o próprio vinho, o próprio azeite, a massa, o toucinho e os embutidos. Uma ou duas vezes por ano, Angelo mata um javali e o assa sobre as brasas da sua fornalha. Ele faz o próprio sal temperado e molhos sicilianos segundo as receitas da avó. Fiz um curta-metragem com ele para uma campanha de financiamento coletivo, que foi um enorme sucesso. Todos os grandes chefs dos Estados Unidos estiveram em sua ferraria, e não conheço ninguém que não o admire. Tudo com ele é bom, correto e essencial.

Werner Janoud é um dos meus amigos mais próximos e, como tem em comum comigo o nome, ele se acostumou, e eu me acostumei, a chamá-lo apenas de "Janoud". Ele cresceu na Alemanha Oriental, em Vogtland, em condições de vida muito simples, sem pai, que havia desaparecido em Stalingrado, e aos catorze anos começou a trabalhar na clandestinidade como mineiro. O trabalho na mina de tungstênio era árduo, nas mais difíceis condições, e então, quando tinha dezenove anos, Janoud tentou fugir para o Ocidente. Mas, no trem suburbano em direção a Berlim Ocidental, despertou suspeitas por carregar todos os seus documentos consigo e foi pego. O seu passaporte foi recolhido. Alguns dias depois, porém, ele conseguiu fugir com o passaporte de seu irmão gêmeo. Em Colônia, Janoud trabalhou numa laminadora de aço e também paralelamente numa fábrica de enlatados. Seu objetivo era o vasto mundo. Logo ele juntou dinheiro suficiente para comprar uma bicicleta e uma passagem de barco para Montreal, no Canadá.

Um amigo estava com ele, mas voltou já depois de poucos dias. Janoud pedalou para o oeste através do continente americano até o Pacífico. No caminho, trabalhou ajudando nas colheitas e aprendeu inglês apenas conversando. Ele não era analfabeto, sabia ler bem, mas na escrita tem dificuldades até hoje. Ele continuou para o sul, totalmente sozinho, pelos Estados Unidos, México, América Central, onde aprendeu espanhol e começou a fotografar. As imagens desse período têm uma profundidade peculiar e uma expressão distante de todas as modas, pois ele não estava familiarizado com nenhuma das tendências. Depois de três anos e meio na estrada, Janoud foi parar em Lima, onde trabalhou como fotógrafo para jornais locais. Lá eu o conheci através do técnico de futebol Rudi Gutendorf, que havia treinado cinco times nos primórdios da Bundesliga e desde então, tal um globe-trotter, treinara inúmeras seleções pelo mundo. Sempre que eu estava em Lima para a pré-produção de *Aguirre*, eu participava do treinamento, isto é, apenas da preparação física, de seu time, o Cristal, mas num dia em que o time A jogou contra o time B do clube profissional, faltava um homem, então Gutendorf me escalou para a equipe B. Em que posição eu queria jogar? Eu disse que não me importava com a posição, mas queria jogar contra o Gallardo. Ele era ponta da seleção peruana e foi escolhido por jornalistas internacionais após a Copa do Mundo no México ao lado de Pelé e todos os grandes jogadores da época entre os melhores onze jogadores do mundo. Gallardo era um velocista, um louco que sempre fazia o inesperado em campo. Eu queria pelo menos lhe dar trabalho, ser um estorvo, e então tentei marcar o furacão. Depois de dez minutos, recebi um passe, e a essa altura do jogo eu não sabia mais que camisa estávamos vestindo nem em que direção estávamos jogando, e depois de quinze minutos rastejei para fora do campo com cólicas estomacais e vomitei por horas nos arbustos de sabugueiro que cercavam o campo. Janoud me puxou para fora de um dos arbustos e a amizade entre nós entrou em vigor na mesma hora. Em *Aguirre*, ele pode ser visto na balsa que está à deriva nos redemoinhos das corredeiras, até que Aguirre a destrói com um tiro de canhão. Janoud é totalmente incivilizado, totalmente moldado por si mesmo, a única pessoa que conheço que absoluta e definitivamente não foi deformada pela sociedade.

Janoud também estava em *Fitzcarraldo*. Ele morou durante semanas com sua namorada em nosso acampamento na selva enquanto a equipe filmava em outro lugar, para evitar que fosse pilhado pela população local para ser usado como material de construção. Na primeira tentativa de filmagem, ele impressionou Mick Jagger porque a experiência de vida de Janoud era muito singular, e, portanto, também seu estilo de vida. As suas experiências não haviam chegado ao ponto de ele saber quem eram os Rolling Stones. Ele vivia perguntando a Mick qual era o nome dele, e Mick pacientemente tentava corrigi-lo. "Não 'Nick', mas com um 'M', como em 'Mutter' [mãe]: Mick." Mas Janoud nunca pegava o jeito, ele dizia: "Ah, sim, Nick, como '*pain in the nick*' [dor no pescoço]". E a seguir Janoud dava gargalhadas estrondosas, que mais pareciam os zurros de um asno, e Mick Jagger então zurrava junto com ele, também não muito diferente de um asno. Janoud queria saber se *Nick* conseguia realmente ganhar dinheiro cantando, e se poderia tocar algo para ele em sua guitarra. Mick fez isso sem hesitar, apenas para Janoud. Mais tarde, Janoud mudou-se do Peru para Munique e depois morou comigo numa casa alugada em Munich-Pasing por alguns anos, em meu tempo antes da América. Ele se tornou um companheiro maravilhoso para o meu filho pequeno, Rudolph. Anos depois, para celebrar o fim da infância de Rudolph, nós três viajamos para o Alasca num pequeno hidroavião, que nos deixou num lago a oeste da cordilheira do Alasca. Não tínhamos barraca e construímos o nosso próprio abrigo. Tínhamos conosco um machado, uma serra, redes de dormir, um bote inflável e anzóis. Também havíamos levado todos os alimentos básicos, arroz, macarrão, cebolas, sal, chá, porque a construção habitada mais próxima ficava a quatrocentos quilômetros de distância. Não teríamos morrido de fome, mas tínhamos que nos abastecer por conta própria de frutas silvestres, cogumelos e peixe. Depois de seis semanas, o avião nos pegou novamente. Foi uma experiência tão extraordinária, que a repetimos um ano depois, desta vez num outro lago. Em 1994, quando eu estava encenando *Norma* de Bellini na Arena de Verona, Janoud foi me visitar. Nessa época, sua namorada peruana trabalhava em Bolonha, e de lá ele viajou até mim. Por alguns dias, ele parecia deprimido, retraído, e eu finalmente disse que queria saber o que havia com ele. O caso era que sua namorada estava grávida, era esse o seu grande infortúnio. Era de manhã e estávamos sentados num café junto à arena de gladiadores. Acenei para o garçom e pedi champanhe. Que incrível que ele ia ser pai, não poderia haver nada melhor para ele — eu lhe dei os parabéns e brindamos com nossas taças e Janoud de repente achou a perspectiva muito emocionante. Ele se casou com Rosa, a namorada, e Gretel, a filha, hoje já é adulta e independente.

35.
Minha velha mãe

Nos últimos seis anos de sua vida, minha mãe aprendeu turco porque fez uma amiga em Munique que era do leste da Turquia. Minha mãe foi visitá-la e viajou sozinha pelo leste da Anatólia, sem pacote turístico, em ônibus pequenos e precários, onde também eram transportadas ovelhas. Sua saúde foi se deteriorando ao longo de muitos anos. Bem no final, eu tinha que ir para os Estados Unidos porque o produtor Dino de Laurentiis tinha em mente um grande projeto de filme comigo. Eu disse à minha mãe: "Vou ficar aqui. Não vou viajar". Mas ela retrucou: "Você deve ir, você tem que ir. A vida tem que ser vivida". Voei para Nova York e assim que cheguei soube que ela havia falecido naquela mesma noite. Busquei refúgio com meu amigo Amos Vogel, que imediatamente cancelou tudo o que tinha naquele dia. Ele se sentou ao meu lado o tempo todo, ficou em silêncio comigo e também fez algumas orações. Na mesma noite, eu tomei o avião de volta.

36.
O fim das imagens

Tento imaginar como seria um mundo onde não existissem mais livros como este. Há décadas alastra-se o fenômeno de que mesmo universitários quase não leem mais. Isso se intensificou com o surgimento de textos curtos no Twitter, serviços de mensagens e vídeos breves. Como será um mundo em que quase não existirão mais línguas faladas, cuja diversidade já vem diminuindo rápida e irrevogavelmente? Como será um mundo sem uma linguagem visual profunda, ou seja, sem a minha profissão? O fim, o irrevogável, pode chegar. Imagino um afastamento radical de pensamentos, argumentos e imagens, portanto não apenas o advento de uma escuridão na qual os objetos ainda podem ser sentidos, mas o estado em que não há mais objetos, uma escuridão preenchida apenas por medo, por monstros imaginários. Uma passagem do *Códice Florentino* me vem à mente, como se seus falantes quisessem fazer um esforço para em meio à destruição de tudo de sua cultura e de seu horizonte de vida, encontrar novamente a sua língua: *"A caverna é assustadora, um lugar de medo, um lugar de morte. É chamada de lugar da morte porque ali se morre. Ela é um lugar de trevas; nela escurece; está sempre escuro. Ela fica ali com a boca aberta".* Como se poderia criar a ausência de imagens? Portanto, não apenas a abolição radical, o abandono definitivo das imagens, mas a sua própria ausência. Imagino dois espelhos, que são colocados em exata posição paralela um em relação ao outro, paralelos com tal exatidão que não refletem nada a não ser a si mesmos infinitamente. Mas não há mais nada que eles possam refletir. Se os espelhos fossem transparentes apenas de um lado, o de fora, como os que são usados nos interrogatórios das investigações criminais, não se veria nada refletido no espelho oposto. Nenhum criminoso que faça uma confissão, nenhuma mesa, cadeira ou lâmpada, apenas uma sala onde tudo estaria ausente e espelhado e reespelhado indefinidamente. Nada, nenhuma vida, mais nenhuma respiração. Mais nenhum francês que come sua bicicleta. Mais nenhum francês que engata a marcha a ré em seu calhambeque e atravessa todo o Saara de costas. Não há mais verdade, não há mais mentiras. Nenhum rio chamado rio da Mentira, Yuyapichis, o rio que engana e finge ser o muito maior rio Pichis. Sem mais agências de casamento japonesas que derramam um balde de areia de um satélite, o que cria uma chuva de meteoritos no céu para a noiva se maravilhar. Sem mais gêmeas que vivem em corpos separados, mas pensam e falam em sincronia. Sem os papagaios da viagem de Alexander von Humboldt, que em 1802 encontrou uma aldeia no Orinoco onde todos os habitantes haviam morrido de uma epidemia. Sua língua desapareceu com eles, mas na aldeia vizinha ainda cuidavam do papagaio sobrevivente trazido de lá quarenta anos antes. Ele ainda falava de forma claramente compreensível sessenta palavras dos habitantes da aldeia morta, de sua língua morta. Humboldt as registra em seus diários. E se ensinássemos essas palavras a dois papagaios hoje e eles conversassem com elas? E se, no futuro distante, imaginarmos coisas — criadas por nós — que duram, não para sempre, mas, digamos, por 200 mil anos? Um tempo em que a humanidade muito provavelmente terá se extinguido em sua totalidade, mas alguns monumentos nossos ainda estariam lá, quase indestrutíveis. A barragem no desfiladeiro do Vajont, que resistiu ao tremendo deslizamento de 250 milhões de metros cúbicos de rocha, entulho e terra. Ela tem 28 metros de espessura em sua base e é moldada em concreto armado especialmente endurecido. É quase certo que esta parte inferior ainda permaneceria majestosa, sem poder proclamar nada, sem mensagem para ninguém. Ali, ao pé da parede lisa de concreto, haveria infiltrações de água cristalina pelas laterais das rochas, visitadas por bandos de cervos como se

Filmografia

1961 *Herakles — Hércules*
Curta-metragem. Um fisiculturista confrontado com os feitos do mítico Hércules.

1964 *Spiel im Sand — Jogo na areia*
Curta-metragem. Não lançado.

1966 *Die beispiellose Verteidigung der Festung Deutschkreutz — A defesa sem precedentes do forte Deutschkreutz*
Curta-metragem. A absurda defesa de um forte contra um inimigo que não existe.

1967 *Letzte Worte — Últimas palavras*
Curta-metragem. O último habitante de uma ilha de leprosos é trazido à força de volta à civilização. Ele se recusa a falar.

1968 *Lebenszeichen — Sinais de vida*
Longa-metragem. Ferido, um soldado alemão da Segunda Guerra Mundial enlouquece e bombardeia amigos e inimigos com fogos de artifício.

1969 *Massnahmen gegen Fanatiker — Precauções contra fanáticos*
Curta-metragem. Um aposentado pensa que precisa proteger cavalos de corrida contra fanáticos na pista de trote.

Die fliegenden Ärzte von Ostafrika — Os médicos voadores da África Oriental
Documentário. Médicos levam ajuda para postos avançados nunca atendidos da África Oriental.

1970 *Auch Zwerge haben klein Angefangen — Também os anões começaram pequenos*
Longa-metragem. Uma revolta de pessoas com nanismo causa estragos numa colônia penal.

Fata Morgana — Miragem
Não categorizável. Réquiem poético num planeta que se dissolve em miragens.

1971 *Behinderte Zukunft* [Futuro deficiente]
Documentário. Os sonhos de crianças com deficiências graves.
Land des Schweigens und der Dunkelheit — *O país do silêncio e da escuridão*
Documentário. O mundo de Fini Straubinger, deficiente visual e auditiva, que se preocupa com o destino de outros como ela.

1972 *Aguirre, der Zorn Gottes* [Aguirre, a ira de Deus] — *Aguirre, a cólera dos deuses*
Longa-metragem. Lope de Aguirre se apossa do comando de conquistadores espanhóis, que, em sua busca pelo lendário Eldorado, desaparecem na selva sem deixar rastros. Uma história de poder e loucura.

1973 *Die grosse Ekstase des Bildschnitzers Steiner* — *O grande êxtase do entalhador Steiner*
Documentário. O jovem entalhador Walter Steiner é tão extraordinário no voo de esqui, que durante o campeonato mundial em Planica atinge várias vezes a zona da morte. Um filme sobre êxtase e morte.

1974 *Jeder für sich und Gott gegen alle* [Cada um por si e Deus contra todos] — *O enigma de Kaspar Hauser*
Longa-metragem. O enjeitado Kaspar Hauser é abandonado em Nuremberg. Ele não tem conhecimento do mundo, da linguagem, de outros seres humanos. O trágico assassinato de uma figura histórica única.

1976 *Herz aus Glas* [Coração de vidro] — *Coração de cristal*
Longa-metragem. Mühlhiasl, um pastor do século XVIII, tem visões do fim do mundo. Como sonâmbulos, os membros da comunidade de uma aldeia marcham rumo ao seu profetizado fim. Todos os atores atuaram sob hipnose.
Mit mir will keiner spielen — *Ninguém quer brincar comigo*
Curta-metragem. Um menino solitário com seu corvo falante.
How Much Wood Would a Woodchuck Chuck [Quanta madeira um castor roeria]
Documentário. O campeonato mundial de leiloeiros de gado na Pensilvânia. Sobre a última fronteira da linguagem, a última poesia do capitalismo.
Stroszek
Longa-metragem. Libertado da prisão, Stroszek sonha com uma nova vida nos Estados Unidos. Ele parte para Wisconsin com a prostituta Eva e um velho. Uma balada.

1977 *La Soufrière*
Documentário. À espera de uma catástrofe inevitável. Apenas um agricultor pobre se recusa a ser evacuado antes de uma erupção vulcânica.

1979 *Nosferatu: Phantom der Nacht* [Nosferatu: fantasma da noite] — *Nosferatu: o vampiro da noite*
Longa-metragem. O conde Drácula parte com 10 mil ratos para Wismar. Mas o amor de uma mulher o leva à ruína.
Woyzeck
Longa-metragem. Baseado no drama de Büchner. A exaurida e torturada criatura Woyzeck em seu delírio comete o assassinato de sua amada.

1980 *Glaube und Währung — Fé e moeda*
Documentário. O pregador da televisão dr. Gene Scott ameaça seus seguidores de tirar a estação do ar se eles não transferirem dinheiro em minutos.
Huies Predigt — O sermão de Huie
Documentário. O bispo Huie Rogers prega e se exalta em êxtase religioso diante de sua comunidade.

1982 *Fitzcarraldo*
Longa-metragem. Brian Sweeney Fitzgerald sonha com a Grande Ópera na floresta. Para chegar a uma área de seringueiras inacessível, ele faz centenas de indígenas da floresta rebocarem um grande barco a vapor por cima de um morro.

1984 *Wo die grünen ameisen träumen — Onde sonham as formigas verdes*
Longa-metragem. Aborígines australianos tentam proteger o local sagrado das formigas verdes dos buldôzers de uma mineradora.
Ballade vom kleinen Soldaten — Balada do pequeno soldado
Documentário. Em campanha com crianças-soldado na região de fronteira entre Honduras e Nicarágua.

1985 *Gasherbrum: Der leuchtende Berg* [A montanha luminosa]
Documentário. Os montanhistas Reinhold Messner e Hans Kammerlander na montanha Karakorum.

1987 *Cobra Verde*
Longa-metragem. O bandido brasileiro Manoel da Silva ascende a vice-rei do Daomé na África Ocidental. Baseado no romance de Bruce Chatwin.

1988 *Les Français vues par... — Como eu vejo os franceses*
Curta-metragem. A França do ponto de vista de diferentes diretores.

1989 *Wodaabe, Hirten der Sonne — Wodaabe, os pastores do sol*
Documentário. Encontro de povos entre os nômades wodaabe no sul do Saara. Escolha do jovem mais bonito pelas mulheres.

1990 *Echos aus einem düsteren Reich* — *Ecos de um império sombrio*
Documentário. O general do exército Jean Bedel Bokassa se faz coroar imperador da República Centro-Africana numa cerimônia com pompas napoleônicas.

1991 *Cerro Torre: Schrei aus Stein* [Cerro Torre: Grito de pedra] — *No coração da montanha*
Longa-metragem. Dois alpinistas em competição na montanha mais difícil do mundo, o Cerro Torre, na Patagônia. Eles conduzem um ao outro à morte.

Das exzentrische Privattheater des Maharadjah von Udaipur [O excêntrico teatro privado do marajá de Udaipur]
Documentário. O artista austríaco André Heller reúne os melhores mágicos, dançarinos e encantadores de serpentes da Índia num grande teatro em Udaipur.

Film Stunde (1-4) [Hora do cinema]
Quatro documentários. Filmados numa tenda de variedades com convidados durante a Viennale, em Viena.

1992 *Lektionen in Finsternis* — *Lições das trevas*
Documentário. Uma visão apocalíptica do nosso planeta depois que as forças iraquianas incendiaram todos os poços de petróleo do Kuwait.

1993 *Glocken aus der Tiefe* [Sinos das profundezas] — *Sinos do abismo*
Documentário. Crenças e superstições na Rússia. A cidade submersa de Kitesch, onde os fiéis que desapareceram tocam os sinos.

1994 *Die Verwandlung der Welt in Musik* — *A transformação do mundo em música*
Documentário. Filmado nos bastidores do Festival Wagner, em Bayreuth.

1995 *Gesualdo: Tod für fünf Stimmen* — *Gesualdo: Morte para cinco vozes*
Documentário. Carlo Gesualdo de Venosa, o Príncipe das Trevas, compôs música que influenciou profundamente Stravinsky quatrocentos anos antes de seu tempo.

1997 *Little Dieter Needs to Fly (Flucht aus Laos)* [O pequeno Dieter precisa voar (Fuga do Laos)]
Documentário. Dieter Dengler só quer voar, mas acaba na Guerra do Vietnã. Ele é o único americano que consegue escapar do cativeiro vietcongue no Laos.

1999 *Mein liebster Feind* [Meu caríssimo inimigo] — *Meu melhor inimigo*
Documentário. Anos após a morte de Klaus Kinski, Werner Herzog fez um filme sobre a explosiva parceria entre os dois em cinco longas-metragens.

Gott und die Beladenen [Deus e os sobrecarregados] — *Demônios e cristãos no Novo Mundo*
Documentário. Na Guatemala, os maias adoram uma divindade que é vestida como um fazendeiro rico.

2000 *Julianes Sturz in den Dschungel* (*Wings of Hope*) — [A queda de Juliane na selva (Asas da esperança)] — *Asas da esperança*
Documentário. Juliane Koepcke é a única sobrevivente da queda de um avião na selva peruana, da qual o próprio autor só escapou graças a uma série de coincidências.

2001 *Pilgrimage* [Peregrinação]
Documentário. Devotos em dor e êxtase diante da Virgem de Guadalupe, no México.

Invincible — *Invencível*
Longa-metragem. A contragosto dos nazistas em ascensão, um ferreiro judeu polonês é celebrado nos teatros de variedades de Berlim como o homem mais forte do mundo. Mas sua família não quer saber de seus avisos sobre o perigo iminente.

2002 *Ten Thousand Years Older* — *Dez mil anos mais velho*
Documentário. Em poucos minutos, no primeiro contato com a civilização, o povo uru-eu é catapultada 10 mil anos no futuro.

2003 *Rad der Zeit* — *A roda do tempo*
Documentário. O Dalai Lama convoca o mundo budista para uma cerimônia na Índia. Quinhentos mil peregrinos atendem ao seu chamado.

2004 *The White Diamond* — *O diamante branco*
Documentário. Após uma tragédia no voo inaugural de seu primeiro dirigível, Graham Dorrington testa um novo protótipo sobre a selva na Guiana.

2005 *Grizzly Man* — *O homem urso*
Documentário. Timothy Treadwell quer proteger os ursos do Alasca dos caçadores. Seu trágico mal-entendido sobre a natureza selvagem custa-lhe a vida, assim como a de sua namorada. Ambos são dilacerados por ursos-pardos.

The Wild Blue Yonder — *Além do azul selvagem*
Longa-metragem. Um alienígena encalhado acaba sem sucesso em nosso planeta. Ele anseia por voltar ao seu planeta.

2006 *Rescue Dawn* — *O sobrevivente*
Longa-metragem. Dieter Dengler, que cresceu na Alemanha do pós-guerra, teve um destino inacreditável como prisioneiro do Vietcongue. Apenas por muito pouco ele sobrevive à sua fuga pela selva.

2007 *Encounters at the End of the World* — *Encontros no fim do mundo*
Documentário. Sonhadores e cientistas se encontram no fim do mundo no gelo da Antártica. Uma ode a um continente e seus habitantes temporários.

2009 *Bad Lieutenant: Port of Call* — *New Orleans* — *Vício frenético*
Longa-metragem. Devastada por corrupção, drogas e um furacão, New Orleans é o lugar perfeito para um detetive de homicídios. Uma história sobre a felicidade de ser mau.

La Bohème
Curta-metragem. Filmado na África para abrir a temporada de ópera de Londres com *La Bohème*.

My Son, My Son, What Have Ye Done — *Meu filho, olha o que fizeste!*
Longa-metragem. Um jovem ator talentoso enlouquece durante os ensaios da Oréstia. Ele não consegue mais separar a peça teatral e a realidade e mata a própria mãe com sua espada de palco.

2010 *Höhle der vergessenen Träume* — *A caverna dos sonhos esquecidos*
Documentário. Filmado na recém-descoberta caverna de Chauvet. As pinturas aí existentes, realizadas há cerca de 30 mil anos, estão conservadas como novas e são de uma incrível modernidade artística.

Happy People: A Year in the Taiga [Pessoas felizes: um ano na Taiga]
Documentário. Um filme redimensionado a partir das quatro horas de um filme de Dmitri Vasykov sobre caçadores de peles nas profundezas solitárias da Sibéria.

2011 *Ode to the Dawn of Man* [Ode à alvorada do homem]
Curta-metragem. Ao tocar, o violoncelista holandês Ernst Reijseger move-se em outro mundo.

Into the Abyss: A Tale of Death, a Tale of Life — *Ao abismo, um conto de morte, um conto de vida*
Documentário. Michael Perry no corredor da morte no Texas uma semana antes de sua execução. Sobre um crime de incrível niilismo.

2012-3 *On Death Row* [No corredor da morte]
Oito documentários sobre abismos humanos. Filmado em corredores da morte na Flórida e no Texas.

2013 *From one Second to the Next* [De um segundo para o outro]
Documentário. Tragédias provocadas por motoristas que escreviam SMSs ao dirigir.

2015 *Queen of the Desert* — *Rainha do deserto*
Longa-metragem. A escritora e arqueóloga Gertrude Bell desempenhou um papel importante na formação política do Oriente Médio após o colapso do Império Otomano.

2016 *Lo and Behold. Reveries of the Connected World* — *Eis os delírios do mundo conectado*
Documentário. A internet desde seu nascimento até seus excessos atuais.
Salt and Fire [Sal e fogo] — *Deserto em fogo*
Longa-metragem. Uma bióloga é sequestrada e abandonada num deserto de sal com dois meninos cegos.
Into the Inferno — *Visita ao inferno*
Documentário. Viajando pelo mundo com o vulcanólogo Clive Oppenheimer. Imagens espetaculares de erupções vulcânicas e seu impacto na cultura humana.
2018 *Meeting Gorbachev* — *Encontrando Gorbachev*
Documentário. Com André Singer. A vida e a política do último presidente da União Soviética em conversa com o autor.
2019 *Family Romance, llc* — [Family Romance LTDA] — *Uma história de família*
Longa-metragem. Em língua japonesa. Um ator contratado por uma agência finge ser o pai de uma menina de onze anos que sente a falta dele.
Nomad: In the Footsteps of Bruce Chatwin — *Nômade: seguindo os passos de Bruce Chatwin*
Documentário. Encontros com o grande escritor britânico do ponto de vista do autor.
2020 *Fireball: Visitors from Darker Worlds* [Bola de fogo: visitantes de mundos sombrios] — *Fireball: Mitos, cometas e meteoros*
Documentário. Volta ao mundo com Clive Oppenheimer observando os mais violentos impactos de meteoritos. Sua influência sobre vidas e culturas.
2021 *Theater of Thought* [Teatro do pensamento]
Documentário. Cientistas desvendam os segredos mais profundos de nosso cérebro, nossos pensamentos e alucinações.
2022 *The Fire Within* [Fogo interior]
Não categorizável. Réquiem aos vulcanólogos franceses Katia e Maurice Krafft. Suas visões apocalípticas e sua morte prematura durante as filmagens de uma erupção vulcânica no Japão.

Óperas encenadas

1985 *Doutor Fausto* — *Doktor Faust* (Busoni)
   Teatro Comunale, Bolonha
1987 *Lohengrin* (Wagner)
   Richard-Wagner-Festspielhaus, Bayreuth
1989 *Joana d'Arc* — *Giovanna d'Arco* (Verdi)
   Teatro Comunale, Bolonha
1991 *A flauta mágica* — *Die Zauberflöte* (Mozart)
   Teatro Bellini, Catânia
1992 *A dama do lago* — *La Donna del lago* (Rossini)
   Teatro La Scala, Milão
1993 *O navio fantasma* — *Der fliegende Holländer* (Wagner)
   Opera Bastille, Paris
1994 *O Guarani* — *Il Guarany* (Gomes)
   Oper Bonn
   Norma (Bellini)
   Arena de Verona
1996 *O Guarani* — *Il Guarany* (Gomes)
   The Washington Opera
1997 *Chusingura* (Saegusa)
   Oper Tokyo
   Tannhäuser (Wagner)
   Teatro de la Maestranza, Sevilha
   Opera Royal de Wallonie, Liège
1998 *Tannhäuser* (Wagner)
   Teatro di San Carlo, Nápoles
   Teatro Massimo, Palermo
1999 *Tannhäuser* (Wagner)
   Teatro Real, Madri
   A flauta mágica — *Die Zauberflöte* (Mozart)
   Teatro Bellini, Catânia

Fidélio — Fidelio (Beethoven)
Teatro La Scala, Milão
2000 *Tannhäuser* (Wagner)
Baltimore Opera Company
2001 *Joana d'Arc — Giovanna d'Arco* (Verdi)
Teatro Carlo Felice, Gênova
Tannhäuser (Wagner)
Teatro Municipal, Rio de Janeiro
Grand Opera, Houston
A flauta mágica — Die Zauberflöte (Mozart)
Baltimore Opera Company
2002 *O navio fantasma — Der fliegende Holländer* (Wagner)
Domstufen Festspiele, Erfurt
2003 *Fidélio — Fidelio* (Beethoven)
Teatro La Scala, Milão
2008 *Parsifal* (Wagner)
Palau de les Arts, València
2013 *Os dois foscaris — I due foscari* (Verdi)
Teatro dell'Opera, Roma

Agradecimentos

Os irmãos são em muitas famílias os críticos mais severos. Agradeço a meus irmãos Till e Lucki pela leitura de meu manuscrito, pelas sugestões e correções. Eu as segui quando foi necessário.

Por parte de todo o pessoal da Carl Hanser Verlag encontrei atenção e entusiasmo, como nunca havia experimentado antes numa editora. Gostaria de mencionar aqui, como representante de todos, Jo Lendle, entre outras razões porque ele designou um editor extraordinário para o projeto, Florian Kessler. Este texto deve muito, no conteúdo e na linguagem, a suas sugestões. Não há uma pedra que ele não teria virado, e não há uma formulação que não tenha encontrado seu equilíbrio ao ser lida em voz alta junto comigo. Neste contexto, gostaria de me referir à romanista Elisabeth Edl, que nada tem a ver com este livro. Contudo, suas maravilhosas traduções de Flaubert para o alemão me colocaram de volta em sintonia com minha língua materna, que durante muitos anos eu só havia falado pouco.

Tenho que agradecer a Michael Krüger. Foi ele quem me obrigou impiedosamente a escrever desde cedo. Do contrário, meus primeiros livros, publicados pela Hanser, provavelmente nunca teriam sido escritos. Também agradeço a Drenka Willen pelos seus sábios conselhos e sugestões de traduções para outros idiomas.

O mesmo agradecimento vai para minha mulher, Lena. Foi dela que partiu o estímulo para escrever este livro, pelo qual sou o único responsável, por mais unilateral que ele possa ser.

Los Angeles, julho de 2021

A tradução desta obra foi apoiada por
um subsídio do Instituto Goethe.

Jeder für sich und Gott gegen alle, Werner Herzog
© Carl Hanser Verlag GmbH & Co. KG, München, 2022.
Mediante negociação com Ute Körner Literary Agent.

Todos os direitos desta edição reservados à Todavia.

Grafia atualizada segundo o Acordo Ortográfico da Língua Portuguesa de 1990, que entrou em vigor no Brasil em 2009.

capa
Violaine Cadinot
foto de capa
Jean-Louis Atlan/ Sygma/ Getty Images
composição
Jussara Fino
preparação
Nina Schipper
revisão
Érika Nogueira Vieira
Gabriela Rocha

Dados Internacionais de Catalogação na Publicação (CIP)

Herzog, Werner (1942-)
   Cada um por si e Deus contra todos : Memórias / Werner Herzog ; tradução Sonali Bertuol. — 1. ed. — São Paulo : Todavia, 2024.

   Título original: Jeder für sich und Gott gegen alle: Erinnerungen
   ISBN 978-65-5692-600-1

   1. Memórias. 2. Cinema – Alemanhã. 3. Biografia. I. Bertuol, Sonali. II. Título.

CDD 920

Índice para catálogo sistemático:
1. Biografia : Perfil biográfico 920

Bruna Heller — Bibliotecária — CRB 10/2348

todavia
Rua Luís Anhaia, 44
05433.020 São Paulo SP
T. 55 11 3094 0500
www.todavialivros.com.br

fonte
Register*
papel
Pólen natural 80 g/m²
impressão
Ipsis